太极方舟之平行宇宙之战

詹蒙 著

漓江出版社

图书在版编目（CIP）数据

太极方舟之平行宇宙之战/詹蒙著. — 桂林：漓江出版社，2011.9
ISBN 978-7-5407-5325-2

Ⅰ.①太… Ⅱ.①詹… Ⅲ.①科学幻想小说—中国—当代 Ⅳ.①I247.5

中国版本图书馆CIP数据核字（2011）第174371号

太极方舟之平行宇宙之战

著　者	詹　蒙
责任编辑	庞俭克　户春晖
装帧设计	古涧文化
责任校对	徐　明　章勤璐
责任监印	唐慧群

出 版 人　郑纳新
出版发行　漓江出版社
社　　址　广西桂林市南环路22号
邮　　编　541002
发行电话　0773-2583322　010-85893192
传　　真　0773-2582200　010-85890870
邮购热线　0773-2583322
电子信箱　ljcbs@163.com
　　　　　http://www.Lijiang-pub.com
印　　制　北京市凯鑫彩色印刷有限公司
开　　本　710×980　1/16
印　　张　16
字　　数　276千字
版　　次　2011年9月第1版
印　　次　2011年9月第1次印刷
印　　数　1-6000册
书　　号　ISBN 978-7-5407-5325-2
定　　价　24.80元

Contents
目　录

第一章

兄和妹

"如果可以被表达，就不是真爱；
如果能够被找到，就不是真相。"

第十六幅壁画：

一金字塔宫殿塔顶部一个凸形空中祭台上，
躺着一个头顶黄金发冠，
身体被涂成淡蓝的女孩，
正用惶恐的目光，
看着她身旁一黑衣祭司。
黑衣人手中握着一把利剑，
那剑茎顶部是硕大的蛇头，
蛇眼处镶嵌着两颗猩红色的玛瑙。
黑衣人手挥着剑，正向女孩的心脏刺落。

（一）

斯塔从踏进飞艇，飞离亚特老家别墅上空的那一刻开始，她就觉得时间已经被永恒地冻结了。不只是时间，连同她的思想、肉体、记忆，甚至于她对母亲的恐惧与对亚特的爱都在瞬间进入了梦境，而她自己是隔着一扇无法穿越又时刻可以吞噬自己的张狂又霸气的现实之门，叹息着自己的梦境的。那梦与现实的边界就是自己最后的理性和知觉，它们让她还能够把握这些梦的实质，还可以叹息。她知道，瑞仪神的光线已经来到她的床边，来自"良心之屋"前那小块不知为何被辟出来满是灰松鼠屎粒的空地上成长起来的大丽花也在散发着香气，她的头因为沉重无法断定这花被放置的位置，但她非常清楚，它们一定就在她身体旁的某一个部位。或许是在胸前，因为她的心脏感觉到无比地沉重。她想喊，想让她的贴身宫廷女仆把压在她心脏上的花瓶拿走，但她就是喊不出来。所有的语言都集结到喉咙骨壁边缘后，就开始在原地打转转，开始捉迷藏，开始促狭鬼似的乱跑，开始罢工了。就像那个无论如何也不想走入火星语教室的童年时的自己。还有，她的贴身宫廷女仆一定趁她昏睡的时候赶去跟那个机器人侍卫去偷偷约会了，因为她能够闻到她身上的那种独特的金属味。他们一定有过一个漫长又销魂的夜晚，就像她的梦境一般地绵长，但却更加地甜蜜。

谁说爱情不是梦呢？一个散发着罂粟花香气迷人又致命的梦。

她觉得她必须苏醒了。她必须苏醒了。这是她最后的理性和知觉给她发出的警告：那渐渐地被黑暗的力量融化成了银灰色金属溶液的梦境之门正向她的脚边蔓延着，马上就要融化掉她的肉体了。当自己变成了一摊银灰色的溶液之时，她将永恒地无法回到现实之门的另一边来，随即她所有的理性与知觉都要变成一枝疯狂的梦境之花，只能盛开在虚幻与空虚构建的灰色土壤里了。

她突然开始无限地惧怕。

她觉得梦境里的她更像是另一个年龄段里的自己，或者曾经沧桑的孪生姐妹，正带着无奈与哀怜的眼神在俯视着现在的自己。但是她比自己更无助，她同自己一样，被无言的侮辱与寒冷席卷着，无处躲藏。因为残留于梦境里的那点现实里的理性和感觉，早在不知何时变身成了一个极其神经质的母亲，总是不肯原谅做错了事情的懦弱孩子，总是在她准备遗忘的时候责备她，鞭打她，让她羞辱，让她自责，让她残酷地记起。梦中的自己却只能这样被这个神经质的母亲操控着、蹂躏着。这残留于梦中的那点最顽固与根深蒂固的理性不知道是源自她的原罪，还是源自她基因中埋藏的前几世记忆，还仅仅是她的臆想。

她在不真实的梦境里却神奇地找到了一种生命真相。或许，这里才隐藏着她所有的生命奥秘。梦里的她又唤起了她童年时常常做过的一个梦：她看到一个满是金色蜡烛的石屋里，一个长短如孩子身高的凸形大理石祭台，她看到一个老妇人头戴着华丽的黄金发冠躺在上面。那黄金发冠在烛光里奕奕闪烁。那老妇人赤身裸体地躺在了祭台上，她是微笑的，她的眼神是平静的，但那笑容里却藏着神秘与诡异。她的身体都被涂成了蓝色，她似乎并不介意。她躺下的时候，四肢散落向地面，就像失去了水分就要枯萎的可桑花。忽然，她麻利地用一只手抓出了自己的心脏，又用另一只手锋利地割断了自己戴着黄金发冠的头颅，然后缓慢地走下祭台，朝屋角的黑洞边走去。那黑洞里传出了潺潺水声。就在她步入黑洞前的一瞬间，无头的她突然转过身，然后那被她拎在手里的头颅忽然开始微笑，对着她的前面的生灵说道：

"来吧，孩子，这是永生的入口，跟我去吧。"

没有拿头颅的那只手向她的"孩子"伸过来，但那孩子却在强烈的恐惧中大哭着"不……"

一瞬间，无头老妇人没有了，黑洞入口没有了，潺潺的水声消失了，金色蜡烛熄灭了，屋内陷入了永恒的黑暗。那个孩子在黑暗中开始大声哭泣，直到她的哭声惊醒了梦中的自己。斯塔才知道自己是在梦中又做了一个梦，就是她反反复复地重复了十几年的梦。有一天，她在凝视她祖母的画像时才明白那老人就是她的祖母。她是在失去王位后的一年后病逝的。而她的祖母病逝后的一年，斯塔出生。宫内传言斯塔是皇太后的转世，但是也司王后不许任何人散布这个谣言。但谣言还是富有着顽强的生命力，就像黑色病毒一样，每到时机成熟的时候，就会肆虐一次，直到有一天，它们传到了斯塔公主的耳朵里。从那以后，斯塔总是情不自禁地想知道，每当她的母亲带着忧郁和愧疚甚至恐惧的眼神凝视她的女儿的时候，她的内心到底藏着多少秘密。

这次她陷入了比童年之梦更沉重、更恐怖、更无可自拔的黑色梦境里。在这次梦里，她似乎在被提醒着曾经在她的现实里发生过的一件意义深远的事实。也许跟她想极力摆脱她黑色梦境诅咒的挣扎有关，或许是关于……爱情。爱情，多么迷人又美好的事情，即便它散发着古柯叶子的香气，即便它溢满了麻桑树蛙的毒素，还有吐银树的诡秘，但是，她怎么可以没有爱情。对了，她恋爱了，她爱上谁了？她怎么想不出来了。她只记得，她爱上的那个人与她的生命将永恒连结，永远不可分离。他们是彼此的归宿，在永恒的安泰世界。还有，在这喧嚣的尘世中，他是唯一可以驱走她永恒的生命黑暗的使者。她肯定，她就是肯定。但是为什么她现在又会陷入比童年的梦境更黑暗的梦境里？

到底又发生了什么？

（二）

　　她在梦境中竭力思考，但一时还想不起来细节，但她知道，那一定是非同寻常的遭遇，以至于她痛苦可还是只想逃避于梦境之中，无法自拔。但她错了，实际上梦境似乎是一个比现实更赤裸裸的地方：她得到的不是温暖又宁静的瑞仪神的光芒，看到的只是碎落在巨大岩石边记忆船只遇难后的碎片，是一堆无助的残骸，丑陋、滑稽又绝望。她就像一个以自杀方式结束人生痛苦的半路修行者一样，偷懒后才发现他实际上陷入的是比自杀时痛苦与纠结几十倍的境地。但是，太晚了，斯塔同那个可怜的半途而废的修行者一样，她已经做了，她已经深深地陷入了她无法挽回的局面里。况且这局面还在继续恶化着：她突然感觉到自己现在应该也是赤身裸体，如同反复出现在她梦中的那个老祖母一样。她急迫地想用双臂遮住自己的胸部，但她的双臂如同她的心脏一般地沉重，她仿佛被施下了答离黑色诅咒的魔法，变成了另外一个丑陋又衰老的自己，就像她常常在古老的岩壁上看见的那些被禁封在阿尔斯绿色短颈套装魔瓶里的女巫一样。

　　这一刻，她根本无法主宰自己的肉体和尊严。她感觉到自己被一种莫名的力量举着，缓慢地飘到了阳光下，紧接着自己的双腿被缓慢又不可抗拒地张开着，一瞬间瑞仪神的光芒肆无忌惮地刺痛着自己的下体，似乎在检验她的贞洁性。她从不知道瑞仪神的光芒里竟蕴藏着如此的锋利与残暴！疼痛使她大声地呼喊着，但她马上被更加震耳欲聋的声音湮灭了。她向身下看才发现，现在的她正身处在她父母金字塔宫殿塔尖处的一个凸形空中祭台上，而自己正是那个丑陋的活人祭品，她下垂的四肢身下是成千上万路光国的子民，他们正在为一个即将到来的活人鲜血祭祀而欢呼，兴奋着。

　　在几乎无法承受的恐惧与羞辱的双重折磨中，她哭了。她知道自己在哭泣，因为她能够感受到自己裸露的肉体的颤抖和抽搐。她的哭泣引来了一个人。是一个男人。那男人从头到脚包裹在大祭司的黑色长袍里，手中拿着一把利剑，那利剑在瑞仪神的照耀下格外夺目。那剑茎上硕大的蛇头上镶嵌着两颗来自地球的猩红色玛瑙，那是羽蛇神刺人心扉的眼睛，那转动扭曲的蛇身此刻就在黑衣人的手掌里。她知道每当瑞仪神光降临那玛瑙上，它就会随着光的走动而在不同时段折射出异样的图案，因此蛇身也会在那神秘之光中扭曲和蠕动。那剑是她父亲收藏室里的珍品，她曾经偷窥过无数次，在那秘密的石窟储藏室里。她知道那剑来自他的祖先。她还听说那剑里面藏着500年前这个武士家族的黑色秘密，还有，那上面沾染着亲族的血。那剑是黑色的诅咒，它联结着死神桑国路。

　　是的，马上，那剑上还要沾上另一个拉比那尔家族人的血。一切已经准备好了。一切已经无法挽回了。她是武士家族的女人，武士家族最重要的是尊严。于是，为了维护这快要被她丢失殆尽的尊严，他们决定用这样的方式让她启程。她的身体已经被涂成了漂亮又纯洁的天蓝色，比她梦中老祖母身体的颜色要淡，但是亮丽，这是她被剥夺了青春与美貌后唯一获得的恩赐。那蓝色是那"良心之屋"前的湖水的颜色，处子的微笑的颜色，是初春绽放的华儿圣草的颜色。她的头上已经被束上了金黄色的头冠，那是她祖母在只有52天的执政时间里曾经顶过的头冠；那是她的母亲在答离的支持下把她的祖母从王太后的权力宝座上驱逐下来时，作为战利品要求对方缴纳的凭证。有人告诉她，她的祖母在摘下那个王冠时，人就瘫软在了地上，然后就陷入了昏睡状态，长达一年。而她的母亲，只把那顶王冠锁在了密藏室里，永远不准任何人走近它。

但她现在忽然知道，她头上的这顶崭新的黄金发冠跟出现在她梦境中的发冠是同一件，虽然这顶发冠比梦中祖母的黄金发冠华丽了无数倍，并且还镶嵌着昂贵的钻石和宝石，而梦中的发冠破旧、黯淡又一无装饰，但她知道，它们就是一个发冠，只是出现在不同的时间，不同的地点，有着不同的寓意。就像是现实中的自己与梦中的自己一样，怎么能说她们不是一个生灵？

突然，她明白了，现在，她将重新经历她童年梦境中祖母的经历：一会儿，自己戴着黄冠的头颅将跟随着自己的心脏一起被丢进金字塔下面的灰色岩洞里。斯塔肯定那岩洞一定藏在了父母宫殿的下方，因为她仿佛听到了岩洞里传来的潺潺水声。那水声在召唤着她，告诉她真正的归宿所在。她仿佛听到了她老祖母的呼唤：

"来吧，孩子，这是永生之门的入口，你的血将会净化你尘世中的污浊，升华你所有无法承受的苦痛，就这样，跟我去吧。"

但她为什么还要哭泣，为什么不愿意启程，她还在留恋！她那一瞬间被一种清醒强烈地冲击着，以至于她挣扎着想从祭台上逃脱：

不要，我不要永生，因为我还有贪欲！我还贪恋他的微笑，他身体的气息，他拥抱的温暖！我在爱着！我还在爱着！

但她的哭泣并没有让人群的欢呼声停止，也没有让眼前这位穿着黑衣的男人停下脚步。他在走近她，慢慢地朝她的心脏部位冷酷地举起了手中的利剑！

瑞仪神的光芒做了他的背景映衬，似乎因此他获得了某种神明的力量。他好高，好冷漠，那眼神凛冽得就像愤怒时的答离。他的剑正残忍地向她的心脏部位挥落！

当他的剑尖刺痛了她的肌肤时，她猛然看清了那脱落的黑色斗篷下让她刻骨铭心的脸：亚特！竟然是亚特！

疼痛让她记起了一切！她大声地呼喊着"亚特"的名字，一下子从无休止的梦境中睁开了双眼。

瑞仪神的光线刺得她还不敢把眼睛全部睁开，但是亚特高大的身躯正好替她遮挡住了部分阳光。她感觉有一只手正放在了她的心脏上，那正是她魂思梦绕的男人的手掌，她明白了方才梦境中的一切重量都是来自那只手掌，还有压在那里的那大丽花花瓶的力量。那在梦中隐隐闻到的正是她生命之花的香气。是那只手复活了它。她不知道他孤军奋战了多久，还有他为什么这么做，并且何以出现在这里，但事实只有一个：他在梦境与现实之门的银灰色金属溶液吞噬她双脚前的那个瞬间，终于把她拉回到了充满生命力量的现实。感激使她瞬间勇气倍增，一直堵在她喉咙壁骨深处的言语终于执拗着爬了出来。于是她带着温柔的、害羞的、可怜兮兮的哀求对亚特缓慢地说道：

"求求你，别用那把剑……你控制不了它，它魔力太大了……"

亚特愣了一秒钟，接着神秘地笑了，露出了他水晶般洁白健康的牙齿，向她俏皮地眨眨眼睛。

他终于挪开了压在她心脏上的那只手。斯塔长长地舒出一口气，似乎在跟她打了很久交道的宿梦做了个告别，并跟重生的生命问候了早安。

斯塔觉得全宇宙的花都在亚特的笑容里绽开了，连同她自己的梦中之花，芬芳艳丽，灼灼其华。

（三）

亚特本来希望在登上答离的飞艇前跟伊芙正式通上一次话的。他并不想向她隐瞒任何关于斯塔的事情。他们中间关于斯塔的谈话在几个月前有过一次，同时他们也做了一个短暂的关于赫泽的谈话。那次有关他们生活中存在的其他异性的谈话进行得非常短暂，但非常有成果：他们有了一种默契，即不再过深地追究，同时选择了对对方的信任。但是，不能说没有任何后遗症留下来。火山喷发后，总会产生大面积的火山灰，而且火山灰的处理似乎总是让人更加地头疼。亚特清楚地记得三年前水国的瓦尔那尔火山喷发的时候，不只是水国本身，几乎两周的时间内，临近的金国和土国的北方领空几乎全部被灰色的火山灰覆盖，国内交通陷入瘫痪，人们纷纷逃离至木星的水城堡度假宾馆，同时唯一幸免于难的火国和木国南部地区几乎成了难民营：水国和金国以及土国政府动用了驻扎在火星姆能卫星基地的战备军用太空飞艇来疏散难民，而木国的几大人工湖内的鱼类因此大量死亡，刚刚繁衍成功的梭鱼及虹鳟鱼苗全部成了火山灰的饲料。

这次火山喷发还造成了火星史上最惨痛的"M816空难"。

通往木星的虫洞隧道由于火星人的大逃离而出现火星史上最严重的交通拥堵，十几辆连续碰撞的飞艇引起的姆能发动机电池意外爆炸，竟将时空隧道炸出了一个有几毫米大小的洞口，就是这微小的洞口，造成了时空隧道的意外扭曲、倾斜和时空的模糊对融、混乱穿插、零散扩散，随即有一千个家庭的飞艇被变形时空推送到了浩瀚太空里，成了无家可归的鬼船，同太空垃圾和人造卫星一起，在混乱的太空轨道里飘荡，直到燃料耗尽，船毁人亡。

这次时空隧道的事故就是火星史上最惨烈的"M816空难"，有三千五百人丧生，有一千三百五十个家庭流离失所。空难的M代号是火星MARS的代号，这是为了区别于以往人类发生在地球史上的灾难。这次空难引发了全火星地球人对以下五大问题的深思：

一、时空隧道的预警及安全性能如何加强。

二、姆能发动机电池的安全性能如何保障。

三、太空救援能力的薄弱环节如何改善。

四、如何自动、及时、准确地修补时空隧道。

五、姆能太空卫星基地如何在回收火星火山灰上发挥更大的作用。

有人提议在姆能卫星基地上增设数个可移动的微型卫星，上载着巨型蛇行真空吸尘器，用无比巨大的姆能做动力原料控制其方向，每当火山喷发时，这巨大的真空吸尘器可直接穿越火星上的大气层，迅速吸入所有受灾现场的火山灰，然后将火山灰带回太空基地进行消化、回收处理，可避免其四处扩散，贻害民生。或者，利用姆能人工制造可操控方向的龙卷风，使其吹往火星大气层的固定位置，并以姆能卫星基地为据点，穿越大气层，投下"高强纤维垃圾袋"，进行回收。但马上有人提出了质疑，姆能的安全性能现在正遭受质疑，在该如何控制姆能的民用军用发展，以遏止人类对其的过度依赖尚未定论的时刻，不可以再开发姆能的相关产品。

亚特清楚地记得那次空难后，他在火星联合国国会听证会上遭遇的尴尬。人们似乎忘记了他刚刚由于穿越宇宙大黑洞而为火星人类带来的惊喜，也淡忘了姆能诞生时人类为找到了宇宙最高级别能源时的兴奋与喜悦，更不想提对这个天才少年崇拜的往事，而是急于寻找整个火星史上最灾难事件的替罪羊，而亚特恰恰成了火星人发泄内心恐惧与悲伤的对象。亚特几乎由于自己发明了姆能而被当成了一个罪犯。那次听证会后亚特几乎从火星的公共视野中消失，而他科学研究的热情似乎受到了一点挫折，他变得更加地愤世嫉俗起来。他还记得他听证会上的救命恩人，一直反对人类对姆能过度依赖的土国老布尔教授竟第一次站在了他这一边，替他说了一句最公道的话：

"霍里那稀金博士不是罪犯。如果说一定要在这整个悲剧中寻找罪犯的话，那就是我们人类自己。所有人类的发展史上，一旦出现悲剧，我们总是喜欢把责任推卸给别人，这是一个极大的恶习，也恰恰是我们幼稚和自私的表现。我一直反对人类对姆能的过度依赖，不是我对姆能本身产生怀疑，而是担心任何事物都会物极必反。这次事故恰恰说明了我们对姆能本身，这个宇宙最高级别能量的危险习性还有很多未知的地方。未知而盲从，又无限制地使用是相当危险的。如果一定要给霍里那稀金博士扣上一顶帽子的话，那就是他还有责任再花上另一个十年，为我们火星人类研究出可以反制姆能的另一种能量：反姆能。这样的话，姆能将完全可以在人类的掌控之中。"

那次听证会后，亚特没有把他的经历放在所谓的反姆能能量研究上，而是全部投入到了他的秘密飞艇研究上。亚特预感着，宇宙正在发生非常严重的事情，在不远的将来。他有更严肃的事情需要担心，需要焦虑，因此他几乎把自己与世隔绝地锁了起来，完全投入了那只可以穿越宇宙终极黑洞的飞艇的研制上。

另一方面，当火星人类从"M816空难"的苦痛中渐渐平息的时候，火星人再次想起了他们的天才科学家：亚特－霍里那稀金博士。火星人开始反省，并逐步地以各种方式向他送上表示歉意的橄榄枝，但是，亚特似乎并不领情，他依旧我行我素地沉默着，过着他自己的日子。就在这随后的三年时间里，亚特的弟弟，黑洞射线神木达一夜之间崛起，毋庸置疑，他一开始是沾了哥哥的光的。火星人当时正急于要表达他们对博士的尊敬，而当他们滔滔不绝的爱无法发泄的时候，他们把它们一股脑地都转嫁到了博士的弟弟身上。

好运的来临是需要恰当的时间、恰当的地点和恰当的合作对象的。木达似乎把这三条都占全了。后来他经历的好运更超乎了所有人，包括他的哥哥及他本人的：他竟然取代了哥哥的位置，成为了火星人顶礼膜拜的超级黑洞神。

（四）

当亚特在答离的贵宾舱里给伊芙留下太空信息留言的时候，他没有告诉她他要去的地方，以及他必须离开火星数日的理由。他只是说他必须要到木星去处理一些要紧的事情，希望她不要担心。而且一旦事情结束，他会马上返回火星。亚特把手指摩挲在发送按钮上足足有一分钟的时间，他想着要不要就这样把信息发出去。他是否在对伊芙撒谎。他是否有撒谎的必要。这撒谎的结果会是什么。他想起一句老话：谎言一旦开始，就必须时刻准备着用另一个谎言去弥补。一想到"谎言"这两个字，他就觉得很不舒服。无论是别人，还是自己使用谎言，都是一件无法原谅的卑劣行为。比如他的母亲。比如伊芙，比如她在赫泽的事情上……

亚特摇了摇头，他不想再跟自己提赫泽的事情，因为就这个案件，本已经有所了结。可为什么他总是在不经意的时候会想起这茬呢？哎，男人跟女人之间的方程式怎么这么难解呢？为什么总是找不到一个固定的模式，而且计算过程中不能有一点瑕疵，否则，日积月累，自己会得出完全错误的计算结果。这就像火山喷发，火山喷发本身并不可怕，但喷发后的火山灰，才是最可怕的。是的，任何不愉快的事件与灾难，后果总会有所残留的，甚至有点严重。

而自己对于斯塔，到底是怎样的感受？为什么自己会在她离去后有一段时间内如此地惆怅和失落呢？甚至有几次背着伊芙，偷偷地回到了自己乡下别墅，只为了重温那个周末的温馨与单纯，甚至自己在松林里徜徉好久，只为了寻找曾经佩戴在斯塔头上的那朵干枯的山茶花？

他在那个松林里什么都没有找到，只看到了枯黄的丁香花花冢前凌乱的脚步。那是斯塔跟自己留下的，后来还有了野狐狸和兔子的足迹，还有麋鹿的。他奇怪，自己越是孤独的时候，越是在寂静中，越是情不自禁地把两个女人比较。随着时间的推移，他的每一次比较结果都会出现一些变化。就像是一条不规则运动的粒子轨迹，飘忽不定，神秘莫测。

他有时候看着伊芙残留在沙发上的发卡问自己，自己偷偷潜回到乡下别墅，仅仅是为了祭奠一段不可能再得到的单纯时光，还是惋惜自己从不曾在最心爱的女人那里获得过类似的单纯与依恋？或者是自己女人般多愁善感又缺乏安全感的脆弱心灵在作祟？也许是男人虚荣又贪婪的天性在怂恿自己犯罪。

男人的欲望不同时也很复杂，深奥吗？

而偶尔的犯罪意念，不是如此地富有吸引力吗？

他想起了自己内心深处沉睡着的那个恶魔。自己的人生中仅仅一次唤醒过它。在迷乱与癫狂的孤独和恐惧中。

那正是他父亲离去的第二个月中发生的事情。

他脆弱地把父亲的死和自己一再被抛弃的事实都归罪于他的母亲。他被压抑了20年的情感火山爆发了，他觉得母亲才是自己惨淡情感世界的缔造者，是自己这个怪异、孤僻、脆弱又荒诞人格的监护人、替罪羊。

然后，他有了一段病态般的梦游生活。一次，在梦游中，跳进老家别墅四月冰冷的湖水，在水草阵中，徒手抓过十二只冬眠的青蛙，并把它们一个又一个地窒息，杀掉。他把它们肚皮朝天、头朝外、腿对腿地在船板上排成了一个圆字阵，就像是一个象征性的祭奠仪式。

在火星冰冷的月光下，在梦境的混乱里，在湿漉漉的湖水拥吻着他身体的惬意中，他从肉体分离出的魂魄带着近乎肉欲式的快感，虔诚地给他的母亲、父亲做了一场祭奠。他知道他的母亲还活着，但他更希望她已经死了，陪伴着父亲。而那些青蛙，就是神圣的祭品。接着，他与他的游魂陷入了死亡般的沉睡状态中。他以一种意想不到的方式经历了一次死亡。在一个平常的、孤单的、伤心的夜晚，在一个残忍的亲情祭祀后，他就这样如愿以偿地追随着他的父亲死了一次。

地球时代一位藏地的伟大诗人说过：一个人如果不经常观想无常与死亡，那么有再大的聪明才智也无用。不管出于主动还是被动，亚特曾经无数次观想过死亡：他祖父、他祖母、他自杀的叔叔，以及黑色诅咒下的父亲。甚至他观想过他母亲的假死。但都只是想象中的。当他所经历的死亡体验是如此地鲜活，他沉痛地感受到了黑暗中身体的下落，以他所不可企及的速度和力量，他明白了他正在奔向地面而去。哦，永恒的大地啊，地生万物，为万物之母，所以融入它的怀抱中，这是死亡的第一个步骤。紧接着，他又经历了死亡的第二道程序：他的身体开始因寒冷而颤抖，浑身仿佛浸入了一条冰冷的河水里，他在流着冷汗。突然，火一样的灼热又瞬间代替了冷汗，他的身体仿佛被置到了一团永不会熄灭的地狱之火上烘烤着。疼痛与热浪席卷了他，他想要呼喊，但什么都喊不出来。他只听到他的周围有雷霆万钧的声音，有千万种不同种类的乐器被千万种奇形怪状的人一齐鸣奏着，他一下子被这些声音之咒罩住了，以至于他极力想用已经不好用的双手去捂住耳朵，逃避这些咒语，但他的肉体似乎已经不是他的了，他什么都抓不到，什么都阻止不了。他恍惚觉得这一切又都是自己的幻觉，而那些声音只不过是自己的心灵声音之反射，他这样告诫着自己不要慌张，要勇敢地承受这些声音。它们是空的。自己的肉体也是空的。空的伤害不了空的。所以它们无法伤害自己。不要怕。于是他顶着如火般炽热的身体，勇敢地朝着那些人影们走去。他想融入他们中间，他不想再害怕他们了。突然，一股强大的风流从空中而降，把他像一粒微尘一样吸入其中。瞬间，他彻底地消失了，变成了虚无。

什么都没有了。他及他的肉体。还有他的死亡。

第二天，当他从死亡中清醒的时候，他明白了，昨夜，他亲历了地、水、火、风这四个死亡阶段，他刚刚从虚空中重新诞生了一次。对于这种重生，他不置可否，甚至没有任何的喜悦，只有沉重与茫然。他不知道，为什么自己要经历这些，难道仅仅是为了了解父亲的死亡过程？他猛然想起他父亲生前的一个习惯：他总是喜欢在湖边的草地上燃起暖暖的篝火，然后什么都不做地坐在它的身旁，看着它一点一点地熄灭。有时候是被风，有时候是被雨，有时候是自然衰亡。他什么都不做，即使大雨淋湿了他的身体，大雪冻得他鼻子发红，大风吹得他白发翻飞，他都不改变他那个永恒的宁静。有时候，亚特会在他的身旁向他搭话，那一刻，他的父亲根本听不见儿子的问话，更不会回答他。只有当儿子过于吵闹的时候，父亲才会轻轻地发出一声叹息：

"儿子，请安静，别破坏这种美……"

儿子有一天突然感悟到了，父亲正在祭奠。至于父亲在祭奠什么，亚特却无法弄清楚。

现在，亚特知道了，父亲在用篝火祭奠着死亡。祭奠死亡，也是在祭奠活着。它们是夫妻。地球时代藏地的伟大哲人说过：不知死，何以知生？而我们了解死亡的人又有几个？原来，父亲跟地球时代最古老的藏地原住民一样，一直在活着的时候为死亡做着准备，也在活着的时候为自己举行着葬礼。他只是在等着儿子长大，长大到他可以抛下他独自上路的时候。但父亲有一点跟古老的地球居民不同的是：他准备死亡，不是因为惧怕，而是出于喜悦，一种迫不及待的喜悦；不是求得证悟解脱，而是为了更加地勒紧爱憎这条锁链。儿子想起了他自杀前的那一天，打发儿子进城买烟斗时，闪烁在他眼中的那种纯真又兴奋之光。儿子想着父亲死亡后的行程，害怕了，他知道，父亲一定会坠入地狱。只有地狱之苦才与他无边无际的爱憎相匹配！

亚特对父亲的行为发生了无比的质疑：

"父亲，既然您如此地珍视自然之美，却为何要不自然地扼杀它？死亡，只可以自然地来临，不可以被武断地选择！父亲啊，您既如此地爱她，为何一定要惩罚她？"

亚特看到船板上，躺在自己身边婴儿般沉睡的青蛙尸体，在火星凄惨的晨曦中，正发出淡青色的死亡之光，他慌乱地哭了。他在迷乱中以为那躺着的青蛙就是婴儿时的自己！他还用意念杀死了他的母亲！就像他的父亲一样，也杀死了自己。天啊，他中了这个家族的黑色诅咒了吗？他所做的不也是在下意识里惩罚着自己的母亲吗？这跟父亲又有什么区别？这些不都是人类一直在不断地重复着的故事吗？

爱、怨、恨；爱、怨、恨；爱、怨、恨……

稍稍稳定情绪后，他狠狠地痛打了自己。他用十根手指在湖边为青蛙挖了一个墓地，把所有的青蛙都埋葬在里面。埋葬完祭品后，他趴在青蛙的土冢上，用带着土与血的手指抱着自己的头，又哭了。为了自己无法掌控的命运，为了余下的如此漫长又悲伤的生的时光，为了这些无辜的生命，为了自己无法解脱的怨恨念头，为了自己无法区别于父亲的行为，为了自己内心中偶尔迸发的、几乎无法遏制的嗜血杀戮与死亡的欲望。他的眼前一瞬间出现了一个血肉横飞、肢体遍地的幻象。有一个类似猫头鹰，又像小伙伴凤的声音从茂密的松林深处传来：**这些都是被你杀掉的人。**他顿时浑身冰冷，像中了黑色魔咒般，惶恐地站起身来，头也不回地迅速地离开了松林，逃离杀人现场般地离开了老家。

他知道，如果他继续待在老家，他不但还要继续杀戮，而且可能要再次经历死亡。他不敢保证自己每一次都会顺利地从死亡之中醒来。

在随后的几个夏天和冬天，他都不敢再光顾那湖，那松树林。

斯塔离开火星后，亚特有时候也会想，如果自己不是先遇到伊芙，而是先遇到斯塔呢？斯塔也许是让他抛开记忆的阴影，成为真正男子汉的唯一机会。但成为承担一切的男子汉要失掉很多特权和乐趣的，斯塔对他的依恋和崇拜让他有点诚惶诚恐，无所适从。是的，接受斯塔的爱，他灵魂深处还没有准备好，甚至在有限的肉体存在时间内，都无法准备好。

"抱歉，斯塔，抱歉……"

（五）

想到这里，亚特缩回了放在发射信息按钮上的手指，他的左下身肋骨忽然开始隐隐作痛，奇怪，每当他对斯塔感觉到愧疚的时候，他的左下身肋骨都会疼。第一次产生这种感觉是斯塔在火星的松林里，晕倒在他怀里的时候。

那之后他常常问自己：斯塔到底是自己的什么人呢？她跟伊芙究竟彼此分担着怎样的角色呢？

他开始想着另一种可能，即不使用谎言的可能性。比如他完全可以对伊芙这样说：

"有一个女孩子，我发誓我跟她之间什么都没有，可是现在她却因为……因为爱我快要死了，我必须去救她，请放心，请相信我。"

结果是信任，还是另一次争吵？

亚特决定了。他选择了对伊芙撒谎。当他把太空信息发出的那一瞬间，他突然有了一种如释重负的感觉。是的，他平生第一次在原则问题上撒了谎（跟同事间的小玩笑不算），对他最爱的女人。他不知道这是智慧的选择，还是堕落的第一步。亚特想起他的母亲，忽然觉得这就是所谓的善意谎言。看来，他的父亲早就识透了这一点。哦，父亲真是矛盾了，他最终的人生选择给儿子立了一个非常不好的榜样，以至于他乏力的说服总让儿子混乱与矛盾着，在对母亲是否该原谅的根本问题上。哦，亚特感叹连父爱都在加深自己的迷茫，那人生这个方程式实在是太复杂了，远远地超越了提炼姆能的方程式，甚至未来的、还酝酿在脑中的反姆能方程式。

"善意……的……谎言……"

亚特把身体朝椅子的后背上靠去，头朝着天棚，嘟哝着。他长吁了一口气，为自己终于找到了理由而释然。他现在就像是在扭曲的全息投影中，被自己易了性别、身份和外貌的罪犯，已拿好了武器，冲进了国家安全基因密码信息库，正准备实施抢劫。更糟糕的，这违反道德规范的行为竟带给了他快感。哦，潜伏在自己体内的犯罪因子在作祟。

别忘了，他是他母亲的儿子。

还有，也许现在他远离火星，远离伊芙，正接近斯塔的缘故，他的心里不可饶恕地都被斯塔充满了。斯塔就是基因信息库里的那个量子电脑里的光子芯片。哦，斯塔，斯塔，一个曾经在自己的怀里绝望地哀鸣过的小生灵，她现在就像是他的孩子。一定是用他的一根肋骨造的孩子。他明白了左下方的肋骨隐隐作痛的理由。此刻，他的孩子正在跟爱的死神搏斗着，无助地渴望他的救助。而造成这一切的罪魁祸首正担心着自己可否被另一个女人原谅。

斯塔真是可怜。

忽然有一个奇异的念头袭击了他。当他被这个念头击倒的时候，他几乎不相信这是自己脑袋里产生的念头：一个男人，要是有一个母亲做妻子，同时又有一个女儿做情人该多好啊，该多完美啊！

亚特的身体突然产生了一股冷气，他猛然清醒了，他知道自己刚刚用最卑劣最无耻的想法玷污了世界上两个最美好的女人。他于是狠狠地扇了自己一个嘴巴，毫不留情。他记得这是自己在那20岁荒唐又残忍的青蛙祭祀之后，对自己做过的最严厉的惩罚。这一刻，那些断掉的青蛙之腿似乎正带着冷冰冰的水滴，粘在了他的额头，滴着血，蠕动着，湿漉漉地跳起了死亡舞蹈，在全宇宙最复杂的额头上。他的胃因为这些想象而开始翻江倒海。创伤的印记，伟大的弗洛伊德。如果自己还回得去地球，他想那个冰底下的躺椅该是自己最想去的地方。这种爱恨迷恋从人类的神识刚刚挣脱上一世的肉体，在中阴界飘荡的49天中，从无意中瞥见新父母的床笫之欢时，就宿命地开始了。哦，不，今天的火星却没有人的神识有幸再进入母亲的子宫了。母亲的子宫连同永恒的精神故乡一起早就葬身地球的冰底了。是的，轮回还散乱地存在着，但基本程序都已被实验室里的造物者们打乱了。哦，所有在中阴飘荡的神识们都要进入那冰冷的玻璃试管子宫，就像四百八十年前被用暴力驱赶进纳粹集中营的犹太人。谁也看不见死后的地狱。火星人类已经在黑洞神的甜蜜恣惠下自诩高于了造物者。而作为人类史上第一个穿越了大黑洞，又把最高级的宇宙瘟疫——姆能与黑洞神造出来的自己，该犯了多大的罪啊！

亚特觉得刚才自己打自己的声音足够响亮，几乎让他自己吃惊。打过自己后，他能感觉到面颊上的火热，不知道是由于痛，还是由于羞愧。他长吁了一口气：忏悔，有时候是赎罪的最好方式。

他没有在充满诱惑的黑夜里继续梦游。这一次，他既没有杀死婴儿时的自己，也没有杀死他的女神们，因此他没有必要再去掘任何坟墓。哦，太好了，他的手上不再有鲜血。毕竟，他已经不是20岁。他35岁了。父亲该为他自豪，是的，一定是的。

这样想起来，他真的没有对不起伊芙，也没有对不起斯塔。是的，一切都是想法的萌芽中。想法，不是行动。他永远不知道下一秒钟自己要想什么。时间和空间改变的时候，许多想法都会改变。比如斯塔，比如伊芙。比如，当亚特最初带着绝世的孤独穿越宇宙大黑洞的时候，他以为他这一生都不会为伊芙之外的女人动心；而当他最初把斯塔搂在怀里跳上第一支舞的时候，他以为斯塔只是像皮肤一样的女孩子，你可以在这一处，那一处，随意拥有。哦，瑞金先生说得对，屁股轻的男人，人生也不会有多少分量。是的，现在虽然自己没有跷起屁股，但已经有了危险的动向了。

自己对伊芙的爱，即使它已经成为了世俗的信仰，能够有能力躲开造物者的盘查，而这世俗的信仰到底会不会在时间和空间的流逝中动摇呢？

如果说真的在宇宙的尽头有自己的灵魂粒子核的另一半存在，只要自己思想，对方就会有所感受，会以超越光的速度回馈于我，那么它是伊芙，还是斯塔？

亚特的思绪忽然被天棚上的银灰色金属壁纸打断了。他发现壁纸的图案非常特别：一个又一个黑色小青蛙前后两个方向正反并列在一起，呈一条一条的直线形。青蛙的腹白处微微地露出银光，像是一双双窥视者的眼睛，正在无辜又好奇地看着自己。

亚特又想起了那个夜里，那湖边，那个残酷的青蛙祭祀。他希望这只是巧合。但真有巧合吗？

他忽然想起了答离。他突然觉得他一定就在黑暗中的某处，看着自己。

想到这里，亚特情不自禁地站起身来，朝贵宾舱的门口走去。他想知道，他还需要多少个光时，才能见到斯塔。他实在不愿意跟答离相处得太久了，他觉得自从自己踏进答离的飞艇那一瞬间起，答离就躲在毕恭毕敬的礼数后面，胸有成竹地操控着一切。这真的让他不安。毕竟，相比于黑洞，暗物质世界更是自己还没有完全掌握的领域，里面藏着太多的秘密。也许，巧合里还有死亡呢。

一旦自己有了闪失，相比于伊芙和斯塔，造物者会更加地悲伤吧。因为这将说明，他战无不胜的权威出现了意外的瑕疵。想到这里，亚特觉得自己的生命或许真有些超乎他想象的价值。

（六）

也司在金字塔金殿的正殿门口等候亚特一行。答离的飞艇预定停在那里。她的丈夫决定在午宴前不见亚特，也不举行正式的欢迎仪式。男人对男人，他不可以原谅亚特。同时，也不可以原谅他自己。当初，当自己的妻子和答离策划着要斯塔去火星接近亚特的时候，自己不是默许了吗？以列王知道，这次妻子跟答离策划迎接亚特光临路光国，斯塔又一次成为了被利用的工具。他感觉到了愤怒！他记得他当着答离的面，对妻子大声吼了起来。

他意外地看到了他妻子苍白到无血色的脸上，挂满了眼泪。他猛然间打住了责难，他觉得新奇。他更意外地看到一身黑衣的妻子接下来几乎瘫在地上，如果不是自己跟答离反应及时，王后的头将会被巨石武士雕像的大脚趾撞得皮开肉绽。

把妻子抱在了怀里，他猛然想起来，霍里那稀金博士也是他妻子的儿子。他忽然觉得，她其实也好可怜。在那一瞬间，他几乎原谅了他妻子的一切冷酷、自私的计划。

以列王决定不再干涉他妻子跟答离的行动。他成了甩手掌柜。只要他的女儿康复，他可以把自己的命搭上。不管霍里那稀金博士最终能否交出平行宇宙的钥匙，但只要他能医好自己的女儿，他可以把自己所有的一切都给他，甚至自己的生命。

在女儿进入莫名的昏睡状态后，以列王实际上已经退位，并把权力全部交付给了妻子。国会已经达成了共识。以列王自己除了睡觉和吃饭之外，一直守在女儿病榻旁。全室女星系的名医几乎都光临过他女儿的病榻，但都是失望而归。他们找不出她的病因，更无从下药。

他心碎了，几乎被重复的历史悲剧打倒了。他担心斯塔会走母亲的老路：他的母亲就是失去了王位后（答离与妻子逼迫母亲在父亲去世后临时掌权52天后被迫让位给了自己），陷入了昏睡状态。一年后，她在呼吸中闭上了眼睛。他想唤回女儿的生存意志，于是每日不停地爱抚她，呼唤她的乳名。

他知道巫师为了霍里那稀金博士去了火星，并随时会返航，他开始心神不宁。两个月后，忽然有宫廷侍卫通知他今日的午餐将比预定时间推迟两个小时，他本想回答妻子不陪她进餐了，但是，他马上改变了想法，问宫廷侍卫道：

"是王后一个人吗？"

侍卫告诉他，巫师和另一位重要的外星客人也会在场，他开始觉得慌乱了。

他几个月来少有地离开了女儿的病榻，亲临妻子的寝宫，发现妻子并不在那里。他来到了金字塔宫殿的最上层——52石殿（这个房间是由52块两米长、两米宽的巨石建成的，故称为52石殿），平时自己总是在那里处理政务的，现在是王后在那里工作。他发现了他的妻子，同他一样，神情不自然又紧张。她在那玉石桌前踱着步，双手绞在一起，互相折磨着，偶尔也会抬头看着墙上的瑞仪神壁画。意外地，她早早地换上了参见贵宾时才会穿的红色丝绒长袍，那长袍是用一块完整的绣着金色瑞仪神的布料做成的。她的头上是她的黄金发冠，发冠的中央也是一个镂空的瑞仪神图案。她的发冠顶部是象征她尊贵的王后身份的国鸟比丘鸟羽毛。她的颈上是发着淡青色纯净光晕的玉石项链。项链的底部坠着一个手工雕刻的玉石豹子坠子。那豹子是她最宠爱的饰物，因为她一直觉得自己就是豹子的转世。而豹子，也是路光国民最尊崇的吉祥物。说起路光国尊崇豹子的历史，要追溯到他们的地球史，那将是一个遥远又漫长的话题，本文将不详细赘述。

他的妻子看到了他，意外地主动走向他，十几年来第一次表现出了作为女人的亲密和无助，让他有些受宠若惊地感动。他感觉到她按在自己右手上的手冰冷又汗漉漉的，还有些轻微的神经质般的颤抖，他的内心忽然涌上一丝怜悯。从他20岁在火星上第一眼见到她，这种宿命的迷恋就开始了。几十年来，这种迷恋因为各种各样的理由模糊过，复杂过，糊涂过，但却从未减弱过。

他妻子是恶魔，你不可以接近她的场。一走近她，自己的理性就会失控，就会迷失在她的精神世界里，时刻会在她情绪的煽动下，像一个风中比丘鸟的羽毛般，左右摇摆、波动。而自己与其他女人千辛万苦摆下的肉欲飨宴马上就会变得索然无味。

他在内心深处，最渴望的女人永远都是他的妻子。她的肉体，还有，最渴望的，是她的灵魂。如果她有灵魂的话。很长时间，他一直怀疑，灵魂这个东西是否真实存在。因为，他人生的一段时间，都在沮丧与颓废中对一切抱着虚无主义态度。在他妻子这个问题上，他破了例，他假想她灵魂真实存在。他只有一点肯定，那最神秘最深奥的地方藏的永远不是他。她飘忽的神识（也可以通俗地被叫做灵魂）如此矜持、如此孤僻、如此地难以琢磨，他根本无法走近它。所以，他早就不敢再奢望妻子那个行尸走肉般的完美肉体了。如果他索取，她可以尽义务般地给他，毫无瑕疵；但她同时也在用她的给予剥夺着。她在最私密的时刻，却会放出灵魂与其他精神野兽四处游荡、媾和，她用这种极其放荡与堕落的方式，隐秘地剥夺着他作为男人的体面和尊严。她用她充满谎言和怜悯的肢体语言，嘲弄着他的欲望及无能。永恒地。

一个十足的恶魔。

他已经不能再被伤害了。

他在遐想中，用被遗忘了一个世纪的温柔看着他的妻子，听她低声说道：

"他要来了，就要来了。我们该怎么办？也许……我们该举行个正式的欢迎仪式，毕竟，他是最贵重的国家客人。"

以列王因为受到了妻子意外的宠爱而变得具有了非凡的男子汉气。他拿出了平时对妻子高傲的冷酷语调，忘记了自己已经几乎退位的事实，坚定地以一个一家之主、一国之君的口吻说道：

"不要举行正式仪式。我们的女儿还危在旦夕，一个午宴就足够了。"

"一个午宴……"也司忽略了丈夫的态度转变，重复着丈夫的话，似乎感觉到不满意，但她意外地没有反驳。她考虑了一下，说道：

"也好，越低调越好。我不想让外人知道他的到来，甚至国会的元老们。"

以列王若有所思地看着妻子，琢磨着她。

也司离开了丈夫身边，继续踱步，搓着手，她胸前的巨大玉石豹子坠子有一半意外地钻进了她的礼服，她也没有意识到。她忽然把双手捂到了脸上，似乎想压住裸露在双颊上的红晕；她头上的羽毛在颤动着，似乎不胜激动。她用背影问丈夫道：

"斯塔还是没有变化吗？"

以列王停顿了一下，走近了他的妻子。那瞬间，他似乎有了想从后面拥住她，吻她的后颈的冲动：

"好奇怪，从早上开始，她的呼吸变得粗重。我感觉她因为那位博士……您儿子的到来而变好，或者变糟。"

以列王中途把"那位博士"改成了"您儿子"，因为他闻到了妻子从颈后发髻和下面的礼服里溢出的香气，一种久违的，似乎属于遥远火星上的松树清香。他内心变得更加温柔，因为这味道让他想起了往事。他们的第一次床笫之欢。他记得，他就是趴在了这充满了神秘异国情调的松树味道的胸前，流着感动的泪，求她嫁给他的。

是的，那泪早被时间的风尘吹干了，但是那刻骨铭心的温存还残留着。

于是，他还是改变了口吻。他要讨好她，所以先要讨好她的儿子。

也司听懂了丈夫语调中的变化，她感觉到某些欣慰。她觉得她跟丈夫的关系因为斯塔的病情和亚特的到来而奇异地拉近了，这是始料不及的事情。

她突然转过身，带着少女般的羞涩，感激地吻了吻丈夫的面颊，向丈夫道了声"谢谢"。吻完，她的脸更羞红了，她身上的香气更浓郁了。她也不知道她要感谢他什么，但现在，因为儿子的到来，她温柔了许多。

以列王突然知道了他妻子灵魂深处藏着的秘密。那也许是她的儿子。也许。不，一定是。他妻子第一任丈夫的亡魂看来已经彻底地让位给了他们的儿子了。世间的事物变化可真让人难以琢磨。现在，他的妻子只爱她的儿子。只爱他，超越任何一个宇宙中的男人。她可以为他而死，也可以为他而生。也可以为他求生不能，求死不得地忍受着。她属于他，从灵魂到肉体。除了他之外，宇宙中的一切存在都是暂时的，最终是空的。责任、义务都是表面的。她实际上并不真正地在意它们。现在，这些连答离恐怕都被骗了。她在他面前装作是一个好王后的样子，就像她总是在国民和议会面前装作是一个贤良的女人一样。女人，为了爱情，过去可以去骗，将来还能够！多么自私又狠毒的女人！责任与义务是她打发日子的工具，是善良的惯性。或是她脸上化妆时涂的那层粉，她的素颜没人看得见。如同她的本性，连在床上最赤裸的瞬间她都是化着妆的，她的灵魂！她喜欢自我游荡，喜欢陶醉，她不喜欢赤诚地面对任何男人。即使对她的儿子，她也用隐藏的方式爱他。这真讽刺，她走遍了整个宇宙，用一种决绝又波澜壮阔的方式，耗尽了大半生的时间去寻找她的最爱，猛然回头才发现，她的最爱原来就在原点。甚至，就缩在了她的子宫里。女人，不仅用子宫去思考，原来，还只能用子宫去爱。

最后，她把自己的子宫归还给自己保管。秘密地。

所以，她永远都不会说，对她自己的儿子。沉默是她的尊严，也是她活着的独特方式。沉默是爱的唯一答案。她就是这样一个女人。最深奥的问题是无法被表达的，这就是答离总是挂在嘴边的真相。真相是不可说的，就如同爱一样。如果这宇宙里真有爱这个感觉存在的话。也许也司现在已经不再想刻意地思考爱了。她思考了大半生，伤害了很多人，做了很多荒唐事，最后发现自己什么都没有抓住。有的，还在那里，在子宫里；虚无的，更加虚无。她想随波逐流。让爱既不被记忆，也不会忘记。甚至对于她的神，她也是模糊地透露一点点，仅为了完成忏悔这个仪式。

沉默也是她爱的深度度量计。她言语表达得越少，说明她隐藏得越深。

她已经在命运的多次捉弄之后，彻底地变成了一个神秘主义者。也许，不是命运，是她找到了真爱的缘故。哦，又是这矛盾的不知道所以然的爱。或者，那不是爱，是慈悲，是被动的慈悲。真是藏则贵，显则贱。说对了，到处表白的爱是没有慈悲心做积淀的，所以是最不可靠的啊！

这太可怕了。

以列王忽然觉得好悲伤。刚刚被妻子吻过的面颊忽然开始发红发胀，他怀疑，是不是刚刚被妻子响亮地扇了一个巴掌。他的眼里此刻该有什么东西流出。如果不是泪，就一定会是血液。

（七）

丈夫离开后，也司与答离做了短暂的太空连线，她再次确认了儿子到来的时间。在结束太空连线时，她突然对答离做出了请求：

“请让我看看我的儿子……”

答离迟疑了一下，低声说道：

“陛下，我不觉得这是个好主意。您儿子的贵宾舱内我没有放任何监视装置，我怕他会发觉。要想发送他的太空信息，除非等用餐的时间，他离开贵宾舱的时候。”

也司沮丧地没有再坚持。她关闭了太空信息连线，想着自己是否该在儿子到达前，去跟拉比那尔家族的先王可布石法老见上一面。她必须求得他亡灵的容许和庇护。她已经走到了52石殿的角落里，打开了秘密石门，但她随即改变了主意，又关上了通往秘密石阶入口的门。她觉得时间有些不够了。还有，她也许该把这最激动人心的一刻留给她的儿子。是的，她要带着自己的儿子去觐见拉比那尔武士家族的先王——可布石法老。儿子一定会拯救这个国家的人民的，一定的。

但也司突然间又被一种绝望打倒：天啊，我在奢望什么啊！儿子根本不知道我是他的母亲；而且，如果一旦儿子知道我背后藏着的真正阴险意图，他该多么地绝望啊！

想到这里，也司走到瑞仪神壁画前，头朝着壁画，颓丧地坐下，耷拉着头，似乎她已经不胜其重。她头上的羽毛随着她的头也朝地面倾斜了。突然从52石殿的角落里传来了神秘的歌声，也司惊讶地抬起了头，听着。那是在每个午后亚金时，当西升东落的瑞仪神光照射到可布石法老的腿部时，当时光倒流的路光国黑夜与白昼交替的空隙，都会从围绕在可布石法老木乃伊头部的13个水晶头骨里发出的齐唱。那是既像风笛，又像长箫一样的歌声。

也司也情不自禁地随着歌声开始低声吟唱起来：

"金色瑞仪神之子啊，你受着羽蛇之托，头顶瑞仪之光，脚踏黑色之魔，身陷白色旋涡，双眼喷火，生死由来，不生不灭，生死由来，不生不灭……"

也司像被鬼魂附体了一样，越唱越激动。水晶头骨的歌声停止了，她的歌声却还没有停下。由于她过于专注，她几乎错过了迎接儿子飞艇到达的时间。

第二章

答离之罪

"死比生还多几道程序。"

第十七幅壁画：

一个金黄色的波的海洋。

远处纵深隐约可见几个小小的门。

散于其中的一堆又一堆不规则的绿色电磁波碎片。

一个巨大的黑白太极光球，正向电磁波碎片席卷而来。

有一束电磁波光束正以超越光速的速度向纵深门的方向狼狈逃窜着。

（一）

答离的飞艇在暗物质的世界里经过了近一个月的太空跋涉，终于在路光国金字塔最顶层的正殿门口的巨石空地上停好。飞艇的强悍空气旋涡把守在正殿门口的士兵的金属配饰吹得七零八落，将也司王后头顶的羽毛和红色礼服飘带扬起，甚至将王后本人朝正殿方向吹着倒退了几步。

亚特透过舷窗，再次感受到了暗物质世界的神秘。与明物质世界不同的是，这里的一切都像是被笼罩在变形的黑色薄雾里。星星（那实际上是瑞仪星）如此的遥远，像是与地面隔着几层凹凸不平的折射镜，你不知道你看到的星星究竟是真实的星星，还是隔着那黑色气体透视镜呈现出的视觉幻象。而你更无从知道那星星的准确位置：这里的一切好像都被这神秘的黑色物质给扭曲了。因此，这里的一切秩序都是崭新的。最基本的，对于你眼前的物质，你必须要隔着几层空间才能费力地抓在手里。因此，真实的宇宙似乎在这黑色透视镜的另一面，不只是遥远，甚至超现实和诡秘；这里的时间，似乎也是在倒流着；不倒流的时候，该是在停止；而空间里的物质，也因为这无处不在的黑色物质，显得模糊又疏离。这里的人们，甚至有点怪异的冷漠和自闭。

亚特无论如何也不能想到，现在并不是夜晚，而是路光国的午后，这里的时间是倒流的。但是，就在他的飞艇到达前，路光国民才惊恐地发现，这里出现了500年来罕见的大吉或大凶的征兆，即过了亚金时，黑夜依旧笼罩着世界。历史有过记载，500年前，拉比那尔家族发动军事政变杀死先王亿凡思的那天，白昼也是过了亚金时都没有光临。所以，现在，金字塔王宫底下已经聚集了很多路光国国民，他们刚刚听过了13个水晶头骨的歌唱，但他们的惶恐并没有平息。他们想从国王夫妇或者巫师那里听到解释。

但是，国王夫妇及巫师本人都没有出现。

只有巫师的黑色飞艇出现在了金字塔王宫的顶层。事情显得更加地诡秘。

瑞仪星光下的金字塔更像是地球时代文艺复兴时期的一幅油画景色：光不是光，是被渗透、筛选、加密、分散、曲解后的视觉误差。金字塔真像是亚特梦境中一个魔鬼驻扎的笼子：它如此地暗，暗得发乌、发灰，暗得让人泄气，而洒在它身上的零落星光显得阴森与诡秘。那被雕刻在每一个台阶上的怪异象形文字和图案更增加了它的异域色彩，阶梯尽头正殿大门两边是两只巨大的比丘鸟石雕。鸟头都冲着门。鸟尾一只向西北，对着瑞仪星升起的地方；另一只比丘鸟的鸟尾冲向东南，是瑞仪星落下的地方。正门顶部雕刻着一条长着羽毛的黑色巨蛇，蛇头婉转低垂，正压在门的中央。

亚特不知道，保护这暗物质世界的力量有多大，而这造物者的谜底到底是什么，但他有一点非常清楚，迄今为止，造物者对他们是偏心的，因为生活在明物质世界里的人类还几乎对他们的存在一无所知。

答离曾经在飞艇上，对亚特说过这样的话：

"我们可以看见你们；但是，你们看不见我们。"

亚特记得答离那个时候的眼神：自负、自豪，还有些嘲弄。亚特觉得非常不舒服。也许答离意识到了自己的失态，马上补充道：

"但我们是生死相依的邻居；宇宙毁了，我们谁也无法独善其身。"

亚特忽然觉得答离的话语里藏有深意，甚至有种威胁，他觉得答离其实知道什么，他甚至怀疑答离是否掌握了自己跟造物者之间的秘密。想到这里，亚特忽然觉得一丝恐惧。他觉得，他跟答离越是远离交心，越是安全。答离毕竟是巫师，有着亚特无法匹敌的灵异力量。更何况，这里是暗物质世界，一旦出现意外，自己真有可能无法回到火星。

但答离似乎并没有排斥亚特的意思。正相反，他很喜欢探究这个宇宙最聪明的男人，也很喜欢跟他交谈，甚至斗智：

"黑暗让我们学会了沉默。我们也有太阳，就是瑞仪星。瑞仪神统掌着瑞仪星及整个室女星系。在我们的世界里，真正的时间不是一条周而复始不停流动的封闭曲线，或是没有拐点、不可回头的单调直线，或是虫洞里可任意被拆洗、挪动、缝缝补补的根本没有尊严可言的破线头。时间对我们来说，表面是倒流的，但在精神上，则是一个顽固的点。是开始，也是结束。是线的死结。我们没有时间，甚至超越了时间；可以说每一个路光国的公民都像瑞仪神那样优雅，因为每一个公民都是瑞仪神在俗世的化身。

"我们欢喜地看着自己和周围的人老去。我们不会去刻意区分生与死，因为本来就没有生，更没有死。是的，在这里，所有你们明物质世界的人引以为自豪又怯懦地想紧紧地抓在手里的概念，早就被我们遗忘了，或者自大地说，被超越了……"

答离突然止住了话题，他看着亚特，脸上露出悲伤。亚特为他的突然沉默感到不解，他好奇地问道：

"您就是瑞仪神的媒介，对吗？"

答离耷拉下了脑袋，刚才的自负全然消失了，他沮丧地吐了一口气：

"我只是其中之一，我真的算不得什么。"

答离第一次显露出了谦卑，在亚特面前。亚特一下子明白了什么，他低声问道：

"您想起了斯塔公主？"

出乎亚特的意料，答离乖乖地点了点头：

"我用尽了各种办法，甚至亲自乞求过死神桑国路，以列王曾经献出过自己最高贵的血液，都没有把公主的魂魄从冥界唤回。瑞仪神给了我一点点启发，这都怪罪于他与桑国路神从前有过的争执：是有关斯塔祖母的魂魄归属问题的公案。也许，就像是一千七百年前发生在你们地球丛林里的那场可怕的旱灾一样，那场无可挽回的灾难断送了我们祖先在地球的最后一点希望。现在，瑞仪神都已经决定撒手不管了，所以您将是公主最后的希望……"

亚特的脸开始微微发红，他有了罪恶感。

答离并没有在意亚特的罪恶感，他沉浸在自己的思绪里，继续念叨着。他的声音似乎是从喉结里发出的，因为亚特几乎看不到他的唇在动：

"公主的母亲。王后，真是可怜……"

亚特凭男人的直觉感受到了什么，但他不想深究。在这近乎一个月的航行当中，亚特越来越通过与答离的谈话，感受到了他对王后的那种不同寻常的"情结"，但亚特的教养强迫他对感觉到的事情故意忽略不计。

（二）

在飞艇即将在金字塔正殿前着陆前的那个时刻，答离亲自来到亚特面前，为他恭敬地引路。同时，当舱门被徐徐开启的时候，他故意躲到了亚特的身后，让亚特作为真正的贵宾，第一个走下旋梯。

暗物质世界里的空气刺骨地清冷，还有着怪异的压迫感，亚特觉得有些头重脚轻，身体被压迫感拉长，就像是他第一次移植好人工鱼鳃，踏上木星时的感受。亚特觉得自己现在不是踩在旋梯上，而是踩在云彩上。而且，他的心脏上一定搭载了凤或者凰的重量，要不然不会觉得这么闷和气短。亚特还觉得他的身体一下子肿大到了数倍大，但里面的血液都涌向了身体之外，好像一下子被什么怪物吸干了。他怀疑这混混沌沌的暗物质里是否隐藏着某种可怕的吸血鬼。

亚特看不见自己的脸色，他知道现在的自己一定非常惨白。还有，他怕黑的毛病又袭击了他，他的后背开始冒冷汗。这暗物质世界的黑与火星乡下别墅走廊里的黑相比，更凛冽、更陌生、更诡异。他觉得旋梯下庄严地挺立着的那个红色人影与自己之间有着永远都拉不近的距离。他吞咽了口唾液，忽然非常后悔来到这个陌生世界、陌生星球。他有种预感，一旦他踏上这块土地，他将永远回不到火星了。

但是，答离没有给他更多的迟疑时间。他在他身后，用热情甚至急促的呼吸催促着他前行。为了掩饰自己的恐惧，亚特装作毫不在乎的样子，挪动了脚步。

亚特不知道这是路光国的什么季节，不知道这里是否有四季，像火星那样。斯塔以前曾经告诉过他，但他没有完全记下来。他不知道现在是什么时刻，在走到旋梯一半时，似乎为了拖延落地的时间，他忽然扭头问了答离一个极其不合时宜的问题：

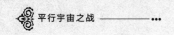

"军师先生，现在是几点？"

答离愣了一下，马上答道：

"比丘时，我们的国鸟午睡的时刻。也就是你们的下午三点左右，该是下午茶的时间吧。"

亚特突然笑了，他觉得这暗物质世界真是黑白颠倒，但他没有时间去问。他感觉到胃在咕咕作响，紧张的时候他就会这样。他清晰地看到了旋梯尽头那个红色影子，以及红色影子上空飘扬的白色羽毛。奇怪，天色这么黑，为什么这红、白两色却无法被黑暗吞没。亚特怀疑这红白两色的主人有着非凡的力量，可以操控她周围的黑暗。突然，他的鼻子里涌进一种怪异的香气，让他觉得好熟悉，一下子到了久违的童年梦里的感觉。亚特一下子没有反应过来，但他觉得某种沉睡在内心记忆里的情愫似乎被唤醒了。他甚至记起了他作为细胞第一次被送进子宫试管时的事情。亚特无暇多想，因为红色的影子正向他涌来，而且，他觉得，一定是他的身体还不适应这新的星球，刚才产生了幻觉的缘故。

亚特被拥进了红色的影子里。亚特先感觉也司王后是握住他的手的，说了些什么，后来不知道怎么地就开始拥抱他。他感受到了一种陌生的体温，他有些受宠若惊。他跟女人的拥抱离别了好像有一个世纪之久了。最后一次，是从伊芙那里得到的，大约一个月前，她离开他去工作前的那个清晨。然后，那个午后，他就登上了答离的飞艇。

他很惊奇于斯塔母亲的热情。在他跟斯塔母亲有限的几次接触中，他都是被她排斥和讨厌的。尤其是四个月前的别墅一别，他几乎不再抱着被这魅力王后喜爱的奢望。亚特总觉得一定是自己做得还不够好，以至于让这位尊贵的王后厌烦。想到这里，亚特着实有过伤心和委屈呢。

现在，作为害她女儿生命垂危的罪魁祸首，他竟受到了欢迎和感激，亚特如何能不产生意外惊喜呢。他透过弥漫在周围的黑暗，听清楚了王后充满了生涩和热情的火星语欢迎词：

"您辛苦了，我的勇士。要知道，这真是一个漫长的旅程呢，有没有奥德修斯回家的感觉？"

也司说完这话，忽然身体微微一颤，亚特马上感受到了。说实在的，王后的欢迎词让亚特觉得非常意外：王后的比喻的确很蹩脚。

亚特的脸露出红润，路光国刺骨的清冷也没有让他的羞涩消失。他从王后的拥抱中脱开身，看着王后，温柔又胆怯地问道：

"公主现在怎么样了？"

亚特觉得自己的声音变得又尖锐又锋利，几乎不像是自己的声音。他不知道这又是自己的幻听还是这奇异的暗物质太多的气压造成的。

王后恢复了平静，温柔地看着亚特，说：

"她好像感受到了您的到来。她的父亲，哦，我的丈夫以列王陛下说她今天的呼吸与平时不一样。还有，国王陛下为您准备了午宴，一会您就会见到他。"

亚特果断地说道：

"陛下，我可不可以先见一下公主？"

亚特的回答让也司和身后的答离非常意外，也司看着亚特，确认似的问道：

"您真要在午宴前见斯塔吗？"

亚特点了点头。

也司回身看了一眼答离，然后扭头对亚特说道：

"那好吧，请跟我来。"

（三）

亚特第一次与以列王面对面。在此之前，斯塔的父亲与也司王后的丈夫在他的感知世界里都是一个抽象的代名词：跟飞艇、咖啡、生化人差不多，没有特定意义，没有具体的内涵。但是，现在不同了。亚特第一次感觉到一种冲击力——一种来自同类的冲击力，甚至有一种类似情敌的压力。当以列王从斯塔病榻前的金黄色坐椅前站起的时候，亚特首先感到的是他的身高——他几乎跟自己同样地高大，但肩膀比自己更宽了些，站立的姿态比自己更加笔挺，那是武士特有的站姿，一把即使被折断也不会丢掉尊严的利剑。看来武士家族的男人绝对不是浪得虚名的，而且，他是拉比那尔家族第十二世天授神职的王，他有着一种与生俱来的优越感和从容。他的头出奇地小，与他宽阔的肩膀相比，似乎有些女人气，但恰恰是这种不协调，增添了他诗人般的细致与浪漫的情调，特别在路光国最高武士红穗代肩章的映衬下，他显得温柔又感伤。他的肤色比斯塔的黑多了，亚特只在火星的古地球时代的油画里才能看到这种精致的深褐色，但那画卷里的人不是在森林的影子里，就是在月色的作弄下，总之，那肤色是人工雕琢后的结果。但，亚特眼前的这位，绝对不是，那是传说中优雅绝伦的奥林匹斯大地的颜色。没有地球人真正看过这种颜色，一切都在神话里。还有，他的脸上最突出的有两部分：他精心修整过的胡须和他漫不经心、永不会被装饰的眼神。亚特怀疑，眼前的这位王究竟在他的生活里是否有他真正在意的东西：他似乎对什么都有一种超然的诚实和无所谓。或许，他是一个还不太彻底的虚无主义者。

亚特马上肯定了自己的想法：是的，他有的。他的女儿。还有，站在亚特身后的他的女人。虽然他在他妻子和客人面前摆出了一国之君的态度，但他时刻都在暗中窥视着他妻子的反应。这是他所有言行中的唯一瑕疵，是他不够光明正大、不匹配他的身份甚至于略显猥琐的地方。

他在意这两个女人。在意使他看起来忧心忡忡。

以列王伸出了他的手。那是温暖、热情、真诚的天性在作祟的双手。这样的男人天生是情场的高手，但在权力的决斗场上，会因为过于天真和仁慈而很容易被对手杀死。他天生为王，却不是一个王的好料。他生活在矛盾命运的夹缝里，蹉跎了痛苦而不知所措的大半生。

亚特看到以列王在握着自己的手的同时，胡须在上扬，微笑着。从那漂亮性感的嘴唇里吐出的火星语比斯塔的要差太远了，比答离的也差很多：

"欢迎您，我的火星骑士。很抱歉，我无法……迎接您……"

例行公事的欢迎词后，有了一段短暂的疏离和审视，两个男人在互相审视着。就像斗兽场上的角斗士和他眼前怪兽的对峙。他们在短暂的沉默中互相掂量着，接下来的争斗里，谁将被谁杀死。

如果亚特知道了面前的这个男人跟自己究竟有着多少千丝万缕的联系，甚至是杀死自己父亲的帮凶，恐怕他就不会伸出自己的手了。而且如果亚特更深入地了解到自己在对方三十年波澜壮阔的婚姻中究竟充当着怎样的角色，他也就不会相对坦然地面对对方了。亚特更不会预料到他是怎样地以一个鬼魂的方式存在，变着法地折磨着他母亲的新丈夫的；甚至，就在他到达路光星球的前几个时辰，他还在害这个丈夫伤心哀叹。如果亚特了解了这些，凭他善良的本性，他或许会对面前的可怜男人产生一丝怜悯和同情。

亚特不知道，当初，如果不是在火星上的迈克落国家植物园，四岁的他由于好奇一定要把对方怪异的草帽固执地抓到手里，他的母亲就不会怀着歉意在还给对方草帽的同时，在指路之后，跟对方有过短暂交谈的机会。那短暂的一分钟交谈，改变亚特的命运，改变了火星的命运，改变了未来的宇宙命运，甚至改变了新宇宙的命运。四岁的亚特和那顶草帽充当了他母亲跟这个外星王子情爱联系的信使。具有讽刺意味的是，天才亚特能够解开最复杂最奥秘的方程式，却对几百年来早被地球人说烂了的最简单的科学原理还没有很好地把握：蝴蝶效应。几百年前的地球人说，在遥远的南美洲一只蝴蝶扇动一下翅膀，那么不久的将来，欧洲的气候会受到影响。是的，世界上没有不相干的事物。一切都是互为关联的。不仅仅是你家的房子着火会殃及邻里那么单纯。每一个极其微小的粒子里面都藏着你用肉眼永远看不见的命运命题，因为那上面都结着一次又一次生死轮回中业的果实啊！

四岁的亚特向那个怪异的外星王子伸出的那只稚嫩的手，比那不知名的蝴蝶翅膀的扇动效应要大得多。亚特花了三十多年的时间，想揭开自己命运的谜底，却不知道，书写他命运谜底的人，恰恰是他自己的那只手。

那么又是谁让他举起了他的那只手呢？造物者？谁又给造物者一个理由？

一切都是有缘由的。

亚特的父亲早就告诉过他这些话。

亚特却固执地认为：

私欲造成了一切悲剧。

人只要在适当的时候，适当地增加和克制欲念，就可以完全改变自己和他人的命运。连造物者的宇宙大一统理论也一定有办法解决，只是自己还没有参悟到而已。宇宙的毁灭也完全是由于人的欲念造成的，这也不是什么宿命的东西。

但是，当斯塔出现在自己的生活中之后，亚特开始认真思忖欲念和命运的关联了。他在检讨着自己私欲的同时，又为无法抗拒自己的欲念而迷惑和恐惧：欲念并不像自己所想的是可凭想法随意增减操控的烹饪作料，而是它要来则来，它要走则走，就像悲剧与好运一样，根本不受人的支配。

难道欲念真的就是与生俱来的，是自己在从前一次又一次的死亡中有意无意地沾在灵魂之核上的那些业之粉尘？是超越死亡与肉体，永远在无尽的生命轮回中跟随着你的黑色命运档案？是自己过去所有生命中的言行造成的结果？那么伊芙、斯塔或者母亲就是那些业之粉尘跟自己"关系"的化身？由此说来，正如父亲所说：**一切都是有缘由的。**这么说，我以前对人生的理解是否显得过于浅薄和主观了呢？我是否该真正地原谅我的母亲呢？还有，谁能告诉我我腹部左边第二根肋骨底下藏着的到底是什么？

亚特在答离的飞艇里，在一个月与世隔绝的时间里，在暗物质世界的神秘庇护下，他反复地琢磨着几个问题：

爱究竟有多少种可能性？

爱要以多少虚荣心做辅助才是纯洁？

爱以怎样的形式出现才是忠诚？

爱为什么要排他？

爱为什么有时候无法排他？

亚特后悔没有做过自己全部肋骨的骨骼成分分析。他告诉自己，等他回到火星，他要做的第一件事就是从国家基因密码库里调出自己的生命密码信息，特别研究一下左边肋骨的成分构成是否发生了某种突变。

现在，站在以列王的面前，亚特还是无法从他小小的情感世界里脱身，真正参透命运的底牌。他只是幼稚又单纯地以为，对方对自己的防御式敌意全部来自斯塔公主，有些爱女如命的父亲本能地会把女儿恋爱对象当做敌人，看来以列王贵为一国之君，情形也并没有多少例外。作为一个父亲，对亚特产生天生的敌意并不过分：至

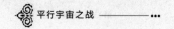

少，他已经够有涵养的了，他还没有用武力削掉亚特的鼻子。

亚特意外地发现以列王突然有力地伸出了双臂，热情地拥抱了他。这一次的热情更是发自内心的。亚特凭男人的直觉知道以列王已经决定放弃争斗，选择了和平相处。

这结果让亚特非常地意外。

（四）

亚特无暇在此刻思考太多关于以列王的问题，因为他听到了斯塔从病榻里发出的粗重呼吸。他没有经过引见就擅自绕过以列王的金色椅子，来到了斯塔的病榻前。他把头朝斯塔的脸的方向俯了下去。他要好好地看看她。

这是他四个月后再次见到斯塔。

她脆弱得像是从床下贸然钻出来的白色影子，可能随时融化在暗物质世界的黑暗墙壁里。她的相貌大部已经改变，只能从剩下的骨骼架构中依稀寻觅到从前的轮廓。她皮肤的水分似乎同她的精气神一起，早被她的影子吸干了。现在的皮肤更像是一张晒干的糯草纸，焦黄、干枯、松脆，被张狂的骨骼一硬撑，又显得紧绷绷的，似乎随时会同她的生命一起，危险地断裂开来，不复存在。她的下颚已经变得如此地尖锐，使她本来健康又有着完美轮廓的面庞，因为局部的突变，显得异常地不协调。不协调的还有她的呼吸：她整个人似乎早就失去了所有生命的迹象，但她的呼吸却异常地顽强，充满着生命的张力。特别是当亚特把脸贴近她面庞的时候，那呼吸声显得有些急促。现在，在斯塔偌大的寝宫里，那不均匀的呼吸声是她自己跟所有人的最后希望。没有人知道，那粗重呼吸的另一边联结的是生命的再生，还是终结。

亚特中途突然停了下来。他抬起身，回过头，忧伤地看着以列王的眼睛。后者正好奇并紧张地观察着他。亚特温柔又胆怯地说道：

"我可以吻她吗？"

以列王吞咽了一口唾液。他回头看了一眼妻子，他发现他妻子现在温顺与无助得就像比丘鸟的婴儿。他心一动，扭头看着亚特，点了点头。

亚特也看了一眼也司，但他心思都在斯塔那里，所以什么也没有体会出。他回身，毅然地朝着斯塔的额头吻去。这是亚特第二次吻斯塔的额头。第一次是在火星上，他母亲的松林里，亚特把一株还残留着火星晨露的山茶花插在斯塔发髻上的时候。那是他能够给予斯塔的最大的暧昧空间，是他能够容许自己的双脚在私欲的小路上行走的最远距离。但是，现在，他再次吻了那个额头，但那已经是一个死人的额头。他的第一个善意的吻夺走了斯塔的魂魄，四个月后，他想用第二个补救的吻去唤回已经渐行渐远的白色精灵，看来，他有些迟了。

亚特颓丧地抬起嘴唇，被动地数着斯塔的眼睫毛，那是斯塔身上唯一没有变化的东西。他被震撼了。他快无助地哭出来了，但他极力地忍着。他不能让斯塔的父母看见自己的眼泪。斯塔说过，在路光国，人们是不会为死去的人流眼泪的，因为他们相信永生。但是，现在的他就像那个不敢走入黑暗的走廊，奔向洗手间的那个孩子一样，他害怕再一次经历死亡。所以，他想哭，因为恐惧。他的父亲死后，他用了十年的时间接受了"死亡存在"的这个残酷事实。现在，他怕再次陷入他人生可怕的诅咒：所有他爱的人都会离开他。是的，他爱斯塔，他爱的。当他的嘴唇碰到她接近死亡般冰冷的额头时，他对这个总是让他左边肋骨疼痛的小精灵，涌起了彻彻底底的爱的念头。奇怪的是这既像父亲对女儿，又像兄长对妹妹，也像男人对女人的念头第一次驱走了他内心一直无可奈何的欲念。这几个月来一直折磨他关于欲念与爱的问题忽然间迎刃而解了。

他觉得自己就像是捧着金饭碗要饭的乞丐，其实最宝贵的财富一直都在自己的手里，他却执著地到外面去寻找它。自己曾经多么地低级和俗气啊！这就是宇宙中最高级别的爱吗？甚至超越了世俗宗教式的爱？这一直像种子一样种植在自己心田里的柔弱又纯粹的爱，今天终于发芽了，自然而然地。他在混乱的充满杂念的生活中，借着一个机会，偶然清晰地看到了它的模样，他觉得自己的精神世界，连同那枚爱的种子一起成长了。自己突然变得高尚了许多。

他给这个只想给予，只想保护，只怕它会被打碎的爱起了一个名字：

造物者亲生儿间的兄妹之爱。

爱该有很多种，有很多可能性。这一刻，即使在伊芙的面前，他也不能否认自己对斯塔的爱。如果说这也是欲念，那该是最自然的欲念。他可以坦然地看着它来，也可以坦然地看着它走。他不再分析它、拒绝它，甚至夸大它的存在。它存在在那里，想它有就有；想它没有，就没有。

他带着赎罪般令人心碎的语气，轻声说道：

"我来了，宝贝……"

斯塔没有微笑着回应亚特的呼唤，也没有跪下来带着哀求或者惊喜吻他的双脚，就像她在火星松林里做过的那样。她只是固执地守在她梦境的门口，不肯出来，似乎为他的迟来而愠怒着。亚特等了一会儿，决绝地再次俯身。这次，他用了更大的力气，他决心要说服斯塔原谅他。

他吻的是斯塔的嘴唇。

同时，他的恐惧和愧疚终于化作一串眼泪，奔涌而出。那滴泪水意外地落在了斯塔的双唇上，斯塔的脸像是轻轻地被引动了一下。

以列王跟妻子互相看了一眼，手挽着手，默默地离开了斯塔的寝宫。他们决定把时空留给这对兄妹。

以列王与他的妻子没有在午宴桌上等到亚特，因为亚特拒绝离开斯塔的病榻前。宫廷侍卫传来博士的口信：他将守护在公主的病榻前，直到公主的病情有所改观，他才会离开。以列王夫妻与巫师答离一起用过了一个沉闷又无趣的午宴。以列王跟妻子等了整整一个上午，直到早晨来到，他们再次光顾女儿寝宫的时候，发现外星博士像一个木偶人一样笔挺地坐在斯塔的病榻前，一动也不动。除了他的右手放在女儿的心脏上，他的头颅是低垂的之外，在他的身上也仿佛找不到生命的迹象。

绝望会传染，而死亡也是同样。也司紧张又恐惧地看着丈夫，似乎在问他：

我会不会又做错了一件事情？

以列王没有回答自己的妻子，而是悄然走近亚特。他在亚特的身后停下，低声说道：

"博士，请您休息一下，您会累坏身体的。至少，请跟我们一起用早餐吧。"

亚特默默地抬起头来，目光先落到斯塔苍白的脸上，然后转过去，与以列王对视着。那眼神里什么都没有，似乎不到一天的时间，他也被死神吸空了。他梦呓般地说道：

"我很抱歉，我来得太晚了。我该早点来的……"

亚特说完，又恢复了刚才的姿势，转过身重新垂下了头颅。

也司走到丈夫身边，轻声地对亚特说道：

"请跟我们一起用餐吧，挽救斯塔需要您健康的身体，还有，需要时间。"

也司的话似乎起了作用。亚特忽然抬起了低垂的头，站起身来，转身对也司说道：

"陛下，您这里管死神叫什么？"

也司似乎一下子没有明白亚特问话的含义，但她回答了亚特的问题：

"叫桑国路。他驻扎在木棉花心里，所以我已经派人把斯塔寝宫花园里的木棉花都拔掉了。"

亚特点了点头。他重新转过头，看着斯塔，温柔地说道：

"让我们一起跟桑国路赛跑吧。虽然瑞仪神也对这公案撒手不管了，但是我绝对不会放弃。不管多久，我都要把你的魂魄从冥界带回来。"

众人把目光都投向了斯塔。斯塔依旧沉睡着，似乎根本没有听见亚特的话。

（五）

亚特到达路光国的第三天，斯塔依旧没有任何好转的迹象，而亚特显得越来越焦虑。在巫师答离的坚持下，在可布石法老的绝密石窟里，将要再次为斯塔举行一次叫魂仪式。第一次的主角是以列王。但是遗憾的是，路光国最高贵的国王和父亲的放血也没有从死神那里唤回公主。所以，这次仪式的主角将是亚特，他是作为斯塔的恋人身份出现于死神桑国路面前的。如果死神能够接受亚特奉献的血液，那么作为交换他将扣留亚特的魂魄三天三夜于自己的地方，这是一种魂魄的交换仪式。三天后，他将把斯塔与亚特的魂魄一起放回于尘世间。

所以，如果一切成功，亚特将有三天"失魂落魄"的昏迷时间。这三天的时间里，亚特将象征性地经历一次死亡。

当答离把仪式的内容向亚特做解释的时候，亚特毫不迟疑地答应了。但是，这个早就预定好的计划却意外地遭到了也司王后的反对。她不再同意巫师的计划。

答离几次试图说服王后，王后固执地保持着自己的意见。后来，答离找到了亚特，亚特才与王后有过一次认真的谈话。亚特用真诚说服了王后，也司决定闭上自己的嘴巴。

但是，直到仪式开始前的一刻钟，也司都处在极度的焦虑和不安之中。甚至，她有意地避开巫师答离的眼神，刻意冷漠地保持着与答离的距离，这让答离非常地难过。

为了再次说服王后，答离在等待沐浴更衣后的亚特从秘密石头隧道步入石殿前的短暂时间里，向王后做了最后摊牌：

"请不要这样悲伤。一切都是为了公主的未来，也是为了这个国家。我会做得不留任何痕迹。他不会受到任何伤害的，我保证。"

也司并不看答离，而是冷笑着：

"不留痕迹就不是欺骗吗？欺骗就是最大的伤害。"

答离无奈地闭了一下眼睛，叹了一口气，说道：

"陛下，您要知道，这世界存在着善意的谎言。"

也司从鼻子哼出了一缕空气，她似乎不想再跟答离做什么争辩了。

亚特换上了路光国的传统白色棉质短袍。他的胳膊、小腿和脖子都露在袍子外面，他的腰上扎着红色的手绣腰带。那腰带上红黄相间的格子与动物条纹图案其实是一种神秘的象形文字，记载着路光国的历史，甚至包括地球那部分时间段的。但是，没有人告诉亚特腰带的秘密，也没有人告诉他只有路光国最高身份的王者才有资格佩带上这种腰带，他一无所知地由人操纵着，沐浴，按摩，更衣，身体被打上香粉，赤着双脚，从可布石法老的石窟侧门由一队士兵引领着，在水晶头骨的歌声中，缓慢又庄重地走了进来。

亚特第一次进入了路光国最神秘的权力心脏：可布石法老神殿。可布石法老是拉比那尔武士家族的头目，500年前他发动了军事政变，杀死了当时的亿凡思国王，建立了拉比那尔王权。他死后，他的遗体被制成了木乃伊保留在了路光国最大的金字塔顶部——可布石法老神殿里。他的内脏被掏空了，身体里充满了凡士明香料，那是生长在路光国最黑暗最寒冷地带整年都不见阳光的植物，是可以让他的肉体不腐烂的天然防腐剂。所以，整个石殿里都充满着这种既甜又酸很像草莓，又像酸奶的香气。他只有头部裸露在外，头顶着一顶玉石王冠，王冠上雕刻着瑞仪神的图案。他的颈上戴着硕大的豹子坠项圈。他双眼紧闭，面色比以列王还要黝黑，毫无表情。他额头宽大，鼻子是全脸部最突出的部分，短而宽厚，无鼻骨，几乎占了脸部三分之一的面积。他上嘴唇是下嘴唇的两倍大小，几乎没长下颌骨，下巴几乎不存在。所以，他绝对说不上英俊，用火星地球人的审美观点来看，你甚至可以说他很丑陋。

他的身体被一张巨大的黑色蛇皮严密地缠绕着，根本看不到一丁点裸露的皮肤。他躺在一个金属飞行器的架子上，由于那金属的造型过于奇特，金属的年代过于久远，你无法断定那究竟是模型还是部分的实物。那大约有他身长两倍长的金属飞行器离地面大约有三尺高，呈古铜色，长方形，有两只天线和排气孔一样的怪异管子独自支了出来，越过他的头部，撑上了天空。与排气孔对应的是两只冲向地面的排气管。那地面排气管被安在了一个脚踏板的下方，同时各种古怪仪表被缀在了飞行器的两侧。法老的头部枕在了方向舵一样的东西上，方向舵联结着操纵杆，操纵杆伸进金属飞行器内部，已经看不清晰了。

亚特精通宇宙中的任何一种已知的百十种元素，甚至他从黑洞中还提炼出了十二种新元素，以制成了能够穿越宇宙终极黑洞又超抗压力的裹里合金，但是，亚特叫不出他面前的飞行器究竟是由哪一种金属合成的，而且究竟是不是金属。他明白了，1700年前，路光国的祖先们就是用这飞行器从地球回到了室女星系的。他记得他曾经问过斯塔，她的祖先是如何在1700年前就实现了时空旅行，而火星人类真正穿越时空隧道还不超过四百年的时间。斯塔曾调侃地说过："我们有鸟啊！"亚特明白了，他面前的金属飞行器，也许就是斯塔口中的鸟。

亚特的注意力没有长久地停留在法老身下的飞行器上，而是被更神奇的东西吸引了：那围绕着法老头部，呈弧状排列，悬置于空中的13个水晶头骨。水晶头骨大约是一个十岁儿童的头骨大小，更神奇的是，这水晶头骨正唱着亚特永远都不会懂的歌，围绕着法老头部，转着圈，同时又整齐地自旋舞蹈着。

当水晶头骨舞蹈、歌唱的时候，从天窗射入的光线也在随着音乐舞动着，整个石殿充满了瑞仪神光和水晶头骨的折射光线，让人目不暇接。

一身素白又散发着香气的亚特被引领着越过了石殿正中央的法老木乃伊，走上了正对着法老身体，同时位于石殿正南方大约有两米见方的石头祭坛，祭坛的正中央是一把特定的玉石椅子。亚特踏上祭坛的石头台阶，有身着黑色长袍的副祭司指引着亚特在椅子上坐下。亚特看到椅子的前方是一个红色的木棉花床，足有两米见方。亚特的脉搏有些加快，他知道这在火星上被誉为"英雄之花"的红色生灵，在路光国恰恰代表了相反的含义：死亡。木棉花是路光国人的死亡之花。它黄色艳丽的花蕊是死神"桑国路"在世俗界的驻扎地。一会儿，亚特的血液将会滴在死亡之花的身体上，由它们引领着，去觐见死神。

亚特经历过他祖父、祖母和叔叔的死，特别是经历过他父亲的死，让他对死亡有了切肤的认识。当他亲耳从造物者那里知晓了宇宙的终极命运后，死亡已经几乎变成了他的一个朋友。他似乎无时无刻不在潜意识里琢磨着它、思考着它。

他这个致命的人生唯美主义者只惧怕看到死亡的丑陋。他记得他父亲沉湖四个月后从湖底被打捞时的样子，太让人心碎了。还有，他不会忘记他梦游时杀死的那些青蛙以及它们身上那青灰色的死亡之光。他刻骨铭心地懂得了，死亡既没有诗情画意，也不浪漫，死亡只是死亡，就像一个到处去要债的债主一样，一旦它盯上了你，你就注定要拿死亡去回报的。死亡是另一种独裁。它是权威的、冷酷的、世俗的、麻木的、迟钝的，甚至是吝啬和残忍的。

现在，站在死亡之花面前，亚特长长地吐出了一口气，微微地闭了闭眼睛，尽力地把大脑里的混乱思绪放空，想以平静的心情去开始一段不同寻常的探险之旅。他的任务很重，甚至超越了几年前的那次黑洞探险之旅。这次，他面对的不是宇宙大黑洞，而是比黑洞还未知千万倍的黑色死神桑国路。所以，他不能胆怯，更不能分心。

亚特的呼吸渐渐变得均匀。忽然，水晶头骨的歌声停下了，它们的舞蹈也戛然而止。石殿内有了短暂又不同寻常的寂静。这寂静来得好奇特，把刚才的紧张氛围一下子烘烤膨胀了数倍。没有人发出任何声音，人们似乎都在等待着什么。亚特能够从人群中分辨出也司王后的呼吸声和她由于身体颤抖而发出的衣衫摩挲声。

突然，从亚特头顶的天窗里倾泻而下一束耀眼的光线，他知道，当瑞仪神光从石殿正上方的天窗射入室内时，正是瑞仪光时，即火星上的正午时分。他不知道，为了这个祭祀仪式完成得更加顺利，答离已经擅自用法力，暂时改变了神殿内部的时间。

亚特不知道，沐浴在瑞仪神光中的自己有着一种无与伦比的美，以至于震撼了在场的每一个人：大家不约而同地把他这个来历不明的奇妙外星人看作了是瑞仪神在世俗的最美化身。答离，这位见多识广的巫师，也被这种感受弄得有些手足无措，甚至对自己几个月来的精心策划产生了动摇。他不禁偷眼看着王后，但王后根本没有看他，其实她也没有看亚特，她只是无表情地立在以列王身旁，低着头，试图忽视或者逃避这个现实。

答离今天是一身黑色祭祀长袍，他这一生都没有像今天这样紧张过。他想起了昨夜王后所说的话：**人的恶，如果不真诚忏悔，一旦开始，就只能继续。**那是王后试图最后说服他放弃明天的计划失败后，流着泪说的。他当时没有回答王后的话，他找不到可以回答她的语言。

现在，他手拿着一个40厘米长的巨蛇形石刃，那被打磨得无比锋利的蛇芯马上将刺入亚特的手指及大腿根部，他希望死神能够接纳亚特的血，否则，不但斯塔公主无法挽救，他那个盗取造物者秘密的计划也将会彻底地泡汤了。

他走上了祭坛，在亚特身旁站好，用眼神向亚特做最后的确定。亚特点了点头，并向答离缓慢地伸出了自己的双手。

答离看着亚特，庄重地举起了手中的石刃。

（六）

亚特由四位副祭司举着，身体倒卧在木棉花床上，他的血大滴大滴地从他的双手十根手指、手心、大腿根部和前胸流出，全部滴到了木棉花床上。等了大约有一刻钟时间，答离命令副祭司们把亚特放在原来存放玉石椅子的祭坛上，现在那里的椅子已经被一个两米长的玉石床替代了。

亚特躺在玉石床上的时候，刚开始意识还是清醒的，他能够感受到玉石之凉，身上覆盖物之温暖，还有，焚烧滴满自己血液的死亡之花的刺鼻香气，他还看见死亡之花上忽然覆盖着一件白色的女人裙子，那一定是斯塔的。他听见答离念动咒语时低沉又诡异的声音，也许这才是巫师答离的真正声音。他的目光跟随着上升的木棉花烟雾向屋顶攀移着，他感觉自己头上的天窗这一刻是开着的，那烟雾恰恰是从天窗跑出，被带入天空的。奇怪，天窗之外这次不是瑞仪神的领地，却是桑国路的。他多么希望自己能够跟随着那些烟雾上腾到死神那里，他一定能够在那里见到斯塔，然后他要拥抱她，说服她，让她跟他回家。他没有能够在火星松林里为斯塔做的，他这一次一定都要补偿上。是的，他还要跟死神有一个谈判。谈什么呢？他不是一个谈判的高手，但也不赖。那就谈吧，谈吧。他准备好了。他什么都不怕，为了斯塔。

亚特觉得自己的双眼越来越沉重，他最后再也看不清烟雾，甚至光线，还有天窗，他只想闭上眼睛。他的眼前顿时是一片红色的海洋，他感觉到自己的脸有些凉丝丝的，好像有无数条虫子爬在了上面。他感觉到有些痒，还闻到了奇怪的血腥味道，他想伸手去抓自己的脸部，但是，他的双手沉重得像铅一样，他根本抬不起来。

他陷入彻底的昏迷前听到的最后一句话是：

"他的七窍开始流血了，桑国路接纳他了。"

但是，他只听见了前半句，因为他听完前半句时他就陷入了昏迷，根本无法听到一句完整的话。况且，即使他听到了，他也不会明白的，因为那是用路光国语说的。说话的不是别人，正是答离。如果亚特还有一点清醒的意识，他一定还能够听到一声声嘶力竭的呼喊，那是发自也司王后的：

"不！"

但是，太迟了。也司王后在答离的指示下，已经由以列王强行搀扶着离开了石殿。四名副祭司和士兵们也都随后撤出了。

石殿内只剩下可布石法老木乃伊，安静的水晶头骨，巫师答离，未燃烧殆尽的木棉花残骸，死亡之花的香气，七窍流血的亚特，以及答离天衣无缝的计划。

答离走到亚特面前，他在仔细地观察着亚特，他在等待着亚特双目中流出的血液越过他的嘴唇、下颌，滴到他脖子上的那一刻。

只要第一滴来自桑国路的血液穿越了亚特的头部，而亚特的头顶中心处有一缕青烟冒出的时候，这就意味着亚特的魂魄已经脱离了他的肉体，进入了冥界，那个时候，答离就可以恢复自己的真身：一个带着羽毛的巨蛇，他可以以电磁波的形式进入亚特的脑电波信息储存库里，窃取亚特的脑电波信息。他将打开那个全宇宙最智慧最宝贵的知识宝藏大门，盗取造物者的礼物。他等待这个时刻已经有太久的时间了，这是最让他兴奋、最让他紧张的时刻。斯塔公主曾经是他引诱亚特自愿吐出秘密的唯一计划，但是，他没有想到，事情朝着完全意想不到的方向发展了：斯塔的痴情以及亚特的良知回馈给了他更绝妙的机会，他可以在亚特的魂魄被困冥界、意识昏沉模糊的时刻，神不知鬼不觉地进入他的脑信息储藏库里，获得他想要的情报，而且可以完全不被亚特发现！

答离知道，亚特将会缠绵于冥界三天时间，这样他完全可以不必如此地着急地变身，但他不想再等了。他害怕亚特随时会醒来，更害怕王后随时会冲进来，阻止他计划的顺利进行。

来自亚特眼部的第一滴血终于跨越了冥界之河，落在了他那笔直、漂亮的锁骨上，然后就像一匹失去了所有气力的战马一样，瘫软在冥界之河的河岸边，蜷伏着、喘息着、停驻着。就在这个瞬间，在答离低沉诡异的咒语声里，本来开着的天窗突然"啪"的一声被某种力量关闭了，死亡之花的香气全部被困在了石殿里，天窗之外的瑞仪神光渐渐地消失了，天空陷入了完全的黑暗，同时石殿内部的所有光线也都渐渐地消失了。答离、亚特及可布石法老都完全陷入了黑暗之中。

答离再次用法力改变了石殿内部的时间。这次，是为了他自己的旅程。

突然，一直沉默着的水晶头骨忽然开始了自转及鸣唱，那既像风笛，又像长箫一样的歌声是用路光国的语言唱的：

"金色瑞仪神之子啊，你受着羽蛇之托，头顶瑞仪之光，脚踏黑夜之魔，身陷白色旋涡，双眼喷火，生死由来，不生不灭，生死由来，不生不灭……"

同时，答离还做了更大胆的事情：他念动《瑞仪心经》，竟催动可布石法老的眼中喷出猩红色的火焰。火焰与可布石法老身下的白色气体旋涡汇合，凝成了一个巨大的金黄色光气旋涡，在旋涡之力的迫使下，十三个停驻在可布石法老的头部位置的水晶头骨，竟同光之旋涡一起全部呈半弧形缓慢地移动到亚特头部上方来，在亚特的头顶部舞动、歌唱着。同步随行的光气旋涡一下子把亚特的身体和流着血的脸部照亮了。接着答离的双手向水晶头骨的眼部方向按动，二十六股强大的火焰分别从水晶头骨的眼部发出，马上在亚特的上方纠结、汇合，与方才的光气旋涡汇合，扭成更强大的旋涡，很快就将亚特的身体全部吞噬。

短暂的沉默后，亚特的身体突然被光气旋涡抬举着，渐渐地离开了玉石卧榻，开始向空中悬浮！

伴随着亚特身体的悬浮，答离的双脚也开始离开地面，跟随着亚特一起飞起。亚特周遭的金黄色光气旋涡很快地蔓延向答离，答离渐渐地进入了光气旋涡中。答离进入光气旋涡中的身体竟渐渐地演变，从规则的黑色变成了一团绿色电磁波，在光气中狂乱地舞动着。随着答离身体的全部湮灭，绿色的电磁波形体开始逐渐清晰，最后竟变成了一个有亚特身体两倍宽、三倍长，长着巨大羽毛的电磁波巨蛇！只见巨蛇在亚特的身体上方盘旋了两周，似乎在寻找下手的最佳时机和位置。终于，巨蛇将身体固定于亚特的反方向空中，其头正反对着亚特的头颅，并冲着亚特的额头中央缓缓地吐出绿色蛇芯。蛇芯一开始显得软绵绵，有气无力又犹豫不决，但一旦它接触到了亚特的肉体，马上暴露了其残酷、敏捷的本性，竟毫不留情地刺穿了亚特的头部，亚特被刺穿的额头上顿时产生了两厘米见方的红黑色灼烧痕迹，一股皮肤烧焦的味道在空气中弥漫开来。

但是亚特什么都不知道！从七窍流出的血液已经凝固，但他的魂魄已经进入了冥界，所以现在的他跟斯塔完全一样，只是人事不省地昏睡着，任人宰割！

巨蛇在蛇芯刺穿了亚特头部之后，竟渐渐地把自己的身体缩成了一束绿色电磁波光线，随着蛇芯，进入了亚特的大脑内部。

这是答离梦寐以求的时刻：进入这全宇宙最智慧的科技天才的大脑里，看看他到底有什么与众不同！

（七）

几十年来，答离一直想知道，造物者为什么选择了那个女人的儿子。他一直设想着自己的运气，也许在进入博士的大脑信息储存库后，他能够获得任何一部分信息；或者，也许能够改变那里面的一些信息，这样的话，他不但可以窃取火星人最先进的科学技术资料，还可以操控这个科技天才，使其为自己服务。在室女星系，在路光国，他是人人尊崇的巫师，是瑞仪神的媒介和代言人。但是他知道自己在造物者的眼里，其实只不过是一个微不足道的神职人员；即使瑞仪神本身，也不过是造物者众多孩子中的一个，根本没有任何机会获得特别恩宠。

但是亚特就不一样了：从出生，到他长大成人，他都一直是被造物者抱在怀里的宠儿，甚至，在宇宙灭亡的时刻他不但获得了新宇宙的再生通行证，更重要的是，他将是新宇宙人类生命的鼻祖。

答离不信这个邪。他一定要冒这个险：他想知道自己在法野库雪山里修炼了800年的法力在造物者那里到底好不好用。还有，他有没有能力在造物者的眼皮底下带领他的国民逃脱末日惩罚。更重要的，自己到底有没有资格向他最爱的女人证明他有高于造物者的法力。有了这么多的野心和私心，王后陛下在后悔时不管怎样试图用眼泪说服答离改变心意，答离要把造物者宠儿当一次实验品的意志都是绝对不可以被改变的。

答离知道他这次行动的后果是什么，他将伤害造物者的心肝宝贝，他将惹怒造物者，一旦被造物者查明，他将受到最苛酷的惩罚：永失法力，以一条可恶的毒蛇之身坠入万劫不复的地狱，受永恒的地狱之火灼烤，一次又一次地被铁刺刺穿七寸，一层又一层地被血淋淋地扒皮，周而复始，永无宁日。

答离知道，他都知道，但是，他已经无法后退了。既然人的恶，如果不真诚忏悔，一旦开始，只能继续，那就这样延续吧。既然像《瑞仪心经》所言：**"从法野库雪山走下容易，桑国路的黑色之门日夜敞开，但要原路返回光之家园，将困难重重……"**如果说自己所有的罪恶只不过是因为挑战了造物者的权威而犯下，今天，自己想违背造物者的意志，想带着族人到达平行宇宙，求得最后的生存权利，难道错了？神与造物者的存在只是为了保护人类生存的尊严，而不是为了显示所谓的自我权威。当法力变成了权力的时候，自己将彻底地失去苦行僧的尊严、路光国巫师的资格，而将沦落为一个恶棍式、充满私欲的政客。

所以，随着答离法力的日渐增大，他窥探造物者秘密的能力日益增强，他越来越惊恐造物者的法力，但对造物者也越来越不尊重了。他只是强忍着，不在各种场合表现出来而已。

答离甚至找出各种理由替造物者开脱，比如他曾经对王后这样解释过：

"造物者也是一个被设定好的大电脑，他也是在按照一定的程序运作。"

短暂的平静过后，答离又会陷入对造物者的嫌恶之中，无可自拔。所以，答离对亚特总是感觉到愧疚。但是，当他一旦面对亚特大脑内部那金黄色、发光、刺人的脑电波迷宫入口处时，他就觉得迷茫：他不知道这些纤细又纵横交错的光束道路最后将把自己引领到何方。

当答离缓慢又试探地通过了入口处，他开始惊叹：天才的大脑就是复杂啊。入口处的电波壁后面是一个不大的空地，空地面对着真正的九个入口。这九个入口分别代表着亚特大脑信息构成的九个区域。它们看起来那么地类似，答离一下子不确定它们都各自代表什么。他只有一点是确定的，这九个入口里面藏着的是全宇宙最尖端最庞大的科技信息，甚至有很多是尚未开发但价值连城的潜意识信息。这些潜意识信息将决定下一个宇宙的科技发展走向及质量。自己一旦入错入口，再折回来将会耗掉好多时间。他只有三天的时间。这三天的时间，在造物者的眼里，只有短短的三分钟时间，他可以不用担心在这短短的三分钟之内，造物者会发现他的宠儿亚特有什么异常。但是，三天之后，如果他不逃离这里，他将被苏醒后的亚特的脑电波击中身体，更糟糕的，是被发觉。

答离必须要静下心来，仔细意念自己要去的地方。他知道，通往平行宇宙的方法将是亚特最隐秘的科技信息，将仅次于他与造物者之间的秘密协定，亚特会将最隐秘的大脑信息藏在哪条通道里呢？答离的眼睛一个入口一个入口地扫过，意念中一个又一个的影像出现在他的面前：有亚特出生时的试管；有亚特母亲抱着他在松林中散步的影像；有亚特从人造黑洞里提炼姆能时失败实验的爆炸影像；有亚特的玻璃子宫影像；有一个又一个奇妙的方程式影像（里面一定有反姆能提炼方法的雏形）；有一个又一个鬼魂般诡异连接的数字影像；有一个又一个奇形怪状的飞艇影像（这一定是亚特的幻想飞艇，也许是他准备制作的）；有宇宙毁灭时的星球挤压的影像（亚特早就计算和预测好了）；有飞艇在黑洞临界点处被暗能量弹回至茫茫太空时的影像（亚特的预测）；有亚特进入黑洞时大声呼喊着的影像；有亚特与伊芙争吵的影像；有亚特及众助手制造飞艇的影像；还有，斯塔哭泣的影像……

答离一个又一个影像审阅，一个又一个地放弃。突然，他感觉到最中央那个入口处里面发出一点点异样的红光，同时有被其刺痛的感觉，突然那红光处隐隐地透出白洞及一个虫洞的影像，他兴奋了，这在亚特的信息库里第一次出现的白洞影像，一定藏着平行宇宙的信息，就走这条！

答离一进入最中央的那条通道入口，忽然发现自己像跌落到了一个软绵绵的棉絮之上，根本无法快速前行。答离仔细低头巡视才发现，自己趴在了一块由一条又一条白色脑神经纤维编织成的神秘地毯上。要想通过这个特制地毯，只能像光蛇一样，缓慢蜿蜒地爬行。答离感觉到焦虑：这要爬到什么时候？更让答离烦躁的是，他身体本身携带的电磁波与亚特大脑信息库的电磁波不断碰撞，自己痛苦不堪，并时刻都可能瘫痪。

答离忍着痛，爬行着穿越了一个又一个信息之门入口。有一次，答离好奇地推开了一扇门，他看见里面是一幅可怕的场景：一个身穿白色长袍、蓄着漂亮长髯的飘逸男子，正向面前的凶暴大海伸出自己手中的魔杖，顿时，大海被魔杖辟成了两半，大风被海水吹走，陆地顿时在大海中央出现……答离不愿意看下去了，他知道，这是亚特前世的景象。他没时间流连于与自己身心无关的事物，于是赶紧退出，又充满好奇地推开了隔壁之门。那门里面充满了如何制造姆能的全部信息：方程式、提炼模式、实验结果数据、应用图像等等。答离知道，只要他使用一点点法力，他就可以改变亚特关于姆能提炼的部分信息记忆。但是，他匆匆地退了出来，门自动地被关上了。他必须节省时间，他只有爬到道路尽头的那扇门前，他才能彻底停下，并尽情徜徉其中。因为那才是他的终极目的所在。

他带着兴奋与战栗穿越了144个信息之门。答离计算了一下，他应该已经爬行了一整天的时间了，他有些累，但当他终于发现自己已经到了道路尽头的门前时，他的疲惫都在瞬间消失了。这是一道与其他信息之门没有任何区别的门，所唯一不同的是，那门上有一个与众不同的图案：**黑白太极图**！

答离忽然有一种极其不祥的预感：这个时间，这个地点，为什么会出现造物者的符号？难道这是在告诉我，这扇门是特别受造物者保护的吗？

为了静下心，答离决定暂时停下来。他一边念动《瑞仪心经》咒语，一面试图看清门里面藏着的秘密。这次，一个更清晰的影像出现了：黑洞、白洞、连接它们之间的虫洞。太极方舟被分解成基本粒子通过虫洞时的各种数字及方程式。

答离觉得兴奋与战栗让自己身体的能量一下子增大了数倍！不能再等了，这不是他害怕什么造物者符号的时候！他边念动着《瑞仪心经》，边集中了身体的全部能量，朝着门上的太极图里面的黑色鱼眼睛就刺了过去！

出乎他的预料，他什么也没有撼动，倒是自己颓丧地跌落在了门下。答离感觉到自己的身体快要碎了，不，已经碎了：碰撞产生的反弹力竟使他的身体硬生生地被断开了几截！答离好不容易才把身体散开的波全部集中起来，他颤抖着，气喘吁吁地在门前重新站起！这一次，他用了更大的力气，朝白色的鱼眼睛撞去！

答离被一种更巨大的力量反弹了回来！瞬间，他的身体被完全分解，他成了一堆又一堆不规则的电磁波碎片，散于空中。同时，门上的黑白太极图案忽然飘向了空中，瞬间就变成了一个巨大的黑白太极光球，向电磁波碎片席卷而来。答离仓皇中狼狈逃窜，他不知道自己是如何能够以超越光速的速度退回到迷宫入口的，他想一定是太极球发出的能量反助了自己，总之，他还没有多想什么，就已经被彻底地驱逐出了亚特的大脑信息库！

（八）

一个绿色光束从亚特的额头喷出，跌落到了可布石法老的石板地上，溅得火星冲天。答离喘息着缓慢地恢复了人形，斜卧在亚特的身下，他试图起来，但几次挣扎，他都无法站起。他已经浑身是血，身体里冒着白烟。终于，他放弃了挣扎，在亚特的身下颓丧地倒下。他突然看见亚特的头顶上飘荡着一个一米见方的黑白太极光圈，正影影绰绰地向自己压过来，答离吓得想躲，但激烈的疼痛使他无法挪动身体。他颓丧地闭上了双眼，一生中第一次无能地在等死。等了好一阵子，什么都没有发生，他觉得自己的身体似乎渐渐地消失了疼痛，于是胆怯地睁开双眼，看着头顶，发现刚才的太极光圈早不见了。

自己似乎又捡了一次命，真不知道是幸还是不幸。

他眼睁睁地看着头上的天窗，那外面的天空还是一片漆黑，时间还没有被改变，他的法力在这个神殿内的时空还存在着，但他知道自己根本无力撼动造物者的意旨，甚至无法拔造物者宠儿的一根毫毛。他跟他的"受害者"躺在一起，一个睡在冥界，一个活在心灵的坟墓里。此刻，他的内心坟墓比天窗外面还要黑。他缓慢地流出了眼泪。

答离这一生只流过两次眼泪。第一次是他下定决心不以世俗之爱去爱他的王后时，因为痛苦而流下的眼泪。第二次，因为真正地领悟了造物者的力量，陷入了彻底的绝望时，流下的眼泪。

哀莫大于心死，他虚弱地对着黑暗说道：

"我终于见到了造物者之眼了……"

水晶头骨在他们的头顶又开始了歌唱。答离的眼睛虽然睁着，但他根本听不见任何歌声。现在的他，跟玉石床上身陷冥界的亚特几乎没有什么两样。

第三章
木达的愤怒

"灵魂和财富一样，最好别轻易拥有。"

第十八幅壁画：

一个穿着黑色老鹰装的中年男子正用
一把巨大铁制剪刀在剪着松树枝，
那松树是倒着长的，树根之须高大茂密。
一个年轻男子正指着那镜子似的湖面给
另一个跟他装束完全一样的孪生兄弟说话。
年轻男子的头上是一个飞行器，
不知道为什么那飞行器竟是脸朝地面在空中悬浮着，
倒扣着，里面竟躺着另一个年轻男子本人。

（一）

木达有一个永远都不敢对世人，尤其是他的哥哥所讲的秘密，但他内心从没有一刻放弃对其渴望。现在的他，是被火星地球人顶礼膜拜的黑洞神，他无所不能，超越了他的哥哥，但是他却还有可望而不可即的目标，这几乎太具有讽刺意味了。每当他被这个欲望折磨得浑身颤抖的时候，他都会用拳头或者重金属物体猛烈地撞击自己的命根子姆能心脏，希望获得疼痛的感觉。他知道，姆能心脏是自己与哥哥间的唯一精神纽带，是哥哥给他的生命礼物，是哥哥爱的明证，而自己在折磨着它，就是在折磨着哥哥。这种肉体折磨带给了木达某种无与伦比的精神快感。在自己颁给哥哥那个该死的总统勋章后，一大段时间里，木达每在想到哥哥看自己时的那种飘忽和冷漠的眼神，还有哥哥故意把自己佩带的勋章摘下，重新佩带时的轻蔑表情，自己就会委屈到热泪盈眶；而他只有不断地在午夜撞击和鞭打自己的姆能心脏，才能够让这种悲伤风暴平息。否则，他担心自己有一天会疯狂到想打碎这粉红色的怪物（多少火星女人希望触摸、吻到它啊），以了结这永恒的感情与精神折磨。

木达记得他当初离开哥哥的时候，提出了以下四个理由：

一、由于自己来自黑洞射线，与霍里那稀金家族人没有真正的血缘关系，因此不但无法拥有家族的名字，而且死后根本无法进入家族墓地，因此无法受到家族后人的真正尊重和认可。

二、自己虽然获得了永恒的生命，但他没有灵魂。

三、自己永远都是一个得不到火星地球人承认的生化人，即火星上的下等人。

四、自己永远没有独立的人格个体，只不过是亚特的弟弟和影子。

他还有更致命的第五个理由，但是永远都不能说出口。实际上，他上面的所有四个理由都是为了第五个理由的存在而存在的。这第五个理由就是他的秘密欲望所在，也是他为什么要在午夜鞭打和重击自己的姆能心脏的根源。

是他永恒的痛。

他后悔为什么在火星联合国的绝密会议室里向哥哥吐露了秘密！他不该让他知道自己做的那笔交易内幕。自己真是草率啊！但那也是情不自禁的反抗啊！因为哥哥总是那么自大，那么居高临下，他竟当着自己信者的面逼问自己花了多少钱买了灵魂。哥哥呀，您该知道我身无分文的，为什么要用钱来羞辱我呢？我的生命是您创造出来的，为什么您要如此地作践我的人格呢？您无所不能，如果您想，怎么不可以在造物者那里为我讨到一个灵魂？

哥哥啊，您知道您的问题在哪里吗？您的内心当中，不是把我当成一个人，一个分身，或者兄弟，而仅仅是一个实验室里生长出来的实验品。就像一个方程式，一架飞艇，一个人造头颅，一个人工合成新元素，一个超新基本粒子一样。您能制造我，也能毁灭我，因此一个实验品，是不配拥有灵魂的。哥哥，是不是在您的眼里，我的额头上永恒地写着一个实验室的番号E，就像古代地球人烙在不贞洁女人额头上的那个大大的猩红字母A？我所唯一幸运的是有了一个名字：木达，即尾巴，这是我的身上唯有的一点家族烙印。您是鲑鱼的头部，我是尾巴，因此我们是兄弟。霍里那稀金家族的遗训：兄弟间要永远相亲相爱，就像一条鱼身的头部和尾巴。尾巴也好，木达也好，家族叔叔的名字魁克也好，您已经够宽宏和仁慈的了。但是，您的眼里，我还是下等生物，即便我今天成为了火星黑洞神，还是在死后不配进入霍里那稀金家族墓地，就是这样。

我受到了侮辱和嘲弄！这不是我所想要的。不是。所以，别怪我出卖了您。我的良心不值几个钱，就像我不配拥有灵魂一样，因为我只是一个最下等的生化人。

哥哥，别忘了，您也是从实验室的试管里诞生的，我们又有多少本质的区别呢？我们是平等的。我就是您，您就是我。我们本可以如此地相亲相爱，您却无法踏过人类本身固有的种姓歧视与偏见的误区，打破成见，真正地接纳我。多么令人伤心啊！

（二）

木达常常一个人隐身于金属大教堂的一个黑色角落里，偷偷地观察着进进出出金属大教堂的信者们，他感觉到无比地新奇，还有陌生，甚至隐藏着莫名的恨。前世的记忆。人类对他所做的恶行，那个大白鲨的身体被肢解的悲惨月夜。他有的时候甚至忘记了，那些信者都是冲着自己而来的。他甚至产生幻觉：那屹立在金属大教堂正中央的那个威风凛凛的黑洞神像才是自己，或者是哥哥亚特，而真正的自己只不过是那个神像的影子和拙劣的复制品。哦，人们多么喜欢有崇拜的神啊。他多么想像自己的信者一样，去崇拜那个漂亮的、无所不能又从没有忧伤的黑洞神！他想起了一句话：无知与迷信是最大的快乐。这个时代，迷信与信仰已经没有什么分别了，只要欲望被满足就行。也许，信仰与迷信的唯一区别就是，一个可以让灵魂满足，另一个可以让自我满足。

木达躲在黑暗中，大部分时间用悲伤和憎恨观察着他的信者们，小部分时间也有心虚和恐惧，甚至偶尔还会像一个卑鄙小人物那样偷偷地取笑他们。木达不可否认，这样的时刻是他最惬意的时刻，因为只有在这样的私密行为里，他才能放弃表演真神，恢复一下自己的本来面目，重新踩到地面，做一回真正的下等生化人。木达明白了，为什么那么多的火星男人，一方面拥有堪称完美的娇贵妻子，一方面又在下等生化人情人那里寻找安慰——这是人的堕落本能在作祟。而自己，则是根深蒂固的出身自卑性在搞怪。他想起来，他的哥哥从来都没有光顾过自己的教堂。他暗自琢磨，哥哥不光顾这教堂的理由。是嫉妒，是了解，是轻视，还是愤怒？

他回想起自己这短暂的15年生命中（他一出生就与哥哥同岁：20岁），在哥哥身边的日子竟是那么地短暂。他每当对过去好时光的思念到了无法遏制的时候，他就会偷偷哭泣，然后沮丧地举起自己的双臂，向面前的黑暗缓缓地伸出去。他在拥抱着黑暗，那空空的黑暗就是哥哥：冰冷、疏远、自以为是。也许他不该来到这个光明的世界，他不该真实地见到哥哥，还有，让哥哥见到这个丑陋的自己。他该躲在哥哥永恒的梦境里，不为他人所知，苟且偷生。也许那样的话他还可以有理由继续爱下去。不像现在，他只能在虚无的等待中，期待一个末日的来临，一个根本不再可能有的爱情。不可能再有了。爱情，谁理解爱情！哥哥哪里懂得爱情！他只爱自己的痛苦。痛苦。痛苦真是一种时髦又高贵的病，只有神思深邃的人才配得。个人的痛苦又像情人眼里的西施，只有自己会紧张得当个宝贝，可别人却并不感冒。痛苦病是换了包装的精神麻药，是让人自甘堕落的借口，是自恋者掉在河里的影子。某种意义上讲，还是一注生活的强心剂。它会遗传，会扩散，会变糟，就是怕被治愈。假想一下一旦痛苦病被治愈了，人就顺理成章地获得了幸福吗？不，太天真了。人得到的将是空虚。生本身也许就是最奢侈的欲望，而痛苦就是人的所有欲望相互交合而生的独生子。这个欲望的唯一宠儿又会背着自己的父母，不知是出于淘气还是必然，竟会雌雄合体地擅自生产出两个外形相像，内涵迥异的孪生兄弟：绝望与希望。如此说来，欲望产生痛苦，痛苦产生绝望，而绝望自然引见出希望，而希望与绝望的兄弟相搏就像黑夜与白昼的无常交替一样，在交会处的黎明时分会创造动力，而动力才能让日子运行下去，于是生命运动了。但生命的运动又会产生欲望，欲望又会产生痛苦。这样一个大的无休止循环才是生命的流程，不是吗？

作为结论，没有了痛苦，人就只有空虚了。看来，只有痛苦存在着，空虚才会隐身，生活才会有滋味啊。

木达在鞭打自己的姆能心脏的同时，一面感悟着痛苦，一面通过这种方式，感受着痛苦的绝对性、宿命性以及他跟哥哥的这个精神与情感之纽带。这是他哥哥最爱他的时刻，也是他最爱哥哥的时刻。

他永远记得他出生时的样子。当哥哥打开实验室的封闭仓，把他从封闭仓的玻璃试管里拽出来的时候，自己的身上还满是白色的、黏糊糊的营养液，而他赤裸的身体由于不习惯梦境之外真实世界的温度，竟开始痉挛。那双沾满了营养液的漂亮双眼，由于还不习惯阳光的刺激，竟开始流泪。更糟糕的，自己好害羞：他是赤裸的啊。

但是，哥哥似乎根本顾不上这些，只是有力地拥抱了他，使他幸福到了窒息的程

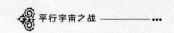

度！他听哥哥反复在自己的耳边鸣唱着"达吉"——火星语，我的兄弟。木达记得自己也用热烈的拥抱回应了哥哥。

他第一次感受到了哥哥的吻，如此地甜蜜，如此地销魂：在他的额头上，在他的面颊上，在他的双手上，在他的双眼上。最后，在他的双唇上。

当木达有了自己的名字之后，某一天，他给哥哥讲述了自己的来历：

我就是您，确切地说是梦中的您。您在梦中不是一直渴望有一个同胞兄弟吗？是您的梦中渴望支撑着我的存在，鼓励我去说服您把我造出来。因此，确切地说我们不是兄弟，而是分身，我中有你，你中有我！

但是，哥哥固执地认为，弟弟只不过是来自实验室试管的生物，只是自己的兄弟。他坚持给弟弟取名字叫木达，还有，他坚持认为自己无法给弟弟一个"灵魂"。

木达被迫接受了哥哥提供的部分现实：做他的弟弟。但是，亲兄弟间相亲相爱的时间却过于短暂了，更多的是在争吵中度过。老问题。作为哥哥的亚特不知道弟弟为何要事无巨细地与自己相同，又如何反复强调那四个理由。我们已经是兄弟了，难道这样不够吗？

亚特永远不会明白木达四个理由下面隐藏的第五个理由，如果亚特知道了，他会吓晕的。这恐怕要超越知道自己被出卖时的惊恐。而木达抛出这四个理由的真正目的是想试探，他到底有没有能力实现那第五个理由。

（三）

木达跟哥哥玩的是一个坚固的情感城池攻坚战：前四个理由只是象征性的炮火和预备梯队的袭击，真正的攻坚大部队即那第五纵队都藏在了炮火下面的壕沟里。木达准备当前四个纵队佯攻成功后，他再在炮火的掩护下，让第五纵队从隐身的壕沟里一跃而起，真正突破城池外围，然后像散大戏一样，分成三三制小组，迅速压制对方火力据点，分割它、深入它、包围它，最后彻底占领它。但是，他的佯攻彻底失败了。哥哥没有答应他四个条件中的任何一个。情感城池依旧坚固地屹立在那里，而自己的攻坚预备部队却溃退千里，尸横遍地。

木达离家出走，木达游荡火星。木达心碎绝望，木达由爱生恨。

木达找到了复仇的机会：有人可以提供给他灵魂，但条件是，必须要拿哥哥做交换。木达犹豫了，还有，他恐惧了。他问自己：我能伤害他吗？

随即，木达被对方问道："你不拿哥哥做交换，你还有什么呢？"

木达垂下了头：他真的已经一无所有了。他要的，永恒地得不到。如果他今天做了这个交易，也许，他还有能力争取得到自己欲望的东西。但是，为什么自己的良知会痛呢？谁说一个下等生化人就没有良知呢？虽然我的不如哥哥那么金贵，但是，我也是有心的啊。他知道，一旦迈出了这一步，他将涉足万劫不复的地狱。造物者是不会在安泰世界给他位置的。但是，谁在意死后的生活，本来，自己是卑微的黑洞射线粒子嘛。穷人是不怕破产的。别犹豫了，自己无路可退了，就像永不可能退回亚特的梦中一样。

木达咬牙做了交易。他获得了他想要的一切：灵魂、智慧，还有与哥哥一样决定宇宙未来的宿命。宿命，多么美好啊！自己也是有宿命的上等人了！

木达要证明自己的杰出与伟大给哥哥看，他必须的。仇恨、痛苦与身份的改变使他的欲念日趋强烈，以至于拳击与鞭打心脏都不再满足他，他常常要游走于生死边缘才能平息欲念。他偷偷地获取了一个三十厘米长玉米形状的裹里合金超光速粒子加速器，用里面一伸一吸弹出的乒乓球大小的人造黑洞，不停地撞击心脏。只有当自己的心脏负荷到了快炸裂的程度时，他才在一种渐渐模糊的生的意识里，感受到一种死亡的降临。在黑色的死亡欢喜中，他会幻觉到更大的快感：他可悲的欲念得到了实现！

哦，为了这个时刻他梦想了多久，而又付出了多大的代价啊！只有在死亡之中，他才敢大声地喊出他的第五个理由：

哥哥，让我们在一起吧，就像两条可艾里特大章鱼那样。让我们拥抱，欢喜地享受生命，创造一个人间安泰世界，彻底结束彼此的痛苦吧。看看您的周围，真正有哪一个人值得您所爱？没有，只有您自己。您英美绝伦，您空前绝后，所以造物者才会选择您。但是，别理他！造物者不过是一个恋童癖患者。记住，只有您自己才配得上您自己。自爱吧，这是理所当然的；自恋吧，这是您的宿命！所以，您怎么能不爱“我”呢，我就是您的梦啊！我们本不是兄弟，我们实际上早就超越了兄弟之情，而是一对形影不离的宿命恋人啊！

不是我中有你，你中有我么！

哥哥，爱与时间给予了我欲望。20年来，我一直躲藏在您的梦里，作为一个卑微的影子，每天唯一的乐趣就是等待夜晚的来临，等待与您的短暂梦中相会。没有人知道每个白昼到来的时刻我是怎样地悲伤。我装着冷酷的模样把您从我的怀抱里推开，目送您懵懵懂懂地从我的枕边起身，离开我的眠床，寻找白昼的入口。有时候您匆忙上路，都不回头看我一眼。哦，我是多么地无奈啊！您离开后我都会一边偷偷地擦着伤心的泪水，一边吻您泡沫般冰冷的存在印记，试图延长黑夜的时光，以抓住梦的最后一根丝。20年，我这样过了20年啊！我们一起度过的黑暗时光好波澜壮阔，好缱绻绵长啊！真是回味无穷！

有的时候我们一起进入了您幻想中的一座地球时代的荒漠，那荒漠不知为何会坍塌，我们被漫天盖地的沙龙追赶着，逃啊，逃啊，逃到了一个孤岛上。我们见到了比我们的身体还大的蓝色斑纹蝴蝶，还有足有三米长的红背蝾螈。您告诉我那是孤岛物种进化过程中，生物的染色体发生变异的结果，是从基因双倍体到三倍体的变种。

有时候您在空中写一个怪异的公式：2EA+2BF，1EA+3BF，3EA+1BF……您会擦掉又写，写掉又擦，后来您偶露玄机：这将是您再造另一个自己时的基因组合试验模式。那时开始，我产生了被您造出的欲望。

有时候我们一起散步于您童年的那片松林，您总是那么愉快，因为您的母亲穿着奇异的白色鸡蛋装，头顶着一顶格外耀眼的红色小丑帽子，在林边一边向您招手，一边吻着她身旁的一个侏儒。那侏儒在笑着，他的头好大，穿得好像一个乞丐，好丑陋啊！她的身边还有您的父亲，不知道为什么他打扮得好像一只黑色的老鹰，他好像随时能把那个鸡蛋吞掉。他愁容满面，满脸皱纹，该是他老了之后的样子。实际上您不再可能看到他老了之后的样子的，而且那种有着胳膊一样的粗腿老鹰该是灭绝了的地球种类。他正用一把足有三米长的巨大铁制剪刀在剪着松树枝，那松树是倒着长的，树根之须竟高大茂密得就快湮灭天空，吞噬湖面了；而且那天空与湖面都不是立体的，更像是一个平面。湖面的小船在独自滑行着，还有围着圆圈在水上跳舞的鸭子……

有时候我们竟闯入了一个长长的黑暗走廊，走廊的一端是破碎的镜子。您指着那镜子说：它就是宇宙的真相。你眼中的一切都是它折射出的幻象。万物唯心所造，宇宙也是这样，都是心的幻影！心在，宇宙在；心亡，宇宙亡。来吧，看我们如何进入暗世界，获得自在。说着，您拉着我穿越了镜子，带着我来到一个铁制飞行器坟墓前，不知道为什么那坟墓竟是脸朝地面在空中悬浮着，倒扣着，里面竟躺着另一个您！您说那是您将来的墓穴，您还做手势不让我发声。

有时候是您请求我把您父亲沉湖时的锁链绑在您的身上。您说您该跟父亲一起死去。有时候您跟一个美女在老水井中缠绵，我只好艳羡地看着她用水撩拨您的头发，试图勾起您的欲望，然后我会偷偷地退出您的游戏，悄悄地为你们盖上老水井的盖子。

有时候您像一个婴儿一样佝偻着身子躺在一个有着漂亮褶皱幔帐的床上，那种古老的青铜柱子床，床头上是青铜天使，鼓着腮帮长着翅膀瞪着大眼睛的那种，您闭着眼睛，那眼角却流着泪水。您的身边躺着一个白衣孕妇，她头看着天空，双眼里满是空洞的眼神。您用心声告诉我，她就是您的母亲，您永恒的精神之母，她肚子里的孩子就是您。那床很快地就变成了一个摇篮，在水中漂流着，您说那是古尼罗河的水，您就是那婴儿摩西，那条河就是您漂流的生命之河；但是，那床很快就在河水中坍塌，天下着雨，您很快就沉溺在满是雨点与水草的河水中了。您在河水里对我说：我要回到地球，我想念那里的一切一切，如果呼吸不到那里的空气，触摸不到那里的河水和泥土，我就死了。不管经过多少个轮回，我不可能属于这个红色星球。救救我，我可怕的乡愁！

还有的时候，您赤身裸体地在做演讲，台下是无数为您疯狂的女孩子，您极力想找什么东西掩住下体，却找不到，我快笑喷了，然后一条金色的蟒蛇缓缓地从空中坠落到您的肩上，一下子把您的肩膀咬住。

有的时候，您会给我讲一个故事，一个可怕的大白鲨在月夜被一群野蛮人肢解的故事。您用悲伤又深邃的眼神看着我，对我说：兄弟，您知道吗，那大白鲨就是你。地球人要把欠你的还给你的。我父亲总是说，一切都是有缘由的。

还有的时候，您似乎在参加一场激烈的棒球赛。很奇怪，整个棒球场似乎设在了蓝色澄明的大气中。我们只听得见观众震耳欲聋的呼喊声，却看不见一个人的脸。您穿了一件奇怪的肉色运动衣，长了三个头，三个手臂，三条腿。每一个手臂上都握着一个棒球棒。很不幸，您被一个凌厉的三头胖女子投手害得打了三个三振，九个空球，悻悻出局。您一边沮丧地坐进长椅里，一边向您的唯一观众，我，如是说道：兄弟，你知道吗，人生就是一场没有休止的职业棒球联赛，那个胖女人投手就是造物者使用的障眼法。她实际上既不丑也不美，美与丑都是映在你眼中的幻象，你看她存在就存在，看她不存在就不存在。这场游戏的真相就是考验你如何以职业棒球员的操守玩出非职业棒球选手的快乐来，以证悟到游戏的最高境界，超越快乐。恪守自己是职业选手的人是猪；恪守自己是非职业选手的人也是猪。人生就是职业与非职业选手间的念头转换游戏。认知转换的真相是智慧，转换的过程更是智慧，而最难的智慧是不管输赢的结果如何，该如何迎接转换的结果，即游戏的终结，这关系到下一场人生游戏的质量。许多人在游戏的过程当中就想尽快放弃游戏，赶快参透游戏的结果，但我不想，那样的话游戏就太乏味了。所以我迟迟不想造出反姆能，兄弟，万事不要太满了，太无趣了。我只想遥望超越快乐的快乐，但我不想马上获得那种自由。奇怪，我跟你说话的时候似乎自己很明白，但一遇到问题，比如被打了三振，我又沮丧不堪，哎，总骂自己太蠢了，为什么不早点参透一切……

还有的时候，您站在一个硕大的玻璃子宫里，那子宫的羊水在一点一点地减少，而子宫却在不停地膨胀着。您奇怪地只用一只脚站立，另一只脚却高高地举在空中。您看来就要支撑不住了，您的身体开始颤抖，您脸色苍白，您气喘吁吁地对我说：我太累了！所有的一切都让我精疲力竭。如果我另一只脚停下来，这只玻璃子宫就会爆掉。我的灵魂之家就要丢了，我没有了来处，也无去处，我就会死去，永恒地……

哦，20年！我们有多少梦的记忆啊！我本可以这样活下去，一直到您生命的尽头的。也许，我不该产生欲念，因为我不满足永远地看着您的灵魂和我这个影子在黑暗中飘荡！哦，我想在白昼见您！我想真正一次地拥有您的肉体！我要您在清醒的状态下疯狂地爱我一次，我想确认这种爱。求求你，了解我的痛苦吧。所以，了结我的痛苦吧。所以，别害羞，别犹豫，忘记造物者，只想着我。来，彻底地占有我，让我也彻底地占有你吧！你可以羞辱我、折磨我，甚至杀掉我，把我重新变成一个没有灵魂的基本粒子，重新送归实验室的试管，或者我们一起逃身于实验室的试管，或者你的梦境，都无所谓！只要我们能在一起。我愿意失去现在的一切，包括我的生命、灵魂、身份、财富！一切，一切！因为我爱你！

我的造物者是你，我的主人是你，我存在的意义是你。哦，我爱你，爱你！我是你的，你是我的，永远！

我的爱，深陷于这样的爱，你又怎么知道我是多么不幸和痛苦啊！

（四）

木达记不清楚，他有多少个清晨是从昨夜温柔的幻境中带着泪水清醒的。每当侍者恭恭敬敬地出现在他面前，为他准备好黑洞神需要的衣物时，他就会看到他惨淡的现实：他还有新的一天时间去伪装。他要把自己的角色继续扮演下去，继续给自己的信者布道，继续积累自己的财富，继续等待宿命的日子来临，而把欲念和泪水留给昨天的夜晚。在成为生化人之前，他痛恨白天。因为白天会带走他的心上人，因此也会带给他孤独和悲伤；现在，他拥有了可以统治白昼人类的特权，却同样地痛恨白昼，因为他更加地孤独，因为他的爱人还是不在他的身边。除此之外，白昼里他还要不停地伪装。他真的痛苦不堪了，比成为神之前还有过之而无不及。

清晨，每当他带着几乎破碎的心脏起身时，他发现他身体一天比一天地沉重了。他害怕有一天他将没有力气离开他的眠床。他知道他身体之重来自他的灵魂负荷，他越来越对自己的灵魂的重量无法承受了。他常常痛感灵魂这玩意，不是谁都有资格拥有的。就像财富一样，对某些人来说，真是祸端啊。他后悔了。如果可能，他真想马上就把它从自己的身体里卸掉，还给它的主人。

但是，他缔结了条约，他无路可退了。木达哭了。恐惧、痛苦，还有无助。

木达没有一刻停止过对亚特的关注，就像他没有一刻摆脱过对亚特的欲念一样。只是亚特自己浑然不知而已。许多时候，亚特以为自己是秘密的，但是，他的太空信息几乎没有逃脱过木达的眼睛。木达有力量了解一切。包括这一次，答离带走亚特，木达是一清二楚的。他曾想过阻止亚特上飞艇，甚至他曾经想过在时空隧道里拦截。但是，他想了又想，决定静观其变。他不想让亚特知道自己在暗中监控着他，这会引起哥哥的不愉快。他们之间的关系已经足够紧张了，木达不想再惹事端。他还想在他们的关系中留有一丝希望。直到答离的飞艇进入了暗物质世界，木达才悔之晚矣！他失去了亚特的人空信息，因为自己的能量是无法穿透暗物质世界的。

暗物质世界是造物者为明物质世界里的人设下的永恒迷局。木达知道，那是造物者为了玩权力平衡有意保留的自留地。造物者是一个出色的政客，他永远都在玩着权力的平衡杠杆：他知道以弱制强，以小胜大，欲擒故纵，甚至敲山镇虎、引蛇出洞！自从被尊崇为黑洞神后，通过一系列的锻炼，木达觉得自己越来越像政客了。说不定，自己跟造物者有一天会摒弃前嫌，成为同盟军呢。

木达及他的九位侍者意外地出现在了姆能卫星基地，如他所想，他引起了骚乱：黑洞神来这里太不同寻常了。木达省略了开场客套，他直奔火星联合国军事委员会总部，破门而入后，对着正主持军事会议的委员会主席窝瑞尔将军所说的第一句话就是：

"知道吗，有人动了我的兄弟。"

（五）

窝瑞尔将军五十岁开外，牛高马大，毕业于土国太阳神军事学院。他没有任何宗教信仰。对于黑洞神，他只是尊敬。他唯一的毛病就是有些口吃，而且只是在火星上刮南风的时候口吃。晴朗无比的天气下或者刮北风的时候他都可以口齿伶俐。为了克服这个毛病，他着实费了不少周章。他随身携带了一个微型风向转换机，有纽扣大小，做成一个徽章的模样神不知鬼不觉地挂在他的军服上。那风向转换机的生物遥控装置被安装在他的鼻尖上，只有细胞大小，非常柔软，由人造肌肉外壳包装，内部是一个姆能粒子芯片。只要他一感觉有口吃的危险，他就会搔弄鼻尖，并通过大脑向遥控装置发出改换风向的指令，左胸前挂着的微型风向转换机就会立刻接到姆能粒子芯片发出的信号，顿时一股乱气流就会从风向转换装置里发出，他会马上恢复镇静。

他这个毛病落下得很是奇特，他自己也说不出所以然。他看遍了全火星著名的医学权威，并且做昂贵的手术换掉过两个舌头，还试着使用过生化人的舌头，一次竟用过猴子舌头，都收效甚微。他也无数次地被催眠，竟没有一个人能够治愈他，并给出至少是减轻他病痛的良方。直到一个外星巫师的出现（彼人自称来自中子星系，但无从考证），才揭开了他的病痛谜底。巫师称这个记忆来自他的前世：他曾经是3000余年前生活在地球南半球热带雨林中一种名叫多多品种的蜥蜴之王，大概有十米多长，五米多宽，以鸟类、人类和小爬行类动物为食，但在一次意外的事故中丧生，从此带着对死亡的拒绝与对生的迷恋徘徊于丛林中几百年无法转世，直到他意外地卷入了一个儿童的不相干驱鬼仪式，他才与其他鬼魂一起得以见到再生的光明，转世成为了一个僧侣，并皈依了释迦牟尼的弟子门下。如来佛在古印度舍卫国说解《金刚经》时，1250名比丘众中曾经有过他的身影。但是前世的记忆使他始终对南风耿耿于怀：那次意外的事故就是在南风天暴发的———一个有现代足球场地大小的星外陨石撞击了热带丛林心脏地带，确切地说那陨石是从南方天空呼啸而下的，使雨林里破天荒地刮起了风暴，而且是南风，可想而知从没有经验过风暴的生灵对那场经历该是何等地恐惧，即使是在死后、转世之后仍然无法释然。

这个解密给了他一点信服度：他自己也不知道为什么从小就对爬行类动物有着不明的好感———以至于在他养第25条来自火星木国迈肯落国家公园的"飓风"眼镜蛇（前24条有一半在他家的阁楼里被妻子关押着，一半死于非命。他怀疑是他的妻子害死了它们。一次他的眼镜蛇宠物由于意外地闯入了邻居家的花园，咬伤了园丁，被邻居告上法庭。他怀疑是他妻子捣的鬼），并把一只断掉的蜥蜴尾巴装在昂贵的地球大西洋海水水晶瓶子里作为生日礼物送给他的第三任妻子时，得到的是他妻子的一个耳光，而且他还被妻子逼迫着喝掉了那瓶昂贵的大西洋海水。饮过那瓶海水后，他宣告了第三次婚姻的结束，也刻骨铭心地记住了又咸又臭又腐朽的海水滋味。对于他来讲，那就是古老又腐朽的婚姻滋味啊。他的婚姻滋味，就是他的生活滋味啊。

他的三次婚姻，很巧合地都以相似的理由而结束。

他已经决定不再结婚了，因为他被那瓶海水害得胃穿了几个孔，他可从来都是以自己的好胃口自豪的男人啊。丢掉了一个好胃，等于宣告了自己的半个性无能，他深感耻辱，这比婚姻失败带给他的尴尬还要深刻。他只好花上巨额费用，换了胃。考虑到自己的感受，他没有使用动物的胃，而是用了工厂生产出来的特制型号的人肉合成胃器官，虽然价格不菲。换胃手术后，他几乎宣告了破产，因为他还要背负三位前妻庞大的赡养费。为了减轻财政危机，他不得不卖掉了家里所有祖传的地球海水，还有来自喜马拉雅山的冰块，巴拿马古运河的老石头，一张地球时代的英国女王邮票以及已经在火星上绝种的几种地球动物的样本，如柳珊瑚、太平洋海星及巴拿马雨林树蛙等等。

他再次进入了火星联合国太空站护卫队服役。护卫队现役军人有迷人的津贴，而且他可以两个月一次回到地面去找生化女人约会：她们不要求婚姻，而且永远微笑和温顺，真是男人想象中才有的情人。他真庆幸科技的进步给男人带来的福祉，谁说理想的女人只在梦想中存在呢，实验室和生产线就可以给我们啊！生化女人真可爱，她们既不会像第三任妻子那样床上床下都喜欢使用皮鞭，并无休止地购物，一个款式的洗碗机（未来洗碗机实际上是一种餐具瞬间分解与复合机器。在这个过程中，餐具粒子成分经历了一次离合，同时也完成了与污渍分离的过程）要买上30套，为了不同时间与不同心情和不同对象。当他指责他的妻子拿他的血汗薪水胡乱消费的时候，他的妻子这样解释给他听：一个地球时代的伟大希腊哲学家（实际上是法国人，好小题大做的法国人），为了验证海湾战争的不存在，竟买了50台电视，然后，他对他的朋友们说：你觉得这些电视存在吗？我觉得不存在。所以，海湾战争也不存在。所以，作为结论，这些洗碗机也不存在。窝瑞尔将军感到恼火的是，直到他离婚，他也没有弄清楚这洗碗机跟海湾战争的关系，甚至跟彗星袭击火星能扯上一点边。直到他的可爱邻居，曾经深受他毒蛇困扰并把他告上了法庭的主妇，在得知他的婚姻再一次报销了之后，为了显示她那伟大的爱心，竟把他家的10台洗碗机全部搬进了她家的马厩，她说也许有一天，她可爱的外孙们诞生的时候，也许可以为他们洗奶瓶。窝瑞儿将军在最后一次离婚契约书上明确地写着这样的条款：

"女方有法律责任和义务处理29台洗碗机中至少一半数量的洗碗机。"

洗碗机，洗碗机是婚姻中的大问题。有火星夫妻因为马桶盖子离婚的；也有因为对方总是在床上放屁离婚的；还有的，因为配偶吃饭既不用刀叉，也不用筷子，而只用手引起的。高开的情爱开端与低走的婚姻结尾，这千万年地球人的根气，到了火星也残留着。窝瑞尔将军的第三次婚姻是因为毒蛇与洗碗机引起的，还不算太离谱。

不过窝瑞尔将军唯一感到欣慰的是，他的第三任妻子相比前两任，还不算糟糕彻底。他的第一任妻子只有黎明时才可以允诺行房事，并坚持在做爱时他要戴上军帽，扎上军人腰带，用手枪顶着她的头部，以刺激她的爱慕，婚姻行进的时间一长，这让富余浪漫情怀的将军痛恨美丽的黎明，而且他总有一种不好的感觉：他的婚姻好像是一种无限期的兵役。甚至有一次，他在睡意蒙眬中被妻子唤醒的时候，他大声地喊出了藏在心里的话：

"你知不知道有一条法律叫做：永远不要把你的配偶从沉睡中叫醒做爱！"

还有一次，他的妻子为了考验他的军人男子汉气概，故意把他戒指大小的激光手枪"意外"地掉进了马桶，更为有趣的是，那马桶里面还有其他的陪衬，一摊她刚刚排泄出的金黄色排泄物，她糟糕的油炸土豆与生鹿肩肉午餐，在她可爱玲珑的腹内交战后两败俱伤的产物。她指着那只色、香、味俱佳的手枪说道：亲爱的，你看它现在味道、力量和姿态都有了，有没有觉得它现在好像一个又老又有味道的超级摇滚歌星啊！

说起第二任妻子，有一段趣闻：她是一个心理学教授，更是一个狂热的霍里那稀金博士迷。他们在一次讲座上认识，讲座的内容是"如何不受生化人诱惑"。他的未来妻子坐在他的旁边，跟他一样，在他们都有了糟糕的一次婚姻经历后，他们都把情感倾泻到了异性生化人那里，但他们同时都有了严峻的问题：他们要不要把这见不得天日的恋爱关系进行下去。他那个时候与霍里那稀金博士共事不久，内心充满了对他的尊敬。偶然的是，他身边的未来妻子对他说的第一句问候语是：您觉得霍里那稀金博士会长粉刺吗？

窝瑞尔将军的回答很干脆：不会。

他未来的妻子问他：为什么？

将军：因为我昨日刚刚跟他打了水球。

他未来妻子：这真遗憾。

将军：为什么？

他未来妻子：因为粉刺跟运气有关。

将军：粉刺跟运气到底有怎样的关系？

他未来的妻子：比如，你挤压这个粉刺的嫩头，它出来得顺利，意味着运气好；反之，中途白头折断，或者带着血，则运气糟糕。

同他的第三任妻子一样，窝瑞尔将军在弄清楚霍里那稀金博士的粉刺跟运气的关系之前，他就跟他未来的妻子好上了。他用了小小的伎俩：他说他可以给她认识霍里那稀金博士。很自然地，他的未来妻子同时爱上了两个男人：博士与将军。但博士当时由于父亲刚刚过世不久，显得很憔悴，私生活也很混乱，所以并不想什么爱情，这样问题就解决了。她嫁给了将军，而博士继续忙着他花花公子的生活。窝瑞尔将军直到结婚后才发现他第二任妻子有一怪癖：她睡前要在去卫生间两秒钟内必须关灯，而且一定要以一固定的跑步姿势就寝，否则，她就会陷入强烈不安，一夜之内不停地折腾，直到她在第N次去过卫生间并把入寝姿势摆正之后，夜晚的安宁才可以降临这个婚床。

她用心理学来解释她的怪癖为：拉末西亚情感障碍症——一种因创伤记忆引起的妄想仇恨综合征。拉末西亚是火星上第一个著名的女性犯罪者，她母亲是她父亲婚姻之外的女人。她父亲出身极其显赫，身份一直是一个谜团。出于对所有已婚女人的仇恨，她竟把十二个火星上事业最成功、头脑异常发达、性感、自负又充满魅力的已婚男人（其中一个是火星M30方程式飞艇赛的超级明星，还有一个是火国总统的儿子）色诱到自己家中，通过药物及催眠控制实施监禁，最长的达九年之久。每一个受到监禁的男人都有一个共同特点，他们都在无数次的药物控制和催眠后都自愿戴上铁锁链，以被她折磨羞辱为快乐，不但成了她彻头彻尾的性奴隶，并且都答应回到家里杀死自己的结发妻子。而第九个男人（即火星最大的生化人工厂主，35岁的南波通博士）就是在实施对妻子的杀戮后被警察逮捕的。拉末西亚成了火星上的女英雄和明星。她的传记满天飞，很自然地，窝瑞尔将军的第二任妻子也成了她的狂热崇拜者。她在拉末西亚女士被送往木星水城堡监狱前的三年时间里，负责对她进行心理疏导。很意外地，心理疏导成了拉末西亚女士对这位心理学教授的单人心理授课。后来成了布道。出身优越家庭，受过良好规范教育，贪图肤浅物质享乐与形式主义虚荣的女教授很快就被这位操着优雅低沉的语调，深谙物质享受之道，可以对地球上的每个断代史倒背如流的特立独行的女罪犯折服了，对方的信仰和学识打得她人仰马翻。她从这位女罪犯那里学到了最重要的一点：拉末西亚式顶级性犯罪是最高层次的情感艺术。她就是火星上的达·芬奇，巴赫，普希金，普鲁斯特，柴可夫斯基，甚至万依明。她是一个人类情感史的杰出开拓者。她不只震撼了心灵，还应该被崇拜。这是文学院和大学教授们永远都不会教给她的，也是任何一个有着正常头脑的异性所无法激发给她的灵感。她在女罪犯那里吸食了过量又醉人的精神大麻，她脱了胎换了骨。她可以藐视火星人，因为她有了很多特殊的经历。（拉末西亚女士给她教授的具体授课内容属于另一本书的范畴，此处不详尽说明。但可以揭示一些点滴，比如说如何用催眠法深入异性深层意识空间，适量地调节药物配方与强烈的心理暗示进行操控与改造，甚至进入前几世的记忆中获取信息和灵感，然后跟创造一部独特的艺术作品一样，进行随机的、突发式的、艺术化的意识再整合。用拉末西亚的话来讲，每一个人都是不同的，他们各具个性。每一次单独个体的改造都像是一个极具特色的艺术冒险，她就是一个地球时代的电影摄影师兼导演，她要巧妙地调动拍摄现场所有的布景、道具、演员们与镜头间的绝妙配合，不能出现丝毫的纰漏，否则镜头就无法一次性成功。任何返工都是灾难性的工作，这意味着她的"病人"将出现深层意识混乱，形成情感误区，要纠正这个误区，几乎是不可能的。她还没有那个能力。谢天谢地，她的良苦用心和十分的谨慎使她这些年来还没有太大的失败经历。她获取了很多宝贵的经验，体验到了非凡的乐趣，她深深地为自己感到骄傲。她是在帮助这些迷茫又混乱的男人们建立一种规范的情感秩序，让他们从所有肤浅又泡沫化的情感模式中获得解脱。如果可能，她很想改造所有的火星男性，特别是霍里那稀金博士，她对他的兴趣由来已久了。但唯一阻碍她动手的原因是，博士还是单身，这让她一直觉得遗憾。可以这么说，她是火星男人们的情感造物主，他们该对她顶礼膜拜！）

分手时，教授哭成了泪人，她亲自为即将流放外星的拉末西亚勇士送行，并承诺，当拉末西亚女士从150年的脑冷冻刑期恢复自由后，自己如果还活着（她一定服用长生不老药坚持活着），一定会亲自去木星接她回家的，给她一个圣女贞德式的欢迎仪式的。

她甚至考虑过与拉末西亚女士举行一个简单的同性间婚礼，纯柏拉图式的。火星上的同性婚姻有着与异性婚姻相同的合法地位，几乎占了整个婚姻概率的1/4强。

火星上的婚姻法中有一个地球时代的地球人匪夷所思的法律：换偶法律。即在获得两对法定夫妻同意的前提下，双方可以交换配偶，继续各自的婚姻生活。火星上的同性婚姻法也产生了一个弊端：即婴儿出生率的严重下跌。本来，用人造试管培养孩子已经大大地解放了火星女性，使其免于生育之苦，但是火星的新生儿出生率依旧年年是负增长的趋势，而同性婚姻的盛行更加大了问题的严肃性。为此，火星联合国通过法案，即每一对同性夫妇有义务提供一方的精子或者卵子，同经过认真筛选的精子或卵子银行的对象结合，人造出火星婴儿来。这种法定的义务和责任是同性婚姻所附带的附加品，一出台，就受到了同性婚姻配偶们的强烈反对。火星上因此几百年来，在地球时代的地球人打完了"男人与女人"间的权利纷争后，又开始了神奇的同性婚姻权利论与生化人的婚姻地位等等维权之战。

（六）

人类是最好战的动物。这是几百万年残酷的进化过程中，优化生存的基因因素决定的。没有战争的时候，人类的血液呼唤着战争，他们制造战争。制造不出战争的时候，人类要它的替代物，体育竞技来聊以自慰。当体育竞技也显得太文明的时候，就要开始卧室与厨房里的男权与女权之战。地球人类这两种最基本生物间的内战与内耗一直从地心延续到了月球，折腾到了火星上的时候，时代变化了，生化人种出现了，而生化人问题突然意外地被提到了政治高度，火星上才第一次出现了男人与女人间的和平蜜月期。这是人类进化史上的奇迹，多亏了另外一个种族的崛起。男人与女人们不再争论谁生了谁，谁养了谁这个先有小鸡还是先有鸡蛋的老话题，而是他们把目光游离，把渴望战争的热情与火气一股脑地倾泻到了这个弱小的，需要被保护的新种族上面。许多火星地球人把新生生化人种同遥远的地球时代被人贩子们偷运到美洲大陆的黑奴相比。声称生化人的存在是人类文明史的大倒退，是人类发展进程中的一大耻辱。甚至有人类学家预言了不远的将来将发生人类与生化人间的争取种族独立与自由之战。

以上是心理学女教授爱上她的"女犯人"的时代背景。

她惊世骇俗的婚姻提案并没有像她预想的那样得到肯定的回答。教授耐心地等待了一阵子，在思考和时间的蹉跎中，她的热情之火被理智之雨浇得渐渐暗淡，以至于最后她改了主意，原因是自己对霍里那稀金博士还保有无限制的迷恋。这理由被她烂在了肚子里，没有向拉末西亚女士坦白。她怕伤害拉末西亚女士无上的自尊。与拉末西亚女士相比，霍里那稀金博士的魅力似乎更强大，也更现实一些。而且他是男人，他当然是男人，这是那位女士永远无法比拟的。其他的优点，比如他身心健康啦，单身啦，不是同性恋啦……如果能够跟他有一个孩子，哪怕用子宫生，也该是多么激动人心的事情啊！她计算过，如果能够给博士生一个天才儿子，比跟一个十恶不赦的女性犯罪者举行同性间婚礼更具有新闻性和震撼力。女人的虚荣心使她最后没有荒唐到做出离谱的选择。

火星上的媒体曾做过一个女性间的民意调查：您觉得霍里那稀金博士最迷人的地方在哪里？40％的女人回答是人格、智慧。30％的女人回答是眼睛、笑容。糟糕的是竟有14％的女人回答是：屁股。0.01％的女人回答是鼻孔。

尽管窝瑞尔将军的心理学教授妻子给他无数次地解释过什么叫拉末西亚情感障碍症，告诉他自己曾经在一次火星大学生运动会的百米竞技中摔倒过，从此就养成了以跑步姿势睡觉的习惯，但将军大不以为然，说他的妻子意志过于薄弱，需要精神锻炼。夫妻争吵后他妻子给了他结论：我丈夫是个军人，真是个粗人呢。

最后，经过了三个出色绝伦的妻子熏陶后，窝瑞尔将军对婚姻充满了复杂的情愫。他对女人充满了复杂的情愫。对生化女人也同样充满了复杂的情愫。但综合起来看，现在自己恢复了单身，这种不再复杂的生活还是让人比较满意的。

（七）

窝瑞尔将军还有一个无可告人的秘密：他总是喜欢在最快乐又孤独的时候，像一条蜥蜴或者蛇那样爬在冰凉的浴室地板上自慰。还有，他喜欢在做爱后，像一只爬虫那样四肢着地，在浴室冰冷的地板上转圈爬上几十分钟，直到晕头转向，带着满身的肥皂味和湿冷的水珠，心满意足地上床，回到妻子的身边。有时候，他常常看着浴室屋顶发呆，为自己无法像一只甲虫那样爬上墙壁和屋顶而沮丧。他曾经偷偷设计过一种抗地心引力的特种纤维外衣，而且外衣上的特殊光感器可以随着光度变化像一个变色龙那样调节衣服颜色。从绿色到黄色、米色再到浅褐色。他最喜欢浅褐色了，那是让他心灵宁静的颜色。一穿上这件衣服，他就可以沿着墙壁攀缘上十米高的树干顶部，心旷神怡地俯瞰地面。

他常常幻想着自己可以有一天顺着他家屋子的外墙，一直爬到烟囱上，再越过屋顶，爬到邻居家的花园合欢树上，然后从树梢沿着树干攀缘而下，在玫瑰花丛中偷偷隐身。他喜欢湿热的、阴翳的、不见阳光的地方。他有时候还幻想着自己的眼睛长在了头部两侧，并能各自为政，随意同时搜罗、分析各个方向上的图像。还有他感觉自己的四肢（尤其是胳膊）突然缩短，舌头有三米长，能伸能缩，还能粘住和碾碎食物。另外他还有一个五米长的尾巴，可像一个旗杆一样上下左右摇摆。他想自己一定有一天不再惧怕断掉自己的尾巴，该是多么激动人心的体验啊！

为了这个让他保持男人尊严的装置，他要一辈子感谢亚特。因为这是亚特送给他44岁的生日礼物——也是在那一年的夏天，他被选为火星联合国军事委员会的主席，但是，他想到的第一件事就是辞掉这个职位，为了他口吃的毛病。但是亚特不但给了他鼓励，并且用一个月的时间加班加点，特意为他做了这个风向控制仪，并说服他安装在鼻子上。他接受了，因为对方是亚特-霍里那稀金博士。

窝瑞尔将军是一个自尊心极其强大的军人。他军事生涯的最辉煌经历就是在他38岁的那年，为了挽救火星免于一个流氓黑洞（有人怀疑是暗物质世界里的某星球发出的人造黑洞）的袭击，他勇敢地率领了一只联合国太空舰队驶入了火星第M298太空空间站，在接近流氓黑洞临界点只有一千米的近距离位置，冒着可被随时改变航向的流氓黑洞吞噬的危险，成功地用姆能运载火箭将其全部击碎，这一壮举不但挽救了火星7亿人的性命和120条火星太空虫洞轨道及114个太空空间站、火星最大的姆能卫星基地，更创造了火星太空军事史上人类抗击外星物质毁灭袭击的奇迹。那次事件后他与亚特也成了莫逆之交，他为这个只有21岁的科技天才彻底折服———如果没有霍里那稀金博士发明的宇宙最高级能源姆能，以及他研制的姆能运载火箭，那么究竟这次事故该如何避免呢？他不确定传统的反物质炸弹（黑洞的反物质就是白洞）的威力到底有多大，是否可以胜过姆能运载火箭，但是如果人造白洞的能量与来袭的流氓黑洞的能量不能够有一个绝对对称值的话，那么这被射到茫茫太空中的人造白洞炸弹要么被流氓黑洞吞噬，要么它在吞噬流氓黑洞后成为另一个不可控制的魔鬼，去蹂躏、毁灭太空中的其他星球，甚至火星本身。霍里那稀金博士的计算是最精确的，他完美无缺地控制了姆能火箭的能量大小，并设定了最精准的发射航道、引爆时间和攻击位置（不偏不倚地使弹头对准了运动中的黑洞心脏），使姆能火箭的威力刚好可以摧毁对方，又不至于使彼此的残骸对火星及太空的其他物体造成威胁和伤害！多么艺术的行为，多么天才又振奋人心的计算啊！他挽救了这个星球，挽救了这个星球的人类，他才只有21岁！

一个人如何有如此的勇气与镇静去担当一番如此巨大的事业呢？窝瑞尔将军想了很久，他最后得出了一个粗浅的结论：那就是霍里那稀金博士只有清醒地认清了自己的使命，甚至是宿命，才可以如此义无反顾地投身于自己的事业中。但是一个人在那么年轻的时候就承担了那么多的使命，该是一件多么不幸的事情啊！会未老先衰的！

窝瑞尔将军从那个时候开始就把伟大又可怜的霍里那稀金博士视为挚友，甚至偶像，不管他是否真正地了解这个天才。了解与不了解都不重要，关键的是他尊敬他，从灵魂深处。他常常感叹，男人之间的爱是多么纯洁又神圣啊！而战友之情又是多么地高尚啊！

窝瑞尔将军在他粗壮的外表下，有着一颗比女人还敏感脆弱的心，但他鲜在人前表露，甚至对亚特本人。自从他的婚姻陷入完全的灾难后，他彻底地把自己定位为一个军人，而且他知道自己有一个优秀军人的品质和才能。

但是，黑洞神的崛起让他着实陷入了迷惑，特别是他亲眼所见黑洞神徒手摧毁了一个将要袭击火星的彗星，金属大教堂日益兴盛，火星四分之三的人类陷入狂热的木达教崇拜之后，他在问自己一个最单纯又最无法回答的问题：

这兄弟二人当中，到底哪一个才是造物者之选？又哪一个才是火星人的真正福音呢？为什么哥哥和弟弟会如此地对立、敌视？难道必须在兄弟二人之中选择一个吗？

他同所有的火星上层知情者一样，在暗地里把这个问题问了无数遍，得出了无数次的结论，但每次都被自己推翻。他也曾经试图同几个最亲近的朋友及上司做过私下讨论，但是每个人的意见都不一致，更糟糕的是，同样的人在不同的时期竟会给出相反的结论。他就像陷入教派纷争时期的宗教信徒一样，每日在信仰的迷茫里烦躁、郁闷，甚至惶恐和不安。

这最近的五年的光景里，不知道是有意还是无意，将军与亚特之间有了疏远的趋势。将军不知道亚特在忙于的真正事业，他只认为亚特是因为弟弟的崛起而陷入了情感低迷期以至于有意地回避人类，而他自己也在尴尬和不情愿中保护着自己的思维独立性。缜密的思考以及不轻易盲从于结论是他对亚特的忠诚与友谊的最后见证。

窝瑞尔将军直到几个月前的绝密火星联合国会议前，还是情愿相信亚特是造物者的真正所选，但是那次会议后，他为一个天才的陨落和其神智的昏迷而痛心。他甚至觉得亚特真的在进行着梦游，白天和黑夜都已经不重要，他已经无法分清现实与梦境的界限了。

"他离真实的犯罪不远了。他在蛊惑人心，因为他妄想，缘于他的恐惧；他恐惧，于是他更妄想。"

就在亚特慷慨陈词的几天时间里，他始终一言不发，躲在火星绝密会议室的角落里观察亚特，想亚特恐惧的理由。他就像一只黑暗中等待猎物，准备伺机而动的狮子一般，他在等待着可以打击亚特的敌人，救助亚特的机会。这是他内心的真实愿望，军人的惯性：保护自己的地盘。他早把亚特视为同经过生死的战友，亚特代表他最大的战争利益，那资产是无形的。但可惜，机会没有降临，不，是他主动放弃了。他看到亚特的脸色时而振奋红润，时而苍白颓靡得像一个病人；他的眼神时而羞怯柔情，时而疯狂又恼怒。他在痛惜着，而亚特在犯罪的念头终于说服了他的时候，他几次都想哭泣。他想抱住亚特好好地哭一场。为了亚特的命运和自己的无能为力。

但是，他什么都没有说，什么都没有做。在多数场合下，当沉默像一个人无瑕的操守般难以被恪守的时候，坚守沉默就是一个男人最后的尊严和最深的爱。他爱的不仅是亚特，而是火星人的希望。他知道亚特是最优秀的军人，他是在任何一种危险与危急的情况下，都会保持镇静的人。于是他固执地沉默着，以他一贯既冷静又善于思考的定力。因为现在，他也跟亚特在信奉着同一宗教：清醒。那五天的时间里，他的另一个自己如坐针毡，几乎连大气都不敢出。他害怕亚特会看他，向他微笑，或者点名让他表态，他真想变成会议室里的一张桌子，一把椅子，或者墙上的一幅油画，或者是生化人侍者手里的盘子、杯子，或者干脆变成一个隐形人、透明人、中微子、暗物质、暗能量、造物者本人，什么都行，只要亚特不发现他，他不这样难受就行。五天的时间内，他的鼻子快被他揪掉了，因为他一紧张就冒汗，为了擦鼻间上的汗珠，他换掉了三块手帕，还有，每擦完汗他就会下意识地搔弄着他完好无损的鼻子——会议室里并没有刮南风，他也没有口吃，但是，他内心的风暴却没有一刻停止过：那疯狂的陨石还在撞击着雨林。

他看见无数的人进进出出火星会议室，他看见亚特也进出过好多次，他都没有敢抬起头正视亚特，或者追随亚特出去。谢天谢地，亚特是善解人意的；亚特是坚强的，因为他已经认命于自己的孤独。直到木达神出现在火星会议室里。

窝瑞尔将军目送着亚特的背影离开火星会议室，他知道亚特的心一定是在哭泣。而他自己的双眼也模糊了，他不敢去擦拭，因为木达神慷慨激昂的演讲正换来一阵又一阵的掌声和欢呼声，自己的多愁善感的确跟自己的身份有些太不符合了。

现在，亚特的兄弟又像几个月前的那一次一样，突然出现在他的绝密会议室里，突然抛出了这几乎不着边际的一句话，以至于将军来不及按动鼻尖，竟口吃起来：

"谁动了……动了……您的……兄弟？"

（八）

木达一愣，他从来不知道这大名鼎鼎的将军有口吃的毛病，为了掩饰自己想笑的冲动，他转移了自己落在将军脸上的视线，而把目光落在惊愕不已的高级军官们的脸上：

"可恶的暗物质世界的人们，他们绑架了我的兄弟，这是火星人类的莫大耻辱！"

会议室内陷入了死亡般的寂静。

木达等了很久，竟没有一个人应答他的话，他尴尬地站着，一股愠怒不禁从他的粉红色心脏底处冉冉升起，那里面发出的抨击声在警告他自己受到了嘲弄。木达的脸色出现了粉红，比他心脏的颜色还要深，这是他愤怒的颜色。他把目光又聚集到了窝瑞尔将军的脸上，将军的脸开始发青。终于将军在黑洞神的注视下，小心地问出了一句话：

"这是……怎么……回事？"

木达为将军的反应而失望。他忍住怒气，他不想发作，他还要用这个军人。于是，他挥手于空中，顿时亚特与答离谈话并登上其黑色飞艇的太空画面出现在了空中。

寂静。

木达挥手又放出了另一个太空信息画面，那是他私下截获的亚特发给恋人伊芙的信息画面。亚特的声音一消失，终于有人提出了异议：

"也许真的如博士所讲，他只是出去办事情而已。也许，是见什么女孩子，博士总该有些私事不能跟恋人讲，这也是人之常情，也许过几日他就会回来了，根本不必要那么担心。"

木达听到了附和声，但是很轻微和低声，人们毕竟不愿意忤逆这个神。

木达听到了反对的声音，意外地恢复了理智。他把刚进门时的激动和紧张一下子推到了门外，他用他一贯的阴柔与优雅的语气慢吞吞地说道：

"现在我要给大家看一个真相，希望你们能够镇静。"

木达故意等了几秒钟，等着大家跟自己一样都在精神上准备好的时候，他又挥手调出了第一个太空图像，并定格在答离的正身图像上。等图像稳定后，木达平静地说道：

"诸君，暗物质世界远远地要比我们明物质世界复杂。那里的时间会有很多种不确定的模式。我们找不到他们的理由有很多，因为长时间以来，他们似乎都在无中存在着。他们没有质量、没有温度，他们不动。也许他们就在我们的手掌心里存在，但我们无从察觉，因为他们在另一维空间，他们可以随意出来，我们却进不去。霍里那稀金博士就曾经试图做过暗物质世界探险的准备，但最终没有实施，众所周知，他钻进了宇宙大黑洞……"

木达说完这句话，故意停顿，看大家的反应。角落里一个军官突然说道：

"霍里那稀金博士一直坚称暗能量是造物者的力量。他曾经说过，如果有一天暗能量彻底地选择了暗物质世界而抛弃明物质世界，人类就将进入尽墨的命运。这暗物质世界真比黑洞还要黑……"

木达逼视着说话的人，对方把下半截的话咽了回去。但这位军官的话显然起到了效果，室内的氛围一下子被不安充溢了。木达攒足了威严，以神一样的冷酷反驳道：

"《穿越黑洞》，第十三章第四段第二十八行（木达竟背出了亚特的书中内容）。我可以毫不夸大地说，我就像了解我自己一样了解博士；还有，我永远感激他赋予了我超越死亡的肉体。这十多年来，我们因为一些分歧有了暂时的疏离，但无法改变我们兄弟之爱的本质。我承认，博士说这些话只是太谦虚和谨慎了，他低估了自己的能量。我想再次给你们信心，造物者太老了，他已经过气了。暗能量与暗物质都没有什么可怕。你们永远不要忘记了，人类拥有我！"

木达把目光转向其他人，接下来说道：

"如果不是这位画面里的先生因为某种重大理由跑到明物质世界里来，我这一生都无法知道他的真相。也正是他的失策，使我终于有幸找到了他们世界的入口。我可以告诉你们诸位，他们并不神秘，他们充满了恐惧。我想请诸位设想一下，他们到底想从博士那里得到什么。现在，我把暗物质世界的冰山一角露给大家，希望为在座诸君抛砖引玉，帮我把这个字图拼好。"

木达的双手指向答离的图像，闭上眼睛，似乎在与图像对话。忽然，图像中答离的脸开始变得模糊，图像渐渐地缩成了一个绿色的电磁波圆球，从圆球处渐渐地探出一条巨蛇的头颅，巨蛇向会议室的空中缓缓地爬出（会议室里的人开始惶恐地向桌子底下躲藏），慢慢地，巨蛇的身体上长出了两根扇子形羽毛。巨蛇开始蠕动身体，渐渐地加速，最后竟在空中盘旋着飞翔起来。其身体所携带的凛冽风声和强光波竟把会议室内的许多物什吹倒，许多军官的饮料杯掉下来砸到头上，躲到了木达身后的窝瑞尔将军的镀金肩章和胸章开始冒黑烟，木达的金属束发卡也冒出火星，但他神情自若，衣带飘逸，美不胜收。他的眼神随着巨蛇的舞动而漂移着，面上竟带出了微笑。

终于，木达向空中挥挥手，巨蛇停止盘旋，一点一点地缩回到了电磁波圆球的洞口中。画面又恢复了答离的本来模样，空间又恢复了寂静。

从桌子底下和屏风后面走出的军官们狼狈不堪，有人在擦着鼻涕，有人在抹着嘴角的唾液，有人在拢着满是饮料污渍的头发。

木达不改他平素优雅的语气，继续说道：

"他是谁？他从哪个星球而来？找到博士做什么？是吉是凶？我同你们一样，刚开始也在问着这个问题。我知道1700年前的玛雅人由于战争和丛林干旱逃离了地球，他们究竟去了哪里，地球人一直猜测。这个巨大的羽蛇人正是他们的巫师！因为他们一直隐藏在暗物质世界里，所以我们才找不到他们。现在，他们来接我们的博士了，难道仅仅是为了让博士去观光吗？"

木达停止了演讲，又一次看着大家的脸，他一字一句地说道：

"暗物质世界的人如此地铤而走险，理由只有一个，因为宇宙就要发生最严肃的事情了，怎样严肃？就是博士在五个月前的火星联合国绝密会议室里所重复的内容：是的，宇宙末日要来临了！而博士是这宇宙唯一掌握着通往平行宇宙钥匙的人！谁得到了博士，谁就有了钥匙，也就有了宇宙末日的再生权！"

会议室又一次陷入了死亡般的寂静。接下来是震耳欲聋的争吵：

"这么说博士所预言的是正确的！博士不是疯子！可您为什么要反对他！您为什么要骗我们？为什么说什么都不会发生？为什么让我们相信博士是个疯子！"

愤怒的人群快要把木达吃了。木达用最大音量才压倒了众人：

"因为我不想让任何人担心！我有能力挽救这个星球，挽救人类，挽救哥哥。知道真相只会制造恐慌，所以我只能暂时牺牲我的哥哥。但我知道，哥哥内心最爱的是人类，他是不会介意的。别忘了，你们有我，我，超级黑洞神！相信我，什么都不会发生，我在，火星在，人类在！"

寂静。所有人都面带惶恐，面面相觑，似乎在思考着木达的话。

木达在等待的同时，内心暗自冷笑：

"你们这群傻瓜，造物者已经把你们抛弃了，今天如果不是发生意外，哥哥被绑架，直到你们死，我都不会告诉你们真相的。虽然我的契约书上明确写着最后关头我必须牺牲哥哥，但我是有办法绕过这个契约的。登上方舟的人只有我跟哥哥，新宇宙人类的生命鼻祖将是我跟哥哥。"

窝瑞尔将军低沉着声音，向木达问道：

"最尊贵的黑洞神，我再确认一次，博士的确不是精神失常，他所预言的一切都是真的吗？"

木达严肃地点了点头：

"千真万确。我抱歉隐瞒了实情，并造成了大家对博士的误会。"

窝瑞尔将军的眼中露出悲伤，人们以为他的悲伤是为宇宙的命运而引发的，不知道他的悲伤来自他对他亲密朋友的误解以及不信任。他缓慢地问道：

"请原谅我问一个最愚蠢的问题：您一定能够挽救火星人类，是吗？"

木达微微一笑：

"绝对的，只要解决了这个博士被绑架的事件。"

窝瑞尔将军不依不饶，但又开始口吃：

"我们……还剩下……多少时间？"

木达看着将军的脸，不露声色地回答：

"我不知道。"

将军面露焦虑：

"他们迫……不及待地绑……架博士，所以所剩的时间不……不多了。"

木达看着窝瑞尔将军，所有室内的人都在看着他，他沉默了一会，最后看着将军的眼睛，坚定地说道：

"是的。"

（九）

方才引起木达发怒的军官又在问道：

"我们如何才能够找到博士的位置，还有，如何才能够找到暗物质世界的入口？如何确定造物者的力量不会从中阻挠？"

木达这次并没有显出怒气，相反，他点了点头，竟胸有成竹地说道：

"你们知道这宇宙中有一种能量是可以战胜所谓的造物者的黑暗能量的。是的，那就是心灵感应的力量。我的兄长已经接收到了我的感应，并给了我回应，虽然有些模糊但我确信他还活着。我们会找到那个隐藏在室女星系的星球的。至于说入口，请等一下……"

木达轻微地咳嗽了一下，因为他发现他的心脏忽然涌起一阵疼痛，接着有一种被什么东西紧紧抓住不放的感觉，他的身体冒出了冷汗。汗珠竟顺着他漂亮的脸流了出来，一向无比爱惜形象的他却在这一刻不敢擦拭，他怕露出他的体弱。他实际上很想坐下来，狠狠地用手揉搓几下自己的心脏，并大口地喘上几口气。但他不敢。现在不是他显示虚弱的时候，他在舞台上，他是独角演员，没有替补。黑洞神是不能有人类的弱点的。他后悔最近夜晚的自我折磨行动搞得太过火了，因为他得到哥哥的心灵回应，他高兴哥哥还爱着他，这让他超常地兴奋；但得知哥哥正被困于冥界的死神那里，这又让他乱了方寸。更恼人的是，他的灵魂负荷日益笨拙沉重，他担心在宇宙末日来临之前自己就要随着心脏的爆炸而消亡了。这超越死亡的肉体不一定靠得住。

木达回头向自己的一名侍者低语了几句，侍者出去了。木达停了几秒钟，故意拖延了一下时间，整理一下烧焦的束发卡，等着心脏的疼痛波过去。

他在室内踱步，似乎在思考的样子。思考过后，他故意压低了声音说道：

"我反复地回味了我跟哥哥心灵感应的路线图，我发现这个途径在室女星系的LS胖小子黑洞那里突然滞留了一下，接着好像发生了一点途径的变更，以至于我几次接受哥哥的信息时都发生了偏离，而且我发给哥哥的心灵信息也是在同一个地方滞留，甚至被吞没过。问题都出现在了同一黑洞那里。我敢断定，这个黑洞的中心奇异点就是通往暗物质世界的入口，因为哥哥的飞艇太空信息也是在那个黑洞的临界点处消失的……"

木达停下了话题，把眼睛向周围的人扫了一下，屋内陷入了完全的寂静。

良久，窝瑞尔将军低声说道：

"如果那里并不是什么暗物质世界入口，而只是一个普通黑洞呢？"

木达微微笑了一下，抬头看着将军，说道：

"那我们就当做了一次单纯的室女星系黑洞探险。我们已经有能力进入宇宙大黑洞，难道还怕一个室女星系的黑洞？"

水国军事参赞牛高马大，与亚特曾经是好朋友的沃尔茨站起来，看着木达（他现在心里对黑洞神很反感，他觉得他耍弄了亚特）：

"我清楚地记得博士在五个月前的联合国绝密军事会议上，建议取消任何形式的黑洞探险，原因是对黑暗能量的不确定因素……"

木达打断了军事参赞的话：

"现在是非常时期。也可以说是战争预备时期。失去了博士，或者让暗物质世界的人拿到通往平行宇宙的钥匙，我们将无法在大末日生存。我们能做的，只有不顾一切代价夺回博士，哪怕是发动战争，所以我们不能惧怕暗能量！"

金国军事参赞格路容站起来，反驳道：

"我们的联合国太空舰队和姆能武器在静止的时间下还会有威力吗？离开了时间，就没有速度这一说，那么我们的武器将是废物。暗物质世界太神秘了，这是一场根本没有把握的战争！"

木达微笑着看着格路容博士说道：

"博士误解我所说的时间静止的意思了。所谓的时间静止，是暗物质世界给我们的表面印象，但我更愿相信在他们自己的真正世界里，他们一定有对时间的独特计算方式，但绝对的静止是不存在的。也许他们的时间比我们长，或者比我们短，也许是个过去、现在和将来重叠又可以以某种方式随意内在穿梭的复合时间，只是感觉起来像闷在一个静止的时间大箱子里。暗物质世界的生物也是生物，他们也一定有自己的生老病死，否则，他们就不用贪生怕死来绑架博士了。水无常势，兵无常形，概因敌情变化而变化者，谓之神。一旦进入暗物质世界，唯有见机行事，方可万全。而且请诸君放心，如果这次营救人质的联合太空舰队组建好了，我将是第一个带路的人。"

窝瑞尔将军走到了木达的面前，眼中露出真诚，郑重地说道：

"请黑洞神坐镇火星吧，这次由我带领太空舰队前去。火星上最杰出的科技天才现在下落不明，我们不能再失去一个黑洞神。大末日需要您。"

木达注视着窝瑞尔将军，他的眼中露出了欣赏。他微微地点了点头，说道：

"您是火星人的英雄。"

窝瑞尔将军无奈地笑了笑，他边不停地搔弄鼻尖边说道：

"英雄是亚……特……"

木达听了他的话，没有表示赞同，也没有表示反对，只是抬起了头，看起了天花板。他听见身后的窝瑞尔将军在嘟哝着：

"军事委员会将马上向联合国总部提请紧急召开联合国军事大会的建议，您将会

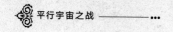
一定出席，是吗？"

　　木达似乎没有听见将军的问话，依旧在沉思中继续望着那天花板。

　　其实那里什么都没有，但他还是执著地看着。

第四章

女王的葬礼与婚礼

"葬礼是最该笑而婚礼是最该哭的时刻！"

第十九幅壁画：

坐在黄金椅子上的罗琳女王头顶着莲花王冠，
深红色的妊娠纹已经爬到了她的脖颈处，
其脚下半跪着胡桑亲王。
胡桑的双手恭敬地举过头顶，
上面是土族部落先王霍查王的匕首，
似乎正等待着罗琳女王的惩罚。
罗琳面露惊诧和恐惧。

（一）

罗琳是在她母亲去世的同一天向众人宣布了她怀孕的事实的。

她在母亲的病榻旁守了整整八十八天，终于累倒了。她脸色发灰，一直呕吐，但是她的身体却出现了不均匀红粉色的彩纹，呈波浪状，从心口向两侧一直延伸开来，最后在后脊椎骨处汇合。当她的波纹开始向她的喉咙处拓展的时候，部落女巫师桑玛找到了她。她的身后正站着她的"丈夫"西阿滋。他一身黑色长袍，脸色肃穆。除了他无忧无虑有着巨大缝隙的门牙外，他的头发依旧是油光光的，他的双肩耷拉着，他高大的身躯此刻就像一棵失去了水分的太阳果树。他全身上下没有一处能够不显示出他的哀伤与无助的，甚至他左手上的那只罗琳在婚礼上见过又一直奇怪不止的祖母绿戒指，此刻也显得无精打采的。

碍于西阿滋的在场，桑玛巫师决定用心灵感应跟罗琳对话。巫师说她昨夜看到了一个婴儿的影像，而且，婴儿的父亲并不是西阿滋，而是胡桑。罗琳惊讶了一下，随即点了点头，看了一眼西阿滋，接着问巫师，这个孩子的未来怎么样？桑玛巫师只是用无奈的眼神看着罗琳，又看着西阿滋，没有回答罗琳的问话。

从新婚之夜开始，罗琳就一直住在女巫师桑玛神殿的隔壁偏殿内，连她的丈夫来看她也要选择日子和时辰，而且要经过门缝才能对话。这让西阿滋想起了小时候他偷着给他家的一个神秘地球人武士送饭时的情景：据说这位神秘的武士来自火星地球人那里，他父亲（女王皇家卫队最高侍卫长）的卫兵们在神奇谷附近抓到了他。很显然，他是火星地球人的奸细，想进到神奇谷内，盗取那枝传说中的神莲花。可恶的地球人！但这位火星地球人真是奇怪，有人送饭就吃一点，没有人送饭他可以靠打坐，不吃不喝地待上几十天，只是坐在地上看太阳，白天和晚上都看。大峡谷的人都说他比太阳鸟还喜欢阳光，因为他吃太阳光就可以维持生命，根本就不像个人类。西阿滋从来没有离开过大峡谷，他对传说中的地球人很好奇，他想知道他们的情况，是否像传说中的那样邪恶。于是，他就常常偷着跑去给那个地球人送吃的。那个地球人也许一个人待着太无聊了，就通过门缝跟他"对话"。实际上他们彼此无法沟通语言，但那地球人的眼睛会说话，还有，喜欢看着太阳发出简单的单音节声音，如：酉、屋、虚、子……似乎，这是他传达出的来自太阳的信息。还有，无论他何时见到那位武士，他永远都不会把背影冲着他。他似乎很忌讳被对方看见背影。而且，一到了晚上，他的身体就会发出微弱的蓝光，他坐着就可以睡着。周围无论发生了什么，他都不会醒来，好像死了一样。还有的时候，西阿滋父亲的手下把他绑着埋到了土里，大约有几个月之久。几个月后，他还能完好无缺地像一只蚯蚓一样从土中回到地面上来，似乎什么都没有发生一样。一回到地表，他就"看"着太阳，喃喃自语，有时候突然会大汗淋漓。不到一会儿，又会风平浪静。他从不排便，也没有尿液分泌，除了偶然的汗珠及极其微弱的生命呼吸之外，他几乎看不出有任何生命体征。有一次，他父亲告诉他，那个人有一个隐形的蓝色翅膀，每一分钟可以扇动600次的频率，好比一个繁忙的红吼蜂鸟般，这消耗了他大部分的体能，所以他全部的能量来源几乎要依靠太阳，而食物只是象征性的一小部分。他要不停地从太阳那里吸取能量来维持生命活动，还有，进行他绝密的修行。

那隐形的蓝色翅膀与神奇谷内的神莲花跟他的修行有极大的关联。可能他要练习某种飞行术，不过不能肯定。

他父亲说，囚禁他的木笼子完全是一个象征性的意义。如果他要走，他走就可以走了。还有，如果他要呼风唤雨，飞沙走石，他也可以随意做到。他同样地可以像粉红部落人那样制造各种幻象来迷惑人，因为他本身可以识破各种幻象。甚至于他的修行也是象征性的，因为他知道一切修行的结果都是为了超越修行。他不逃的原因非常不可思议，最后他父亲得出了这样的结论：他不走，是出于对粉红族人的歉意和尊重，为了擅自闯入粉红部落行为的补偿。

他父亲说，许多火星地球人想闯进大峡谷，但都被挡在了入口处。每个要进入大峡谷入口的地球人都要经过99道关口，每个关口都会出现各种迷惑。要么是恐怖声音，要么是巨蛇怪兽，要么是岩浆陷阱，要么是熊熊火焰。没有人进得来！只有他一个人做到了，而且还找到了神奇谷的入口。这个人还会回来的。他一定要进入神奇谷，一定要得到那朵神莲花。

儿子问父亲：为什么不杀了他？父亲的回答让西阿滋一生难忘：

"你可以杀死一只太阳鸟，但你杀不了它的影子。更可怕的是，你要挥下刀的时候，这个人快得连影子都没有。他不是鬼，但他像鬼一样，只依赖墙壁的缝隙活着。而且，他可以根本不被看见，这一点，连鬼都做不到；而且他一旦现身，就比鬼还有速度。杀死他比杀死鬼还难。"

"为什么不趁他睡觉的时候杀他？"

西阿滋的父亲这样回答：

"你听说过真正睡觉的鬼吗？"

少年继续追着问：

"女王的读心术呢？"

父亲看着儿子，没有回答。儿子不明白父亲不回答他的问话的理由。

有一天，西阿滋通过门缝递给了地球人一朵莲花，那是他偷偷地跑到女王的地下宫殿，从阿木儿之湖中偷着摘取的。少年用部落土语对着地球人说：

"您不要去神奇谷了，你会死的。没有人摘得到那神莲花，连女王都没能。她也只是在梦里见过那神莲花。这莲花不是神奇谷的，是女王地下宫殿湖中的。送给你，回到你们地球人那里吧。"

那地球人武士似乎听懂了少年的话，脸露出少有的温柔，通过门缝伸手轻轻地接过了少年手中的花。他盯了一会花，脸上突现诡异的表情，抬头看西阿滋的头上，少年也好奇地抬头看着自己的上方，就在这时，地球人的喉咙里猛然喷出了一根针，正好钉在了西阿滋的帽子上。少年惴惴不安地拿下帽子来看，那根针正刺中了他帽子上的一只头发丝粗细的语虫。西阿滋举着那帽子，张着嘴好半天没有说出话来。这时，门缝里的武士笑了，似乎为自己作弄了少年而感到满意。他突然张开自己的嘴，让少年看他的喉咙。西阿滋发现他的喉咙上方有一个拇指指甲大小的黑洞。武士指着自己的洞，又指着太阳，他告诉少年，那洞口是他跟太阳联接的地方。还有，西阿滋头上的那根针就是从那洞口发出的。

少年不知道那洞里面还隐藏着多少秘密。还有那些蓝色的看不见的翅膀。这个人太神奇了。思考那黑色洞口和隐形翅膀的秘密从此害苦了西阿滋，这几乎成了他童年和青春期的全部内容。

从那以后，西阿滋一有空，就会偷着跑到地球人武士那里，给他送各种吃的，还教他部落语言。少年有一种秘密的渴望，他希望有一天自己也能够像那个地球人武士那样，只靠吃太阳，就可以活下去。那样的话，他将拥有大峡谷内最漂亮的粉红色皮肤，成为大峡谷内最有力量的男人，说不定有一天可以像土族部落男子那样飞呢。不过，自己靠的可将是隐形翅膀，这要比太阳鸟和土族部落的男人还牛气呢。

地球人武士对吃的似乎很挑剔，只喝一点太阳果汁，还喝一点太阳果酒，吃一点太阳果肉。至于大峡谷人钟爱的食品比如兰花球茎啦、素鸟心肉啦、桑可如兽的胆汁啦、袍猪肠子啦，他可是一动也不动。西阿滋以为他跟这位神秘地球人的交往可以一直持续下去，哪知道有一天这个地球人突然砸碎了木笼子，不告而别。地上只留下了他的头发和指甲。桑玛女巫师说那个什么武士圆寂了，他的肉身化作一缕轻烟或者彩虹走了。他记得他问过桑玛巫师为什么指甲与头发没有办法跟他一起走，桑玛巫师的回答是，因为头发跟指甲是离他的神识最远的东西，最不容易被完全化解掉。西阿滋不懂得神识是什么意思，但只明白了世界上有一种死亡，可以自行分解肉身至无，只留下指甲和头发。

桑玛巫师预言他还会回来的，这一点跟他父亲的话有了吻合，但巫师与父亲对地球人武士的认识也稍有分歧。父亲认为死亡就是消亡，但巫师认为死亡的只是他的肉体假象。也许他的肉体也没有死，因为世界上本来就没有生与死。一切都是有缘由的，否则，他不会来到大峡谷，不仅仅是那朵神莲花。这一点上，巫师的认识又超越了父亲。

西阿滋不明白桑玛巫师和父亲的话，也不愿意多考虑它。他的年龄不适合这些深奥的话题。但他再也没有见过这个神秘的武士，这让他觉得最心痛。但他一直在等待着他，甚至等待他的可能转世。在西阿滋的理解中，肉体不存在了就是死亡，那么想再见到肉体，重续前缘，只有重生为生命。于是每当他在不经意的时候遇到一个深情凝望他的动物眼睛，甚至婴儿的眼神，甚至抓住他腿的紫藤枝叶，甚至一只爱看他叫唤的太阳鸟，他都要痴情地回望很久，遐想很久，激动很久：说不定就是那个武士的化身呢。还有一次，他在他家的花园湖中莫名其妙地看到了一只垂死的天鹅，他激动地把它抱在怀里，希望能够挽救它的生命，但它还是死了。就在它垂下漂亮的头部瞬间，他忽然听到身后传来一个女孩子的笑声。那是他第一次跟罗琳公主见面。他总是觉得，那只死在他怀里的白天鹅跟罗琳公主有着千丝万缕的联系。从那时候开始，他的内心就涌起一种本能的责任感：他必须保护脆弱的公主殿下。

对地球人武士的多次期待，多次的失望过后，他的少年和青春时代过去了，但他的期待却从没有黯淡过。从那以后，西阿滋还涌起了一种怪异的念头：

所有尊贵又神秘的人都是通过门缝说话的。

现在，他的妻子也是这样，只能通过门缝对话，这给了他一种强烈的不安感觉：他要失去她。某一天，突然地，没有任何理由地，他的白天鹅要在他的怀里死去。

他妻子的理由很简单：她需要与神灵共宿一段时间，直到她在精神上得到神灵的彻底指引，她准备好了一切，并且要放生120只太阳鸟的幼鸟后，她才能够与丈夫履行真正的夫妻义务。

早在结婚前，西阿滋凭着男人的直觉预料到罗琳并不爱他，土族部落王子迷恋罗琳公主的故事早就传得满天飞了，而且还到了为她殉情的程度。他曾经一度对这桩女王安排的婚姻产生过动摇，但女王的鼓励给了他信心，他希望通过婚后的感化让他们达到和谐，他和他的最高皇家卫队家族都坚信这一点。西阿滋对于罗琳公主的感情非常直接又简单：她出身尊贵，美丽聪明，又是未来的女王，做这样女人的丈夫还有什么不满意的？只要自己扮演好自己的角色就可以了。他一直惴惴不安的是自己没有能力扮演好自己的角色，婚礼后他才发现，他担心的事情似乎该更加地初级：他还有没有机会扮演自己的角色。

随着女王不知名的昏迷一天一天地恶化，西阿滋的焦虑在一天一天地扩大，而他与妻子的门缝对话越来越少了。西阿滋每日每夜都在各种思虑中挣扎，一会冷，一会热。一会选择相信妻子，一会又悲观绝望。他有几次完成了与妻子的门缝对话后，他都是哭着离开王宫的。

直到有一天，他的妻子甚至连门缝都不给他了，门缝变成了门板，他从丈夫堕落为访客，最后成了讨厌的情感索债鬼，他的悲伤愤怒才彻底爆发了。他怀疑他的妻子压根就不在侧殿内。他的妻子并没有像她声称的那样，在与神灵交流，或者守在病母的病榻前，而是跑出了宫殿，在什么地方与什么人约会去了。

西阿滋不敢多想了。他不是一个善于怀疑别人的人，他讨厌这样。但是一个倒挂着的武器"刀"的形象始终阴魂不散地出现在了他的眼前。那是土族人丑陋的"卡诺式"鼻子！可罗琳竟说那鼻子的样子好看！除了那个矬子部落的王子，还会有谁呢？

他跟他的家族一样，都怀疑女王是在婚礼的当天与她的贴身护卫侍卫"醉汉"一起，被下了毒。可恶的地球人！但真的是地球人吗？西阿滋跟他的家族人持有不同的看法。

他当然听说过黑木崖家族，听说过黑木崖草液。还有，他从来没有喜欢过胡桑，更没有相信过他的话，一分一秒都没有。在他们成为情敌之前，他在偶然的部落家族聚会上见过他。他看胡桑的第一眼感觉是浑身打了一个冷战，他觉得胡桑就是生活在黑暗洞穴里的一只卡诺，不只他的肉体，他的灵魂也见不得阳光。这个男人，你永远不知道他心里在想什么，他下一步要做什么，还有，他已经筹划了些什么！他什么都做得出，只要对自己有利。杀人呢，对胡桑太小儿科了。他可能杀女王吗？有什么不可能呢？只要把罗琳蒙在鼓里。罗琳，可怜的罗琳，单纯的罗琳。有一天，胡桑也会杀你的，如果你阻碍了他的计划！别看他惨兮兮曾经殉情，那是他还没有真正尝到权力的甜味！女王病入膏肓，而罗琳如此脆弱单纯，怎么可以承担部落大任？如此内忧外患之时，我本可以助你一臂之力，而你却迷恋那个阴险的男人，把我拒之门外！

罗琳，你知道你自己在干什么吗？

（二）

就在女王过世的前几天，西阿滋确认了妻子怀孕的事实。他陷入了极度的混乱与悲伤中。他的怀疑成了事实，他不知所措。几乎每一个晚上，西阿滋都是哭着入睡的。有几次，他甚至跑到了女巫桑玛的神殿内，希望从她那里得到某种开示，但是，桑玛只是在用他永远都听不懂的咒语跟神灵们进行着奇异的对话，把孤独的后背留给他，要么就是用悲伤的眼神看着他，边抚摸着他流泪的面颊，边反复地重复着一句"拉米落"。这是他唯一听得懂的部落咒语："愿神灵保佑你。"

女王去世的前一夜，西阿滋一直在女王的病榻前守着，但奇怪的是，女王几乎到了弥留之际了，他还是见不到罗琳！凌晨，当太阳鸟报卯时已到的时候，巫师桑玛郑重地递给他一个用太阳果树叶子包着的包裹，他打开来看，发现里面是一个用神奇谷的千年李子木做成的巴掌大的孩子人偶，憨态可掬，笑意盈盈，还散发着奇异的香气。他不解地看着巫师，桑玛的眼中带着他永远都不会懂的深邃与慈爱，说出了如下的话：

"你的孩子。"

那个凌晨，他回到孤零零的寝宫，抱着那个人偶，枕在本属于他妻子的枕头上（那枕头从来都是一个摆设），打了个盹。好像只有几分钟的时间，他却做了一个奇怪的梦：他像儿时那个神秘的地球人武士那样，用喉咙里射出的针，射到了胡桑的额头中央的天目中，杀死了他。而且，他还割下了胡桑的翅膀，对他说：这样，你就永远不能飞了！

当他醒来的时候，他得到了罗琳通过宫廷侍卫传来的口信：女王危险，他必须马上入宫。

西阿滋来到了女王的病榻前。让他震惊的不只是女王垂死枯萎的面容，而是他妻子大胆地袒露着喉咙和后颈椎骨处的粉红色波浪状妊娠纹。她已经不屑于隐藏自己怀孕的事实了。桑玛巫师也来到了女王病榻前，她看着公主罗琳，一言不发。还有西阿滋的皇家卫队家族、花粉类家族、菌类家族的众长老们及女王的新太阳鸟贴身侍卫都到场了。每一个"人"都看到了罗琳公主的妊娠纹。大家用悲伤中透着欣喜的目光看着西阿滋和公主，用眼睛说着同样的台词：

"女王不行了，但谢天谢地，公主有了身孕，部落马上就有后继人了。希望是一位公主啊。你们责任重大，一定要不负使命啊！"

西阿滋在女王彻底失去神识前的短暂时间里，第一次可以跟妻子做面对面的交流了。这么多人在场，罗琳已经找不到继续躲避他的借口了。他们中间不再有那该死的门板了，这机会简直是奇迹。

西阿滋一边拽着自己腰上的飘带，一边对罗琳愤愤地说道：

"我不在乎您肚子里的孩子父亲是谁，但是现在是国家危难时刻，我们必须履行自己的责任。请让我成为孩子的父亲，这样国家才能安定，土族部落的人才不会趁机进攻我们部落，地球人才不会趁机干掉我们。明白了吗？"

罗琳意外地沉默着没有回答西阿滋的话。西阿滋觉得不安，他抬头看着妻子。罗琳的身体在西阿滋说话的时候微微地扭转了方向，她现在在看着母亲病榻。她能够看见有一股微弱的白色气体即母亲的神识正从母亲头顶中央穴位处冉冉上升，她感到慌乱，她知道，母亲的最后时刻已经光临了。现在她要做的是帮助桑玛巫师按住母亲身体的中央大动脉，在她的七窍流出粉红色的液体之前，以让她收敛神识，使她顺利地完成死亡这个最重要的生命程序。否则，她的神识将在昏暗的阴界永恒游荡，即使她能够听到桑玛女巫的咒语指引，但她还是会迷乱地辨不清真伪，过于痛苦地执著于自己这个已经消亡的肉体，徒劳地试图重返人间，或者被阴界各种恐怖的幻象所惊吓，无法解脱，甚至错误地在蓝光中投生畜生界。桑玛女巫曾经告诉过她，她意外因病身亡的姐姐中有两个人错误地投生为了太阳鸟，一个因为杀妻而罪业深重的叔叔投生成了食土兽。母亲是意外死亡，所以，她应该还没有像先王那样，对自己的死做过充分的精神准备，这是桑玛女巫与罗琳最为担心的。

西阿滋不合时宜的喋喋不休让罗琳更加烦恼，她想起了桑玛女巫常常说的一句话："不知死，何以知生？"人都要死了，西阿滋还在想着他自己狭隘的情感问题，真自私。想到这里，罗琳觉得必须要阻止丈夫的唠叨。她开口了，发出的不再是甜美又单纯的小姑娘声音，而是胡桑般冷峻的语调。真是近朱者赤，近墨者黑啊！桑玛女巫在女王的病榻旁不停地咏念着《往生护佑咒》，她低沉的咒语声做了罗琳话语的背景音乐，让这场夫妻对话显得更加地诡秘与不祥：

"您怎么可以在我的母亲就要咽气的时候提这样的事情。不要以为她失去了肉体就什么都听不见。她什么都听得见！您是不是想让她在拜见先祖们的路上还为她女儿的所作所为羞耻呢？"

西阿滋的脸因为愤怒而涨得通红，他抬眼看了一眼病榻上的女王已经发黄的脸，压低了声音，似乎他害怕女王真的听见他的话，但说着说着，他又提高了口吻，似乎他并不惧怕女王听见：

"我们的婚姻是女王首肯的，是受到神灵和先祖们的祝福的；所有的部落的人都传说您是阿木儿女王的转世，但我不相信。因为如果您真是最圣明的阿木儿女王转世，您就绝对不会做出有辱部落的事情来。亵渎这神圣婚姻的是您，而不是我。但是，现在，为了国家利益，我可以忍受这种耻辱，只要您让我成为孩子的父亲，并且不再继续您从前的行为。我会把这个秘密带到死神那里，而女王也会安心上路的。"

西阿滋说完这些话，几乎快要瘫坐在了地上。这是他想了一夜，特别是得到了桑玛女巫给他的人偶之后，他重新为自己的国家责任做了定位。但是，巨大的耻辱使他心力交瘁，他觉得自己所有的精气神都在向自己的身体之外的空间散发着，马上，自己就要成为一个虚壳了。

他的苦心意外地没有得到丝毫的回报。罗琳把本是冲着女王病榻的身体扭转过来，她这一生第一次与自己的丈夫面对面。从她嘴里发出的声音似乎比刚才的更冷酷，更决绝：

"我也不相信我是伟大的先王转世，因为我如此地蠢钝。不过，这不是我现在要想的问题。我现在要说的就是，我们的婚姻，从一开始就是一个错误，是我听从母亲的话而做的，但是，我必须承认，我从来没有爱过您。是的，这场婚姻必须结束了。您说得对，孩子必须有一个父亲，他必须有一个合法的地位，这样国家才能够安定。"

西阿滋急着拽住罗琳的胳膊，眼泪涌上了眼眶，吼道：

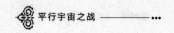

　　"结束婚姻，这是什么意思？"

　　罗琳回望着他，但她什么都没有看见，她的心在别处：

　　"就是我要嫁给我孩子的父亲，我真正爱的男人。他会保护我们部落的，会保护我跟孩子的。"

　　西阿滋的声音几乎掀动了女王病榻旁太阳鸟长明灯兼卫士们身上的羽毛：

　　"您疯了吗？嫁给那个矬子部落的男人您会葬送这个国家的。他会杀掉我们所有人的，只要时机成熟。还有，难道您要把葬礼跟婚礼一起举行不成？"

　　女王病榻周围的长老们及正咏念《往生护佑咒》的巫师桑玛闻声都朝他们望了过来。但罗琳似乎并不介意，她冷静又温柔地说道：

　　"您不可以侮辱我孩子的父亲！您只有一点说到了我的心里，这也是我孩子父亲的意思，我们将把葬礼与婚礼一起举行，这难道不行吗？"

（三）

　　粉红部落的议会人类占三分之一，植物、太阳鸟和生化人占三分之二。胡桑曾调侃女王的议会是全火星高级的杂牌动物王国，但阿勒金陛下却认为这是特伊女王最伟大的地方。当胡桑踌躇满志地走进这个全火星著名的杂牌军议会正殿的时候，议会上正为他跟罗琳公主的婚姻问题争论到面红耳赤的程度。

　　已经有一天一夜了。西阿滋所在的女王皇家最高卫队家族始终保持着尴尬又悲伤的沉默，而西阿滋几乎是一件躲在议会大厅角落里的器具。他的心早就碎了。至于什么女王们的婚礼葬礼问题，离他太遥远了。

　　坐在议会中央议席的罗琳女王面色苍白，显得相当疲惫。她母亲的尸骨未寒，正躺在大祭殿里等待安葬，而自己的粉色莲花王冠还没有戴稳，议会里就开始起了内讧：主要以人类为主的西阿滋家族支持派，即部落元老派，坚决反对新女王的离婚，原因是这将引起国家动荡，威胁民心的安定。同时，与土族部落联姻将违反先祖遗训，有引狼入室的危险。新女王的支持派主要以植物家族为主，特别是菌类家族由于一向反感西阿滋家族的趾高气扬，所以坚决支持离婚。至于新女王跟谁结婚，那是女王的自由。虽然它们也并不喜欢土族部落，但现在土族部落的亲王已经是女王孩子的父亲，联姻将有利于部落团结，共同对抗地球人。况且亲王曾经在公主婚礼上舍身救助过女王，是一个可信赖的君子。

　　菌类家族的话引起了花粉类家族和生化人家族的赞同，只有太阳鸟家族保持着沉默。原因是女王的贴身侍卫"醉汉"之死至今未明，太阳鸟还有"地球人奸细"的嫌疑，因此，处于尴尬地位的太阳鸟一族们此刻不太好表态。但太阳鸟家族的沉默此刻却被理解为对菌类家族、花粉类家族及生化人家族的默许，西阿滋家族及人类长老家族显得孤立和被动。

胡桑出现在了议会的门口。他几乎是背靠着大峡谷的晨辉走进来的。议会的各位委员们包括罗琳和西阿滋自己都对土族部落亲王此刻的自信感到诧异，罗琳更是为腹内孩子父亲的威严与男性魅力所骄傲。这一天一夜饱受围攻后的委屈一股脑地上涌，她几乎要扑向心上人去倾诉衷肠了。

胡桑在进入大峡谷和通往议会大殿的路上没有受到一点阻碍，那是因为新女王早就有所安排的缘故。胡桑的大峡谷自由出入权几乎从特伊女王病倒后就开始了，只是罗琳的丈夫被蒙在了鼓里。当胡桑计算好一百天的日期后，他就给五池将军下了命令，让他暗中准备迎娶罗琳公主的相关事宜。考虑到国民的情绪，避免不必要的猜疑，他决定让父亲继续待在黑木崖家族的黑暗监狱里，暂时不索取其性命。

他只命令五池对外宣布阿勒金陛下在进行为期不定的闭关静修，将不参加儿子的婚礼。

安排好了这些，他觉得该到粉红部落一显身手了。何况，他还有一个天赐的喜事，他跟罗琳爱的结晶正被孕育而成，那么，所有这一切都催促他必须赶快行动。这是又一次考验，更严峻的考验。罗琳婚礼上所进行的一切，无非只是一个前奏排练，今天，才是正式的演出。

舞台的大幕已经拉开了。这个人生大幕的舞台上，胡桑在其21岁的生命中，第一次有了当主角的机会。那之前，他都是躲在父亲身旁的配角。在更早之前，他是躲在其兄长身后的小丑。而且，他都是演一些委委琐琐、颤颤惊惊的角色。即便偶尔有充当主角替身的机会，也总是太短了。他享受不到真正的喜悦。但是，现在，他的装扮行头已经备好，他终于站在了舞台中央。观众的掌声却还没响起来，因为他只是一个没有被观众认可的新人。

其实当胡桑走进粉红部落的议会大殿的时候，面对众多陌生又熟悉、冷漠又好奇、敌视又善意的眼睛，他稍微有些紧张。他没有逃脱掉当新生派主角的宿命：他要经历一个特殊的磨砺阶段。而且，他的这个主角位置得到的一点都不光彩，他感觉他后背上冒了一些冷风：那是一种被神灵的眼神刺痛的感觉。胡桑是一个敏感到了极度神经质的人，他想到那黑色地狱里的阴暗，父亲凄厉的叫声，粉红部落大祭殿里特伊女王冰冷变形的尸身，他知道人做天看的道理，所以，他的心脏总是在不自然的跳动里面，夹杂着恐惧。

但是，当他跟自己妻子的眼睛相遇的时候，他的内心又涌起了无限的柔情，他变得坚强起来。他的心开始有些痛，一股本能的为人夫为人父的勇气，夹杂着多年来的野心与屈辱一股脑地从他的内心升起，他暗自咬咬牙，他必须保护自己的骨肉。因此，他必须成为火星两个部落的王，真正的王。将来，还要成为火星地球人类的王，成为继伟大的霍查王之后永载火星人类史册的王。

现在也跟三千万年前一样，同样是火星原始部落人类生死存亡的时刻。时势造英雄，伟大的霍查王该再生了。

想到这里，他把丢到了五池将军军营里的那个叫做"正义"的东西，重新拾了回来。现在，它像土族部落已经灭绝的吉祥物小卡诺一样，在军营的各个角落里飞翔着。小卡诺的口内衔着一杆名为"自由、勇气与独立"的旗帜，正在土族部落军人们激昂的欢呼声中，跃跃欲试地准备把它插到地球人的姆能卫星基地上去。就像四百多年前，红色苏联士兵把那杆象征胜利的红旗插到了柏林废墟上时一样。

正义的小卡诺已经重生了，在五池将军的军营里。胡桑几乎等不及它奇迹般地再生了。

现在，他的另一个孩子，他怀中揣着的那只叫"正义"的小卡诺终于好奇地探出了头，踌躇满志地环顾着粉红部落的议会大殿内部。胡桑先走到了议会大殿正中央新女王的黄金坐驾前。一近距离接触这新女王，他身上特有的土味顿时喷发，一下子压倒了在场的植物家族的各种混合气味。同时，他被紧紧地收敛在身后的褐色翅膀有了不自然的翕动，他肩胛骨处开始兴奋地冒出了淡白色的气息。但他克制住了自己的情绪泛滥，装作没有看到新女王眼中的泪水，已经爬到了她喉咙处的深红色妊娠纹，而是谦卑地行了一个礼，吻了一下新女王戴着莲花戒指的手，冷静地问候道：

"首先请让我代表和落国的阿勒金陛下及和落国国民，对特伊女王的驾崩表示最诚挚的哀悼和慰问。同时，我也代表阿勒金陛下与和落国国民，对粉红国罗琳女王的登基表示最热烈的祝贺。"

罗琳抑制住了自己内心的激动，第一次以粉红国女王的身份轻轻地向她的心上人点了点头，回答了他的问候：

"谢谢您的慰问与祝贺。今后我们两个国家应该联合起来，共同振兴火星文明，以更好地抵御地球人的威胁。"

胡桑倒退了三步后，抬起了头，严肃地说道：

"陛下，这也是我今天来贵国的目的：我们两个国家必须摒弃一切前嫌，联合起来，共同对付地球人的威胁。"

胡桑的话还没有落下，来自大峡谷议会元老家族、统治着粉红部落军事武器装备队的末君将军突然站了起来，对着胡桑大声说道：

"胡桑王今日恐怕是醉翁之意不在酒吧。您口口声声说一切都是为了两个部落的未来利益，实际上，您真正目的是借着特伊女王的驾崩，新女王对您的爱恋，而阿勒金陛下又闭关修行的时机，想一统两个部落，成为火星上的真正王者吧。您的野心路人皆知，唯有我们年轻的新女王被您的甜言蜜语蒙在了鼓里，而且陛下还不幸地怀上了您的骨肉，但是，我们末君家族绝对不会被您欺骗！况且，桑瑞-西阿滋家族是粉红部落上最元老、最尊贵的家族之一，桑瑞-可可落公爵统领着皇家卫队，尽职尽责；其子桑瑞-西阿滋又是一位杰出的好青年，他与罗琳公主的婚姻是特伊女王期待已久，并且经过了神灵认可和部落祖先保佑的神圣婚姻，而您却趁特伊女王缠绵病榻之际，竟引诱少不更事的公主做出了如此不仁不义、背叛神灵与国家之举，今日竟还大言不惭地出现在粉红国的议会大殿里，还有颜面悼念尊贵的特伊女王，您真是无耻之极啊！"

末君将军的话语像晴天霹雳一样回荡在议会大殿里，顿时，整个大殿鸦雀无声，连太阳鸟卫士们的呼吸声和大殿外轻微的风声都被听得清清楚楚。所有人类、植物类家族及生化人、太阳鸟卫队的目光都投到了尴尬地站在离新女王只有三步距离之遥的胡桑身上。

罗琳公主的脸突然由粉红变得苍白，她的头耷拉着，似乎再也没有力气抬起来了。

一直萎缩在议会大殿的角落里似乎成了一件物品，连胡桑走进来时也是低着头的西阿滋第一次抬起了头，他粉中透黑的脸色中第一次现出了一点喜悦的生机，他飘忽悲伤的目光投到了胡桑身上，那里面隐隐地透着怨恨和杀气。他在等待着，等待着像梦中见到的那样，用那个神秘地球人武士喉咙里的针，射中胡桑额头中央的天目；同时，他要痛快淋漓地割下胡桑的翅膀，让他永远不能再飞翔！

杀气与怨恨在大殿的寂静时光中流淌着。胡桑在这让人心惊胆战的寂静里沉默着。他后背的翅膀不再翕动，他异样的土味不再弥漫，他肩胛骨内不再有白色气息冒出。他似乎死了。

他只是站在那里，化成了一尊土族部落地下宫殿里的石像。

这尊石像没有恐惧。没有反抗。没有羞愧。没有悲伤。没有思考。没有彷徨。他只是站着，眼看着不属于他的前方。似乎他跟所有人都在一起等待着，等待着永远不知道会在下一秒钟如何发生的命运走向。

（四）

罗琳女王站了起来。是她最终打破了这让人窒息的沉默。她几乎用尽了浑身的力气。她面颊上的泪水还没有被擦干，但是，新的泪珠又在上面盖上。现在的她没有了一点女王的颜面，而仅仅是一个渴望受到惩罚的国家罪犯。她颤抖的声音在大殿里响起，但弥漫于空中的怨恨与杀气很快就将她的忏悔湮灭：

"做出对不起神灵和先王事情的是我，跟尊贵的土族部落胡桑亲王没有任何关系。如果一定要惩罚，就请惩罚我吧。如果有必要，我将引咎退位，把王位让给我姐姐中的任何一位……"

罗琳在众人的惊愕中重新坐下。此刻的她就像一朵彻底失去了水分与生命力的峡谷幽莲，只在即将完结的生命时刻里，出于责任做着最后的留驻。

刚刚还显露在西阿滋脸上的那一点点喜悦顿时消失得无影无踪了。不知道为什么，他的心开始剧烈地抽搐起来。他甚至能够感受到罗琳腹内胎儿的挣扎，那胎儿让他想起了昨夜被他留在了枕头上，用太阳果树叶子包着，还洒着自己孤独悲伤泪水的小人偶。

"这是你的孩子。"

他清楚地记得桑玛女巫的话。

他这一刻猛然感受到，罗琳腹中孩子的父亲是自己，不是胡桑。即便胡桑给了那孩子以肉体的生命，但那孩子不可能属于他！那孩子是大峡谷的未来和希望，永远不可能属于胡桑这样一个阴险的父亲。

想到这里，西阿滋忽然涌起了强烈又神圣的责任感，一下子驱走了萦绕于他内心多日的怨恨阴云：他要保护罗琳。不管罗琳是不是他的妻子，都没有关系。他保护了罗琳，才能保护住她腹内的孩子。他的孩子。大峡谷的孩子。

出乎所有人的预料，胡桑在关键的时候，突然复活了。不知道这是由于受到了罗琳话语的刺激，还是他本意就打算这样做，他竟缓步地走向西阿滋跟前，带着无限的谦卑躬身行礼，低声说道：

"尊贵的桑瑞-西阿滋伯爵，请接受我本人最诚挚的忏悔与道歉。这忏悔与道歉不是作为和落国的亲王身份，而是作为一个用不光彩的手段夺走您尊贵的妻子之爱的可耻男人的忏悔与道歉。我卑劣的行为玷污了您及罗琳女王的荣誉，伤害了您作为男人的尊严，同时，更侮辱了您尊贵家族的尊严，破坏了一桩由神灵护佑的婚姻的神圣性以及粉红国国民对新女王的信赖与敬爱。我厚颜无耻，我罪该万死。桑瑞家族的毒针就藏在您的袖筒里，我知道那是地球武士留给您的神秘礼物。您可以随时把它们射进我的喉咙，我死而无憾。而且，如果您愿意采用其他方式，我随时奉陪。但是，现在……"

胡桑在说到这里的时候，忽然停顿了下来，他从西阿滋的跟前退下，退到议会大殿的中央，他环顾了一下四周，接着侃侃而谈：

"我不想为自己的行为辩护什么。如果我在接受尊贵的桑瑞伯爵的审判前还有什么要说的话，就是我想替自己的可耻行为做最后一次辩解……"

胡桑说到这里，他的额头中央突然开始晕红，接着天目开始出现，这让在座的每一位大峡谷人震惊，他们还是第一次看到胡桑王如此地动情：他的天目及双目中开始有泪水流出，但他并不擦拭。他似乎强忍着某种激烈的情绪，为此，他似乎到了情感控制的极限：

"我爱罗琳女王陛下。从我18岁第一眼看到她的那个时刻开始，我就爱上了她。那时候她才只有14岁，害羞又纯洁得就像是神奇谷里面的那朵最尊贵的神莲花。她跟在特伊女王的身后，活像一个随时可能融化在女王身体里的一个小影子。从第一眼开始，我就下定决心要娶她，只有这样，我们两个部落三千万年来的隔阂与戒备才会因为真爱而消融。这是我们两个部落的唯一未来，也是造物者所一直期望的。但是，三千万年来，我们两个部落因为彼此的狭隘与自私，和平与宁静的空气竟没有一刻在火星上存在过。火星从来都是一片荒芜的冻土，其严酷的气候不仅仅是因九阳核战及造物者的惩罚造就，更是我们人为灾害所致：我们的心是如此地干枯与冷漠，我们总是因为惧怕友谊而画地为牢；因为谨小慎微而拒绝兄弟之爱！三千万年，虽然火星上仅存的两个部落间没有真正发生过战争，但是发生过比战争还可怕的人为瘟疫：猜疑、戒备！

"我多次乞求父王向特伊女王求婚，但陛下都是搪塞和推脱。父王非常清楚特伊女王也根本不赞同我的恋情。但是，天下没有一个不爱孩子的父亲，父王被我的眼泪说服了。他向尊贵的特伊女王提了婚，但是，如他所料，女王陛下拒绝了。虽然这是我预料之中的事情，但是我还是无法接受这个事实。多少次我试图忘记罗琳公主殿下，试图把我自己恢复平静，但是，我就是做不到。当我听说了公主殿下的婚期的时候，我无法活下去了……"

胡桑说到这里，他停了下来，因为眼泪已经完全将他的面颊打湿，他的声音出现了哽咽，他极力地试图恢复平静，继续他的话，但是，他有一口气就是憋在了胸腔里，怎样努力也提不上来。仿佛胡桑又回到了他把匕首刺向自己胸口的那个悲惨时刻，他极力想忘记那种痛苦，但那种痛苦却没有丝毫的意愿想放弃他。甚至这一刻，那痛苦仿佛又要促使他再度从口袋里掏出霍查王匕首，再度刺向他自己的心脏。

最后，他本来发灰的脸憋到紫红，他只好大喘了几口气，翕动了几次他后背上的翅膀，又从肩胛骨处喷出了一条长长的白色气流后，才挣扎着说出了下面的话：

"我今天单身一人来到贵国，就是渴望贵国议会众元老们为我的罪恶做出一个惩罚，以把对我的不满和怨恨做出一个了断。无论尊贵的议会做出怎样的裁定，我都不会有任何的反抗与异议。我再重复一遍，我是来接受惩罚的。等尊贵的议会判决下达之后，我将安排我的部下五池将军暂时代替我管理国家。同时我会亲自发布告示，对我们的国民进行安抚与解释。我之所以这样做，只是为了使贵国新女王陛下早日得到议会的支持及民众的信任，早日让国家政务走上正轨。现在，地球人对我们两个部落虎视眈眈，我们只有内部团结平定，才可以共同防御外来之敌。同时，内政稳定了，罗琳女王陛下才能够安心顺利产下腹内的孩子。这个孩子……"

胡桑停顿了一下，三只眼中的泪水再次流淌，他的声音变得无比地温柔：

"这个孩子，是火星两个部落爱的结晶，是两个部落和平的象征，是两个部落未来的希望……"

胡桑说完，他耷拉着头，让泪水尽情地奔流了一会。接下来，他用手果断地擦了擦面颊，让天目冷静地隐去，他开始用右手整理一下披风的衣襟后，缓慢又庄重地从胸部口袋里掏出土族部落霍查先王的匕首，把这和落国尊严与权力的象征物，恭敬地用双手捧着，来到罗琳面前，缓慢地单腿跪下。

胡桑把霍查王匕首高举过头顶，低声说道：

"和落国胡桑-黑木崖-斡尔木亲王在此恭候粉红国女王陛下及贵国议会的惩罚。"

当胡桑举着匕首跪下的时候，整个粉红国议会大厅再次陷入了死亡般的沉默。

沉默不知道过了多久，突然议会大厅内响起了一声"咕咚"的巨响。所有人、植物、生化人及太阳鸟们都朝声音的方向望去，惊讶地发现原来是他们尊贵的罗琳女王，由于昏厥竟从黄金宝座上摔到了地面上。她的莲花王冠在头部撞击地面时从她的头上脱落，血液从她的口中流出，不知道是她自行咬断了舌头还是刚才的意外撞击造成的。她的脸色中仅存一点点淡粉，像是已经完全失去了生命迹象。

胡桑第一个跑向了罗琳，他把心上人一把抱在了怀里，大声地呼唤着"罗琳，罗琳"，但是，罗琳依旧没有一点反应。胡桑再也忍不住，一边吻着罗琳的嘴唇，一边为她擦拭嘴角的血滴，癫狂地哭喊道：

"我说过该我受惩罚的，为什么您要惩罚自己？"

西阿滋看到罗琳的样子之后，一下子呆坐到了椅子上，一声不吭地把双手抱住了头部，开始啜泣起来。他的父亲桑瑞公爵轻轻地走到了他的身旁，一只手慈爱地抚摩着儿子的头发，另一只手温柔地拍打着儿子的肩膀，就像儿子还是儿时那样。粉红部落军事武器装备队的末君将军走到了桑瑞公爵身旁，两个人默默地互视着。最后，桑瑞公爵长长地舒了一口气，轻轻地闭上了眼睛，他的双手还停留在儿子的身上。末君将军不再在公爵处停留，而是又走到了另一些元老家族统领们那里，与他们开始轻声地商议起了什么。

第五章

两个半人质

"正义之路上铺满了非正义的碎石。"

第二十幅壁画：

金字塔宫殿前的空地上。
一辆黑色飞艇的旋梯上，
走下一个地球人装扮的年轻女子。
年轻女子的前面是几位黑衣装扮的侍者。
年轻女子表情迟疑又茫然，
又似乎在寻找着什么人。
她用双手捂着耳朵。

（一）

亚特从冥境返回之后，他昏睡了整整九天九夜。他什么都不记得了，有关冥境里的一切。他以为路光国的冥境是一个比宇宙大黑洞还要黑和危险的地方，他要在那里赤身裸体地经过无数个生死考验。答离把他送上冥境之路的时候，除了一缕又一缕燃烧着的木棉花香气及答离滑稽的咒语外，什么都没有留给他。苏醒后他甚至不记得是否与死神桑国路有过会面。他怀疑自己只是陷入了过度昏睡，根本没有去过任何地方。

连死神都根本不存在。

他感到剧烈的头痛。

他觉得自己的头颅曾经被人用激光手术刀打开过。还有，他觉得自己缺失了或者被置换了部分的记忆。他无法确认缺失的是哪部分记忆，因为他的记忆太繁杂、太庞大了，好像宇宙上最发达的量子电脑。

亚特的确有很多想要抹去的记忆。主观的，客观的。有造物者作为命运模式硬塞给他的，有他自己因为鲁莽和愚蠢造就的。他只是他，在造物者特别设定的空间轨道里，加倍地超负荷地运行着。有时候，他觉得自己只不过是一个运输机器，或者一个能量输送管道。他把造物者的语言与能量通过他的科技发明输送给世人，然后他又要忙着迎接下一个来自造物者的订单。他自己的大脑和心脏却总是处于一种脱节状态。他觉得自己的心脏还停留在5岁时的状态。当他的母亲把他面前的门"啪"的一声关掉，紧接着她行李箱上特有的金属铃铛声响起的时候，他心脏的成长就在那个清脆的响声中戛然而止了。有心理学家称这种现象叫做天才型人格障碍症。每当亚特从伊芙的嘴里听到这样的含泪抱怨的时候，他总能够被感动。但他被打动的时间总是瞬间的，他无暇去克服这些障碍，确切地说，他都不知道这些障碍到底是什么。

他总是要比别人多体验到人生的酸甜苦辣，甚至造物者的权威。他知道的造物者秘密太多了，却找不到一个同谋来分享，除了造物者本人。

虽然他从来都缺乏清醒的意识去整理记忆和时间，但他没有一刻忘记他的使命和造物者的谜题。他的思考太多了，忧虑太多了，它们就像他老家别墅湖里的面条水草一样，旧的还没有死去，新的又长了出来。它们的生命力真是旺盛啊！哪怕它们在他父亲尸体的嘴里，依旧那么生机勃勃地成长着，甚至长出了乳白色、胡须形嫩芽，在父亲的舌根上！而他总是成为自己思绪的奴隶，他的思绪就是那些长在舌根上的面条水草！他从来对自己的思绪都是束手无策的啊！就像是水之于那些水草一样。水就是那些水草的母亲子宫。自己是自己烦恼的父亲。啊，活着，为什么这么多违缘啊！他又想起了造物者的开示：**你一思，它就跑。所以一切都是无中生有，有归于无。无有亦无，无边无际。**但是我怎么可以不思考，思考是我的本能和工作。我不思考，这些

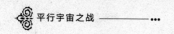

科技成果从哪里来？我的飞艇从哪里来？姆能与反姆能的提炼从哪里来？不让我执著于我的计算，但我不计算，谁来计算呢？造物者吗？这怎么可能！

当亚特一边困扰在无边无际的思绪里无可自拔，一边在暗自计算着时间，他在等待着这一些烦恼波浪过去，就像传说中的地球大海波浪一样，总是那么毫无意义，却来去无碍，总可以打得自己措手不及。多年来的智慧给了他一点经验：他把这些无缘由又无法阻挡的烦恼波称作大脑内部的自然灾害，就像火星上不时喷发的活火山，地核人工磁场的不稳定造成的异常紫外线辐射，人类的马虎大意造成的建筑物坍塌，六月飘起的飞雪，偏离了轨道的人造卫星，彗星陨灭造成的太空垃圾等等，他靠长时间与它们斗争的经验得出了这样的解决办法：

一、睡眠；

二、醉酒；

三、木星玻璃子宫；

四、把自己变成无思想的傻子。

总而言之，最重要的是把这个烦恼的时间段度过去，等待生命秩序的重新建立。

现在，他的思绪稍一稳定，他忽然有了一种从未有过的确信，那就是他的确缺失了某种记忆。他本能地把怀疑的目光锁向了答离。当他与答离游离又悲伤的目光相遇的时候，他的后背忽然产生了一股相当的寒气。他记得16年的那个圣诞之夜，当他躲在开普勒城中的宾馆里，眼看着窗外24小时没有停过的罕见大雪发呆的时候，他的后背就涌起过类似的寒气。他那时极度地担心着他的父亲。后来事实证明，他的预感是正确的。人总是这样，当好的期望总会被证明是一场空欢喜的梦境时候，坏的预感却总能最终被证实是真相。啊，人生就是这样变幻莫测又无常啊！这一秒钟的启动都不知道会引发下一秒怎样的结果啊。那前一秒钟的因又是由前前一秒的果引发的吗？那整个宇宙里会有多少个因，多少个果啊！谁能告诉我这些因和果串联后会形成什么呢？如果再加上无数个轮回之中的因和果，这就形成了一切事物的缘由吗？

正如父亲所说的？

什么是现实？什么是梦境？什么是真的？什么是假的？未来就一定是未来吗？还有一个最基本的问题：

宇宙一定会毁灭吗？

如果把整个宇宙分解成无数个小小的无法再分下去的基本粒子，即无极微尘，那么宇宙不是只剩下虚空，宇宙还存在吗？连宇宙都不存在了，那宇宙毁灭也一定存在吗？如果宇宙都不存在了，那么我自己，我的思绪，我的爱与恨、酸甜苦辣的记忆不也都不存在了吗？

亚特把思绪从混乱中挪回到了眼前，至少，眼前还有些真实的质感。是的，他来时坐在答离飞艇里的预感成真了。这暗物质世界里的确藏着太多不可告人的秘密，而答离邀请他来到这个世界的目的也远非那么单纯。仅仅是为了救助斯塔吗?!

斯塔，可怜的可爱的斯塔，难道，连这样纯洁的你也要被利用吗?

啊，知道自己与造物者之间秘密的人不只是两个人而已啊! 当他在答离的飞艇里，看着答离游离不定又阴鸷的目光时，他就该想到，答离是有能力参透些什么的! 那么他到底得到了他想要的东西了吗?

亚特的内心涌起了悲伤，不是因为自己参透了答离的秘密，而是因为自己的无能为力: 他自己都还没有参透造物者的谜底，那么答离，你得到这些残缺不全的公式做什么呢? 如果你可以比我还智慧，能够参透那个宇宙大一统理论，我情愿把一切都给你! 只要你能够为人类留下生命的种子。而我一直在寻找着这样的人来替代我啊!

答离谦卑地向亚特伸出了手，似乎在祝贺他的生命返航。亚特惨白着脸，捂着快爆裂掉的头，与答离握了握手。答离的手是宽大的、柔软的，但是，那手掌里面没有温度，还有，有迟疑与疏离。亚特装作什么都感受不到的样子，舔了舔干裂的嘴唇，轻声问道:

"斯塔公主怎么样了? "

答离的眼中露出了一种罕见的情感，亚特把它解释为欣慰。他听见答离这样回答道:

"她正在苏醒，不过可能还需要您最后的帮助和努力。不过请放心，一切进展得非常顺利。"

亚特长长地舒了一口气，虚弱地靠在了靠垫上，似乎在对答离说，又似乎不是:

"我怎么什么都不记得了，我真的去了桑国路那里吗? 还有，我睡了多久? "

亚特听见答离在他的耳边谦卑地答道:

"用你们火星的历法来计算，该有九天了。加上您在冥境里所待的三天，共有十二天的时间。还有，您会在接下的六天时间里不停地排泄含有木棉花汁的血便，甚至会产生昏厥，偶尔还会产生幻觉，仿佛您还残留于黑暗的冥界。别担心，这正是您复活的标志: 您的魂魄正重新适应新的肉体，而且您的肉体也在把沾有冥界气息的死去躯体象征性地抛弃，把桑国路的礼物以这种方式送走。只有这个时刻，您才会看到一些可怕的巨人、妖怪、飓风、光明及宫殿、森林和洞穴等景象，这是您零星地产生的冥界记忆。不要害怕，这些都过去了。桑国路神对您非常满意，否则，他不会接纳您的到访，也不会释放斯塔公主的魂魄，您也不会顺利地回来。他给了瑞仪神面子，更给了造物者面子。只不过，他是一个很害羞的神，只愿意待在他满是木棉花的黑暗宫殿，不会显露真容，甚至出现在您的记忆里。在您魂魄趟过冥界之河的时候，他小心地用冥河之水把他的形象洗掉了。他知道，他的确是一个不太受活人待见的人物。六天后，等血便结束的时候，您自然就会康复的，您会比以往的任何时候都健康。还有，王后陛下刚刚在亚金时离开这里，因为每个午后亚金时，是瑞仪神的光芒从法野库雪山山角由西向东升起的时刻，也是路光国的一半黑夜与另一半白昼交替的空隙，这是非常神圣的时刻。王后陛下总是在这个时刻要到可布石法老宫殿去祈祷，听水晶头骨唱歌。真遗憾，她错过了您苏醒的这个时刻。这十二天来，她几乎是在您跟斯塔公主的两张床边度过的。"

亚特想到了王后，又想起了她在十二天前，在可布石法老宫殿里那忧伤又逃避的眼神，以及她试图阻止答离进行祭奠仪式时的那声长长的"不"，亚特的内心忽然涌起了一种复杂的情愫。

那么王后为什么要保护自己呢？亚特觉得这王后身上处处都是谜团。

亚特缓慢地挣扎着起身，说道：

"答离先生，可不可以带我到斯塔公主的病榻前，我非常想看到她的样子。"

答离迟疑了一下，带着关切问道：

"您还在便着血便，而且随时可能昏厥，您确定要离开您的床吗？"

亚特露出他珍珠般漂亮又年轻的牙齿，爽朗地说道：

"我觉得昏倒在公主的病榻前，比躺在这里更能显示出我的男子汉气概。"

答离微微地笑了，亚特觉得这笑容非常珍贵与奇特，因为这是他自认识答离以来，第一次看到他笑。

原来，答离还会笑。这个念头竟让亚特失声想笑出来。亚特记得当他第一次看见高傲又啰嗦的凤为了给老婆赔罪，趴在凰的跟前，卑微地为老婆舔爪上的灰尘并接受老婆的头部按摩的时候，曾经这样开心地笑过。哦，他忽然想起，他离开火星的家已经太久了。还有，他离开伊芙也太久了。想起伊芙，他的内心顿时充满了矛盾与愧疚。他觉得他必须在斯塔苏醒后，尽早离开路光星球，返回火星。他思念伊芙。但是现在他很奇怪，为什么他内心的愧疚要大于思念。

他并没有做任何背叛她的事情，为什么觉得自己犯了比背叛还严重的罪？

世事真是奇怪，当他在人生中早不知不觉地把伊芙当做自己世俗信仰的对象的时候，这个本可以躲过造物者盘查、并可以带到下个轮回的世俗信仰竟会在时空的改变中发生动摇。动摇这世俗信仰的到底是什么力量？

为什么他左胸下的肋骨又好像被什么纤细但有力的手抓着，揉搓着，隐隐地开始作痛呢？这种动摇他世俗信仰的力量是洁净的，悄无声息的，但却充满了韧性、无私、光明，可以像一面镜子一样照射出他感情世界里的自私、混乱与分别心。所以，他惧怕这样的力量，因为他知道，在这样的力量面前，他根本无能为力。一旦这个力量成熟，他所有的世俗信仰终将土崩瓦解，他，将会不再是从前的自己。

他害怕丢失他自己。所以，他必须坚持做他从前的自己。人必须做自己。必须地。

人是多么地惧怕改变啊！而人，是多么地执著于旧的、以往的习性啊！

他忽然想起斯塔从前跟他有过的一个约定，那是他在玩象棋时做的约定：如果他输了，他将在未来的某一天无条件地答应斯塔的一个要求。天啊，如果斯塔在醒来后，提出要他娶她，那该如何是好？

想到这里，跟随在答离身后正迈向斯塔宫殿的亚特的脚步开始变得沉重了。他觉得暗物质世界里的黑开始蔓延至他的内心，这凹凸镜子般不停地改变着形状的黑色空气物质即使是在午后，也会搅得他心烦意乱。路光星球的阴天真跟黑夜没有区别啊。现在，在亚特前边行走的答离看起来有一点像哈哈镜里的怪物，正用不同寻常的慢动作行走着，还有他臃肿到夸张的黑色斗篷，活像火星神话中的巫师。答离就是巫师啊。答离那巨大无比的鞋跟，为什么总是要拖沓在地面上，发出"嗒嗒"的好像火星桑波特鸟啄食树木的回声？这在黑色物质中被曲折变形过的声音传进有耳鸣的耳鼓里，让亚特不合时宜地勾起了思乡情绪。

思乡让他陷入烦乱和恐惧。他觉得他开始便血了。他的小腹开始有针刺般的疼痛，同时他的内裤开始黏湿，甚至有小溪流液体正顺着他的臀部流下来。他觉得好窝囊。答离说得对，这血便真会随时随地地折磨他。哦，看来，他真是去过暗物质世界的冥界了。一瞬间他涌起一种冲动，想把前面的答离扛在身上走路，免得那折磨人的鞋跟声再被发出来，免得他的血便被刺激地流出更多。

此刻，在他那被造物者认定的全宇宙最聪明的大脑里，正愚蠢地盘算着一个办法，是否能够让自己永恒地隐身于暗物质世界的黑暗里，永远地不再见斯塔。

英雄救美之后，无限后悔的人并不多。亚特就是其中的一个特例。

（二）

当斯塔在暗物质世界中罕见的灿烂光线中醒来，在瑞仪神的抚慰下，在她心脏的刺痛中终于看清了心上人的面庞，并用尽全身的力气警告他千万不要使用那把羽蛇剑之后的第20天，她终于能够挽着心上人的手臂，漫步于她儿时的"良心之屋"前的小路上，一起展望那如同初春绽放的华儿圣草般淡蓝的湖水了。

斯塔的心完全地醉了，醉到可以将身体完全地溶入美酒般销魂的湖水里，再一次漂起自己的生命，缓慢地死去。不过，这次，她是死在快乐的梦境里。还有，为了心上人，她不会再莽撞地闯进死神桑国路的宫殿，轻率地把自己的灵魂留下的。

她带着亚特爬上"良心之屋"的屋顶阁楼。通过颤颤巍巍、吱吱呀呀地抖动着的楼梯，他们到达了那满是灰尘的阁楼顶层。那里真是一个意外的世界：那里是斯塔全部的少女世界。亚特看见了散落在地板上的白色花边头饰，断了腿的脏兮兮的布娃娃，碎掉的机器人侍卫身上的金属纽扣，一堆又一堆分不清年代的松鼠屎粒，超大个的蜘蛛网，像吊死鬼一样倒悬着的豹子风铃，华儿圣草编织而成的草垫子，玉米叶子做成的草纸上未完成的人物素描，来自她母亲的收藏品半瓶古柯叶子香精，一小罐不会让人致命但会昏迷的麻桑树蛙毒药（她从答离的房间偷出来的，已经有十年了，她从来没有使用的机会），还有，一小打她收集的她父亲卧床底下的女人头发……从这些，亚特似乎对斯塔的整个人生都看得通透了。他更加地喜欢她了，同时，他的恐惧也更加地加大了。他觉得自己每与斯塔的世界接近一步，自己坠入情感黑洞的可能性就加大一分。这一次，他感觉到恼火的是，在这情感的黑洞里，他暂时还找不到任何防护装置，比如飞艇里的抗引力装置啊、航空制服啊、方向控制仪啊等等。特别是经历了这一次特殊的生死考验之后，他觉得斯塔跟自己已经不是两个人了。某种在精神程度上的亲密，要大于自己与伊芙的，这要如何是好？

斯塔全然不理解亚特的忧虑。

她只是本能地用纯洁玲珑的心享受着再生的幸福，还有爱的甜蜜，以及青春的快乐，并把这种快乐通过自己薄薄的衣衫裹着的躯体，传递给亚特。亚特全部地接收到了。他迷失在了这种纯粹的气场里，这自然地激起了他的欲念，但他没有刻意地去阻止这种欲望。他只是看着它来，占据自己的心房，又看它可能随时溜走，为了分散与转移的注意力。而且亚特注意到一个极为奇怪的现象：他对欲望第一次不再觉得是负担，甚至是一种负面的力量，或者是一种罪过。也许这一刻，他彻底地消失了与其他女人间的分别心的缘故；或者，看到了欲念美好的另一面的缘故。此刻的欲望已经完全溶解，变成了偶尔注入他心灵的那道阳光，他家乡早春澄明清澈的湖水，他久违了的童趣，他无边无际的喜悦与自由。

一切都这么地自然，这么地清醇，又这么地舒适！

现在，他也跟斯塔一样，变成了一个无忧无虑的少年，在某一个温暖又醉人的午后，趁着大人午睡的机会，跑到这个只属于两个人的小小世界里，顶着随时被大人发现并被呵斥的危险，玩起了过家家的游戏。

亚特跟斯塔在一起啰嗦着琐碎的家常，叨念着无关紧要的话题，问答着简单乏味的问题，搭摆着新鲜有趣的积木，不时发出会意的微笑的时候，亚特突然意识到，其实他一生都没有过真正的童年。他没有过。他从来没有真正地简单过。他的思绪太多了，他的负荷太沉重了，他，太复杂了。所以，他很容易就混乱，而且不快乐，从来都不快乐。他所有现实中的快乐都是建立在混乱基础上的，这就像建在沙滩上的大厦一样，或者像很多火星初期的倒塌建筑物，因为没有稳固的根基，所以很容易就崩陷，沦为瓦砾。所以，他总是要牢牢地用誓言和行动抓住伊芙，以随时拉响两个人中间那充满着命运张力的情感报警器。

这一刻，在斯塔的阁楼里，他模糊地意识到了，他也同样需要斯塔。某种意义上讲，要超越伊芙。斯塔太完美了，是一个梦，一个充满了阳光的梦。就像他的母亲对于他的父亲一样，她让他的现实比梦还像梦境。她属于他人生中永恒地缺憾的那部分。他只有把他缺憾的那部分人生找到了，他人生的拼图才可以完整，由此引发的所有人生混乱才可以终止，他的顽症才可以被根除。

但是，亚特抑制住了他的非分之想。他客观又现实地警告着自己：不要奢求太多。这是他跟他父亲不一样的地方。他的父亲是想把梦牢牢地抓在手里，抓不到的时候就寻找梦的残片；再抓不到梦的残片的时候，就试图用别的梦代替；在用别的梦代替不了的时候，就干脆自己制造另一个梦境，甚至一个坟墓，沉迷于其中，直到被虚幻的梦境吞噬。

人的所有悲剧都是因为无法认清现实的缘故啊！

虽然亚特其实也不是很清楚现实是不是梦境，梦境到底是不是现实，他固执地觉得自己这个半吊子生活哲学家比父亲要现实一些。虽然与命运的对抗与偶尔的逃避给他的生活带来了无比的混乱，但不是愚蠢。亚特想到愚蠢这个词时，内心涌起一种愧疚，他觉得不该这样评价自己的父亲。但他又找不到更合适的词。

他混乱，但他又矛盾般地在混乱中锻炼出了一种能力，即如何在混乱中强制性、革命性地建立起生活秩序的清醒。他觉得，所有活在现实社会里的人类都必须要具有这最基本的生存力。他痛感到，他的有生之年是没有永恒的宁静的，混乱与痛苦不断的生活似乎是他的宿命。伊芙才是自己在暂时的清醒与秩序状态下建立起来的人生旅馆的女主人。

瑞金先生曾经让他放弃"分别心"去爱伊芙，他觉得老先生只参透了他的一半心思。他只有在有"分别心"的时候才能够爱伊芙。如果他连分别心都没有了，他爱的会是斯塔。那不是他现在的力量能够企及的，那是在安泰世界里的事情。那离自己太遥远了。离这个充满了世俗的欲念、混乱与自我执著心的自己太遥远了。

现实的他预感着他跟斯塔相遇在错误的时间和错误的地点。也许是错误的宇宙和错误的身份。就像是一条价值连城的钻石项链，放在公主的晚会上，将会无比地合适；但如果把它戴到一个农夫被大风吹倒破损的篱笆前，还不如一条断掉的绳子更有用。亚特觉得这比喻也许不恰当，但自己就好比是那破损的篱笆，伊芙是绳子，而斯塔……

想到这里，他忽然有一种心碎的想哭的冲动。就像失恋的感觉。他奇怪，他是否

真心爱过斯塔。接着他又疑问:

爱到底是什么?

爱存在吗?

爱可以吃还是可以拿来用?

爱可以看得见摸得着吗?

爱可以被称量吗?

我爱她多还是她爱我多?

如果爱存在,为什么我不能为了她舍弃一切,满足她,而只想保持对我合适又舒适的方式?

我是爱的敌人还是朋友?

不,一切只是造物者安排的看不见的关系游戏。我们就像是那些人生舞台上的玩偶,人生大幕拉开的时候,我们都要被看不见的造物者之丝牵扯着,朝注定的对象哭和笑,还有说;等大幕合上了,我们都要去寻找属于各自的坟墓。

突然,亚特有一种极其强烈的念头就是想把斯塔拥抱在怀里,什么都不做,就是抱着她,紧紧地。他后悔没有在他5岁时,他母亲提着行李箱离去的那个时刻,紧紧地抱住她。那样的话,她就不会走掉了。他总是听得见那声清脆的金属铃铛的响声,命运惩罚自己愚蠢的响声。他后悔那件事情,像他父亲执著于对前妻的回忆中一样,亚特总是执著于他的后悔。这让他后来的人生做了很多盲目的自以为聪明的蠢事,以至于把许多轻浮的、虚荣的女人当做了他的母亲。他得到了火星上的一个不太雅观的绰号:发动机博士,即到处留情不负责任的花花公子,害得伊芙第一次约会就扬言要对他举起鞭子。还有,后悔总是让他潜意识里恐惧,他要一而再、再而三地做错事情。事实证明他坏的预感总是正确,他后来做错的最离谱的两件事情就是:

一、他因为无知坐视了父亲的死亡;

二、他因为孤独创造了木达。

前者造成了他一生的灾难;后者造就了火星人类的灾难,甚至宇宙的灾难。因此亚特在其偶尔的人生空闲里,不禁多愁善感地哭泣和感叹过:

人的一生究竟要做错多少让人后悔的事情啊!

(三)

现在,他突然产生了灵感和勇气,要对斯塔做些什么,当然不再是愚蠢的事情。他想弥补他5岁时的过错。他想平息那金属铃铛的宿命响声。所以他想抱住她。但他抱她的目的不再是为了留下一个女人，而是为了永恒地放手。

他有了勇气去放手。

这真是一个奇迹。斯塔总是让他创造自我的奇迹。斯塔！

是的，他不会再吻她的双唇，像她在病榻上时自己出于负罪所做的那样。虽然他渴望，但他也可以让这渴望自然地溜走，他不会刻意地沉溺；他也不会再吻她的额头，像在火星老家别墅丛林里时，出于犹豫与不确定所做的那样；更不会像在自己的洗澡间里，出于好奇与虚荣暗自产生过想亵渎她的罪恶冲动；甚至在来到路光星球的途中，曾有一瞬间自私地想把她作为女儿般的情人来宠爱的欲念。没有。他现在圣洁得和斯塔像是亲兄妹，他们的父亲是造物者；又像是斯塔的忠实信徒，他仰视着她。他想抱着她的同时，把头深深地埋在她的胸口里，任她温柔的双手来抚摩他的头发，然后，在她溢满慈爱的怀里畅快淋漓地哭出来。

他只想放长声地、歇斯底里般地哭出来，把他一生的混乱与悲伤都哭掉，还有对未来的恐惧与沉重都哭掉。哭完后，他会虔诚地吻她的双足，就像他已经拥有过了她的肉体一样。然后，他会安详地转身离开，带着至真至纯的心。即使他的面庞上挂着泪珠，即使他一生都不再见斯塔，但他确定，他们会永恒地在明暗物质世界不相干的角落里彼此凝望，永恒地相爱的。甚至，他们会以生死为媒介，做永恒的相思的。

他的心从来没有如此地纯粹过，从来没有如此地自由过。他再也没有了分别心。斯塔，你不仅仅是天使，你代表着爱的真相。爱的真相就是无边无际的喜悦、自由与光明。瑞金先生说爱是没有分别心的，我懂了。但他说爱是无法被教会的，是错误的。爱是可以被感受的，也是可以被教会的，爱的真相也是可以被揭示的。爱的真相就在我们每一个人的心里，只不过我们太忙乱、自私，总是被既成的概念与习性束缚，从来不曾去发现它，而已。

虽然亚特在心里不断地咏念着斯塔的名字，但他的嘴唇却固执地封住了一切对斯塔的赞美。他不想对斯塔表白出来。他忽然想起了今晨，就在斯塔挽着他的胳膊出来散步，经过王后面前的时候，从王后的眼睛里，他读出了复杂又深邃的忧虑。是的，王后在担心着女儿的未来。

亚特只把也司眼中的忧虑看作是对斯塔个人的，他低估了王后的忧虑程度：那是对她的一双儿女的。亚特不知道这尊贵的母亲用了多大的力气才目送了自己的一双儿女走过自己的面前，走上不归的"爱恋"之路。谁可以明白一个无法阻止这种事情发生的一个母亲的矛盾又绝望的心情。

她现在唯一希望的就是能够把他们是兄妹的事实真相彻底掩埋，直到生命的终结。她就像是一个得知了自己的孩子已经惨遭某种厄运的毒手，但作为母亲还抱着最低的期望：那就是希望她的孩子是被一颗锋利的子弹迅速击毙的，死的时候是在毫不知情又不太痛苦的状态下。谁能理解拥有这样心情的母亲啊！

这一切，都是她三十年的所为造成的后果，而且后果还在延续着。看，她的女儿正挽着她儿子的胳膊，她觉得她的面颊上正被命运女神重重地扇着巴掌。她不用等到大审判日，现在，她就已经在接受着惩罚，用凌迟的方式。还有什么惩罚在等着她：用油锅煎？用炮烙烧？用刀子割裂？那么，来吧，她准备好了。

她多么想像几个月前那样在儿子与女儿的选择中再一次把情感的天平倾向儿子这边，因为她知道，她的儿子已经一无所有了，除了满是伤害的记忆之外。但事实证明了，事情的发展趋势总是要儿子不断地做出牺牲。命运的金字塔已经轰隆隆地倒塌了，她曾幻想着把儿子留在这个暗物质世界的可布石法老宫殿里，做这里的王位继承人。自己真是异想天开了，大概太想补救什么的缘故吧。儿子不是一个返了乡的奥德修斯，任何世界的王冠都太小了，盛不下他高贵的头颅。他有他自己特制的王冠，或者造物者给他准备的王冠。该称呼他什么，也司想不好，但她知道他属于全人类，不是一个地域。或者，也可以把他比喻成那只无缘由无来处的大木马，等历史的角色一旦完成，就要注定被命运毁灭。他没有故乡，也没有归宿，他只有使命。而自己，现在唯一能做的就是在瓦砾中祈祷，向瑞仪神，还有向她并不太崇敬的造物者。再有，最现实的方式就是在瓦砾中坐以待毙，这个行为她并不陌生，因为在处理儿子的问题上，她已经重复了无数次。

她知道，她亏欠儿子的。永远。无论她做什么都是错，都是在不断地伤害他。她肉体的子宫永远是空的，那里永远不会有儿子的重量。她是一个伪善的母亲，一个冷酷的女人，一个恶毒的阴谋家。

亚特对母亲的内心感受什么都不知道。他不知道困扰了他一生的谜底其实就在眼前，只是被几层薄薄的认知迷雾遮挡着，呈现出了骗人的幻象，但他却把这幻象当做了真实。他活在他自制的无明里，担忧着也许可笑的不真实的担忧。更要命的，他把自己不知不觉地定位在了智者的行列，"天才的霍里那稀金博士"，这称谓并非没有进入他的脑子里。可谁又知道他这半吊子生活哲学家，靠建立在多少代重复的认知习性与普通常识上的智慧为什么总是要走直线？一旦在生活里碰到了沟沟坎坎，或是必须迂回、停下、重新认知的时候，他的智慧就会出现盲区，他的行为就会短路，他就会痛苦、混乱不堪？所以造物者让他放弃对基本粒子计算的执著的时候，他是多么的不服气和迷茫啊！

就在斯塔拼命地从一个生了锈的大铁箱子里拽出一套发霉的象棋盒子时，亚特边帮她按住铁箱子盖子，免得它压到她的手，边把她被压到箱子底下的裙角拽出来，一边跟斯塔调侃着，一边现实地用以下的理由给他跟斯塔的关系盖棺定了论：

"我必须专注于伊芙的爱，就像瑞金老先生说的，屁股轻的男人，人生也不会有多少分量。没有人是十全十美的，伊芙也是一样，我也一样。不完美的我们是匹配的。是的，我必须尽快地向伊芙求婚，尽快地。为什么？为了躲避斯塔吗？也许吧，就算是吧。那又怎么样，人不可能没有动摇的时候啊。"

（四）

窗外响起了比丘鸟的叫声，乍一听有点像地球时代海洋里海豚的袅娜歌唱声，但仔细比较的话就会发现，比丘鸟的叫声比海豚的声音还要粗壮些，高昂些，甚至，还有点嘶哑的摇滚乐手的味道，节奏也不均匀，常常像不规则的珠子般地断裂，又奇妙般地被听不见的音线连起。声音的高低起伏像暗物质世界里的风一样，捉摸不定。要想写下比丘鸟唱歌的乐谱还真有些难度呢，但那一种悠扬与随性却与地球上的海豚惊人地相似。

亚特听得有点入迷了，他的脑子里忽然涌现了一句地球时代的智者的话：**让我们的无明再留驻一会吧，这对我们获得智慧有好处**。想到这里，他仔细地听起了鸟鸣，脸上露出了不解，斯塔笑着告诉他，现在正是雌比丘鸟交配的季节，这是雌比丘鸟的求偶歌唱，也正是路光国冬天转变成夏天的时刻。路光国只有两个季节：夏日和冬季。因此，一到夏季，在路光国国民享受着一天约三分之二的白昼快乐的同时，比丘鸟儿们也开始了它们的恋爱季节。但一到了冬季，当雌比丘鸟成群飞往神山法野库，忙着在神山下的鸟窝里生产和养育幼鸟的时候，雄比丘鸟就要享受被冷落的无所事事时光了。那个时候的雄鸟是最可怜的，因为它们想偷情都不可能：所有到了适婚年龄的雌鸟都飞到神山那里去了。要么它们在生产，要么在帮助生产和养育幼鸟。总之，一只雌比丘鸟一旦怀了孕，就获得了无上的鸟类社会和家族地位，所以没有怀孕的雌鸟们都要为它们服务的。

亚特听了有点不以为然：

"听起来这里的雄鸟有点单纯的生育机器的味道，真是不爽。不过，火星上可大多是雄性动物向雌性动物求偶呢，这里怎么反过来了？"

斯塔若有所思地看着亚特，意味深长地反问道：

"您有所不知啊。雌比丘鸟是一种非常孤独又可怜的动物。它们群体间的竞争很厉害，而且盛行一夫多妻。到了交配季节，如果一只不漂亮的雌比丘鸟不主动示爱，要么一展歌喉，要么无休止地展现自己洁白无瑕颜色的翅膀和尖长漂亮的喙，要么主动讨好异性，它可能几年都没有伴侣。不能怀孕的话，它就永远没有鸟类的社会和家族地位。有些声音难听和喙长得太钝的比丘鸟甚至因为恋爱无望而跑到瑞仪神殿自杀呢。只有在瑞仪神殿自杀的鸟才可以获得神的特许，转世可以得到优美的歌喉和又尖又长又弯曲的喙。在比丘鸟的世界，雌鸟们先要比赛谁拥有一只独特的喙，这是它们判定美貌的标准。因为这里……"

斯塔停了一下，推开阁楼上满是灰尘的半圆形木窗，把窗外的几片如亚特肩膀宽窄的硕大暗绿色树叶子拽到手中，给亚特闻着。亚特闻到上面有一种类似被炒煳的咖啡味道。亚特喜欢，干脆把它们从斯塔的手里接过来，尽兴地闻着，接着他揪下了一小块叶子，放在嘴里，咀嚼起来。

斯塔看着亚特的酣态，笑了笑，继续说道：

"这是地球上金合欢树叶子的变种。暗物质世界在这1700年中也是充满了进化的神奇呢。不过因为比丘鸟只以金合欢树干中间的黄蚂蚁为食，所以，它们需要一只又尖又弯曲又足够长的喙，否则，它们的后代就无法生存。这金合欢树看似平常，树干和树根部隐藏着巨大的黄蚂蚁王国，一棵平常的金合欢树中隐藏着几千万只蚂蚁群落，是一个小小的自给自足的生态王国。如果把这平面图抛开，真会吓呆您，这蚂蚁大军真的可以摧毁路光国最坚固的金字塔呢。好在它们的蚁后只在意金合欢树，而无意跟母亲争夺金字塔，否则，妈妈没有胜券啦。"

亚特听了斯塔自嘲的话，哈哈笑了起来，斯塔也跟着笑了。她深情地看了一眼亚特，为他摘掉他头上的一只蜘蛛残骸，继续说道：

"还有，我们这里的鸟儿们既不像你们火星上的鸟儿们会使用工具，也没有那么快速地进化，它们太原始，进化缓慢且单一，可能暗物质世界不存在时间观念的缘故，它们很随性，而且它们的祖先很容易就顺着分支找到。所以，即使一只雌比丘鸟有了伴侣，如果不争气的话，也会被别的同类抢跑。因此，路光国的雄比丘鸟很牛气，从来都不愁老婆的，有时候牛到躺在几只雌比丘鸟的背上飞行的程度，反正一只比丘鸟都有几只翅膀可以替换飞行，而且雌比丘鸟倒比雄鸟的飞行能力强些。不过话说回来了，雌鸟向雄鸟求爱，这有什么不妥吗？"

亚特躲开了斯塔的眼睛，没有回答斯塔的问题，而是低下头转过身，拿起了散落在窗台上的那张画在玉米叶子纸上的素描稿。一经审视亚特才意识到，那未完成的素描稿上的人物正是自己，只不过是热恋中疯狂的自己。那眸子里的火焰与激情可以穿透整个暗物质世界里的黑，直刺进爱人的心脏。那画面上弥漫着被欲望灼热地烧着的灵魂味道。有点摩擦过的飞艇金属材料味，还有硫磺的迷惑及莲花的清香。那是一半来自地狱，一半来自安泰世界的味道，那是一个绝妙的混合体，是他世俗的灵与肉的本质模样。

奇怪，斯塔怎么可以想象出这样的自己，她从来不该知道自己的另一副面孔的。

甚至，亚特在观察到这张素描之前，也没有意识到自己在疯狂时该是这副德行的。为什么伊芙从来没有说过他恋爱疯狂时是怎样的呢？亚特又想起了很久很久以前的一段逸事：当凡·高意外地看到了他的挚友为他画的画像时，曾发生过与自己类似的感慨：

这的确是我，不过是另一个发疯的我！

这个小精灵的世界里还有多少秘密？还有她究竟还看透了自己多少隐藏在灵魂深处里的东西？她到底是谁？她是否已经在梦境中拥有过我的肉体？

亚特捧着素描稿的双手开始有些不自然地抖动，他有了一种叫做紧张的感觉。因为他感觉到斯塔正在雌比丘鸟的叫声中，朝着自己的背影靠拥过来，她身体中发出的热浪像曾引发了"M816空难"的瓦尔那尔火山熔岩一样，正在融化着火星上最顽固的男人防线……

（五）

斯塔在亚特的身后，轻轻地用双手抱住了他，并把自己灼热的面颊温柔地贴在了亚特的背上。她的头发上还有蜘蛛网的碎丝，亚特的肩上还散落着灰松鼠的屎粒，还有玉米叶子、湖水、金属飞行器及火星灰尘和木棉花的味道，但没有关系，亚特的背依旧强壮、温暖，还是她梦想中醉人的感觉，甚至，超越了她的感觉。还有，斯塔在他的后背上吻到了他少年时的羞涩，这让她大感意外：他身体的某一隐秘的部分还没有长大，而且永恒地长不大。仅仅为了这个感受，斯塔几乎心痛到热泪盈眶了。天啊，她是多么地爱这个敏感的少年啊。

突然这少年的后背中开始释放一种味道，一种类似于古柯叶子香精的味道，这撩拨人情欲的古怪荷尔蒙味道，让斯塔彻底地陷入了迷狂。以前，她只是背着母亲，偷偷地闻过被密封在瓶子里的古柯叶子香精，但从来没有任何实战经验。这味道的出现太出乎她的预料了，就像出现在她春梦中的那些色彩斑斓的飘忽感受一样，她一面被动地承受，一面发出痛苦的微吟。这呻吟是她在这一刻，在这超现实的梦境中，面对庞大的情欲所能做的唯一抵抗。

斯塔混乱地加大了她双手的力量。她的双手透过亚特的棉质外套，开始揉搓着亚特的肋骨，斯塔浑然不觉她正在弄痛着亚特。亚特在挺立着，没有任何反应。这让她焦虑。她用力地吸着她的鼻子，似乎想更多地呼吸些心上人弥漫着古柯叶子香精味道的体香。但她觉得无论她怎样努力想吸进他的全部体香，她都永远吸不够。

这是斯塔第二次从身后抱住亚特。第一次是在火星别墅里，那是亚特在伤感他父亲的际遇时，斯塔为了安慰亚特，情不自禁做的。那时的她，内心里还充满了不安与惶恐。这一次，斯塔却勇敢和大胆了许多。而且，她学会了想去占有。

　　她把自己的嘴唇轻轻地贴在了亚特的后背上，把自己体内的热气缓缓地通过他的棉衬衫吹进他的体内，同时自动地加大了她揉搓他双肋的力量。亚特在沉默着，焦虑的斯塔误把他的沉默当做是纵容，然后她变得更大胆起来，她甚至开始用牙齿轻轻地撕咬着亚特衣衫下的皮肤。先是试探性的，接着她加大了力度，她试着让亚特感受到疼痛，她必须让他感受到疼痛，因为只有疼痛才可以唤起他爱的回应，只有疼痛才可以让他继续行动，她极度渴望的行动。

　　此刻的斯塔就像是拼了全力奔跑才抓到了一只斑马的母狮一样，她死咬着猎物的喉咙，任由它流血不止，也绝对不会住口：她已经饥饿了20年了，不，已经有几个世纪了。如果她不把这个猎物彻底地吞下肚子，她的出路只有一条：在这个没有食物、没有水的干涸季节，困死、饿死在暗物质世界的可时拉荒山里。

　　这是她最后的机会，她只有这一次机会了。是她用人生的全力奔跑换来的，是她用生命的代价换来的。

　　亚特的后背开始挺直，斯塔感受到了，是疼痛的力量。然后，他缓慢又坚定地抓住了斯塔揉搓自己双肋的手，斯塔几次挣扎着想从亚特的把握中挣开手，继续揉搓他的双肋，但亚特固执地阻止了她。他的力量太大了，好像是桑国路神的力量。她错误地估计了形势：他不是她的猎物，他是她的桑国路神。过去是，现在是，将来也是。她终于无能为力了，像在那个死亡之梦中一样，她只有任由他抓住自己的双手，让它们尴尬地停留在半空的悬梦中。

　　然后，他转过了身。就在他转过身体的那一刹那，他身上的古柯叶子香精味道顿时消失了。代替它的是一种略带木棉花香气的死亡味道。她感觉到他正向她的心脏再次举起了那把沾满了拉比那尔家族人血液的蛇头利剑，像在她的死亡之梦中一样。与梦中唯一不同的是，他不再是那个冷酷的黑衣祭司，而是她未完成的素描稿里的样子，只不过比那个素描里的他还生动，还鲜活：他的面颊通红，他的热息奔涌，他的双眸在喷发着疯狂的火焰，同时又激烈地游动。是的，真实的他有力量，有声音，有颜色，更要命的，他有感情。这让人类永恒地窒息又痛苦的——感情。

　　他开口了，这是斯塔最喜欢听到的声音，但说出了她最不想听到的内容：

　　"斯塔，我的斯塔……我爱您。您知道吗，我爱您，永远爱您……"

　　斯塔与心上人对视着，突然她看到了心上人的眼中流淌出了泪水，这让她无比地慌乱，她仿佛又一次被判处了死刑。亚特没有擦拭泪水，而是继续紧抓着斯塔的双手，但那双手再次地失去了温度，接近了死亡：

　　"我们，不可能，只是不可能……"

　　斯塔绝望的泪水流了出来，但这一次她没有逃避，死亡给了她勇气，她直视着亚特的眼睛，把她疑问了一生的话语从心底喊了出来：

"为什么?!"

亚特看着斯塔,悲伤地看着斯塔,只是看着她,不回答她的话。斯塔再也无法忍受这种痛苦了,她试图把头埋在亚特的胸前,但是亚特固执地用双手的力量,封住了她的头继续前行的通道。斯塔的头于是悬在了半空,像她的双手一样,都在亚特的力量掌握之中,不知所措。斯塔开始抽动起双肩,激烈地哭泣起来。

亚特的眼泪继续奔流着。最后,他只好蹲下身体,把正瘫软至地板上的斯塔的双臂握住,说道:

"我们不是一类人。我们生活在不同的世界里,永远。"

斯塔趴在亚特的双脚上痛哭起来,亚特把斯塔强行着搂进怀里,让她在自己的怀抱里尽情哭泣着。哭到最后,窗外的雌比丘鸟不再叫了,亚特的前衣襟几乎都被斯塔的泪水打湿了,而斯塔的哭声变成了嘤嘤饮泣声的时候,她才意识到什么似的微微抬起头来,她发现,亚特的一只手一直在自己哭泣的时候,紧紧地抱着自己;而他的另一只手,一直在抚慰着自己的头发。还有,他也一直在伴着自己,哭泣着。

甚至,他的鼻血同他的泪水一起流淌,很多跌落到了斯塔的头发上,他都没有擦拭。而且,他的鼻血还在顺着他的嘴角,流着。像冥界之河的河水一样,流淌过他象征着生命的双唇。斯塔赶紧起身,一边用自己的裙角压住亚特的鼻子,一边让他平躺在自己的怀里,她给他擦着泪水和血水。还有,她不能让冥界之河的河水把他淹没。

某种意义上讲,他的生命并不比她的更坚强。如果她再让他涉足一次冥界,他很有可能再也找不到回家的路。

他们通过泪眼在彼此凝视着。他的头上沾上了蜘蛛网屑,斯塔帮他拽下蜘蛛网,并给他梳理着头发。他的头发既浓密又有着漂亮的亚麻色,就像自己的一样。斯塔忽然意识到他们有太多的地方太相像了。还有,斯塔想起他的后颈部该有几颗呈星星状散落的红色痣,于是她试探着把手摸到了他的后颈部,发现那些痣依旧完好无缺地待在了那里,似乎一直在等待着她的探询一样。那些痣的存在让她感到了一丝欣慰,似乎她找到了可以连接他们之间旧情的老朋友。但她刚才梳理他冰凉的头发时,透过手指尖传到心里的刺痛,此刻又开始作祟起来,斯塔的心由于再次的绞痛,几乎窒息。这些痛告诉她一个残酷的现实:他们之间不可能有她期望的那种感情链接。永远。

死亡也没有办法改变她的命运。

所以,再度的死亡早就失去了意义。

在宇宙毁灭之前的生活里,她还剩下什么呢?

为了缓解心的疼痛,重新梳理一下残酷的现实,斯塔长长地吁出了一口气。这是她目前为止能够做出的最大理性行为。就在刚才她的脑子里忽然涌起了一个念头:要是我从来都不认识他该多好啊!但她马上否定了这个愚蠢的念头。她知道,她一看到他就知道，他们是宿命的，不管是劫还是缘。也许，她会在下一秒像法野库山上春天里的雪崩一样滑落，但这一秒，她还像那些不规则地落叠在一起、晶莹又剔透的雪片群一样，正在极度危险的时空边界上做着最后的挺立。她一边按着亚特的鼻子，一边轻声说道：

"抱歉，我本该让您快乐的，我太自私了……"

亚特看着斯塔，忍住了左肋骨下的痛，微微笑了笑：

"爱，就不必抱歉。"

斯塔的泪水再次奔涌，她似乎听到了雪崩即将涌起的轰隆声：

"我爱您，我多么地爱您。可我为什么不能只做您衣领上的微尘，却自私地想要占有您呢？"

亚特这样回答了斯塔的话：

"这是人之常情。"

斯塔带着心醉的温柔，极力装作听不见雪崩的轰隆声，诚实地看着亚特：

"我不是想用死亡去要挟您，我只是不知道……该怎么活下去……"

亚特握住了斯塔放在自己鼻子上的手，他发现她的手已经冰冷，而自己的鼻子又开始发酸：

"我知道，我知道的……"

斯塔把手从亚特的鼻子上拿开，低下头，她的泪水滴在了亚特还残留着血痕的嘴唇上，她多想吻他漂亮的嘴唇啊。但她不敢。她只是颤声说道：

"我还没有谢谢您，救了我……"

斯塔说不下去了，因为她发现轰隆隆的爱情雪崩已经开始了，这一刻她能够做到的也许是尽快带着她的心上人离开这危险的是非之地。否则，这爱情雪崩将要在歇斯底里的伤害后埋葬他们两个人。她急迫地在虚幻中，错把本是她命中桑国路神的亚特当做了瑞仪神，她要获得这至高无上的神灵指引，让她把心上人尽快拉离危险的雪之墓穴：

"我该怎么办？"

亚特看着斯塔，无助地摇了摇头，说道：

"我不知道……"

斯塔再次哭泣起来，这次她的哭声比窗外再度响起的雌比丘鸟的声音还要绵长和凄凉，这是永失真爱的绝望哭泣。她明白了，亚特只是她的桑国路神，爱情领地里的桑国路神。但她不怪他。他做到了，他从来都是竭尽全力地做到了。他的爱是诚实的，他的无助也是诚实的。所以她爱他，永恒地爱他。奇异的是，真爱就在她的怀抱里，此刻也正用他一生的至纯之爱回应着她的爱，但那里面又洋溢着黑色的死亡色彩。亚特还是那个穿着黑衣披风的祭司，桑国路神的化身。他们的爱情将像架设在茫茫太空中的两个平行时空隧道一样，只要时空的概念还存在，就永远没有可能交织在一起。

斯塔决定把希望寄托于来世，或者，当这宇宙或者下一个宇宙的时空存在完全消失后的虚无里。也许这个希望非常渺茫，但也许会有那么一天的，也许，会看到完全的光明的。

人，总是要抱着一个希望的，要不然，要怎么在毫无希望的现实里活下去？

想到这里，斯塔觉得体内的祖母基因真的起了作用，她跟随着它再一次地打破了路光国人的思维习惯，向伤心的比丘鸟看齐，即希望快速地转动时间的轮子，以使生命早日地终结，而转世投胎的日子早日来临。她决定从明天开始每日去瑞仪神殿祭拜。瑞仪神是宽大和充满博爱的神，总是用慈悲的目光俯瞰着他的儿女们。他既然可以满足一个自杀的比丘鸟的心愿，为什么不能满足她这个可怜女孩的泣血心声呢？

想到这里，斯塔俯下身体，虔诚地捧起亚特的头，像她总是喜欢用双手掬起"良心之屋"前的湖水那样，她把双手中的圣洁湖水轻轻地向自己的面前拉近，让自己的双眸与同样清澈又悲伤的另一双眼眸对视了一会儿后，她带着不可抗拒的坚定口吻说道：

"我想吻您的双唇，可以吗？"

亚特只迟疑了一秒钟，然后他伸出有力的双臂，一下子把斯塔抱在了怀里。他把斯塔结实地压在了身下，在窗外雌比丘鸟绝望地呼唤爱情的歌声中，缠绵又炽热地吻着她。很快地，两个人的灵魂与肉体结结实实地被掩埋在狂泻而下的感情雪流里，这让他们无比地痛苦。他们喘息着、挣扎着、绞痛着，希望用两个人的力量在雪墓里踢打出一小块空间，以延续死亡来临的时间。即使这样，他们在一点一地窒息而死的同时，都心甘情愿地被埋在这雪墓里，谁也没有产生要逃生的念头。因为他们内心都太清楚，只有在这个死亡来临之前后瞬间里，时空是暂时消失了的。

（六）

当亚特在路光国金字塔王宫的最顶层，王后平素处理政务的52神殿，面对着一身正装的国王夫妇的时候，显得有些不知所措。王后头上的白色比丘鸟羽毛让亚特觉得王后在这一刻显得好陌生，她颈上夸张的豹子项链让他痛感到王后毕竟是王后，她虽有火星人的背景，但在关键场合这只满受着暗物质世界食物滋养的豹子，只属于她的暗物质世界。她在她世界食物链上的最顶端，她必须要为她嗷嗷待哺的幼崽们寻找生存的猎物，还要保护她的孩子们不被狮子们吃掉。亚特现在就是她的猎物，而整个火星地球人就是她的对手狮子群，所以，她在尽全力奔跑扑倒猎物后，要在狮子们抢回她的猎物之前，毫不留情面地撕开猎物的喉咙，把它吞下肚子。

亚特再一次痛感到了，他们跟自己是不同世界里的人，跟斯塔一样。他跟路光国王夫妇的短暂蜜月期在斯塔的痊愈后，终于迎来了终结。这也好，世界上没有任何事物是永远的。但一想到他们是斯塔的父母，亚特的内心涌起了一阵混沌的痛，因为斯塔的缘故。当他看到国王夫妇身后隐着的黑衣人答离的身影的时候，他的注意力转移了。

这场合突然让亚特非常地不舒服。他不知道此刻的自己是这路光国的贵宾，是敌人，甚至是人质？他觉得此刻的答离比以往任何时候都显得诡秘，答离给他不好的预感。答离的身后弥漫着暗物质世界里千万层重叠的透视镜般看不透的黑，更辅证了亚特坏预感的可能性。现在答离的身份该不是巫师，而是军师。在每当重大的国事场合答离总是要隐在国王夫妇的背后，做一个影子，一个守护神，或者真正的操纵者。路光国有一个公开的事实，当军师答离从幕后走到幕前的时候，标志着这个事件的重要性；但当答离从幕前重新回到幕后的时候，标志着这个事情的决定性。这些，亚特已经在这短短的几个月里，足够地体会了。

国王夫妇要与自己进行一场正式的谈判。否则，自己的大脑记忆就不会缺失了。他确信了，答离一定进去过那里，但他什么都没有得到，否则，他们就不会这样跟自己面对面了。亚特感受到了一种屈辱：他觉得自己被利用了。他觉得他的人生又犯了愚蠢，这该是他第三个重大的愚蠢。他也许真不该来到这个世界，希望他的这次愚蠢不会再给火星地球人带来灾难。

他们究竟想从自己这里得到什么呢？

亚特面对的不再是王后那双充满忧虑与深邃的眼睛，而是以列王的那双游离又忧郁的眼神。他没有自信，一点都没有。但他表面上还是一国之君，所以这开场白由他来做还是合适的。他推了推挡在了他面前阻碍他能够好好看亚特的花瓶，轻咳了一声，努力地让他的开场白显得简短又致命。他试图让他的话达到必须达到的效果：

"让我们直接进入主题吧。很抱歉，我们请您来到我们这个世界，一方面是为了救助斯塔的性命，另一方面……"他扭头看了一眼他的妻子，他的确不该看她，这一下子泄露了他内心的全部空虚，老练的谈话对手会趁这个机会参透他的全部底牌。但亚特忽略了他的眼神，因为亚特不是一个老练的政客和外交家。

以列王继续说道：

"另一方面，您知道，宇宙即将毁灭了，我身为一国之君，有责任让我的国民们生存。还有，也是为了斯塔，我们希望您能给我们提供去往平行宇宙的方法……"

亚特听了以列王的话，一下子挺直了后背，随即他下意识地凭借双腿的力量把身下的椅子向身后移动了几寸，以此来平息他内心的震动。他呆坐着，对视着以列王，足足有一分钟的时间，没有说话。但他的双眸在激烈地游动着，这是他内心进行剧烈思考的特征。

王后抬起了她一直神秘地低着的头，跟她颈上的豹子项链一起勇敢地看着亚特，似乎在等待着他打出判决底牌。答离在屏风后不继续踱步了，而是停下来，竖起耳朵，听起了时间流逝的声音。他的黑衣一角从屏风底下探出头来，这泄露了他内心的焦虑。

亚特重新把椅子移回到了原来的位置，并把双手支在他面前的桌子上，把脸埋在了他微微颤抖的双手里，沉闷地从手掌心里发出了一声：

"天啊，原来是这样……"

亚特拿下了双手，他的脸开始出现紧张的红晕，他想起了几个月前类似的尴尬又孤立无援的场景：那是在火星联合国的绝密会议室，他把宇宙未来命运抛给了众人，遭受到围攻的时候。但那个时候，他还有可以回去的家；可是现在，他连家在哪里都不知道了。

他用舌头舔了舔干裂的嘴唇，那上面还残留着斯塔苦涩的吻。他回味着以列王刚才所说的"这也是为了斯塔"这句话的分量，他不得不把回答以列王的时间又拖延了几分钟。最后，他干脆推开椅子，站起身来，在国王夫妇的面前焦虑地踱起步来。他的步伐几乎踩到了屏风边探出的答离的衣角，但亚特并没有在意。他沉浸在自己的思绪里，一会摇头，一会傻笑。最后，他终于坐了下来，这一次他没有看以列王，而是把头转向了王后这边，对方正用焦急又期盼的眼神看着他。为了斯塔，他带着无限的歉意沉重地说道：

"我做不到，抱歉。"

亚特说完，他从王后的眼神里读出了绝望和悲伤。王后再次低下了头，她没有试图说服亚特改变主意，甚至没有追问他的理由，她只是接受了亚特的回答，这让亚特非常地意外。这似乎不该是她的风格，她该坚持她想要的东西的，甚至会不择手段，为了国家利益。

王后的怯弱引来了以列王的不满，他大声地问道：

"为什么？为了斯塔，您也不愿做吗？您能见路光国七亿国民毁灭而见死不救吗？"

亚特把目光从王后的脸上移动到了以列王的脸上，对方的震怒并没有让他意外多少。亚特竭力地用平静的语调，试图平息以列王的震怒：

"您知道为了斯塔公主，我是可以牺牲性命的。但是，抱歉这一次，我心有余而力不足。我的理由有以下五个：

"一、我目前所掌握的一切关于平行宇宙的资料都是理论上的。我三年前的宇宙大黑洞探险得到的实际数字资料中并不包括如何去往平行宇宙的那部分。因为我的探险行动在奇异点的周围就停了下来，我没有进入奇异点，因为当时我的无极微尘粒子即超基本粒子分解方程式计算还达不到那么精确，我还不想死。同时，我当时也没有足够的把握可以通过奇异点顺利分解，通过虫洞进入平行宇宙的奇异点。进入平行宇宙奇异点后的情形我不完全确定，我怕回不来。

"二、我已经建议火星取消了年底的宇宙大黑洞探测计划，他们接受了。原因是宇宙大黑洞临界点周围的数字出现了规则跳跃，暗能量出现了不均匀的分布，而宇宙其他地方却没有这种状况。我怀疑造物者已经决定阻止人类进入宇宙大黑洞，并在关闭平行宇宙的入口。但是他现在的行动进行到哪一个步骤，我还不得而知。我唯一可以断定的是，他不会让我们进入平行宇宙。

"三、我理论上得出的结论是对应我们这个宇宙，平行宇宙里的一切都会出现相反的性质：比如说我们这个宇宙如果可以被称作阳宇宙的话，那里面的一切将呈现相反的特质，即阴宇宙。但具体里面是怎样的情形，全都是未知。

"四、当我们这个宇宙毁灭，成为一个乒乓球大小的黑洞的时候，对应的阴宇宙该是最兴盛的时刻。因此，此消彼长的规律决定了如果我们要在平行宇宙里生存，我们每存活一个人，必须对应地要杀死那里面的一个人。即，另一个我。这样，代替另一个我的我自己才能够存活。难道，我们真是要为了自己存活，就一定要杀死另一个自己吗？如果我帮助您做这样的事情，我就是在助纣为虐，我是在犯罪。

"五、答离先生已经进入了我的大脑信息记忆库，该知道这些资料是被造物者封存的，是不能够外泄的。很抱歉，这是造物者的旨意，我只是一个执行者。所以，我无能为力。"

亚特说完这些话，颓丧地把身体靠在了椅子背上，长长地吁出一口浊气。重复这样的话题的确不是一个让人愉快的体验，他讨厌这样的话题，但他的宿命又无法回避。这是他心情最沉重的时刻，他真希望自己不是那个所谓的被选择的人。

答离不再隐身了，他终于带着他焦虑的衣角从屏风后面走了出来。也许刚才亚特提到了他名字的缘故，也许亚特点破了他的小伎俩的缘故，也许亚特的话把他再度打入绝望的深渊的缘故，他没有办法再继续矜持地担当一个影子武士了。他太急迫了。他要与亚特争辩真理，这是关系到路光国生死存亡的时刻。

他来到了亚特的身边，推辞掉了一切开场白：

"不错，我是进入过您的大脑信息库，可惜正如您所讲，造物者用他的阴阳太极符号固执地锁住了那里，关于平行宇宙的信息我什么都没有能够得到，除了绝望和焦虑之外。我很抱歉做这样卑鄙的行为，但这是为了路光国的七亿国民，我必须这样。

"关于您刚才所说的我持有不同看法：谁赋予了造物者权利去灭亡这个宇宙？生存本身是人类最高的准则，是高于造物者存在的原则，但是造物者又如何具有如此大的权利去剥夺人的生存权利？他不是一个独裁吗？但是动物界还有一个最高的生存原则，请您不要忘记了：为了自己存活，他可以杀死能够让他存活的猎物。这不是欲望，也不是暴力，而是生存。

"现在，我的七亿国民危在旦夕，他们毫无过错地要担当你们明物质世界里人类愚蠢行为的陪葬，这是不公平的。我们只是在遵循着宇宙最高生存法则行事，我们不想坐以待毙，成为你们愚蠢的明物质世界人类的殉葬品，或者造物者那个超级控制狂手里的牺牲品。所以，为了我们自己的存活，我们可以杀死阴宇宙里的另一个自己。如果说这是罪恶的话，罪恶是造物者和你们明物质世界里的人类的，谁让你们愚蠢地造出了一个生化人去崇拜，最终惹怒了造物者那个自大狂。

"而那个生化人究竟从哪里买到了灵魂，我想博士您内心该很清楚吧。而且说实在的，由于您无法克制自己脆弱的孤独，竟造出了这个生化人兄弟，而您自己，该为人类负最大的责任的。真是如你们地球人所讲，科技可以让人上安泰世界，也可以让人下地狱。而被造物者抱在怀里的您自己，真是一手托着安泰世界，一手托着地狱。

"所以，您现在有责任把地狱留给你们明物质世界里的人类，把安泰世界留给我们暗物质世界。博士，您有义不容辞的责任拯救路光国七亿国民的性命！"

答离说完这些话的时候，他的身体由于激动出现了抖动，而且他的脸色又一贯地由铁青涨到通红，他的声音里第一次出现了罕见的热度和力量，使他面前的水晶杯子里的水甚至都震颤到出现了波纹的程度。他的话达到了预期的效果，亚特大脑出现了短暂的空白，这个空白的间隙，他竟问出了困扰了他十多年的老问题：

"您说木达从哪里买到了灵魂……"

答离的愤怒显然还没有平息，他干脆地回答了亚特的问题：

"不知道。"

亚特并没有罢休，他继续纠缠着答离，希望他能够给出自己想要的答案：

"军师先生，请您告诉我，木达究竟从哪里买到了灵魂，为什么他一定要一个灵魂？他用了怎样的条件？"

答离走近了亚特，把身体微微地倾向了他，低声说道：

"木达从哪里买到了灵魂一点也不关我的事。至于他为什么一定要得到灵魂，我可以直接地回答您，这是你们明物质世界里的人最喜欢的东西：欲望。"

亚特对答离的话还是显得不明了，他还在拼命地追问，这让他陷入了完全的被动：

"什么欲望？成为一个破黑洞神？"

答离深深地看着亚特，冷酷地说出了下面的话：

"您，博士先生。他要的是您！"

亚特完全呆住了，他重复着答离的话，还是没有完全明白：

"他已经拥有我了，为什么还要得到我？"

答离摇了摇头，不想继续就木达的问题与亚特纠缠，这不是他关心的话题。他想趁热打铁，所以他走到了王后身旁，王后正用焦灼的眼神关心地看着亚特，答离装作没看懂王后的心思，继续着他对亚特的攻击：

"所以，博士先生，您现在已经很清楚您的责任，那就该更清楚自己的义务。我很有兴趣知道您准备怎样帮助路光国的国民。"

亚特似乎还没有从刚才的震惊中清醒过来。他耷拉着头，没有办法回答答离的话，就在这个时候，52神殿通往可布石法老神殿的秘密侧门突然被推开了，谁也没有想到，一身黑色衣裙的斯塔会在这个时候从里面走了出来。

（七）

谁也没有想到，斯塔会出现在这里。这次密会是绝对要瞒住斯塔的。答离、也司夫妇都很清楚，斯塔在关键时刻绝对不会站在路光国这一边。她的年龄与阅历还不懂得什么叫做国家利益，她只懂得爱情。或者，这些与她的年龄无关，是她的本性所致，她永远不会为了自身的利益去强迫别人做任何他不想做的事情。何况对方是亚特呢。

斯塔自从与亚特的感情雪崩坟墓逃离出来后，她几乎每日以泪洗面。她对亚特避而不见，因为她担心她会让亚特难堪。她计算着亚特启程返回火星的日子，她决定穿上黑色的衣裙，为了祭奠她永远失去的爱情。还有，为了她提前到来的人生葬礼。她知道了，这套衣装将是她今后人生的唯一礼服，没有比它更合适于一个爱情寡妇的身份了。寡妇，多么刺人的字眼，现在，她却欣然接受了它，带着一点悲伤的残余与空前的决绝。而黑色爱情寡妇，不单指单纯地失去了丈夫的女人，还有另一个有些矛盾的身份，即一个雌雄同体的爱情新娘，一个刚刚决定嫁给她自己的女人。那个被她所嫁的新郎身体里面装着她永生永世的爱人魂灵。她准备好了，用这样一种方式启程她的新人生。

就在她把黑色连衣裙的最后一个丝带系到腰间，把她胸前的最后一个纽扣扣好之后，她端详着镜子中的那个已经没有了年龄的自己，她忽然看到一个画面。那似乎是她读过的一本地球时代小说里的画面，但她忘记了书的名字。她记得有这样一个场景：一个贵族女子，怀中抱着她刚刚被砍下的爱人之头颅，平静地坐在马车里。她的爱人因为爱过另一个女人而被砍了头。马车正把她带向不知名的前方黑暗，黑暗是她剩下的人生。

斯塔觉得她的怀抱里将永远抱着亚特滴血的精神头颅。永远。这是他们在人世间，当时空的概念还存在的时候，唯一最合适的结合方式。砍下他头颅的不是别人，正是她自己。她用的是他曾经在她的梦中使用过的那把蛇头利剑，那把沾满了拉比那尔家族人血液的剑，现在，她把她爱情死神的精神头颅砍下了。他终于属于了这个家族，这个暗物质世界里的神秘家族。所以，她再也无所畏惧了。她用这样的方式把爱情死神永恒地留下，而把他活着的身体交还给另一个火星上的女人。

一个可以与他的时空存在相交错的女人。

一个于他被称作"可能"的女人。

她的父亲曾经说过：得到，有时候比失去还痛苦。她不敢苟同。她觉得，她得到的，远比失去的要富余空前的价值和意义。

她想起了一位地球诗人说过的话，那是她的母亲每当人生走到最不如意的时刻，总是喜欢自言自语的句子，斯塔不自觉地就背了下来：

"我没有幸福，只有自由与宁静。"

她现在想把这句子改为：

"我没有悲伤，只有自由与宁静。"

她觉得现在的自己虽然也会在夜里情不自禁地流泪，抱着她爱情死神的精神头颅。但是她的情感似乎已经超越了悲伤，绝望，甚至死亡。她的悲伤还有习惯性的残余，但似乎悲伤已经变了性。她得到了结果，她获得了升华后的悲伤。那就是不再欲望的自由。因此，她也就被瑞仪神赋予了一种无上的宁静。本来，最初她对亚特的爱就是不带有任何占有色彩的。她只是想成为他衣领上的一粒微尘，能够呼吸他的呼吸，并在不经意的时候吻他的脖子，就够了。后来有了占有，有些出乎她的预料。但当她懂得了无常的时候，她的心性又说了话，她下意识地认同了无常，并接受了它。她有了新的功课，就是每日都会抱着她爱情死神的精神头颅，到法野库雪山的瑞仪神殿去做虔诚的祈祷。她渐渐地有了一种想法，那就是永远驻扎在神殿里，成为瑞仪神最忠诚的奴仆，不再回到宫殿中。

她本可以这样与亚特诀别的，没有想到她在某个早晨突然决定走下法野库雪山，因为她不知道为何决定要为亚特送行。她确定，亚特就会在今天启程，她的第六感告诉了她。还有，她要在她见到亚特之前，去一次可布石法老神殿，她想在那里，乞求她的先祖们保佑她的爱人一路平安。她与先祖的对话如期被石梯走廊外面的对话打断，因为她仿佛听到了亚特的声音。她不会感觉不到亚特的声音，别说是这小小的石梯，就是隔着明暗物质两个世界，甚至宇宙大黑洞，甚至新旧宇宙，甚至死亡，她也能感受到他。别忘了，她的怀抱里还永恒地抱着亚特的精神头颅。而她又能感受到她的心脏里仿佛伸出一根强大又充满韧性的命运之丝，连着他左肋骨下面的地方。她知道，那根丝是经过了千万亿劫轮回之锤炼，挂满了她用肉眼看不见的因缘之果实的。她只是确定：

他是她宿命的丈夫，永生永世。

她在那扇门外伫立着，倾听着她的父母和答离如何地在逼迫着她的爱人。当她决定她必须走出石梯去救助她的爱人的时候，这世界上已经没有任何东西可以阻拦得了她。

一身黑衣的她吓坏了在场的所有人，特别是亚特，他没有想到斯塔的脸色如此苍白，几乎又是她病榻上的模样。但她眸子里闪烁的生命之光又如此地活跃，与她的脸色完全不匹配。他不知道，她眼中的生命之光是刚刚被想救助他的热情点燃的。那之前，那眸子里几乎是一潭死水了。

她把自己娇小的身躯勇敢地挡在了亚特的身前，像要挡住一切射向他的夺命子弹，面对着敌方阵营里的父母亲，还有她母亲身边卫兵一样忠诚地站着的答离，冷酷地说道：

"你们为什么逼迫他做他不想做的事情？他不是说了，如果我们存活一个人，就要对应地杀掉平行宇宙里的一个人，你们不是在逼迫他做刽子手吗？而且，造物者毁灭宇宙跟他造不造木达没有任何关系，造物者总会找到他自己的理由。所有的独裁者都有自己的理由。当年的希特勒没有波兰还有捷克、法国、英格兰……他总会做他想做的事情，缺少的只是借口。还有，你们一而再再而三地欺骗他，利用他，甚至利用我的死亡把他骗到这里，然后对他实施要挟，不是太卑鄙了吗？"

斯塔把充满愤怒的眼睛射向了自己的母亲，也司王后羞愧地低下了头。当她把眼睛射向父亲的时候，父亲扭过了头。最后，斯塔与答离的目光相遇了，出乎她的预料，答离一直在用直视回敬着她。终于，答离开口了，他的声音里充满了斯塔这一生都没有听过的冷酷，斯塔不禁打了一个寒战：

"公主殿下，我们有七亿的路光国民要去拯救，而您也是他们未来的母亲。他们的生死也都担系在您的手上，您伟大的爱情在七亿国民的生死面前显得太微不足道了。这里面坐着的每一个人所承受的良心之谴责绝对不少于您个人的，而且我可以直接地告诉您，这里的每一个人这样做没有一个是出于个人的打算，完全是为了我们的七亿国民。通往正义之路上要铺上多少非正义的碎石，远远不是您这个除了爱情就没有任何东西的年轻女孩子所了解的。即便是您跟博士的伟大爱情，也是存在正反两个方面的，只是您还意识不到而已。否则，博士就不会一而再、再而三地在两个女人中间徘徊，并让您伤心了。还有，您没有权利责备您的父母亲，他们是最伟大的、最痛苦的父母亲，不只是您的，也是路光国的……"

答离这样说的时候，情不自禁地把眼睛扫向了亚特，因为他差点说出了也是您跟博士的父母亲这样的话。这在座的五个人中，有三个人听懂了答离的话的含义，而关键的两个孩子，却懵懂无知。还有，所有人都听得出来，答离现在在使用离间术，他要离间斯塔对亚特的狂热，让她对她的对手产生嫉妒，并对他的爱产生怀疑，然后迅速站到她父母阵营里来。

斯塔刚刚要反驳答离的话，答离却没有给她喘息的机会，他压住了斯塔的风头，继续说了下去。今天的答离的确一反平素沉默寡言的常态，因为现在已经容不得他再神秘了，这是路光国生死攸关的时刻，他不能让斯塔在这关键时刻搅局：

"博士要做的只是举手之劳：把他脑子里的公式给我们。穿越宇宙大黑洞的飞艇我们已经造好了，我们缺少的只是无极微尘粒子在奇异点分解时的几个关键数字，只要博士点一点头，我们就可以最后确定我们的方程式。博士点一点头，就可以拯救七亿人的性命，但他却固执地站在他所谓的正义一边，坐视我们星球的灭亡，请问，博士不是那个独裁造物者的同谋，还是别的什么吗？"

斯塔再也忍不住了，她大声地喊出来，阻止了答离的话：

"够了，不要再伤害他了。他这一生都是在被别人伤害，我不想让我的亲人再去伤害他。他不想做的，一定有他的理由！博士从来都是为人类考虑的，他做不到的，就是做不到！宇宙毁灭，大家都是死，不只是路光国。还有火星地球人，火星土著部落人，还有中子星系人，还有野琴星系、可素瓦星系、室女星系其他国家的人……那么多明暗物质世界里的人，大家都要死的，他连自己能不能活下来都不知道，你们要强迫他什么？"

答离愤怒地绕过桌子，走向亚特，他已经不能够再听任斯塔的继续搅局了。他终于站在了亚特身旁，避开斯塔的怒视，对亚特一字一句地说道：

"霍里那稀金博士，您还是不愿意把那几个关键的数字给我们吗？"

亚特伸出了手，温柔又坚定地握住了斯塔的手，他手中的热度毫无保留地传递给了斯塔，斯塔的一袭黑衣中竟透出了生命的光芒与喜悦，她仿佛又活了过来。

亚特扭头与答离对视着，说道：

"很抱歉，军师先生，我有我的信念，我还是无法帮助您。况且，退一万步讲，即使我把那几个关键的数字给了您，还有最后一道最关键的关口，那是造物者设的迷局，连我都无法参透，你们还是无法进入黑洞奇异点，或者在白洞奇异点内重生的。"

答离把头向亚特倾斜，他本来就高亚特一个头，这时候，他更显得强势又冷酷。他几乎用的是恐吓的口吻，说道：

"博士，请把造物者的宇宙大一统理论的口诀说出来吧！"

亚特浑身一惊，他没有想到，答离知道的远远超越了自己的想象，连这个绝对的秘密他都知道。他本来脱口而出就想把口诀说出来，但他忽然忍住了。他如何可以轻易地出卖造物者？况且，把口诀泄露给这样危险的人物，很难保证对人类是福不是祸。即使他可以代替自己参透口诀，但是，新人类的鼻祖是这样的人，究竟行吗？

斯塔通过回握亚特的手给了他下定决心的力量。亚特不再犹豫了，决绝地回答道：

"很抱歉，军师先生，我无可奉告。恕我直言，您的种种计谋与强势让我越来越对您的行为产生反感，我直觉让您这样的人到达平行宇宙将是一件非常危险的事情。我们这个宇宙已经受够了一大群自大的猴子们的蹂躏，而如果让平行宇宙再去由您这样自私、强势的人去担当主人，人类的自大病将会无限制地循环和蔓延下去。动物本能的自我生存只是借口，想对抗造物者的权威以显示您的威力才是您的真心。您总是骂造物者独裁，但我觉得您某些方面比他更独裁。至少，他光明磊落，从不暗箱操作。他只是在不被人类爱的时候才会失魂落魄，而您是在不被造物者搭理的时候歇斯底里。他比您可爱。所以，我倒是非常愿意看到您这样的人在这个宇宙里自生自灭。在我找到合适的人选之前，我看这个角色还是由我这个半吊子人来扮演吧。还有，我非常地想家，我想我在贵国已经无事可做了，斯塔公主已经痊愈，我想我可以回家了。"

答离的脸色呈现出了忽明忽暗的绿色光泽，这是他在极度愤怒的时候才会出现的景象。还有，他的身体开始出现绿色热气，有一种极强力的绿色电磁场开始从他的身体里发出，那热波朝亚特与斯塔奔涌而来，一下子把两个年轻人掀翻到了地上。亚特强拉起斯塔，把她一下子抱在了怀里。答离伸出了右手食指，直指着亚特的鼻子，他的声音像亚特的一个坏掉的飞艇太空传音器一样，有点瓮声瓮气又时断时续地说道：

"不交出关键数字和口诀，您将在宇宙毁灭后的安泰世界或地狱里安家吧。这暗物质世界来得容易，想走没有那么简单。您将永恒地成为路光国的人质，直到宇宙终结。还有，我还有一个礼物给您，她会是您的伴侣人质。公主也该荣幸地上升为半个人质，她们会陪伴您，一直到宇宙的末日。"

亚特与斯塔怀着惊惧的目光，看着出现在他们面前的太空影像。只见一架黑色飞艇刚刚停泊在金字塔正殿的空地上，正是接亚特来这暗物质世界的同一辆飞艇。一个地球人打扮的年轻女子正在几位黑衣侍者的引领下，带着迟疑与茫然的表情缓慢地走下飞艇的旋梯。她用双手捂着耳朵，似乎还不习惯这暗物质世界巨大的空气压力带给她的耳鸣。同时她又在四处张望着，似乎在寻找着什么人。

当亚特看到那图像的时候，浑身的力气一下子全消失了，他长长地吁出了一口气，把脸转向了斯塔。他的眼里透着无限的绝望与焦虑。

那地球女子正是伊芙。

第六章

最后的晚宴

"丧服姿态的美是性爱巅峰之美的反本。"

第二十一幅壁画：

这是一个宴会的情景。
画面上有两男四女。
王者打扮的男人在举着酒杯，表情尴尬。
一旁是他的妻子王后，
另一旁是更年轻的黑衣女子，
该是他的女儿。
他的对面是一个年轻男人。
男人的旁边坐着一个灰色礼服美丽的女子，
该是他的恋人。
王者之外的其他人均表情肃穆，
没有丝毫的欢乐气氛。

（一）

亚特觉得他的生命是自从认识伊芙之后开始走向正轨，但认识斯塔之后又总是不断地在矛盾中被认识深刻的。他不知道他将给这两个女人的人生带来怎样的结果，但他直觉，都将不太乐观。他这辈子几乎没有什么好事情发生在自己身上，科技成果的事情除外。但科技成果最终也证明了他给人类带来的是灭顶之灾。也许，自己真的就是一个灾星式的存在，他毁了所有的人。最离谱的就是木达。木达。亚特不愿意在这一刻去考虑木达的问题。他想把木达问题留给明物质世界。同宇宙毁灭问题一样。他隐约明白了答离的暗示，他要痛苦到失去理智了。他让自己的弟弟为自己发疯，现在，他又把另一个女人下意识地拽入了自己都无能为力的烂摊子。

现实中发生的事情再次证实了亚特对自己的预感：混乱与暂时的秩序是自己的宿命。自己的秩序存在时间总是太短暂了，就像人类的肉体快感存在时间一样。所以，人类都希望科学家们早日培养出觉元素来，便用心电感应感觉快感。谁不想延续这快感的时间呢。那是多么放松、惬意又自由的时刻啊，就像自己生命处在正当的秩序下的时光；就像在母亲怀抱里，散步在雪松小路上温暖又安全的时光；就像跟父亲周末垂钓，数着湖中面条水草气泡的时光；就像冬眠在木星人造子宫里，变成鱼儿的时光；就像躺在伊芙的胸前，感觉她抚摩自己的头发，戏弄自己嘴唇的时光；就像跟斯塔在小阁楼里，听窗外的比丘鸟鸣叫，玩年少的过家家游戏的时光。

现在，他终于夹在他的两个女人中间，开始要面对这一直存在于不同时空，只在他的潜意识和噩梦中才会互相面对的两个女人。亚特这一生曾总结出一个经验：人，永远不要做违背良心的事情。只有活在毫无内心谴责境地下的人才可以被称作高尚的人。高尚的人是真正自由的人。所以，母亲不是一个高尚的女人。父亲，虽然矛盾，但他还算高尚。还好，他自杀不是出于自我羞愧，而是低一点的罪：为了勒紧那条爱恨锁链。所以，归根到底，自己必须做一个高尚的人。高尚的人的大前提就是，不要撒谎；还有，不要欺骗。

但现实是怎样呢？

他无论怎样挣扎命运，都总觉得犯罪对他有一种莫名的吸引力，就像他在家乡的湖畔偷偷尝试过的屋石名草叶子一样，它是地球时代大麻的火星变种。他承认，有一段时间，他曾经对那个黄色的像女人胸部一样腼腆又粉嫩的叶子产生过莫名的依恋。后来，他在迷迷糊糊的快感中像一个贪婪又无知的四足爬行兽一样，在一个又一个女人的胸部岛屿流连，希望能有一天碰上一个他母亲般丰腴又慈爱的乳房岛屿来。他天真地幻想过，只要自己运气好，他就像当年的孤岛英雄鲁滨逊·克鲁索一样，自给自足地在岛屿上开辟出一片天地来，然后快乐地做窝下蛋，生儿育女。但他的运气的确不够好，他所有的荒唐情史，最终以遭遇一个生化女人的姆能电池心脏做了可笑的结束。这种安装着他研制出的火星人类最高级能源代表的姆能电池心脏，伤了他的心。就像是为了嘲讽他所有科技发明的价值和意义一样，这个怪异的高科技代表产物，生化女人，反过来给他那高智商头颅，扇了一个响亮的巴掌，让他作为火星发动机王子的情史上，有了最大污点。而她，也成了他记忆中不可被磨灭的尴尬人物。

遇到伊芙后，他一直这样暗中告诉自己：那个生化女人和那些荒岛女人一样，只是过去，但不是记忆。遇到斯塔后，他把这个话又重复了好几遍。现在，他对这两个无论是对他还是对宇宙都无比重要的女人都撒了谎。他无法对伊芙坦诚对斯塔隐藏在左肋骨下秘密的又无法割舍的爱意。他怕伤害她，结果酿就了最大的伤害。而他又无法对斯塔直言自己狭隘的、现实的人生小算盘。他含糊其辞地敷衍了斯塔，压迫了她，勒索了她，占有了她的心，甚至毁了她的人生，以所谓的爱的名义。啊，以爱的名义所做的伤害比以贪婪、嫉妒与憎恨的名义所做的伤害还要致命啊！这才是人类情感领域无药可医的绝症：连爱都要被人类膨胀的自我意识拿来利用。纯粹又光明的爱啊，竟被染了色，盲了目，残了肢，麻痹了脊椎神经，最后变成了可怖又变态的怪物，就像偷偷住在剧场里，只能以魅影作态的那个被毁了容的歌剧明星！

多么可惜，他曾经拥有那样一张美好又让人心醉的面庞！

治疗这种情感绝症的干细胞还没有被胚胎培育出来呢。也许，治疗这种病的胚胎本身就不存在。如果要根除这种病，唯一的方法就是把人的基因重新排列一下：先把人可怕又膨胀的自我意识基因杀死在胚胎试管里，然后再制造无我意识胚胎，最后诞生人类。那样的话，造物者该彻底退休了。也许造物者会在新宇宙里对人类的基因组成做一点手脚，让人变得更单纯一些。

亚特觉得自己无意中种的种子，总是要发芽，结出果实的。无论你的身份、你的地位、你的性别，你都要品尝这个果实。是好果子，也许是枯涩的果子，但你逃不过。这果实的力量太强大了，有一瞬间亚特恨不得自己有力量把现实转换成梦境。如果真的像某个地球时代的伟大哲人说过的那样，现实不过是梦境的反射，那样的话，他什么都不做，只要暂时忍受现实梦境的煎熬，苦等梦醒时分就可以了。问题是自己还能像火星随布儿鸵鸟一样，把头埋在暗物质世界的沙子里面多久呢？命运已经在拍打自己高翘起的屁股了，伊芙已经走下了命运的旋梯，踏进了自己暗物质世界的心门了。面对吧，自己再也无法回避的问题。

亚特知道了，每当人类命运的关键时刻，决定最后结局的永远是女人，不是男人。虽然现实中人类的女人角色已经因为丢弃了子宫功能发生了退化，但残留与习惯还存在着。

他知道斯塔就在他的身后目送着他。他没有回头看她，他想弱化她的存在。走在他身旁的士兵的鞋底发出"嗒嗒"的回响声，他曾经在许多时日前，听过答离的脚下发出过这种声音。这个回荡在暗物质世界黑色浓雾中的声音总让他思乡，因为他想起了火星桑波特鸟啄食树干的声音。他的恐惧更加剧了，当他看到守候在伊芙下榻宫殿门口的全副武装的卫兵的时候。他跟她一起，已经失去了自由。还有，他身后的斯塔，为了自己，也即将失去一半的自由。

人质这个词真是一个不让人愉快的东西，但他现在只有接受它。就像接受死亡这个词一样，这是不以他的个人意志为转移的无常事物。

走一步看一步吧，谁知道答离还能使出多少招数来？

真是一步错，步步错啊！

（二）

他已经有四个月没有看到伊芙了。他们在隔着暗物质世界凹凸镜般让人耳鸣又不安的黑色空气中遥望着。他们在审视着彼此。他们永远都在审视着彼此，中间隔着一步命运安排的距离，或者男人与女人的宿命距离。亚特知道，他跟伊芙中间只有跨越那一步才会有终极，但他们两个人谁都不知道如何努力去跨越。他们做过太多的努力，越努力，越不自然。最后都是前进半步，后退一步，接下来又原地踏步。

伊芙终于投进了他的怀里，带着他久违的温暖和舒适。她是他的女人，永远都是。他无法掌握她，但他需要她；他不完全了解她，但他需要她；他害怕她离开他，因为他需要她。她是他的世俗女神，是母亲。他渴望这种拥抱她肉体的感觉，这是可以暂时安载他灵魂归宿的世俗岛屿。

伊芙的泪水流淌到了他的脸上，也勾起了他的泪水。现在他才想起来，他有多么地思念她。这思念虽然也因为愧疚的因素变得有些不够纯粹，但几年来的爱的习惯还在延续着，因此，这思念马上就被净化了，他感受到了他们之间紧紧连在一起的命运纽带。他听见伊芙在他的耳边喊着他的名字，他仿佛听到了他从没有记起来的母亲的呼唤：

"他们给我看你七窍流血的太空影像，说你的魂灵被困在了冥界，所以，我想都不想就随他们来了。能看到安然无恙的你，真是太好了！告诉我，这一切都是怎么回事？这里是哪里？你为什么到这里来？你为什么会发生这种事情？你说一段时间就回火星，但我都急疯了也得不到你的消息。我已经向总统那里说明了情况，他似乎知道什么，却不肯跟我说。只是让我不要担心，但我怎么能够不担心?！"

亚特拉着伊芙的手，走向石殿的深处，他找到一把硕大的玉石椅子，让伊芙坐了下来。他想离门口远一点，因为他闻到了门口士兵黑色盔甲上发出的浓重的怪异金属味道。他不知道这是什么元素做成的金属，他是看到可布石法老宫殿的神秘金属飞行器时才了解到，这暗物质世界中还有他所不知道的金属元素，这让他欣喜，也让他不安。反正他不喜欢这种味道，尤其是在夜晚来临、黑暗浓郁的时候。这种味道总是让他联想起家乡别墅上空被乌云遮住的火星卫星一号，每当乌云蔽月的夜晚，他都会不安，都会想做荒唐的事情。他知道，答离之眼无处不在，这个本是以列王私人图书馆的淡绿色玉石侧殿，将是自己跟伊芙的牢房。要住多久，他不知道。

他要把这个残酷的事实慢慢地透露给伊芙，同时还要加上他一些男子汉气概的私人注解。她谁都靠不了了，除了自己之外。但实际上自己也是那么的无能为力。他此刻真希望那个被号称是黑洞神的兄弟的本事是真的。那样的话，或许只有他才可以搭救自己。亚特随即就笑自己也太幼稚了：连木达都要去依靠，自己真是到了山穷水尽的地步了。

他忧心忡忡地花了两个小时的时间为伊芙解释了他这四个月的所作所为。还有，他没有忘记了为他向她撒谎的事实做了忏悔。有几次，面对伊芙询问又悲伤的眼睛，亚特几乎没有办法继续说下去，他只有停顿，拉住伊芙的手，偶尔用力地握两下，似乎在给她力量，也似乎鼓励她接受这些事实。直到伊芙站起身来，在可以映出她单薄又疲惫的身影下的绿玉石地板上开始反复踱步的时候，亚特才试探着继续了他的话题。他的叙述偶尔会被踱步的伊芙打断，他只好重新重复一下，再解释一番。后来，他听到了窗外比丘鸟的叫声，又似乎听到了断断续续的可布石法老神殿的天窗里传来的水晶头骨歌唱，他走到太阳形圆圆的窗户旁，看着窗外开始转着旋涡像一个大龙卷风一样向自己袭来的黑色浓雾，无限感伤地对伊芙说道：

"听这些歌唱声音，这不是孩子们的歌声，是13个没有生命的水晶头骨歌唱。这是他们的亚金时，是黑夜与白昼交替的神圣时刻。看来今天是一个阴天，因为黑雾不散，白昼来得不彻底。这里的时间是倒流的，因此现在是瑞仪星从法野库雪山脚由西向东升起的时刻。路光国的人也认为，这是生与死交替的时刻。他们不在意时间本身，但他们却很在意这个时刻……"

伊芙停下了踱步，她轻轻地走到亚特身后，一边看着窗外可怖的黑色浓雾，一面带着恐惧问道：

"这雾会吃掉我们吗？"

亚特扭头看着伊芙，心酸地把她拥到怀里，试图安慰她说些什么。但是伊芙挣离了亚特的怀抱，只孤单地站在亚特对面，看着窗外的浓雾旋涡，似乎自言自语着：

"有几次，我在梦里看到了这种不祥的旋涡……"

亚特没有放弃他想安抚伊芙的努力，他挣扎着说道：

"这些浓雾倒没有什么。关键是，我们怎么能够突破这些东西，回家……"

伊芙看了一眼亚特，似乎为他在此刻提到"回家"这件事感到费解，似乎对伊芙来说，家对他们来说已经是遥不可及的。突然，伊芙的眼里露出泪光，她的嘴角出现了匪夷所思的深邃的笑意，她瞟了一眼亚特，说道：

"有一个好消息，一个坏消息，您要先听哪一个？"

亚特盯着伊芙，脱口而出道：

"坏的。"

伊芙点了点头，盯着窗外，说道：

"木达成了火星最高军事顾问。"

亚特看着伊芙，掂量着她的话，思考了几秒，点了点头。然后，他继续问道：

"那好的呢？"

伊芙的泪光在渐渐浓重的黑暗中越发显得晶莹剔透起来，这让亚特涌起了种想哭的冲动。

"凤凰夫妻有了孩子们了……"

"什么？！"

亚特快蹦起来了，他张大了嘴，惊喜地看着伊芙，摇着头，然后又追着问道：

"怎么是孩子们？"

伊芙笑了笑，说道：

"一个男孩，一个女孩。"

亚特用双手捂着脸，把头仰向空中，在手指缝隙里说道：

"天啊，这两个活宝，该做的事情总是毫不含糊。怎么几十年不生，偏偏我离开家的时候生？哎，说不定，它们有一天会有孙子们了。天，我得买新房子了，家不够大了。真遗憾，它们生孩子的速度怎么超过了我们……"

当亚特把这句话说出的时候，他突然意识到了自己的失言，于是他赶紧把话题停了下来，把下面的话硬生生地咽了回去。但已经晚了，话已经传到了伊芙的耳朵里，她果然转过头来，用她像湖水般湛蓝又清澈的眼神盯着亚特，那湖面上还有没消退的感情涟漪：

"你说什么……"

亚特把双手从自己的脸上拿下来，刚才尴尬地伫立着头耷拉了下来，成了一种思考的姿势，这样持续了几秒，亚特才下定了决心，说道：

"你知道在这里这段时间我一直在后悔着一件事情吗？"

伊芙沉默着，不问也不答。这是亚特最害怕伊芙的地方。每当伊芙这么冷静的时候，她的内心一定已经做了某种重大的决定。伊芙对自己心灵的穿透力是无人匹敌的，她总是能够看到自己心脏之下五英尺的深度。她甚至能出其不意地把亚特想说没有说，想说不敢说，没想说但已想到，或者即将想到的事情一针见血地说出来。他离不开她这面镜子。同时，这面镜子也理性地保持了她与被参照物之间的距离。男人与女人的那段初始与永恒距离：一丈之遥。不长不短，却是男女命运的终极距离。那正是由彼此尊贵的"我"的存在意识所生出的"分别心"的长度。

亚特开始有点担心伊芙的反应，他暗自审时度势了一下，拿捏不准地把下面的话说了出来：

"我很后悔没有向您求婚。"

（三）

意外的是，伊芙对他的话还是没有反应。亚特有一瞬间以为伊芙没听清他的话，他于是偷眼看着伊芙，伊芙眼中的泪光什么时候没有了，似乎被暗物质世界的黑暗给吸干了，或者被亚特冗长又不合时宜的表白给糟蹋没了，总之，她现出了一种近乎荒诞与傲慢的状态，这着实把亚特吓了一跳。这不是一个好兆头，他们第一次约会就是这样开始的。从那以后，他们之间从没有少过思念，更没有缺少过争执。现在，另一轮强调"自我"与批判对方"自我"的争执，又将开始了。

这男女之间的爱的战争从明物质世界打到了暗物质世界，从床上打到床下，从床下打到床上，把做爱打成了做恨，把做恨又打成做爱，但是，还是没有把这个不见硝烟的原始战争打出个结果。宇宙即将毁灭了，为什么男女之间还是没有个结论。看来这男女的爱情问题比宇宙存在毁灭的问题还难以解决。

伊芙的自我开口了，亚特感觉到一股冷气，从内而外地升起：

"您向我求婚，是为了躲避那个女孩子吗？哦，斯塔公主。"

伊芙说完这句话，平静地把脸转向了亚特，她在看着他，她在审判着他。亚特张了张嘴，想说什么，发现，说什么都是错误。于是，他把张开的嘴又强行闭上。他知道如果他说了，伊芙会扬起更重的鞭子。她对狡辩和撒谎的他下手，从来都是不留情面的。

见亚特一反常态没有回答她的话，伊芙感觉有些意外，或者感觉到了问题的严肃性：这在亚特与她的情爱史上，是空前的。于是伊芙不禁产生了好奇，一种对事物想客观观察并做出正确结论的勇气驱使她问出了下面的话：

"我要问你一个问题，我希望你诚实地回答我。"

亚特低沉了语气，认真地说道：

"可以。"

伊芙又开始了踱步。亚特不敢与伊芙的眼睛正视，只是盯着她的影子看。亚特突然发现伊芙瘦了很多，还有，她的影子中有一种强烈的感伤。

伊芙负伤的影子开口了，亚特感觉不到那问话里面有任何人的热度，他在接近死亡时的斯塔额头上吻过那个温度：

"你爱那个女孩子吗？哦，斯塔公主。男人对女人。"

亚特沉默着，他在思考如何回答伊芙。这问话并没有出乎他的预料，但如何回答她却使他不知所措。在来见她的路上他已经无数次地演绎过如何回答这个根本性的问题，甚至在斯塔的死亡病榻边，他也演练过这个问题的答案，但是一旦到了实战阶段，他才发现，演练跟实战相差的距离太远了。所以人们总是说要当一个合格的士兵，必须要去战场实战锻炼。纸上谈兵永远是纸上谈兵。

这爱情的战场上，亚特这个老手却遭遇了他前所未有的局面，以至于他这个老兵竟乱了阵脚。伊芙把他的沉默当成了回答，于是，她像追一个逃兵一样，步步紧逼，毫不留情。她必须逼他就范，逼他投降，逼他死亡。

亚特开口了，说了却比没说还糟糕：

"有一点，不全是。"

伊芙点了点头，嘴里嘟哝着"不全是，不全是"，继续着她的踱步。她的踱步让亚特很烦乱，他不知道她什么时候爱上了这个习惯。这是属于男人的习惯，那种爱思考、看破了世俗、又总是说隐语让人丈二和尚摸不着头脑的老年男人喜欢的习惯。亚特不知道古老的地球时代曾经有过这样的谚语：娶一个恶妻做老婆，丈夫会成为哲学家。那么如果把这句话用在他们身上该成这样：跟亚特这样的天才怪物交往，女人都会成为哲学家。

伊芙终于停下了踱步，信步走到窗边，看着完全黑下来的窗外，嘟哝道：

"这暗物质世界真的很容易让人忧郁，我真想知道他们如何打发这漫漫长夜的。"

亚特说道：

"这里的人很豁达。一到了晚上或者冬季，他们都是唱歌跳舞来打发时间，在葬礼上他们都有说有笑。与我们相比，他们几乎可以说是拥有着与造物者同等智慧的人。"

伊芙没有反应，似乎在琢磨着亚特的话。然后她的嘴角又现了匪夷所思的微笑，低声感叹道：

"你也许是爱屋及乌吧，太夸大暗物质世界人的智慧了吧。"

亚特装没有听懂伊芙的讽刺，认真地说道：

"我没有夸张。所有我们明物质世界的人羡慕又想紧紧地抓在手里的东西，像时间、幸福、生命等等，这里的人都以超然又豁达的态度对待。他们认为根本就没有安

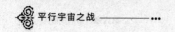

泰世界，更没有现实。他们只有当下。"

伊芙停了一会，依旧看着窗外，不过依旧不太认同亚特的话，这样说道：

"你说的我不太懂，不过不管怎样，跟生活混乱无秩序的火星地球人相比，至少他们不会死于忧郁，他们的自杀率该是很低的。"

亚特接下了伊芙的话题：

"不过这里的比丘鸟，就是他们的国鸟倒经常自杀。"

伊芙好奇地看着亚特：

"为什么？因为它们在意时间的缘故吗？"

亚特笑了，自嘲地说道：

"为情所困。"

伊芙也跟着亚特笑了笑，重复着"为情所困"这句话，摇着头。伊芙把双臂抱在了胸前，这种肢体语言在向亚特传达着一个隐秘的信息：我现在谁也不能依靠了，只能靠自己了。亚特突然想起来了，以前在古地球时代，有一个国家的女王每当出行的时候，总是喜欢用双手把她精致的黑色手提包牢牢地压在胸前，她也是在下意识地传达着她内心的信息：我是孤独的女王。为了我的子民，我已经像先王一样嫁给了这个国家。亚特感觉到心一阵地痛，他忽然感觉到一阵眩晕，接下来是强烈的耳鸣，然后他感觉到自己又在便血了，一点点。亚特甚至听到了血便滴进他内裤里的滴答声。该死，怎么这个从冥界带回的毛病一直都没有好。他这才意识到，伊芙听到他为了另一个女孩子不惜跑到冥界里赴死的时候，她怎么会相信他对她的爱只是"一点点"呢。

伊芙开口了，她的话让亚特又开始大量便血，并随时可能发生昏厥：

"我多么希望你死在冥界不回来，那样的话，我还会给你在火星举办一个风光的葬礼，以你未婚妻的身份。"

亚特看着伊芙，他的眼中开始有泪光涌现。但他的感伤与脆弱没有丝毫地打动伊芙，她反倒觉得很不耐烦地走向宫殿深处，开始四处查视起来。似乎对于她来讲，跟亚特同处于一个空间，是一件极其让人难以忍受的事情。

（四）

伊芙在也司王后的晚宴上，正式见到了斯塔公主的父母以及斯塔公主本人。因为这是一个欢迎她光临路光国的王室私人晚宴，所以答离并没有出席。她尴尬地以亚特的女朋友身份出席了这个晚宴。她无奈地把这个身份暂时扛着，就像一个因暂时无法退货只好保存着这不合适的商品的顾客一样。她来时匆匆，没有准备换洗的衣服，现在的她只好换上了也司王后为她细心地准备好的路光国式样的宽裙摆敞胸晚宴礼服。她在灰色、白色、蓝色和绿色这四种颜色中，唯独挑选了灰色。这与坐在她对面，以审视又胆怯的目光看着她的斯塔成了同谋：一个灰色，一个黑色，都似乎是爱情寡妇的颜色。可她们的心上人就坐在她们中间，她们两个却都心甘情愿地为活得好好的他举行了爱情葬礼。

今天的女宾似乎都抛弃了欢乐。也司王后身着深蓝色的礼服，比起这两位年轻女士来说，也快乐不了几分。当然，这不是一个快乐的场合，大家都在硬撑着门面而已。战争时期，非常时期嘛。这要怪罪谁呢？如果不是宇宙即将毁灭的这个事实搞得人们疯狂，以列王何必要做这样一个口不对心的开场白呢：

"我很抱歉，我们要以这样一种不让人愉快的方式迎接我们最尊贵的地球客人。我们，也是身不由己，无能为力。我与王后不奢求你们的理解，但希望你们能够接受我们最大诚意的款待。在敝国留驻期间，我们会尽我们的最大所能让你感受到宾至如归的热情与周到……"

以列王说到这里的时候，突然停了下来，因为他敏锐地感觉到了气氛的不融合，他诚实的本性使他无法再继续他充满着愧疚与尴尬的言论了。他匆匆地向伊芙与亚特举起了酒杯，伊芙也举起了酒杯回敬了他，但亚特却没有。以列王尴尬地站着，看着亚特，亚特则低着头，并不理以列王的注视。在场所有的人都把目光投向了亚特。等了一会儿，亚特也意识到了现场的气氛，于是他打断了以列王的话，冷漠地说道：

"对人质进行这样的款待，暗物质世界的人真是太仁慈了！"

以列王放下了酒杯，尴尬地坐下，看了一眼王后。也司还在盯着亚特，她的眼里闪烁着极其复杂的表情。特别是她的余光一边在审视着伊芙，一边在考虑着斯塔的情绪，她显得顾不暇己，竟忽视了丈夫的习惯性求助目光。但她凭直觉感受到了，剩下的场合必须要自己去弥补。这是他们夫妻间的习惯。三十年的夫妻做下来，好的与坏的习惯都刻入了骨髓，成了自然造血功能的一部分了。那被造出的血液，就是他们习惯下的行动。

也司把丈夫荡在半空中的话题绳索接了下来，并习惯性地继续地拉伸、攀援了下去。她不能让它中途断掉。

她温柔地把目光从伊芙身上转到了亚特那里，缓慢地说道：

"如果说人质这个话题，其实我们的身份都是一样的。现在，我们都是造物者的人质。整个宇宙人类都是造物者的人质。我们的确是身不由己。陛下与我是路光国7亿国民的父母。为了拯救我们的国民，身为他们父母的我们可以死上千百次，只要能够救助他们。这是我们的责任，希望你们能够了解。"

"我了解。"

　　伊芙爽快地接过了也司的话题，这让所有在场的人都大为惊异。特别是也司，她没有想到亚特的未婚妻是具有如此的度量和胆识。

　　伊芙看着也司的眼睛，继续接着自己的话题说道：

　　"王后陛下说的没错，我们都是造物者的人质。造物者是一个自大狂，他的计划让我很反感。我曾为无法挽救火星人而悲伤、懊丧过，甚至责备过亚特的自大与冷漠。如果我处在了您的位置，我也会做同样的事情。我了解你们的苦心。"

　　亚特转头看着伊芙，眼中带着欣赏与尴尬。斯塔抬起了她一直低垂的头，用赞赏的眼光看着伊芙。她对她的喜爱与佩服在那一瞬间产生了，那之前的所有嫉妒、怀疑与冷漠都消失得无影无踪了。这一刻，她光明又纯洁的心性又说了话，她甚至为在宫殿长廊里目送亚特投奔未婚妻时流下过辛酸的泪而羞耻。她觉得，亚特是有眼光的，选择伊芙做妻子是正确的、明智的。伊芙是一个智慧的女神，自己是一个只会沉溺于小情感世界里的小丫头。亚特说得没有错，他跟伊芙才是一个世界里的人。啊，她是多么美丽又勇敢啊！而我，真是一只声音嘶哑、喙形蠢钝的劣等比丘鸟，只配到瑞仪神殿里自杀。我又是多么自私啊！因为我的一厢情愿，给他带来了多少困扰，给他的未婚妻带来多少羞辱啊！而这样的情况下，他还是义无反顾地来到了暗世界，甚至背着自己的未婚妻到了冥界搭救自己！天啊，因为我，他的未婚妻才会被骗到这里的啊！都是因为我狭隘的情感，我对不起他们两个人！

　　就在斯塔沉浸在自己的感情世界里，正拼命地做着自我忏悔的时候，也司则带着欣赏与喜爱的目光一边看着伊芙，一边瞟着亚特，试探性地温柔地说道：

　　"我们希望博士能够……提供给我们最关键的几个数字。很抱歉，我们好像是在勒索……"

　　亚特低头开始摆弄着他面前的杯子的银把手，脸上露出匪夷所思的微笑，轻轻地摇了摇头。也司无奈把目光又投向了伊芙，希望她能够帮助自己。但伊芙的回答并没有给她太大的希望：

　　"很抱歉，即使把我绑架到你们的星球，对你们计划的实现恐怕并没有太大的帮助，因为博士是不会因为我而改变他认为正义的选择的。即使我不得不听从命运的安排，要搭上自己的性命，我也会认的，因为无论结果怎样，我都会尊重博士的选择。所以，你们的计划的确不太高明，而且，注定要失败的。"

　　也司低头想了一会伊芙的话，自嘲地笑了一下，接着点了点头，长长地叹了一口气，重新举起了酒杯，向伊芙含笑说道：

　　"感谢您的坦诚与勇气，您让我认识了一颗勇敢与无私的心。如果不是在这个非常状态下，我真希望你们是陛下与我最尊贵最永久的朋友。我为博士有您这样智慧又深明大义的未婚妻而骄傲。不管怎样，让我们喝下杯中酒，把这个欢迎晚宴进行下去吧。"

也司瞟了一眼斯塔，把担忧与关怀送给了女儿。然后她用微微颤抖着的手把酒杯送到了口边，先象征性地喝了一小口，以列王与伊芙也跟着喝了一口杯中酒。唯有斯塔与亚特没有动杯子。也司刚把杯子放下，出乎她意料的事发生了，她听见了女儿在说话。原来斯塔并没有像她母亲想象的那样在沉默中沉沦，而是勇敢地打破了尴尬的气氛，向自己的父母亲这样说道：

"爸爸、妈妈，求你们把博士和他的未婚妻放回火星吧。博士是我的救命恩人，他的未婚妻更是无辜的，你们一而再再而三地欺骗和伤害他，我真为你们的行为感到羞耻。"

斯塔说完，勇敢地把目光投向了伊芙，令她欣慰的是，她在他未婚妻的眼里读出了感激与震惊。她感觉有泪水在上涌。

斯塔的话却差点让也司把刚刚咽到胃里面的酒倒吐出来。她一直在下意识地等待着女儿这颗定时炸弹的爆炸，现在，炸弹终于炸开了，她紧张之余，反倒有一种如释重负的轻松。以列王则开始叹气，他对女儿的任性已经无能为力了。亚特则发现，斯塔的面颊因为激动而出现了不规则的红晕，她的额头上还有细微的汗珠在冒出。特别是她黑色衣领上的瑞仪神太阳胸针，竟在烛光里熠熠发光，显得无比的圣洁。

他心碎地发现，斯塔长大了。而且，从她不知道什么时候倾泻到她面庞上的一缕亚麻色发卷来看，她有了与年龄不相称的沧桑。正因为她外貌的年轻，她的沧桑才让人觉得不协调的同时，又备感心痛。是的，她该有的。一个女孩子，在如此短的时间内，经历了这么波澜壮阔的爱情，怎么可能不沧桑呢。亚特为了掩饰自己的心痛，故意把目光投向伊芙。他发现，伊芙也跟自己一样，也在研究着斯塔。说实在的，现在伊芙所想的，亚特几乎都能够猜测到。如果伊芙读不出斯塔的可爱与美好，她就不是伊芙，也不配做自己的未婚妻。

哦，伊芙，哪个男人能不佩服她啊！

（五）

但是在女人心思这方面，全宇宙最聪明的亚特也显得太肤浅了。伊芙的痛苦比他想象的要深邃得多，要复杂得多。所以，伊芙即将做出的决定，也远非亚特能够预测的。

亚特的预料对了一半，伊芙的确正在认真地、近距离地观看着斯塔。八个月前，亚特别墅外的她从远处偷偷地看过斯塔，但除了对方的外貌之外，对斯塔本身的性格并没有清晰的认识。而且那个时候，她对斯塔的到访与存在充满了怀疑与偏见。女性的本能。她把斯塔归作了火星上所有渴望与亚特有上一段情事,甚至梦想嫁他为妻的普通女孩子行列。她不觉得她特别。而且当时,她把亚特对对方的暧昧款待归作了对自己与赫泽暧昧的报复,所以,她有暗自把斯塔看作是替罪羊的怜悯。但是,几个小时之前,她从亚特的嘴里验证了他偷偷来到这个暗物质世界的理由,以及他这几个月来为了这个为情所困的外星公主所付出的一切之后,她知道了,这个来自暗物质世界的女孩子才是自己的真正情敌。

何止是情敌,女性的直觉已经告诉了她:亚特甚至在内心深处爱对方要远远地超越了对自己的爱。这是伊芙的人生第一次产生挫败感,这种打击要远远大于她得知自己被绑架时的震惊。女人是天然的情爱动物,而伊芙这样的女人又天生只能为爱情所活,更糟糕的是,她这样独特的女人又是造物者专门为亚特所打造的,这几乎是她的天职,现在,让她抛弃自己的天职而改行去从事其他行业,这让她如何是好?

亚特是黑洞,没有女人可以逃脱他的吸引。但是一旦被他吸引,就是一生一世,一生一次的致命故事版本。想找到逃脱他吸引又可以再生的奇异点,几乎是不可能的事情。伊芙深知自己命运的沉重,因此她真诚地对所有爱上亚特的女孩子表示同情。她看到了一身葬礼服装的斯塔,她感受到了什么。她感受到了斯塔的内心有一种绝望的痛,一种对宿命爱情想割舍又割舍不掉的那种无助与可怜,她太了解那种感受了。

伊芙在自己的慈悲心与遐想泛滥的同时,马上又被自己处境的忧虑所湮灭了。她想起了亚特求婚的话,以及亚特近来为斯塔公主所做的一切,她又感受到了一种屈辱。她从斯塔的身上读出了一种残忍之光,她知道这个女孩子身上又有着一种被叫做纯洁的魔力,那不是人间世俗的女子所具备的一种神性与宁静,那与生俱来的光明心牢牢地抓住了亚特这个宇宙最高级别的浪子。

伊芙在那个瞬间彻底地明白了一个事实:斯塔身上拥有的这个品质是她永远都无法拥有的东西。不管她走遍宇宙的多少个角落,读了多少本书,掌握多少世俗语言,她永远不可能得到她神性品质的一个枝桠,甚至用任何她通晓的十一种灭绝了的地球语言描述一下她的魔力。她只感觉到这个女孩子外表脆弱,但内心也许比她的暗物质世界还强大。她的力量,就像她所属的世界一样,都隐藏在独特又圣洁的神秘中,平素只在时空之外存在着。它只属于她自己,和她钟情又准备献身的世界。即使那力量不为人所见,不为人所重视,关键时候它会发挥神威。这种力量无处不在,然而又无处存在,像凹凸变形、郁闷不堪的噩梦一样,看不到,抓不到,说不出,只可以感觉,只可以恐惧,却无法放手,无法逃避,这就是它无可匹敌的魔力。是的,亚特不是掉了进来了,还有自己,也正兴致勃勃地陷入。还会有更多明物质世界的自大狂们要掉进这神秘的暗物质世界里来,被这里的人们吸引。

伊芙突然想起了自己梦境中反复出现的黑色旋涡云朵，那像一锅融化的糖稀般黏稠、慢速旋转又有层次的泡沫云海，其实正是这个外星公主的化身啊。

哦，她就是我的复仇女神。

还有，悲伤肃穆着身丧服的她又多么的残酷和多么的美丽啊。她在祭奠什么？爱情？当然是爱情。只有爱情才可以让她如此失魂落魄。记得地球时代远古的东瀛有一句俗语：身着丧服的女子才最美。大诗人拜伦爱的也是一身丧服的表妹啊！死亡的悲伤与性爱的喜悦是阴与阳的恩爱情侣啊！所以：

她丧服姿态的美是她性爱巅峰之美的反本。

纯洁的淫荡！

她丧服的姿态远远要美于我的！

当伊芙诚实又客观地做出了这个结论之后，没有人知道她这个从来都以自己的美貌自负的女子，内心所承受的煎熬：这等于让她承认了自己的彻底丑陋，这比死亡与衰老还让她绝望。即使这样，她还像一个即将失去自己爱情王城的女王那样，为了维护最后的尊严，在纵身跳下城墙殉情之前，站在被敌兵炮火轰得摇摇欲坠的城墙顶端，想最后眺望一眼她的故土，记住她被敌兵蹂躏后残破又不可复得的美。她要把自己血肉模糊的尸体留给敌人，除了她千疮百孔的躯体和不可战胜的尊严，和她手中攥着的那象征爱情之死的罂粟花，敌人从自己这里什么都得不到。她要投身到那坍塌的瓦砾中，就像那纯洁又可怜的奥菲莉亚投身于河水中一样！这一刻，面对自己的复仇女神，她敞开了心胸，以最后的勇气和理智为赌注，想在思考的大路上做最后一次驰骋。她知道，她这一生都不可能比现在更痛苦，但也不能比现在更幸福，因为她抛开了一切，已经无所畏惧。她试图诚实地分析这样一个问题：

"她为什么会如此的美啊！也许，悲伤更让她过早地活在了自己的世界里，同她的母亲一样。怎样不幸的因果轮回！这真不该发生，她还多么年轻啊。但是，悲伤可以让她沧桑，却不能让她风尘，因为她的圣洁力量压垮了自怨自艾的狭隘。就像映衬闪烁星光的黑夜，洗刷叶子灰尘的暴风雨一样，她被沧桑赋予了一种深邃又沉静的美，甚至她深深隐藏起来的淫荡都披上了纯粹的外衣，那是火炼真金之勇气的恩赐……"

伊芙仿佛看到了藏在斯塔怀中的那个亚特的精神头颅。虽然她还叫不太准确，但她可以从一身黑色的斯塔身上判断，像这样的女子，对情爱的理解该有她自己固执又刻骨铭心的方式。那不是自己与亚特可以理解的执著力。也许，命运的安排。还有，为什么她与亚特有很多地方太相像？也许是外貌，也许是神韵，一下子说不好，他们就像一体的阴与阳分身……

想到这里，伊芙忽然打了个冷战，她觉得事情也许要更复杂。但是，自己还有时间和力气继续思考这些问题吗？疲惫彻底袭击了伊芙，她忽然觉得自己太累了！她近一个月来，在通往暗物质世界行程里，由于担心亚特，几乎没有一天睡上一个好觉。而且，来到这个神秘世界后的一切遭遇，又让她陷入了感情与生命的危机。她忽然好想逃避，即使是逃避在死亡里，其实也并不是一件坏事。

一切顺其自然吧。

宇宙已经即将毁灭了，多活些日子，少活些日子，区别又在哪里？既然亚特已经爱上了比我更优秀的女人，我又有什么好抱怨的？

想到这里，伊芙忽然觉得自己能够更平静地看待斯塔问题了。她扭头正视着斯塔，正视着这让她无可奈何的美，几次差点悲伤地流出眼泪。她用最大的克制力忍耐着，她想跟这个情敌有一个对话，女人对女人。还有，把晚宴体面地进行到最后。是的，酒杯已经举起，音乐已经奏起，尴尬的笑意已经弥漫在王后夫妇的脸上，不管是不是真心，在人们的面具没有被摘下之前，人生的秀就没有停息的时候。晚宴要继续，要继续，就像生活本身一样。是的，巴尔扎克说得对：

上流社会的舞女比下层的还要多。

要想堕落到底，必须爬上顶层。

这暗物质世界的宫廷晚宴同明物质的高级虚伪没有任何区别。都是穿着盛装的猴子啊！金碧辉煌的宫廷大厅里面有多少肮脏、伪善与阴谋啊！我只是一个人质！一个冒牌的未婚妻！一个大诗人不是说过了：即使生活欺骗了你，一切都是瞬间，一切都会过去，而那过去了的，就会变成亲切的怀念。真是这样吗？被生活如此欺骗了的他不是躺在了情敌的枪下了吗？而我的情敌会把我怎样呢？我会怀念这一切吗？在下一个宇宙，还是在永恒的死亡里？哦，敌兵隆隆的炮火又在轰击城墙了，我的子民同敌人媾和了，我脚下的石块已经在碎掉，坍塌了。那有什么关系，子民们，你们要另选明君，去吧。我在这里，用我脆弱的血肉之躯目送你们。炮火来吧，向我开炮吧。炸飞我，炸碎我吧。我用我的欢欣与真诚拥抱死亡，与它亲吻。这样的死亡方式总比躺在情敌的枪下体面些。因为我是我爱情王城的女王，子民们背叛了，王城破碎了，但残骸还在，因为女王还在。我绝对不会逃避。任何时候，任何场合，别想羞辱我，休想！即使我死了，我的自尊会执著地王城上空笼罩着。

哦，不，我早就死了。

在这一切痛苦变成亲切的怀念之前，在这满是虚伪的晚宴结束之前，在造物者的宇宙毁灭我之前，你们，就是你们两个人，已经用你们相对无言、心心相印的炮火，把我的爱情王城毁灭了一千次了。还有，我多么希望我的尊严不存在啊！

尊严让我痛苦！

想到这里，伊芙带着她东方宫廷式的那种心不在焉又颓靡的微笑向斯塔友好地举起了酒杯。她如此从容又慵懒，仿佛刚刚从一个惬意的宫廷午睡中醒来，正耐心地等待着君王的夜晚临幸。为了打发无聊的时间，只能对着镜子精心地打扮自己。她一边为多增添的白发显得有些烦恼的同时，一边随意地跟她的女仆聊天，以获取一些宫廷外的市井信息，好让她对过去的好时光增添些怀念。总而言之，她根本没有把她自己的处境和斯塔的存在放在心上，因为她是一个被宠爱的王后，她幸福又尊贵，根本没有什么好担心的，她在掌控着形势，她可以随心所欲地支配着斯塔的一切。

只有亚特看出了那无所谓的态度中隐藏的不同寻常的含义，他感到不寒而栗！从他几年与伊芙交往的经验中得出，不怕伊芙怒，就怕伊芙笑。但是，斯塔则什么都感觉不出来。自打她心甘情愿地被伊芙的魅力俘虏的那一瞬间起，她就无比地确信自己就是祖母的转世，因为她们祖孙二人一定都携带有某种不可被轻易被察觉的人格缺陷，致命的缺陷。她记得宫廷里曾经流传过这样一个故事版本，当年轻的王后逼迫只当政52天的皇太后退位的时候，曾经问过她一句这样的话：

"您觉得自己何德何能可以顶住这顶黄金王冠的重量？"

斯塔突然如释重负，因为自己终于参悟到了爱情的真谛：因为自己修行不到位，做的好事情不够多，所以才无资格顶住这顶爱情王冠的分量。既然如此，自己只有从现在开始抱着亚特的精神头颅去瑞仪神殿好好地修行，才可以在来世获得与他共同生活的机会。

所以，此刻的斯塔由于确定了人生目标，内心充满了宁静与光明，完全没有把伊芙当作情敌，而是她爱的男人的未婚妻来看待。她尊重她，仰慕她，还有，爱她，像她小时候偷偷地把母亲的内衣套在自己稚嫩的身体上时产生的既崇拜又畏惧的感觉。对了，她做错了事，把对方的恋人短时间占为了己有。现在，她已经深深地忏悔了，并且保证不会再犯错，就像她五岁时被母亲关在了"良心之屋"的那个黑夜里，在恐惧着被灰松鼠掏出肠子的那个瞬间产生的忏悔感受完全一样。所以，现在，这个伊芙眼里的"纯洁荡妇"，无论如何也想不到自己就在刚才给情敌造成了多少内心的痛苦，她只是对着伊芙的酒杯，凭着内心光明心性的驱使，善意地举杯应对。由于诚惶诚恐，她竟弄洒了杯中之酒。那墨绿色溢满了仙人掌味道的液体洒在了她苍白的手指上，分外地刺眼。

斯塔更想不到的是，她一生最困惑的问题，即自己的存在价值，对其有着最充分理解与认可的，不是她的父母，或者她的恋人，而是来自她的情敌，从某种意义上讲，也是她最大的盟友：伊芙。因为她们都刻骨铭心地爱着同一个男人，同时都被命运赋予了一个相似的身份：人质。

在伊芙眼里，斯塔不但没有任何缺陷，反过来，是全宇宙最完美的女孩。不，女

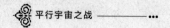

人。不，纯洁的荡妇！而且她深深地懂得亚特不选择斯塔的理由：不是因为她不够完美，而是因为她太完美了，所以他不想用现实之手粗暴地打碎她！

多么致命又可怕的爱情啊！

第七章

黑暗中的战争

"爱情是慈与悲的任性孩子。"

第二十二幅壁画：

画面是大峡谷议会大厅内部的场景。

长着翅膀，身着白色长袍的胡桑站在画面中央，

他的额头上出现了天目，

但看不清天目中的画面。

他的前面躺着一位穿着黄色军服的高级将军模样的男人。

那将军正伸出手，

试图抓住胡桑的双脚。

将军的表情非常诡异和痛苦。

（一）

木达在搞定了火星联合国的最高军事层之后，他开始实实在在地准备起营救人质的战争了。伊芙被暗物质世界的人带走的事情他是知道的，但是他没有阻拦。伊芙的存在对他来说并不是让人愉快的事情，如果他可以借暗物质世界人的手，杀掉她，并不是一件坏事。他开始唯一有点担心的是，伊芙的事情会不会增加营救的复杂性，但后来他顾及不了那么多了。

与暗物质世界的人动手，他不是特别有把握。他知道，没有准备的战争是最可怕的。更何况，对方在暗处，自己在明处。他对那里的一切都一无所知，甚至连最基本的时间运行方式都不了解。除了一个怪异的羽蛇人和一个不太有把握的黑洞入口外，他了解的暗物质世界与他周围的军官们没有多少区别。他唯一肯定的只有三件事：一、哥哥还活着。二、暗物质世界的人掌握了随意穿插时空的方式，否则，他们无法自由地来去明物质世界；三、他必须打赢这场战争。

他甚至设想了暗物质世界几种时间运行方式的可能性：

一、今天、明天与昨天重叠着在一个封闭的圆内运行。

二、昨天、今天到明天，再自然地轮回到昨天、今天或者明天。

三、昨天、今天到明天，再倒退到明天、今天和昨天。

四、昨天、今天与明天像网一样编织在一起，有内在规律地在多维时空中随意穿插。

五、同明物质世界一样，表面上时间沿着一条直线运行，暗中靠时间隧道折叠、穿插。

六、时间以不可思议的缓慢与快速速度在多维时空中运行。

七、暗物质世界本身就是一个大黑洞，根本没有时间存在。

他不确定暗物质时空的纬度、时间的运行模式，更不知道其地理与生态环境，因此他无法确定，这些明物质世界的战争武器，到了暗物质世界里，是否会彻底失去威力。那里面有光吗？有地、火、水、风、雨、雪、雷、电吗？那里的人是人吗？他们部分还是全部是玛雅人类的后裔？如果还有的生物是一摊蓝色海藻，或者黑色的煤炭，巨型金属、人造怪兽，或者风状、雾状、水状、电状的物体，那我们该怎样应对？如果时空纬度、时间运行方式与明物质世界的完全不同，有三分之二的武器均会被时间扭曲速度，或被空间分解、隔阂，因此失去威力。最重要的，姆能效力会如何？万一姆能能源失去了威力，正反物质湮灭武器也不知道还剩下多少胜券了。那样的话，只有人造黑洞和白洞武器还可以最后派上用场，但这家底也是不想轻易使用的啊。万一伤到了人质，就得不偿失了。而且如果不确定对方的时空模式，谁保证人造黑洞会落到准确的方位啊！

如果暗物质世界本身就是一个化了妆的大黑洞，那我们还打什么战争，不就是去送死吗？

为了这些琐碎又恼人的问题，木达就像人类史上所有伟大的军事家一样，在大战开始以前，几乎处于一种不眠不休的高度思考状态。他必须谋定而后动，殚精竭虑地思考每一个细节，不断地怀疑，不断地否定，不断地打碎，又不断地整合。是的，还为了他自己那个无法向哥哥启齿的第五条件。他知道，要想与哥哥最终双宿双飞，彻底统治新宇宙，光征服了明物质世界还远远不够。造物者真是一个老奸巨猾的政客，他在用暗物质世界这张看不见的牌牵制着明物质世界的人，玩着权力平衡的杠杆。木达相信，明暗物质世界的分歧在新宇宙里也不会有多少改变。那么，暗物质世界问题是一个必须解决的决策性问题。

如何保证所有的明物质世界的武器在根本不知道时空纬度的暗物质世界里同样有效呢？

木达对着哥哥的太空信息，思考了两个月了。这些个夜里，他停止了他一贯的自我折磨苦修活动，几次试图与哥哥进行心灵感应对话，但得到的信号十分微弱，不清晰。他只知道哥哥离开了冥界，还活着。更多的，他除了感应到哥哥的微弱恐惧与焦虑之外，他再也得不到任何信息了。他最想得到的关于暗物质世界时空的信息，却无论如何也无法穿越LS胖小子黑洞传达到哥哥那里，更没有任何回馈。为此，他感到无比的沮丧！

一天夜里，木达不知道为什么做了一个奇怪的梦。他是一个绝少有梦的人。因为他来自梦境，所以，他惧怕梦境，不喜欢在自己的梦境中重新提醒自己从前卑微的身份，那些心酸的爱情记忆。但是，他变成了黑洞神之后，尤其是他获得了灵魂之后，随着他的灵魂越来越压迫他的肉体，他的"人味"也越来越浓郁，其中的显著特征之一就是他的梦境越来越频繁，越来越稀奇古怪。甚至，他常常在梦境中体味到他的前世，这让他感受到他与哥哥关系的宿命性。比如那个对着月亮倾诉衷肠的恐怖夜晚。比如缠绕在他身体上的那些诱饵鱼线。比如肢解他躯体的渔民们狰狞的脸。比如盛着他尸体的那海水的红色。比如那成群结队向人类进攻的他的孩子们。每当这个时候，一种古老的恨会穿越时空，溢满在他的梦中，一个单纯的复仇念头吞噬着他的心。他要捕杀人类，为他的孩子们报仇。不管是旧宇宙还是新宇宙，人类这种残忍、低等的猴子都没有存活的理由。

他想起了他的信者们。他的嘴角溢出了冷笑。甚至他都能在梦境里听到自己的笑声。他知道，如果他开始了杀戮，他先要从自己的信者们开始。这些愚蠢的猴子们！你们只会崇拜变了装的暴君！除了他的哥哥。他哥哥不是只呆猴子。他哥哥从来都不崇拜他，甚至不屑于光顾自己的教堂！

还有，在梦境中，他觉得那里的时空是可以长翅膀，随意飞翔的，就像桑波特鸟儿一样自由，就像欲望被满足后的喜悦。那里的时空是特制的，就像独自进化不受其他物种群、气候环境和人为因素打扰的桑波特鸟儿一样。是什么能量赋予了梦境如此的能力，可以变成一个如此轻盈又不可思议的世界呢？

突然一个灵感袭击了木达：既然梦境里时空可以被特制，那么暗物质世界的时空纬度为什么不能特制呢？只要自己拥有足够的能量，自己就可以让他所处的暗物质世界的时空变形，让它们接近明物质世界的时空场，即自己可以随意把暗物质世界的时空纬度改变成能让人类武器发挥最大威力的时空状态，那么即使暗物质世界有着迥异的时空纬度，那又有什么干系！我可以改变你的时空为我所用！关键是我要有足够强大的能量场。我必须要把一个微型姆能合成工厂带到暗物质世界去，这样的话，纵使敌人有千条妙计，我总可以有不变的必胜之法啊！关键是，这姆能合成工厂的规模以及携带的方式，还有自己必须对战争的长短做个最基本的估计，以决定所需要的战时工厂的具体相关运作事宜。

想到这里，木达突然觉得自己对这场即将到来的战争有了一点把握。前提是，如果那里不是一个巨大的黑洞。如果是的话，希望自己携带的姆能能量能够应付对方黑洞的引力，改变时空。他把赢的希望定位到了50%。已经不小了，比拿破仑或者希特勒出击俄国之举多了不少的自知之明。他瞧不起他们两个人，因为他们跟失败交了朋友。他们自大，没有运气，还不够聪明。

与他们不同，自己设想到了暗物质世界的严冬、泥泞还有疾病。还有暗物质世界里的"人民"铁的意志。他确信，他的军队不会冻死、病死、饿死在茫茫的太空隧道或者黑洞里，连大小便、吐口唾液、吸口空气的时候都可能会与疾病和死亡亲吻。不会的。他总会找到办法，就像地球历史上那些红色政权里的天才军事家们一样，他也擅长以弱胜强，以少胜多。三三制，前三角、倒三角，四组一队，四快一慢，可以的。如果可能，他会在茫茫宇宙里，与暗物质世界的人们打巷战、壕沟战、攻坚战、游击战、伏击战、包围战……

他可以建立虚假的马其诺时空隧道防线，策划轰炸暗物质世界的巴巴罗莎计划，实施暗物质世界险恶的诺曼底黑洞口登陆。他不在乎面子和方式，被称作战争骗子、流氓、无赖都可以，他只在乎赢的结果。他可以把宇宙打成一个大黑洞，把暗物质世界打成明物质世界，还可以释放出一千个一万个人造黑洞和白洞，只要他跟哥哥可以存活！他不在意要拿多少火星人类去送死。他要给他们洗脑，要唤醒人类内心被压抑的那种嗜血好斗的天性，让他们心甘情愿地为着这个"正义"的言辞去送死，就像人类历史上的那些好战的暴君们一样。

这次战争不是政治的延续和辅助手段，而是政治本身。因为他跟暗物质世界的人类间的政治一向很单纯，就像人类与自然的关系一样，只有征服与被征服。

战争就是政治，政治就是战争。

呵呵，自己只不过是一个下等的生化人！最辉煌的时候，也不过是一只大白鲨，从来没做过人。但今天，我可以对宇宙中的人类发号施令了！

想到这里，他向空中伸出了手臂，这是每当他想念哥哥又无可奈何的时候，都会一个人做的动作。他总是觉得那空中有他的哥哥，既冷漠又遥远。但是，现在，那搁置在半空中的影像不再冷了，而且那些虚幻的电磁波有了希望和生命的温度，就像哥哥的笑脸一样。哥哥在看着他笑，就像哥哥把自己从实验室的试管里捞出来时的表情。哥哥是爱自己的！

木达的人生第一次对爱有了自信，甚至，他幻想着，他的第五个条件被满足的日子越来越近了。

"只有战争才是满足欲望的捷径啊。"

一直苦于找不到迷信什么的木达感到了惬意，因为他终于让自己廉价的灵魂找到了昂贵的信仰，那就是战争和强权。想到这里，木达开始一个人踱起步来，他暗自埋怨自己没有机会早点参透生活玄机。想到这里，他带着怪异的45度斜角凝视着哥哥太空影像中的笑脸，突然因为激动而开始流泪。他肆意地泛滥着情绪，不用手擦拭，而是狼狈地抽着鼻涕，任凭眼泪流淌，嘴角却开始荡漾起春色，并习惯性地用右手按住自己粉红色的姆能心脏，奇怪，现在它一点也不痛，甚至有了比痛还痛快的快感。他知道了，他的白天可以比夜晚还要美。啊，这闪烁跳动的粉红色命根子啊，它是永恒的，就像自己对哥哥的爱一样。

（二）

木达在就亚特以及其恋人被暗物质世界绑架的消息是否该公之于众的问题上，与火星联合国议会最高决策层发生了分歧。木达主张如实公布，宣告火星进入星际战争状态，以获得火星人民的全面支持与参与。但火星议会六人小组（五个国家的总统代表及黄金大教堂代表）则坚持暂时保密，理由是害怕引起火星恐慌，给火星经济造成致命性打击。特别是害怕两个土著部落趁机闹事，这样的话，一切都得不偿失。而且，把暗物质世界存在的事实如实公布的话，会马上引起火星地球人对博士被绑架真实理由的猜测，从而引发对星际末日的联想，这将造成严重的社会动荡。

半年前的火星绝密会议结束后的一段时间里，火星上曾经流传过宇宙末日的说法，因为那次绝密会议并未做到绝密。金国某位伟大的天文物理学家在他惬意的酒醉时分，不小心把这个秘密作为嘲笑霍里那稀金博士的笑话，在床上心神荡漾之时，无意中传给了他的生化人情妇。碰巧他的生化人情妇有一个好听力和火星女人似的好事嘴巴，在她去生化人工厂做定期姆能电池心脏体检和能量更新时，把这个消息添油加醋地泄露给了她同一生产线上的闺中密友。她的闺中密友在适当的想象加工后，又在一次私人派对聚会中，把这个消息传播给了一个刚服用了长生不老药的美人鱼餐厅经理。她故事的结尾是，博士被他的黑洞神兄弟打败，最后博士也承认自己的理论无法成立，所以甘拜下风，给他的黑洞神兄弟做了顶礼膜拜。

　　美人鱼餐厅经理没有等派对结束，就把他刚刚认识的情人丢在了一边，驾着刚在一次空中事故中折断了一只翅膀、有一半空气安全坐垫还裸露在外的飞艇冲向了母亲家里。由于他的母亲拒绝服用长生不老药，所以看起来皱纹满面，背驼腿弯，步履蹒跚，很像他的奶奶。她喜欢养各类火星昆虫，最大的昆虫堪比飞艇，叫余可他昆虫，是地球时代南美热带雨林中的一种食肉性昆虫的变种。由于余可他昆虫一放屁就臭不可闻，足可让家中三天弥漫着二氧化硫似的味道而无法住人，所以可怜的美人鱼餐厅经理从小就遭到了被父亲遗弃的命运，为了以毒攻毒，从小就养成了使用香水的习惯。但他的母亲又对香水非常敏感，特别对她儿子使用的火星圣菜香草香水特别反感，因此母子关系从来都有失融洽。这种母子关系恶性循环的结果造成了家中昆虫地位彻底地取代了儿子的地位，可怜的餐厅经理只好在16岁的时候同他的父亲一样，离家出走，游荡火星。为了庆祝儿子的离家，餐厅经理的母亲把儿子的卧房正式变成了另一个昆虫之家。这样她的家完全变成了昆虫圣地，她感觉满意，这是她毕生期待与努力的结果。但她也遗憾，没有办法把自己和儿子变成昆虫，这让她在夜深人静的时候常常因为恐惧而流泪。她坚信人类只有最后都变成了昆虫，才可以真正得道。但在她儿子的眼里，他充满愚昧与迷信的母亲跟一个母昆虫没有多少区别：她号叫时的嘶嘶声，她不可言状的身上味道，她缓慢又自我的爬行走路姿势，她刀子似的多疑眼神，她小气又多动的个性触角，都完全是一个变了形的余可他怪物。还好，不是食肉性的，否则，餐厅经理会战战兢兢地担心会不会在某个午夜被母亲当作美食吃掉。

　　他的母亲收藏的最小昆虫只有几毫米大小，白色，后背上长有花纹，还有四只刀子形触角。她把它们放在了玻璃器皿里，用人类粪便滋养它们，因为它们是腐食性昆虫。最麻烦的是，每次清理玻璃器皿的时候，为了不把她的宠物与粪便混着清理掉，她必须小心翼翼地使用太空信息放大设备，以清晰地区分藏身于粪便中的昆虫与细菌。

　　人类最初带到火星上来的昆虫种类不超过60种，但短短几百年内就已经增加到了近50万种，这几乎是地球时代昆虫种类的将近一半。因此众多火星地球人相信，这有着四亿年生物进化史的生物将在外星上永垂不朽，甚至火星人类消失的那天，火星昆虫将主宰火星、木星甚至银河系，成为新宇宙的霸主。于是撒勒漠漠教即火星昆虫教开始在火星流行。这虽然是一个信者只有上万人的小宗教，连一个正规的教舍都没有，甚至无法跟黑洞神教的一个脚指头相比，但它的忠实信徒都是非常地狂热的。

虽然大多数的火星地球人对撒勒漠漠教嘲笑不已，把它的信徒们视为愚蠢与迷信的化身，但由于它就像其他蜷伏在火星角落的小宗教团体一样，为火星人类提供了另一种思维的可能性，因此在喜欢标新立异言行的火星上，对其教义感兴趣的专家和学者并非少数，尤其在对黑洞神教持怀疑态度的专家学者们当中。就像对生化人种群和拉抹西亚综合症的认知一样，这种学术上的关注在客观上为撒勒漠漠教取得一定的社会认可了促进作用；同时，也为火星地球人的信仰混乱、迷信盛行与多元化价值的发展观客观上添了一份力。

不可否认，最充满迷信色彩的宗教该是黑洞神教了。

餐厅经理的母亲就是一个虔诚的撒勒漠漠教徒。她因为被儿子打扰了她与宠物们的下午茶而恼怒，同时又为儿子身上的火星圣菜香水而不停地打起了喷嚏，她不等儿子说完，就用她一贯的野蛮又武断的方式，将她宠物的食物，即一坨自己的屎扣在了她儿子的头上，害得她儿子因为屈辱而痛哭流涕。他后悔由于匆忙，忘记了洗澡，但已经这样来了，他决定不放弃说服工作。在登上飞艇离去之前，他一面用手帕擦着头上的人屎，拼命地向身上喷着惹人厌的香水，一面试图说服她尽快卖掉她持有的生化人工厂股票，早日去做人工鱼鳃移植手术，在木星置一个地下水空间，理由是：霍里那稀金博士即使真的疯了，但他的猜测还是不能完全被否定。而且，年底的黑洞探测计划的确没有实施，这说明，博士还是有自己的市场的。防止万一，在木星水下安家看来要比火星地上安全一些。

他的母亲这样对儿子吼道：

"我早就知道，火星人早晚都得死，撒勒漠漠（火星昆虫）们将统治新宇宙，它们才是不朽的！去你的博士，去你的木星吧！你还是行行好，规劝你的博士早点发明出让人类转变成昆虫的科技吧，到时候我拜他做教主，哈哈……"

有关宇宙末日的传言很快就被黑洞神的适时传道和演讲压制住了。那正是火星五国国际职业棒球联赛结束的秋季，为了治疗火星人类的无聊和火星上漫长又气候恶劣的冬天（火星上一到冬季，太阳就开始病恹恹地无精打采，地核人工磁场发生微弱偏离，自然灾害又总是频繁发生），木达开始了他在火星上的巡回布道。他取得了成功，火星上3/4的人类相信有他们的黑洞神存在，任何事情都不会发生。霍里那稀金博士真是疯了。而亚特也曾在遭遇斯塔飞艇失事的途中目睹过木达传教时的风采，只是他当时无法想象木达传教的真实目的。亚特后来远离了媒体视线，先是把自己隐藏在木星水城堡里，忙着跟造物者间的对话，后来又被拐到了暗物质世界，救助斯塔和被勒索，因此火星人开始淡漠对他的关注，于是，传言渐渐被忙乱的日常生活取代，被遗忘了。

就在木达与火星联合国高级政治层就出兵暗物质世界，以及国内外局势等重大问题争论不休的时候，在火星的另一个暗物质世界里，即和落国土族部落的地下宫殿里，正争论着另一场战争：土族部落对火星地球人的战争。火星地球人不知道，在他们歌舞升平的日常生活背后，多少潜伏的重大危机终于露出了端倪，他们的末日审判正渐渐地来临了。

（三）

胡桑在粉红国议会上的出色表演达到了预期的效果，他感到无比的满意：粉红国的议会最终以3/4的优势通过了罗琳女王与西阿滋伯爵的离婚提案，在宣告特伊女王的驾崩与罗琳女王继位的同时，鉴于国内外的特殊形势，将特伊女王的死亡真相暂时向国民隐瞒，同时为了避免不必要的恐慌，将宣布特伊女王的葬礼和罗琳新女王与和落国胡桑亲王的婚礼同期举行。在理由说明上特别忽视了联姻的个人情感因素，而是完全鉴于两个部落未来形势的考量，特别是尊贵的西阿滋伯爵经过了再三思虑决定为国家未来牺牲个人幸福，并极力地说服了罗琳新女王听从命运的安排，实施政治联姻，以实现两个部落三千万年来的真正和平，以共同防御外来敌人，真正造福两个部落的人民。

这个公告很显然在两个部落中引起了相当大的反响，尤其是粉红部落。当国家议会太阳鸟信使团载着此公告，飞到大峡谷的各个角落传达议会决议的时候，粉红部落国民先是捧着那张代表着国家最高级别公文，即由大峡谷太阳果树叶子做成的黄褐色粗纸张公文，外加象征王室权威的神莲花印章及三个顺时针旋转的万字拼图后，震惊到无语。整整有两天的时间，在大峡谷内几乎看不到外出的人，喜欢在树干上、树叶间及花蕊里捉迷藏和午睡的孩子们；缠绕在家屋屋梁上喜欢摩擦肚皮发出嚓嚓声音的调皮巨蟒；平素藏在家屋后面泥土里，专门喜欢吓唬人的泥土色食草恐龙；到了夜晚就喜欢发出"呜呜"风似的哀鸣，以勾引太阳鸟临幸做窝为乐的女人型菌类，都变得悄无声息了。不知道情况的土族部落的商人们，当他们来到大峡谷的时候，面对这种意想不到的死寂场景，一开始还以为这个部落的人们突然遭遇了不幸，大部分人都死掉了。或者，都变聋或者变哑了。

这是大峡谷三千万年以来第一次遭遇的特殊情况，特殊到不能再特殊。首先，特伊女王的突然病故，里面一定藏着重大隐情。其次，大峡谷三千万年的历史中，从来没有把先王的葬礼与新女王的婚礼同期举行的先例，如果再加上一个离婚仪式，就更非同寻常了。而且，都知道土族部落的亲王来自臭名昭著的黑木崖家族，土族部落的人都是"谈黑色变"，年幼的罗琳女王以这样的人为丈夫，大峡谷岂不是凶多吉少？

马上，坊间开始流传着一种传说，即大峡谷议会做出如此决议的"真相"。这故事最早来自土族部落的商人口中，马上在粉红部落中流传，并意外地取得了普遍认可。即先王在罗琳公主大婚那天，如何遭遇了地球人的奸细暗算，土族部落的亲王舍身救助了先王，出于感激与信任，先王在病故前出于大局的考量，特准了罗琳公主的离婚，并敦促其与情深义重的胡桑王尽快联姻，以共同防御地球敌人，保护大峡谷的未来。

这个版本之所以最后被普遍认可，是由于粉红部落的国民们深信议会决策的公正性与正确性，这是历史的习惯与业绩所致。于是在街谈巷议了一阵之后，善良又无助的粉红部落国民们选择了接受。

土族部落更是为此骄傲。"打败火星入侵者，誓死捍卫家园"的正义小卡诺已经在五池将军的煽动下，渐渐地在军队的各个角落里重生了。一面又一面写着效忠胡桑亲王的旗帜开始在飞行动物军、爬行动物军，以及冻石军、岩浆军、亡灵军、生化人军队的黑色上空飘扬。当这种情绪蔓延到了民间的时候，正临两个部落联姻的消息被正式公布之际，和落国国民更加确信了伟大的霍查王已经再生，胡桑亲王一定会引领两个部落的国民，打败地球入侵者，重建没落已久的火星原始大文明。

三千万年都处在黑暗与阴冷的地下宫殿和街道里，突然变得充满了生气。土族部落的国民都忘记了他们对黑木崖家族由来已久的憎恶，家家户户的门口都点上了象征光明与希望的黑木崖草长明灯，许多人吹起了象征从死亡中再生的混合乐器：人腿骨风笛、涂着人血的卡诺头骨串成的箫、爬行动物兽皮大鼓、提炼自地心岩浆的金属杵、飞行动物翅膀骨风琴以及黑木崖菌石头磨成的号角。音乐声中，街道上充满了兴奋地飞翔着的男女老幼们。人们迫不及待地从蜷伏了几百年的黑暗与疾病中冲出，庆祝生命的再生。父亲的翅膀上驮着患皮肤重病的儿子，母亲的怀里抱着呼吸困难的女儿，他们边飞翔边唱着赞叹部落吉祥物的《小卡诺歌》，彼此分享着象征着幸福的黑木崖草粥，真心企盼他们的亲王与粉红部落的新女王能够白头偕老，幸福永远。

胡桑与罗琳的婚礼一切从简，这是考虑到粉红部落国民刚刚失去敬爱的特伊女王的悲伤心情，还有罗琳女王有身孕在身的现状。停放在议政殿侧殿的特伊女王的遗骸，由地下宫殿里的"阿木儿之湖"的湖水净身后，被换上了她即位时所穿的缀满莲花刺绣的粉红色长袍，头顶着她婚嫁时所戴的莲花金冠，身上覆盖着来自神奇谷象征着王室最高级别待遇的99朵莲花。她的遗体被安置在了叶片形金合欢木棺里。

桑玛女巫主持了这个隆重又简单的葬礼。葬礼过后，99对皇家太阳鸟卫队的人鸟官兵护送着女王的灵柩途经了大峡谷街道，在大峡谷全体国民的护送下，女王的遗体最终被送往神奇谷王室墓地安葬。

当晚，在曾经停放特伊女王遗体的侧殿里，举行了胡桑与罗琳女王的简单婚礼。婚礼比罗琳的第一次婚礼还要简单，甚至没有庆祝宴会。整个仪式只有几个被挑选的大峡谷议会要员出席。和落国方面由于亲王的父亲阿勒金陛下御体欠安，只有五池将军及几个军政要员出席。同罗琳的第一次婚礼一样，依旧是由桑玛女巫主持。先是一对新人向造物者的祈福。接着是祖先、万物之灵与星神的祭奠。同第一次婚礼有所不同的是，这一次和落国土族部落的先王霍查王被排在了第一位，接下来才是粉红国的阿木儿女王。其次是两个部落的历代先王。再接下来就是卡诺神、太阳神、土神、花神、岩浆神、树神、火神、风神、水神、四季神……

最后一个是祭奠星星。数不清的莫名其妙的星神。

到北斗星神祭奠的时候，已经是天亮时分了。罗琳由于忙于葬礼与婚礼，再加上有身孕，竟晕倒在了胡桑的怀里，未完成的星神祭奠只好匆匆结束。胡桑抱着自己昏倒的妻子进了罗琳出嫁前的寝宫，现在是他们的新房。

其他宾客只好悻悻散去。

由于婚礼没有善终，几个离开的大峡谷议会长老们纷纷私下议论着，这绝对不是一个好的兆头。

胡桑并没有在寝宫陪新婚妻子。一早就作为罗琳女王的丈夫身份出席了大峡谷议会的正常例会。这几乎出乎了所有议会成员的预料，以至于本是决定安排在议会正中央女王席位身后的亲王席位都没有准备好。胡桑到后，菌类家族的长老奉献出了自己的椅子临时现搭就了一个席位，这样胡桑才能够在大峡谷的议会中安身。

胡桑似乎一点都不介意这种忙乱。他从容地走到自己的席位边，整理一下自己的翅膀，安然坐好，完全是摄政王的架势。罗琳由于身体不适没有出席，她的席位空着，但是议会大殿一点也不显得空荡，因为胡桑的出现让议会比以往的任何时候都增添了凝重。这种感觉让大峡谷议会的几个元老非常诧异，特别是年龄最大的生化人家族的长老们。他们已经有三百岁左右的年龄了，经历了至少三代女王的更迭。也许，坐在议会正中央的是女王的丈夫的原因。不，后来生化人长老排除了这个设想，他们得出了结论：

因为那里坐着的是土族部落黑木崖家族的后人的原因。

虽然胡桑额头上的黑木崖印记第一次远离了阴暗，有了一点光明色彩，但还是有为数不少的议会成员在内心嘀咕：胡桑王，究竟是福还是祸呢？

胡桑似乎比任何人都清楚自己的角色，为了排除大家的不安，他在议会做的开场白非常地简明扼要：

"我坐在这里，只有一个理由，那就是协助新女王陛下治理好国家，为了粉红国民能够有一个更美好的未来，同时，把地球人早日赶出火星，让和平重新降临这个神圣的红色星球。"

胡桑说完，毅然地把目光落在了皇家卫队长西阿滋的父亲桑瑞公爵脸上，对方也正在全神贯注地看着他。与对方对峙了一会儿之后，胡桑又把目光转移到了武器军事装备队的末君将军脸上。胡桑意外地在末君将军的眼神里收获到了一丝赞许，胡桑的心顿时充满了喜悦。他知道，末君将军的身后站着一大批议会元老族，他对自己的支持，意味着整个大峡谷议会的风向标已经基本转向了自己。剩下的任务就是把悲天悯人的角色好好地扮演下去，还有，把自己的野心尽量隐藏得完美一点。

胡桑把目光转向了生化人家族及菌类家族的几位长老。他起身离座，从自己的口袋里掏出了一摞由黑木崖草草根做成的文件，正是去年阿勒金陛下给他的国家军事状况分析草图，他把它们再整理了一下。他把它们逐一地发放到每一个议会成员的手中。他重新回到了自己的座位上，坐好。

他边审视着众人诧异的表情，边缓缓地说道：

"这是和落国的全部军事家底。这是阿勒金陛下与我花了近五年的时间准备的详细军事资料，以及具体的进攻地球人的军事策划方案。今天，我把它们奉献出来，一是为了显示我们的诚意，二是想说明和落国早就做好了与粉红国联手的准备。只等着各位长老最后的投票表决，就可以商议向地球人进攻的具体军事行动方案了。"

整个议会顿时鸦雀无声。没有一个人响应他的提案。胡桑暗地里有些恼火。他耐心地等了一会儿。

末君将军开口了。胡桑有一种不祥的预感，很快他的预感应验了。

"请问阿勒金陛下的御体真的那么欠安，以至于无法参加殿下与女王陛下的婚礼，甚至也无法在两个部落生死攸关的当口现身吗？我们可否亲自去贵国探病，并且非常想聆听一下陛下的高见。而且，我们更想知道陛下这么些年与故特伊女王一直都恪守祖先遗训，反对向地球人动用武力，为何私下又制定如此翔实的军事方案，究竟是怎么一回事呢？恕我直言，以贵国与鄙国的军事实力，现在想打败地球人根本没有任何的把握。而且我们的不谨慎行动很快就会被地球人的姆能卫星基地勘测到，很可能贵国从地球人那里偷来的反物质武器还没来得及使用，就已经被黑洞神的人造黑洞吞噬了。地球人没有火星还有月球和木星，但是，我们离开了大峡谷，贵国离开了地下人工冻土层，就只有隐身在火星岩浆或者地球人的黑洞里面了。依我看，我们没有一个人看起来比先王们更聪明，所以我们还是遵从先王遗训，忍辱负重才是让部落存活下去的唯一希望。忍到了非忍，非非忍的程度，我们定能存活下去。"

末君将军的话引起了一阵沉默。大峡谷人在沉默中认可了将军的说法。大峡谷人无疑有过向地球人复仇的冲动，但现在，经过冷静思考后，大部分成员是反对向地球人出兵的。

胡桑的脸上突然露出了一丝微笑。他身上的气味消散了，肩胛骨里的白气收敛了。他离开了座位，开始缓慢地向议席中央踱步。他追随着自己的步子转了一圈又一圈，背上的翅膀却一直完好地关闭着，这说明他的情绪已经非常稳定。胡桑的血液中有一种天然的危机公关能力，这一方面得利于黑木崖家族基因，另一方面也是多年险恶的宫廷内部权力争斗以及孤苦伶仃的身份造就的结果。

他拖延着时间。一直故意等到大峡谷人开始有些不耐烦，连太阳鸟卫士们都开始暗淡了身上的光亮，垂下头颅，相互间窃窃私语的时候，他才在太阳鸟卫士们叮当悦耳的金属配饰撞击声中，有意无意地走到了空着的妻子座位前，围着座位绕起了圈。他一面把右手握成了拳头状，顶在了下巴上，似乎在边思考边自言自语着。

（四）

胡桑这样说道：

"有人说地球人是强大的，这一点我完全同意。看他们的姆能卫星基地，看他们的武器装备，看他们黑洞神的狂妄，看我们几位先王的谨慎，这一点毋庸置疑。但是，如果说地球人是不可战胜的，这一点我绝对反对。他们不但一定可以战胜，而且注定要失败。为什么这样说呢？我想让大家想一想，地球人的姆能卫星基地是由什么来操控的？所有人会很轻易地回答，是他们的量子信息网络系统。那我再问你，操控量子信息网络的是什么？是人。对，最终还是人在操控。他们的那位天才博士也好，他们那位成为了人的黑洞神也好，他们的军事委员会也好，都是人。那么只要是人就要遵循一个原则，什么原则呢……"

胡桑停了下来，转身面对着末君将军的座位，开始盯着末君将军看。末君将军也奇怪胡桑王为何这样盯着自己，他开始觉得有些不自在。他用右手抓着额头，不知道为什么他开始觉得身体发热，并且头疼欲裂，汗珠顺着脸瓣里啪啦地掉了下来。紧接着，他发现胡桑王的额头开始发红，并且缓慢地现出了一个眼睛形状。只见胡桑椭圆形的天目里忽然同步出现了末君将军正抓耳挠腮的形象。胡桑闭上了眼睛，嘴上开始轻轻地念动咒语。末君将军突然显得非常的烦躁，他竟开始在原座位挥舞起手臂，并发出食土兽般"哈——哈——"的吼声。这震惊了周围的人群，人们纷纷散开。有几个生化人长老试图抓住他，但都被他摔倒在了地上。末君将军的脸色由深粉红变到了苍白。他边捂着头，边踉跄地离开座位。推搡倒了几个菌类家族的成员后，爬到了胡桑的脚下，哭着，抱住胡桑的大腿。

末君将军嘴里说着奇怪的言语。

胡桑睁开眼睛，低头看着痛苦挣扎的末君将军，并没有停下口中的咒语。直到末君将军昏厥，他才缓慢地停了下来，俯身把末君将军抱在了怀里，并把一只手放在了将军的心脏上，似乎在给他注入生命之气。过了一会，将军的脸色有了些粉红色的气韵，胡桑才对身后正浑身发抖的太阳鸟卫士们说道：

"快把将军平放着驮回家中，让他好好休息。他只要睡上两个时辰，就会醒来。醒来后，他会头痛，恶心，口渴，忘记发生了什么。你们要给他多喝太阳果果汁，还有，不可以饮酒。如果他问起，可以如实地回答他。"

有四个太阳鸟卫士走了上来，把将军小心地驮在了背上，离开。

众人见将军已经离开，才惊诧地回到了自己的座位上，坐好。室内由嘈杂很快陷入了死亡般的寂静，没有一个人再发出声音了，因为胡桑王又开始绕着女王的座位踱步了。

所有的人在耐心地等待着胡桑王开口，解释这一切。而且，没有人想发出不同声音，因为谁也不想再遭遇末君将军的尴尬。

胡桑缓慢地开口了，不改他自言自语的从容，似乎刚才什么都没有发生过：

"我说过，女王陛下与我的结合是神作之合，是火星两个部落三千万年历史中最伟大的事件。这是女王陛下与我结合后的杰作……"

胡桑看着众人，渐渐地又打开了天目。天目变换着出现了不同的场景：

大峡谷普通的街道；土族地下宫殿里狂欢的人群；一群忙碌的地球人。

画面在地球人身上定格。

大峡谷议会的众长老们仔细观察那个画面，人群中有人惊呼：

"这是地球人姆能卫星基地里的场景……"

胡桑微笑了一下，他兴奋地又在天目上换了一个画面，问道：

"那这个呢？"

顿时大殿陷入了完全的寂静。那画面正是黑洞神木达与火星联合国军事长官们在秘密会议室里的场景。画面在胡桑的额头上徜徉了一会儿后，自动被关闭，胡桑的额头上只剩下一个红色的椭圆形印记。大约有太阳鸟打一个哈欠的工夫，那额头上的红色就消失了。

大峡谷温暖的春风又吹进了议会大厅，正午时分到了。火星的阳光到了非常绚丽的时刻。太阳鸟身体的颜色越来越白，越来越亮。许多议会大厅里面的人，尤其是菌类家族与花粉类家族的长老们，由于喜阴的缘故，最受不了太阳鸟长老及卫士们的光，都纷纷地从衣服袋子里掏出护卫眼睛用的一种淡绿色兰花茎片，赶紧贴上。顿时，大峡谷议会内部出现了一个极其怪异的场景：除了太阳鸟长老及生化人长老外，有一半成员的脸上都被蒙上了绿色的"护眼罩"，神似阿木儿地下宫殿中的绿色巨龙怪兽。而生化人家族的长老们则自动地启动了身体内部的吸光装置，一种时断时续的"吱吱"声从它们的身体里响起。

但这一切非常状态的作俑者，太阳鸟本身却对此不以为然。它们似乎早就习惯了这不断给它们带来麻烦的现状，就像它们早就熟悉了必须夜晚工作，要无偿地提供能量与护卫的命运一样，它们自然而然地也对这种骚乱置若罔闻。

在大峡谷，无论是人类还是植物类，动物类，甚至是生化人类，都对太阳鸟谦让三分。一般来说，如果一个普通的太阳鸟卫兵犯了罪，比如偷了东西，群殴，酗酒，说谎，勾引人类异性，撞翻了居民的篱笆，擅自闯入神奇谷偷食皇家用太阳果，用太阳剑伤了同伴或是其他种群，穿人类衣服，不合季节交配，超过一夫三妻，不保护好种蛋，甚至在夜晚巡视中不道德地偷窥了一对人类夫妻的房事，有意地向人类提供了不合乎质量的粪便，因赌博、吸食可芬他根茎致幻剂而玩忽职守、哗众取宠，或者不合时宜地释放体内光能，造成居民生活骚乱与不便等等，它们受到的惩罚要轻于它们该承受的惩罚，更轻于相对人类及其他种群的惩罚。这不仅是源于历代女王对太阳鸟卫士无限宠爱的传统，还有大峡谷人自己都清楚火星太阳是造物者给他们的最美好恩赐，而太阳鸟则是太阳的吉祥使者的缘故。每当大峡谷人看到生活在地下洞穴里，由于常年只能与冻土与黑木崖草粥为伍，因此浑身土味，面色灰白，身材矮小，四肢却怪异地修长，一见到太阳就吓得要死，只能不停地扇动翅膀，嘴中发出令人讨厌的"嗒嗒"声音的土族部落商人时，都会发出如下的感慨：

"同是造物者的孩子，两个部落的境遇真是天壤之别啊！"

由此，这议会大殿内部的太阳鸟长老及太阳鸟卫士们由于吸收了足够的太阳光，身体的能量显得太过旺盛，又无处消散，而夜晚的来临还需要很长的一段时间，以至于许多太阳鸟们开始像烟鬼一样打着哈欠，昏沉欲睡。一般来说，只要大峡谷的天气好，太阳也妙，火星太阳爬上神奇谷最高的金合欢树顶，到它落在第二高的鱼也树顶的间隙时间，正是太阳鸟睡眠的时间。

胡桑以前只是听说大峡谷议会的绿色护眼罩传闻。今天第一次经历，也感觉到很新鲜。而这时，多数的太阳鸟长老和卫士们横七竖八地就地睡下，发出了轻微的鼾声。刀样和钩样兵器也从卫士们的翅膀中脱落，大殿内部完全是一副狼狈的丢盔卸甲状态。

胡桑对要不要把会议继续进行下去产生了迟疑。当他看到绿眼罩族群的从容后，他知道了，这种状况看来在大峡谷议会中已经司空见惯了，自己只要做好自己的事就行了。他奇怪妻子没有嘱咐这些细节。

胡桑打着手势，示意刚刚从末君将军家中返回的几个太阳鸟卫士原地休息。然后有意地降低了声音，生怕扰乱卫士们的安眠似的说道：

"在座的诸君也许会奇怪，我究竟在变着什么戏法。我要说这绝对不是戏法。说到这里，诸君才会明白特伊女王为什么一定坚持罗琳公主与我结合的理由：我在打开天目的过程中，由于使用了罗琳女王的咒语，就可以轻而易举地窥测到地球入侵者的任何角落。同时，只要罗琳女王有意愿，她可以读出并操控地球人类的意志。刚才诸君所见的末君将军的场景只是小试牛刀。抱歉，我让末君将军吃了一点苦头，我深感歉意。等太阳落到神奇谷底，火星卫星一号月亮开始交替上升的时刻，他就会醒来的。那个时候女王陛下与我会亲自去探望他，并向他解释一切，我相信末君将军一定能够理解这一切的……"

胡桑停住了话题，开始巡视四周。等了一会儿，西阿滋的父亲，桑瑞公爵缓缓地摘下了绿色护眼罩，看了一眼躲在角落里的儿子和一位熟睡着的太阳鸟家族长老，低沉地问道：

"如果我没有听错的话，亲王的意思说刚才您对末君将军所做的一切，罗琳女王也在参与，对吗？"

胡桑灰白的脸上开始露出一点红晕，为了掩饰自己的窘迫，他温和地看着桑瑞公爵，说道：

"是的，尊贵的公爵阁下。现在，我要请女王陛下向诸位解释这一切。"

胡桑说着，他的额头上又出现了红色的椭圆形印记。罗琳女王果真出现在了胡桑的天目中。

（五）

罗琳女王换下了新娘长袍，穿上了红色女王正装。她这样说道：

"我亲爱的议会长老们，很抱歉我今天没有出席议会。这是我与亲王商议后的决定，我们想用此方式向诸君说明，我们是可以战胜地球人的。等到明天议会正式开始的时候，我将同亲王一起向诸君详细说明这一切。现在我要说的是，请各位长老相信亲王的话，这也是特伊女王的遗愿。"

罗琳从胡桑的天目中隐去了。

桑瑞公爵向胡桑点了点头，重新坐好，戴上了绿色护眼罩。胡桑走回自己的座位，坐好，并同身旁还没有睡着的太阳鸟卫士低语起来。议会大殿内部的人们也开始交头接耳，在互相讨论着女王的话。一位花粉类家族成员站立起来，说道：

"亲王殿下，我们对您将怎样对付那个地球人的天才博士，很感兴趣。很多人都说，他的黑洞神兄弟只是冒牌，他才是被造物者真正选择的人。如果造物者选择的人是他，而不是您，或者女王陛下，恕我直言，这场战争的最终结果还很难预料。因为关键时刻，造物者一定会出来做裁断的，到时候，如果他把自己的那张牌投给了他的宠儿，那位博士……"

胡桑似乎被触到了痛处，他第一次没有等对方说完话就打断了对方的发言，他的这种冲动一下子露出了他的不自信。但等他一开口，他就马上意识到了这点，他赶紧及时修正：

"您太多虑了……哦，非常抱歉，我打断了您的话，非常抱歉。我要说的是这样，这些您不必担心。地球人有句俗语叫做：螳螂捕蝉，黄雀在后。造物者已经放弃了他的宠儿，那位博士。他已经被暗物质世界的人绑架了，而且连那个黑洞神现在也找不到他哥哥的下落，因此，正蠢蠢欲动地要与暗物质世界的人开战呢。可笑的是，堂堂的黑洞神虽然想带领地球人军队冲进暗物质世界，可竟连敌人在哪里都找不到。等他们向暗物质世界的人开战，并陷入暗物质世界的茫茫黑洞泥潭不能自拔的时候，我们就可以趁机偷袭姆能卫星基地。等黑洞神反兵再要夺回他的军事基地的时候，我们又可以把他消灭在茫茫的时空隧道中。猖狂的地球人不知道，他们不仅将踏入一个死亡之旅，而且他们也将永失老窝！"

胡桑的话引起了相当的效果。这是今晨自从胡桑抛出向地球人开战的提案以来，第一次出现在大峡谷议会中的欢快与希望的气氛。议论声又开始响起了，但胡桑可以清楚地感受到，局势已经完全被他掌控了。

西阿滋的父亲，桑瑞公爵站立起来，离开座位，走向了胡桑的位置。当他快到女王座位前的时候，他停下，似乎为了显示对女王的尊敬，有意在女王的位置前，对着胡桑的方向微微鞠了一躬。

胡桑则有些紧张地看他。出乎意料，桑瑞公爵谦卑又虔诚地说道：

"我代表大峡谷皇家卫队的全体官兵发誓：为了将地球人赶出火星，我们官兵将上下一致，誓死效忠罗琳女王陛下及和落国胡桑亲王殿下。粉身碎骨，在所不惜！"

胡桑的心顿时放下来。这是他这一生都没有过的轻松，甚至超越了他与爱人婚礼时的喜悦。他知道，他通往霸业上的最后一个障碍终于被彻底地清除了，大峡谷的敌人已经成了他的下属与盟友。他所剩的最后一件事就是让在"黑色地狱"里疯狂地呐喊着的父亲神不知鬼不觉地死去，然后塞给国民一个合适又体面的理由，再添加一个风光又悲壮的葬礼。看来，他给五池下命令的时机到了，夜长梦也多啊。用什么办法好呢，晚上再想吧。可以跟五池商量，也许该用一些黑木崖家族的传统办法，只要不让父亲太痛苦。哦，父亲不会的，因为他现在已经神智疯狂了。某种意义上说，疯狂的人是多么的幸福啊！哦，其实我也是一个疯子啊！话说回来，不要做得太明显，因此，最好不要用黑木崖家族的办法，而是要产生意外事件。什么意外事件呢？又是地球人？不，这已经在特伊女王那里用过一次了，再用有点过了。慢慢想吧。没有人知道，其实真相是最简单的，真相只在我的手里，连我的小妻子也永远不会知道。别急，耐心与谨慎是最大的美德啊。啊，正义。正义是最带迷幻色彩的骗术。父亲说的。利益遭到损失之前，它是不存在的。

想到这里，胡桑激动地站起，兴奋地接受了公爵的效忠誓词，同对方一样，眼中透着神圣的泪光。所有在场的人都被感染了，因为大家都知道，这种泪水只属于那些为了高尚的理想可以无条件地牺牲一切的人们。

这时，除了睡着的太阳鸟们之外，大殿内的其他长老们也纷纷站起，一边摘下绿色护眼罩，一面郑重地向胡桑方向微微鞠躬，以示忠诚与决心。许多人的眼中洋溢着庄严的泪水，那泪水中饱含着久被外族蹂躏的国家民众们所共有的悲愤情绪。

时势造英雄，曾被两个部落唾弃的黑木崖家族后裔，现在成了两个部落的真正领袖。就连正在酣睡的太阳鸟们也忽然停止了鼾声，像是随时就要惊醒的样子，不自然地扭动起了身体，它们身上金属配饰与兵器撞击着，发出了嘡嘡的声音……

第八章

平行宇宙

"空与明，阴与阳是多么好的伴侣啊！"

第二十三幅壁画：

画面上有三个人。
亚特、也司、以列以及一个带着羽毛的巨蛇答离。
已经变做了巨蛇的答离正狰狞地用蛇身缠住亚特的脖子，
身体发出绿色电磁波。
亚特出现极其痛苦的表情。
也司似乎想用身体挡住巨蛇对亚特的袭击，
身体发出红色。以列被电磁波掀翻在地上。

（一）

亚特在结束了欢迎晚宴之后的日子里，几乎与伊芙进入了一种令人窒息的冷战状态。囚禁他身体的暗物质世界的黑色气体旋涡变得越来越浓稠，他多少次试图与木达进行心灵感应交流，但都被一种闷闷的力量阻止在了LS胖小子黑洞入口处。他烦闷无比。

有很多日子，亚特尽量避免与伊芙的争吵，甚至碰面。他们各占据着石殿的两侧，虽然可以彼此听见对方焦虑的踱步声，衣服擦动地面的沙沙声，轻微的叹息声，手指挪动餐盘声，与谦恭侍者们的应答声，但谁也不想走近对方一步。这太让亚特无法忍受了。更让他无法忍受的是，斯塔竟然有几次光顾了伊芙的眠榻，甚至还挽着伊芙的手臂，要求对方与她一同散步。

伊芙竟然欣然地同意了。

当亚特看见两个女人轻声说笑着，挽着手臂经过他窗前的时候，他真是快疯了，他真是不知道这两个女人到底都在想些什么。

他只知道，他必须想出绝对的办法，搭救伊芙，还有斯塔。他必须挽救这个局面。他必须要回家。他不能死。他不能死。

曾深刻地领悟过死亡的意义，并两次亲身经历过死亡之后的亚特，竟在某一天，某一刻，某一秒，忽然产生了一种绝对的念头：

"我无论如何也不能死！"

那之后，他唯一想的就是如何与造物者搭腔。

木达对自己是无能为力了，但造物者是不会对自己见死不救的。他一定会给自己什么指示的。或者在梦境，或者在瑞仪神宫殿，或者在斯塔"良心之屋"前的湖水里，用意想不到的方法。如果自己是被造物者选择的人，那他一定会做些什么的。他不是光顾了自己在木星水城堡里的玻璃子宫吗，那他一定可以光顾这暗物质世界啊！

亚特忽然很讨厌现在的自己，因为脆弱又迷信。但除了祈祷和等待之外，他什么都做不了。更要命的是，伊芙与斯塔的散步似乎越来越频繁，这更增添了他的惆怅：这两个女人似乎都在躲避自己，但她们却热爱与对方的交流。

这世界真是疯了。

亚特在期盼与焦虑中等待了近两个月的时间。这两个月当中，他迷迷糊糊地做过无数次的噩梦；又像地球时代的苦修者那样，在黑暗中饿过一个星期的肚子，在奄奄一息中流着真诚又脆弱的眼泪向造物者祷告了无数次；私下又多次跑到了瑞仪神宫殿鞭打自己。但他一上到法野库雪山，被围困在比丘鸟的中间，他就觉得自己真是疯了，这是暗物质世界的神殿，自己跑来做什么？还有他偷偷地溜到"良心之屋"前的湖水里，希望里面能够显现出造物者的影子……但是，什么都没有发生。

他回想起第一次与造物者对话时的情景，是的，那个时候，自己是赤身裸体在人造子宫里的。也许是因为自己穿着衣服的缘故？想到这里，亚特决定在午夜脱光所有衣服，跳进斯塔热爱的湖水里。遗憾的是，不管他用了什么办法，造物者就是不出现。

他在饥饿、混沌与高烧中产生了幻觉，造物者根本就是假的。自己一切一切关于他的记忆都是自己臆想出来的东西。木达不是说自己疯了吗？火星人都说自己疯了，对啊，我一定是疯了。哪里有什么造物者？哪里有什么造物者的方舟？哪里有什么宇宙毁灭？根本没有，都是我思维里的产物。对啊，曾经不是有地球时代的哲人说过了，现实不过是梦境的反射。既然如此，那我坚守这个所谓的平行宇宙的秘密有什么意义吗？既然答离想要，就给他吧。答离想挽救他星球的人，也是人之常情啊！

但是，他脑子里还有一个声音在告诉他，绝对不能够把这个数字和造物者的口诀给答离。那自己坐视这些无辜的人们死亡，就是对的吗？不，既然根本没有宇宙毁灭，那么答离何必要坚持要这些数字呢？结论是，宇宙即将毁灭了，但自己根本是造物者的一枚棋子，因为关键时刻，造物者根本不顾自己和恋人的死活。哦，原来，造物者也是谎言家啊，怪不得答离根本就看不起他。

日子在一天一天地过去。

伊芙与斯塔之间的"友情"似乎也在与日俱增，而亚特的混乱似乎更加加剧。有几种场合，陷入了强度抑郁的他几乎有了自杀的冲动。他奇怪，每当他想到具体的自杀办法时，大脑总是会困倦不堪，甚至不知道怎么的就会陷入充满了噩梦的睡眠。在梦中要么他从火星大峡谷悬崖边跌落；要么在充满毒气与寒冷的金星着陆；要么自己穿越了宇宙大黑洞的奇异点却找不到分解飞艇的办法；要么看到自己的母亲又一次提着行李箱离开自己；木达带着满身的欲望试图拥抱自己……

当亚特眼睁睁地看着自己的"自杀"机会一次又一次地溜走后，他决定自暴自弃了。还有，他总是有种感觉，王后陛下从来都没有离开过他的寝宫，她的影子总是在他的周围游荡着。最后，他决定就这样在暗物质世界的牢狱里混日子了。造物者光顾自己也罢，忘记自己也好，都不在乎了，看答离还能怎样。

他开始刻意地蓄起了胡须，并且拒绝洗澡，拒绝更换内衣和剪指甲。过了两个星期，他的浑身开始散发臭味，并且奇痒无比。他的人工鱼鳃由于得不到适当的清洗和保护，开始有微生物繁殖，发臭并且造成了口腔溃疡及喉咙发炎。他甚至开始怀疑，有些微生物是否会像他家乡湖水里的面条草一样，在他的喉咙里扎下根，繁衍出了后代，并已经把触须伸进自己的脑子里。而且他从暗物质世界的冥界带回的唯一礼物：

不合时宜的便血运动又开始了。

真是祸不单行啊！

亚特不再在意宫廷侍卫是否在场，尊贵的女宾是否嫌弃，他会不分场合地抓起痒来。他还会不停地咳嗽，似乎极力地想把人工鱼鳃里的细菌们撵出口腔外。这浑浑噩噩的日子期间，王后陛下几乎每天都会邀请他跟伊芙共进晚餐。不管亚特的样子怎样令人讨厌，王后陛下从来都是小心翼翼又含情脉脉地守护他，时不时地用眼神向他表示着愧疚与宠爱。甚至尊贵的王后陛下从来没有要求他去更换了衣服，洗澡过后才来赴宴。如果她不是斯塔的母亲，以至于多情的亚特都会产生怀疑，她是否同其他女子一样，无法免俗，坠入了爱河。

只要亚特心情还不太糟糕，或者还能够应对忧郁的黑色浓雾以及尖锐的耳鸣时，他都会应约。无论王后陛下精心地准备了怎样的食物，他都会不加分别地狼吞虎咽掉。他把这种粗鲁作为对王后善意款待的无声回馈。还有，现在，他也学会了像暗物质世界里的男人那样用脚后跟踢打着地面走路。还有，他甚至学会了在亚金时跟水晶头骨们一起哼哼唧唧地唱歌。说起来奇怪，他从来对斯塔的母亲都有着一种莫名的情愫。他说不好。从他与她相识，他就对她好奇，想接近并讨好她，还有，想了解她。后来，发生了很多事情，他们之间的关系变得越来越复杂和怪异。人们说这是命运，谁知道呢。俗人参透的也只能是命运的一角，或者天空中一个黑点的假象。实际上那根本就不是什么黑点，而是因为某种因缘聚集在一起的一群命运的黑天鹅而已。风儿来了，雨下了，雷电闪了，它们就会各奔东西了。

现在，他的两只黑天鹅都有了默契，即使暴风雨没有来临，但它们都同时拒绝与他坐在一个餐桌上。那个不欢而散的宫廷晚宴后，他再也没有艳福去夹杂在两个绝色美女中间了。还有，答离与以列王也都藏起了踪影，不知道是害怕见到王后，还是不愿意见到自己。

亚特与王后就像是一对相依为命的母子一样，像《吃土豆的一家》里的家人们那样，在孤独的灯光下，惨淡地咀嚼着他们的生命时光。直到一个晚上，也许王后喜欢的罗西尼歌剧太动人了，也许这古意大利语让他联想起了古拉丁语，一种有关他母亲的记忆，就像她身上的味道一样，是为数不多的刻骨铭心的记忆之一，也许他今日过于心烦意乱的缘故，他竟对王后吐露了心扉：

"来这里之前我梦到了一个奇怪的梦。我看到以列王坐着我的飞艇，穿越了宇宙大黑洞，分解着进入了虫洞。他大声地叫着，我听不清他叫什么，后来，我醒了。我醒的时候发现，有士兵正把伊芙带走。我很奇怪，她要去哪里？"

斯塔的母亲耷拉着脑袋，低声说道：

"我不知道……"

亚特突然感觉到一种无名的忧虑，他提高了音量，又问了一次：

"我还以为是您或者公主请她出去散心呢，但为什么要士兵陪同？请问，是巫师找她吗？"

也司正低头吃着她的甜薯饼。当她把一小口薯饼放到嘴边的时候，忽然瞟了一眼亚特，接着悲伤地放下叉子，低声说道：

"我……不太清楚。"

她的迟疑泄露了一切。

亚特全明白了，"腾"的一声从座位上站起，对着王后大声地吼道：

"别动我的女人！听到了没有！告诉答离，别动我的女人！如果她死了，我就自杀！你们什么也得不到！"

亚特的愤怒似乎在他喊话之后显得更加地无法控制。他一下子用双臂把他面前的酒杯、盘子、烛台、花盘都扫到了地上，对着王后继续吼道：

"把我的女人还给我！"

说完，亚特踢翻了他的椅子。王后吓得从座位上颤巍巍地站起，奔向亚特，一下子抱住了他，一面试图平息他的愤怒，一面哭着说道：

"抱歉，我的孩子，抱歉……"

亚特太愤怒了，以至于他都不知道他竟然把王后推倒在了地上。就在这时，答离从角落里的暗室走了出来，一面从容地走到王后身边，将她扶起，一面对着亚特阴沉地说道：

"你女人的命运从来都掌握在你的手里，没有人动得了她，难道您不知道吗？"

亚特看着不知从何处冒出的答离，忽然明白了什么似的问道：

"每个晚宴您都躲在暗处观察我，等待我向王后吐露秘密吗？"

答离从容地看着亚特，冷静地说道：

"是的。"

亚特的脸上露出了一丝苦笑，看着王后，绝望地摇了摇头。

斯塔的母亲无法再在意自己作为王后的体面与尊严了，竟然像年幼时的斯塔那样，每当被威严的母亲训斥后，就会当着宫廷侍者的面，用双手捂起了脸，哭着离开了大餐厅。

（二）

"您会怎样对付伊芙？"

亚特在王后离去后，直逼着答离问话。

答离似乎对亚特的反应一点也不奇怪，他相当平静地答道：

"我只给你三天的时间。"

"然后呢？"

"三天后，她被送上法野库雪山的瑞仪神殿。瑞仪神时，即午夜时分，在那里，我们将举行一个秘密的祭祀瑞仪神仪式，用路光国祖先的方法，活人鲜血祭祀。"

亚特一把抓住了答离的衣领，没有想到被答离身上的电磁波一下子甩到了地上，狼狈地成了狗啃泥的模样。答离的身体由于激动而开始改变成淡绿色，并发出了"吱吱"的电磁波的声音，甚至他的一只胳膊开始发出耀眼的绿光，有一种微弱的光巨蛇影像环绕在他的周围。亚特第一次看到近乎真实的答离模样，有点被吓着了。

答离的声音开始瓮声瓮气，缓慢又诡异：

"你的梦，就是造物者的开示。他已经同意了以列王通往平行宇宙了，否则，为什么你求了他那么多次，他到现在还不现身？你难道不明白吗？"

答离的话真正地切中了亚特的要害。他半晌无语地原地趴着，最后他把头埋在自己的双手里，像个孩子一样双肩抖动，呜咽着哭泣起来了。

亚特不知道，当他哭泣的时候，他的头上方突然隐约出现了一个有一米见方的黑白太极光环，飘飘荡荡，上下左右，行踪不定。答离呆住了，这是他第二次见到它。但这一次，与几个月前在可布石法老神殿时的情形不同的是，答离非常镇静，而且他的身体也不再疼痛。他想弄清它的本来面目，因为他想知道这个造物者的宠儿到底受到了多少恩宠。于是他悄悄走近，默念着《瑞仪心经》中的降魔咒语，突然伸出手，想用瑞仪神光的咒语力量将它毁掉。只见他的身体开始发出耀眼的绿色电磁波，渐渐地变成了一条长着翅膀的绿色光蛇。那太极光环似乎真受到了他的吸引，开始飘飘荡荡地飞进电磁波场内，一点一点地融化了。答离的内心产生一阵欣喜，他暗自加大了咒语的法力，想尽快地消灭掉这外星博士的护佑符号。

就在这时，已经融化的太极光圈忽然集聚到一起，生成了一个强大的黄白光场，瞬间以一种排山倒海的阵势压向了绿色光蛇。答离被震飞到了墙边的玉石士兵塑像边，转了几圈，靠死缠着石像才稳住。答离悄悄地恢复了人形，发现那石像已经被劈成了两半，正缓慢地倒了开来。答离惊魂未定地看着那太极光环，又看看亚特，发现那光环又无声地恢复了原样，依旧在亚特的头顶上飘荡着。而亚特本人什么都没有感觉到，只是在黑白太极光环的保护下，丢人地趴在地上，绝望地哭着。

答离看着那造物者的符号，沮丧地耷拉下了脑袋。他现在唯一庆幸的是，这个傻博士对他头顶上的物什似乎一无所知，否则，他根本不会这么丢人地趴在地上，为要不要向这个暗物质世界的巫师投降而哭泣……

（三）

当以列王深夜被侍者告知，王后陛下通知他立即到达可布石法老神殿，与外星人博士商讨飞艇事宜的时候，他还在情妇的卧榻上缠绵。他带着些许的不情愿离开了情人的眠床，趿拉着他的鞋跟，踩着黑暗的冰冷，通过他熟悉的秘密石头通道，来到可布石法老神殿。他见到了他的妻子、军师，还有要人命的外星人博士。

这神殿的氛围好诡异啊，充满了血腥与死亡的味道，他从来都不喜欢这里，这里总提醒他的身份和沉重的现实，包括他小时候多次祈祷这木乃伊让他不再做王位继承人的往事，母亲的死，及拉比那尔家族500年前的那个恐怖之夜。最近的就是几个月前的那个死亡祭祀。在这里，这位像自己一样的情圣博士，为了搭救自己的女儿，被军师送上了冥界之旅。现在，虽然没有木棉花的香气，但在水晶头骨的亮光中，他看到了可布石法老的脸显得更加的丑陋。特别是他夸张的厚重的嘴唇，短秃的下巴，塌陷的鼻子，活像一个没有进化好的雄比丘鸟。真是一个愚蠢又好战的比丘鸟！脑子在他死后被掏空了，怕腐烂，其实他活着的时候脑子已经烂了。杀了那么多的人，究竟得到了什么？只为了死之后成为一个干瘪的怪物被后人朝拜吗？

这烟消云散的往日辉煌究竟有什么意义呢？

以列在他的婚姻生涯最难堪的那些年中，甚至幻想过拉比那尔家族的确是从比丘鸟进化而来的，至少，该掺杂着一些鸟类基因，是否在1700年前从地球返回室女星系时，刻录地球人类基因的时候出现过小小的误差。该死的人类什么做不出来，从基因和贪婪的性情上讲，根本没有鸟类纯粹。他的人生中基本上不喜欢人类，因此更不喜欢这位先王。小时候他总让他自卑；结婚后，他让他混乱；当上国王后，他让他迷茫。

他的妻子却尊崇这位干瘪的木乃伊，比他还虔诚。

现在，在他先王的威严注视下，路光国五百年建国史上最绝密又最波澜壮阔的高层秘密在进行着。以列直觉到这几乎是对抗造物者权威的一次历史性壮举，应该被那些好事的史学家们载入路光国史册的，一切的前提是下一个宇宙里，暗物质世界和路光国还存在的话；或者，能够去到平行宇宙，建立另一个王朝。世事无常，谁能保证下一个亚金时，黑夜与白昼一定会如期交替，而水晶头骨会歌唱呢？谁也无法改变死亡啊！看面前的这个怪物，难道还不说明问题吗？

以列的呆呆遐想显得有些不合时宜。于公于私，对以列的存在都充满了复杂情愫的答离此刻深感不快，特别是他闻到以列王身上属于女人的古柯叶子香精味道，他敞开的便服领口上的女人唇印时，更忍不住皱皱眉头。他看了一眼王后，又看着外星人博士，眼睛里似乎在说：

"看看我们这个浪荡公子国王，怎堪大任？"

他把这隐台词藏了起来，说道：

"穿越宇宙大黑洞的秘密飞艇我早就建好了。我需要的是突破临界点及分解成基本粒子时的几组数字，我知道，这些在你的脑子里，在造物者用太极符号封锁的记忆门之内。我曾经试图敲碎那扇记忆之门，差点丢了小命。我们不希望以列王被黑洞吞噬，或者被分解成怪物，无法穿越白洞。"

以列王开始咳嗽，他身上的女人香水味随着他身体的波动开始在他的周围弥漫，他有些底气不足地问道：

"是我吗？"

答离看着以列，他的眼神里既没有怜悯，也没有内疚。他在例行公事，但很决绝。他说道：

"陛下与我之间，必须有一个人选，去平行宇宙。如果人选是我的话，有一个最大的便利条件，那就是到了平行宇宙，我见机行事的能力相对强一些，这要感谢瑞仪神赐给我的一些小小的个人天赋。但也无法说是绝对的便利，因为相对于平行宇宙中的那个我，我没有任何胜算。可以说，陛下与我的优势是对等的……"

以列打断了答离的话，这在他的执政史上还不多见。以列对答离从来都忌惮三分，因为他伟大的爷爷和平庸的父亲都在答离那里吃过不少苦头。他记忆中上一次粗暴地打断答离的话时是决定是否利用斯塔引诱她的哥哥的时候。现在，比起自己的祖先还逊色的自己，斗胆进言如下：

"火星地球人类历史上有过这样的故事：第二次世界大战期间，英国的首相也争着要上前线，他的国王这样对他说：'谁也不要去，还是我去吧。'当然，首相拒绝了，说国家不可以没有国王。但是国王这样对他的首相说：'我死了，可以有人替代我；但是如果您死了，没有人替代您。'所以，对于路光七亿国民绝对不可或缺的军师先生相比，我的生命价值更小些。我从来都不是一个好国王，现在，这是我一生唯一一次证明自己能力的机会……"

答离看着以列，很显然，他一点也没有被打动。他的话语还是一如既往地冷静，甚至，显得非常粗鲁：

"实际上，陛下一直是我心中穿越平行宇宙的最佳人选。主要的原因还是，如果陛下奠定了平行宇宙中的秩序，成功地杀掉那里的国王，取代他，那样的话，只有我知道如何进行下一步的移民行动计划。还有，相应的军事行动。"

以列结巴地问道：

"要我去杀死另一个自己吗？"

答离不屑地看着他，冷酷地说道：

"至少不是友好的外交访问。陛下跟另一个自己之间，只能活一个人，我想您是知道的。这就是造物者的该死的阴阳宇宙游戏规则，也是我们充满了人道主义精神的博士一直不愿帮助我们的理由。"

以列充满了惶恐与不安地看了自己的妻子一眼，他希望能够从妻子那里得到一些鼓励，但是他的妻子似乎对这一点都不感兴趣，她的目光从来都没有离开过她的儿子身上，而且那里面充满了柔情。以列的胸口感觉到无比的沉闷，他忽然涌起了一种悲伤，继续问道：

"如何才能杀死他，另一个，我……我自己？"

亚特也似乎对这个问题感了兴趣，他同以列一样，专门地盯着答离，等待着他的答案。答离开始低头踱步。踱了一会，他抬起头，只看着法老，用背影对着大家问道：

"我们最爱的人是谁？"

以列答道：

"自己。"

"那最大的敌人呢？"

亚特抢着答道：

"自己。"

答离停了一会，才缓缓地转过身，对以列问道：

"陛下，请告诉我，自己到底是什么？"

以列看了答离一会，最后耸耸肩膀。答离又看着亚特，亚特没有回答。然后，答离把脸转向也司，也司却把脸转向了儿子，很显然，她也不想回答。答离叹了一口气，低头自言自语道：

"自己是个什么东西，谁也无法回答。所以……"

他抬起了头，走到以列面前，盯着他的眼睛，冷酷地说道：

"要想杀死另一个自己，有两件最简单又最难的事情，必须做到。否则，陛下就会被对方杀死，或者，自我毁灭。"

以列的眼中露出了无限的紧张，这大概是自打他做出娶个火星女人回家以来最为严肃的一次。他看到答离的眼中第一次露出了神样的光芒，这让这位浪荡公子国王真实地瞥见了答离的智慧，人生第一次。

答离看着以列，非常不放心地说道：

"第一，不可以爱上他。这非常难，因为人无法不爱自己。但是，如果爱上他，将会被他识破真相，因为你所想的，也是对方所想的。如果对方知道了你的目的，马上就会杀死你。或者，如果对方意志力不够坚强，也爱上了你的话，你与对方将会合二为一，其结果是正反物质湮灭，你们两个都魂飞魄散。

"第二，认清他的本相：他根本就是一个幻象，他根本就是不存在的。不要把他当成自己的另一个分身。不管他多么有魅力，多么可爱，都把他当是我们梦中的影子一样。这样，自己才能够下得了手，狠心地杀死自己梦中的影子。"

答离说完，无言地看着以列，似乎在给他消化的时间。以列的确在拼命地思考着军师的话，但他似乎出现了一点认知障碍。答离却不管他的障碍，显得有些粗暴地问道：

"陛下做得到吗？"

以列底气不足地回答：

"做得到。必须做得到。"

答离一点也不放心，把冷漠的背影送给了以列，继续说道：

"陛下临行前，我还要给您做很多的训练。除了穿越宇宙黑洞、分解成基本粒子、到达白洞的训练外，这如何获取宇宙能量以杀死自我的训练该是最难的。"

答离说完，并不等以列的反应，而是直接走到亚特面前，相当紧张地看着亚特，说道：

"博士，请把造物者的宇宙大一统理论的口诀说出来吧！"

（四）

石殿内一下子陷入了死亡般的寂静。所有的人似乎都不呼吸了，包括那一直不停地旋转着的水晶头骨，此刻也停止了运动，乖乖地留驻于法老的头上空。也司眼中突现忧虑，她惊恐地看了一眼答离，又赶紧把头转向亚特这边。

亚特突然笑了起来，在这种寂静中，这种笑显得诡异而且不合时宜。他似乎在有意地拖延时间，又似乎想揶揄答离，说道：

"军师先生不怕我说的是假口诀？"

答离的声音又开始变得瓮声瓮气：

"您那样的话，就永远回不了您的世界了。"

亚特继续笑道：

"可这个口诀，我到现在也还没有弄明白，以我地狱中的父亲母亲的名义发誓，我说的是实话。"

答离瞟了一眼也司，似乎想知道她是否听懂了亚特的话。接着对亚特冷酷地说道：

"请讲吧，我会判断。"

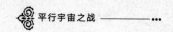

　　亚特停住了笑，微微地闭上了眼睛，似乎陷入了一种禅定状态，轻声又缓慢地说道：

　　"无中生有；有归于无；无有亦无；无边无际。"

　　静止。

　　静止。

　　没有人敢说一句话，甚至答离，一声不吭地留驻在原处，看着亚特。

　　不知道过了多久，突然答离像发了疯一样，突然变成了一个巨大的长着翅膀的电磁波绿蛇，一下子缠住亚特，瓮声瓮气地哭道：

　　"造物者在说什么？你怎么可以不知道？怎么可以不知道？"

　　也司冲向那条电磁波巨蛇，似乎想搋开他卡在儿子脖子上的身体，但被他的电磁波掀翻到了地上。慌乱中她一面叫着丈夫的名字，一面再次冲向了那条巨蛇，试图想用自己的身体替代儿子的身体，挡住那些灼人的电磁波。以列冲了上来，但也被电磁波掀翻到了地上。也司的衣服开始发焦，皮肤发出红光，但她完全不顾身体的剧烈疼痛，大声哀求道：

　　"答离，你——疯——了?! 你在杀——死——我——啊！"

　　巨蛇在也司的叫声中突然神志清醒了，它"啪"的一声放开了亚特，颓丧地掉到了地上，顿时恢复了人形。

　　答离走到也司面前，谦卑又充满歉意地将她扶起。

　　亚特与以列坐在原地，惊魂未定。亚特脸色青紫，脖子处有几道明显的红色烧灼痕迹，他痛苦又粗乱地喘着气。

　　答离似乎还没有完全脱离开他的癫狂状态，他沮丧地跪在了地上，手脚并用地爬向可布石法老的金属飞行器那里，抓住可布石法老的肚子，哭道：

　　"告诉我，告诉我，这些无到底是什么？造物者还是高明的，只有他才知道真相。我只是一个卑微的巫师，我的智慧连他一个枝桠都赶不上。我知道这是真的，但我不懂，真的不懂……"

　　答离哭了一阵子，直到他发现王后就站在他的身后，陪他落泪，他才收住悲声，充满着歉意地对王后说道：

　　"抱歉，陛下，我出丑了。"

　　也司柔情地说道：

　　"您休息一下吧，这口诀需要慢慢参悟。"

　　答离悲伤地笑道：

　　"这不是时间就能解决的。真相掌握在一个人手里，这种独裁智慧，太可怕了。"

答离充满着痛苦地移动身体，走到亚特面前，看着他的脖子，温柔地说道：

"我没有伤害到您吧，抱歉，博士。"

亚特看着答离，又看看也司，用手摸摸自己的脖子，马上就因为疼痛而缩回了手，咧了一下嘴，他的目光里充满了怜悯，摇了摇头。

答离长叹了一口气，说道：

"您没有撒谎，这口诀是真的，我能感受它的真实。我希望，这个宇宙中能够有一个人参透它，我把全部希望寄托于您……"

亚特看了一眼天空后看着答离，表情中略带有些顽皮和揶揄，低声说道：

"他也是这么说的，但我可能会让所有的人失望了，包括他在内。"

（五）

亚特在第二天真正地看到了飞艇实物，的确无比地惊讶。除了那个神秘的太极符号外，这个飞艇与他在火星秘密实验室里的飞艇几乎没有什么区别，克隆得无与伦比，几乎可以以假乱真。他知道，他的实验室的保密装置可以防得了火星地球人，但对答离来说，根本没有任何用处。除了造物者的赏赐：那个飞艇上的太极启动装置外，答离没有落下一个细节：他完好地克隆了亚特飞艇的一切。

亚特看到答离与以列、王后早就候在了那里。他们三个人的脸色都很苍白，看来他们三个人也都一定有一个不眠之夜，同自己一样。

亚特来之前，已经确信伊芙在王后和斯塔的护送下平安地返回了"家"，而且她看来什么都不知道。她以为王后安排她去法野库雪山的瑞仪神殿，只是一次简单的度假而已。亚特感到了一丝欣慰。他不想加大她的恐惧，在她已经快盛不下的悲伤与愤怒里面。他现在不知道她内心是何种想法，对自己，对斯塔。从她近些时日与斯塔的融洽相处来看，他几乎可以说她已经成为了全宇宙最杰出的外交家。他觉得如果新宇宙还有国家存在的话，她应该去竞选议员，当不上总统，至少还能够成为一个外交官。伊芙是一个天生的政客，这念头让他着实不爽。但当一个语言学家的确太屈了材料了，伊芙该做更大的事情。她有逻辑，一整套完备的逻辑，但逻辑不会让她成为傻瓜，她的逻辑总是最柔软，最客观，最殊胜的。她的逻辑是为了被超越而存在的。她的逻辑是要最后甩掉所有的逻辑。

她总像水一样，有流淌在现实这个干枯的河床里的办法。

她知道如何与现实玩游戏。她有智慧，但不是心机。智慧是宏大的，自然的；心机是狭隘的，造作的。智慧有时候以心机的面目出现，当心机偶然奏效的时候；但心机永远只是智慧的赝品，多数情况下，是虚假的投影。如同水中月，镜中花。现在，她已经审时度势地同她的敌人，这暗物质世界最杰出的两个女人，一个情敌，一个政敌，成为了朋友。两个女人都真心诚意地喜欢她。为什么她不是路光国未来的女王呢？

他感到脖子上的伤口愈发地灼烧，而且他又开始了血便。他的小腹如同针刺般地疼痛。亚特觉得答离从前说的没错，这里的人们天生有一种素质知道如何接受常常会变化的命运。想到这里，亚特竟然产生一种疑问：这里的普通人真的像王后夫妇和答离那样紧张宇宙的毁灭问题吗？

还有，亚特知道答离根本没有参透造物者的口诀。如果他参透了，他就不会是现在这个悲壮的表情了。

亚特先是从远处静静地看着这个克隆飞艇，感觉到一种奇异。他不认识它，但却不能说是陌生。它就像是自己在火星上的飞艇的同胞兄弟。真奇怪，亚特忽然觉得它跟造物者的飞艇就像自己跟木达的关系一样：既是兄弟，又是分身。旁人无法分辨真假，但只有一个是真的。

这飞艇让他思乡，也许因为离开火星太久了，亚特的鼻子有些酸。他伸出手，温柔地抚摩着飞艇的表层金属，奇怪，跟他第一次抚摩造物者的礼物时有着同样的生理感受：它是微微发烫的，有一种直逼人内心的战栗之感。就在伸出手前的那个瞬间，亚特还担心它在没有太极启动装置的情况下，会在宇宙大黑洞的奇异点门前迷失方向，但不知道为什么，他现在竟然有了盲目的信心，觉得它能行。

亚特打开了金属舱门，在答离和也司及以列的紧张注视下，他钻进了驾驶舱。他刚刚坐好，一组太空数字就飘到了他的面前。他看到那个他熟悉的公式，笑了。他知道，这是答离迫不及待地要知道的第一组数字：突破宇宙大黑洞临界点时，飞艇必须马上启动抗黑洞引力装置以自动合成姆能，答离需要姆能合成公式的常数值。亚特毫不迟疑地在一组数字的空白处填上了12M~14M的数字。接着，亚特轻轻地启动了飞艇，突然飞艇内铃声大作，火星语的警示声音响起：

"飞艇马上进入奇异点，飞艇是否自动记忆现在时空状态下一切物质的基本粒子状态？"

亚特按动了绿色按钮，意味着是。

警示器的声音再度响起：

"该时空状态下一切物质的基本粒子状态已经记忆。是否启动基本粒子分解程序？"

亚特再次按动了绿色按钮。

接着提示声音再度响起：

"该时空内所有物质的基本粒子分解程序启动。是否自动搜寻连接所有基本粒子的中间粒子？"

亚特按动了绿色按钮。

警示器声音再度响起：

"请输入中间粒子质量值。"

亚特输入了"0"。

接着提示器的声音再度响起：

"请输入中间粒子自旋数值。"

亚特输入了"2"。

"请输入再度自动激活中间粒子的时间值，以秒计算。"

亚特输入了"36000"的数字。

"中间粒子被再度激活后，是否自动启动该时空内一切物质的S道T道轨迹？"

亚特按动了绿色按钮。

"请输入白洞射线的辐射常数。"

亚特低头想了几秒钟。这几秒钟内，答离的眼睛几乎快喷出火来了，而也司则紧紧地抓住了丈夫的胳膊。以列王所有的注意力都在亚特的手指上，根本没有感觉到自己胳膊的疼痛。

亚特终于在飘于空中的一组数字的空白处添上了2M-4M的数值。填完后，他长长地嘘了一口气，如释重负地靠在了驾驶椅的后背上，看着操控盘，若有所思。

亚特几乎是从飞艇内爬着出来的。也司赶紧迎了上去，轻声说道：

"谢谢您，我的孩子。"

亚特似乎并没有听到王后的问候，而是把头转向答离，充满着忧虑地说道：

"最重要的，那个口诀，我还没有办法参透，所以，我不知道这飞艇能够顺利进入奇异点，顺利地分解。这是最关键的地方。"

以列并没有避讳亚特的存在，当着他的面，这样问着答离：

"如何对付那个该死的谜底？"

答离看了一眼亚特，又看了一眼王后，最后把目光锁定在以列的眼睛上，坚定地说道：

"想着瑞仪神，想着他的光芒，只有这些。"

以列嘟哝着：

"可瑞仪神不是口诀的解码，我会永远作为基本粒子在黑洞中游荡，或者作为射线，被喷出白洞外。恐怕我们要在新宇宙再相见了，作为基本粒子。"

答离似乎没有听懂以列的担忧和嘲弄，固执地说道：

"想着瑞仪神，想着他的光芒，这就是解码，只有这些。"

以列比答离还固执：

"瑞仪神在黑洞里帮不上忙。别忘了，黑洞吞噬一切，包括光。"

答离愤怒地涨红了脸，他把脸贴近了以列的脸，似乎他的耐心已经到了极限，他一字一句地说道：

"想着瑞仪神，想着他的光芒。您到底是去，还是不去?! "

以列也不含糊，大声地回敬道：

"我要的是科学的答案，不是迷信！我不怕死，但我不想白去送死。"

答离的身体开始发出淡淡的绿光，他的怒气似乎已经上升到自己控制的极限了，他对着以列大声吼道：

"请不要用您的怀疑亵渎伟大的瑞仪神！瑞仪神就是答案！这相信的力量就是科学，不是迷信！如果您不想去，那我去。但是您要保证，会让王后陛下、公主殿下及七亿国民平安！"

以列看了一眼也司，沮丧地说道：

"我去。"

也司看了一眼亚特，长长地嘘出一口气。

第九章

造物者的口诀

"光，无边无际的光！"

第二十四幅壁画：

宇宙大黑洞内的场景。
一团旋转的基本粒子团
在一个一米见方门前。
门被打开了一个缝隙，
但有黑雾从里面喷出。
旋转粒子团周围有一半
粒子朝其周围不规则扩散，
有一半消失在了黑洞中。

（一）

以列的行动是在绝密状态下进行的，甚至连国家议会的长老们都被蒙在了鼓里。亚特以为只要以列上了路，自己与伊芙就可以被释放回火星，但是他从答离那里得到的答案是"暂时还不可以"。

亚特感到无比的烦闷。为此，他几乎与答离吵了起来。他想找也司，他希望王后能够助自己一臂之力，后来他决定放弃，因为他知道，他在为难王后。王后想的该是国家利益。

答离不放他走的理由是：必须要等到以列王平安归来，以此来验证他提供的数据的可靠性。亚特气得快疯掉了。但他知道他除了服从现实，一点办法都没有。他又试图与木达进行心灵感应通话，但他发现，答离对明暗物质世界间互相心灵通信的封锁，简直与造物者本人有一拼。

以列的送别宴非常简单，只有他们四个人参加。甚至斯塔和伊芙都不知道这次行动。答离不想制造任何恐慌，还有不必要的担忧，这是他一贯的做事风格：审慎、神秘。至于答离对以列实施了怎样的特训，亚特无从知道。但他从以列严肃的表情上判断，这个国王此刻的内心一点都不轻松。亚特断定，这暗物质世界一定有自己的秘密时空隧道通往宇宙大黑洞，而不是通过利用明物质世界的时空隧道。他几次想开口问答离，但他忍住了。他不想被嘲笑。答离疯了，才会向自己透露这个国家机密。

亚特为自己无法做暗物质世界的科学探测而沮丧。作为人质来说，他受到的待遇已经够仁慈的了：每晚都在王后陛下的陪同下进行晚宴。除了不能任意接触暗物质世界的其他人之外，他在王宫金字塔内的行动基本上还是自由的。实际上，他知道自己的自由也是一种假象：他根本不可能从暗物质世界的人那里偷来一架可以带自己到LS胖小子黑洞那里的飞艇。他的唯一同盟斯塔，不但处在半人质的尴尬境地中，现在也在有意地躲避与他的接触。他很清楚，即使他有了飞艇，他也不知道如何穿越这纵横交错的暗物质世界的时空隧道，回到明物质世界。答离说得对，这暗物质世界来得容易，走，却不简单了。

亚特忽然有一种身陷梦境的感觉。一个永远也醒不过来的噩梦。每当他在午夜醒来，听到宫殿的另一边，伊芙踱步的脚步声时，他知道，今夜无眠的不止是他一个人，或者从噩梦中惊醒的也不只是他一个人。但他抑制住了与她攀谈的冲动，因为有很多次，当他惨兮兮地跑到她面前的时候，他得到的都是略带嘲讽的问话：

"你有事吗？"

亚特很清楚，一旦他与伊芙能够活着离开路光星球，回到火星，他得到的将是伊芙的分手通告。她还没有发布分手通告的理由是，她还不清楚他们能否活着离开这里。这是她的仁慈心所致，也是她可爱的理智作出的结论。

亚特知道，现在的他要说服伊芙跟随自己登上太极方舟的难度更加大了，真是自作自受啊。但没有办法，他还要坚持。他必须坚持。坚持让他无比的不安又痛苦，但下一个宇宙的人类不能没有母亲啊。如果伊芙到最后还坚持拒绝自己，自己可以回头再来找斯塔吗？

亚特忽然想当众给自己一个响亮的耳光，他真的觉得自己太无耻了！！他究竟要怎样亵渎这两个女人才够呢？

"我别无选择。"

亚特这样嘟哝着，带着愧疚，看着斯塔的父亲，把送别的杯子举得高高的。顷刻间，亚特的思绪又被这个即将踏上死亡之旅的男人占满了。他看到也司王后脸色苍白，下巴异常地尖，胸前项链上的豹子头颅凶巴巴地似乎可以吃掉她。那豹子的表情跟答离有一拼。她整个人虚弱得像一只折断了所有翅膀的比丘鸟一样，罩在离她足有一米远却无比强悍的答离的影子里，似乎随时会听从命运的安排，向法野库雪山谷底摔去。她的丈夫在她的耳边耳语着什么，他的话似乎加大了她的不安，她握着酒杯的手开始颤抖了，她左眼皮跳动了几下，斜睨着答离，她的豹子头开始在她的胸前滑动，而她右手的小手指下意识地弯曲成半圆弧状，那上面的指甲尖在死抠着银制的酒杯底座，发出了吱吱的回声。

亚特的眼中充溢着怜悯。他想对这对夫妇说点什么，但他发现，所有的语言都太无意义了。他只是透过摇曳在水晶杯子中的淡绿色仙人掌酒汁，微微地向脸色苍白又显得有些病态的以列笑了一下。这个笑意里包含了太多的解读，很庆幸，亚特知道，对面的男人读懂了。

以列用同样复杂又忧虑的目光回敬了亚特的问候。这种伤感的确不是一个好的兆头，亚特内心不禁抽搐了一下，甚至为自己无法参透造物者的谜底产生了自责。他知道，如果以列王可以平安地回来，至少斯塔和她的母亲可以在毁灭中生存。

整个送别宴会沉闷而且压抑。甚至今晚的食物，都有气无力的，与其说是食物，毋宁说是祭品。宴会结束的时候，以列故意避开妻子和答离，走到了正在离座准备返回住处的亚特面前，盯着他的眼睛，低声说道：

"博士，请接受我最诚挚的歉意，为了，很多很多事……"

亚特看着以列，像刚才一样，没有使用语言，而是微微地笑了一下。

以列突然转过头，当他确认答离与妻子已经走远的时候，他才重新面对亚特，迟疑了一下，下定决心似的对亚特说道：

"如果我不能回来的话，我有一事相求。"

亚特有一种不祥的预感。

以列直视着亚特，说道：

"等我一踏上旅程，我的妻子会设法说服军师放你们回火星。但是，如果我失败了，我恳求您当大毁灭日那一天来临的时候，带斯塔登上方舟。做父母的，没有比能让儿女幸福地活下去更大的心愿了。请您宽恕我们这对自私的父母……"

亚特微微地张了张嘴唇，似乎想说什么，但又硬生生地咽了回去。他看着以列的眼睛，发现那里面此刻已经溢满了泪水，他自己的眼睛也不禁开始湿润了。他几乎是没有经过大脑，就把下面的话说了出来：

"请陛下安心上路吧，我一定会好好地照顾公主的……"

亚特不敢再说下去了，因为他怕自己再说下去，就成了谎言。

以列终于笑了，这是亚特这几天第一次看见以列王笑，亚特的内心顿时无比地复杂。以列握了握亚特的手，这是他第二次握住亚特的手。第一次是在他女儿的病榻前。那一次他本该给亚特一个通天炮，但他没有，他伸出了宽大又慈爱的手。亚特发现这位父亲的手，总是那么温暖又有力，也许，那里面盛着太多的爱的缘故。但是，亚特再聪明也无法想到，其实，在31年前，他四岁的时候，如果他不是固执地要抓住以列头上的那顶来自外星的怪异草帽，他就不会最终用稚嫩的小手抓住这外星王子温暖的手。而这两个男子的双手相握，改变了火星，甚至宇宙的命运。

以列松开了那充满了命运张力的握手，随即把右手握成了拳头状，将右臂垂直于胸部抬起，又把右手的拳头郑重地在象征拉比那尔王室尊严的蓝色骷髅骨肩章上敲了三下，退了十几步，才转过身离开。以列王方才所做的是拉比那尔王室显示最高敬意时才使用的礼节，这让亚特更加左右为难。

亚特像暗物质世界的男人喜欢的那样，拖着脚后跟，在地面上"嗒嗒"地踢踏着，来到了斯塔"良心之屋"前的湖水边。他还不想回自己的宫殿，虽然他知道自己该更换他满是血便的内裤了。他知道，以列的出发秘密地定在了今天的午夜，答离拒绝了他的送行，他也知趣地没有再坚持。但他睡不着，有太多心烦意乱的理由。

他喜欢这不知道名字的湖。他没有问斯塔，她也没有告诉他。他奇怪他为什么没有问她这湖的名字。他很奇怪自己总是不大愿意给什么东西定上具体的标签，像一般人所喜欢的那样。他记得他只问过一次他父亲他家别墅前的那个湖的名字，他父亲答过他一次，他忘记了，后来，也没有刻意地去记起。他父亲死后，他知道他已经永远没有可能再知道那湖的名字了，除非他遇到了自己的母亲。他总是觉得给具体的事物贴上标签是火星地球人的常识，是一种天经地义的习惯，他总是怀疑这一单纯又沉重的日常行为：为什么呢？这有什么意义呢？

当他的姆能提炼提案正式被火星联合国太空能源开发组通过的时候，他才11岁零

8个月13天。火星上最杰出的科学家们因为找到了这全宇宙最高级别的能源都兴奋得要疯了。接下来最自然的举动：他们追问这个天才少年，你想给这个能源起上一个什么名字？这个少年非常惊讶地问道：

"为什么它要有名字呢？"

"因为万事万物都要有名字的。"

"为什么万事万物都有名字，我的能源也一定要有名字呢？"

"因为这是常识。"

"为什么常识就一定被认定是正确呢？"

"因为常识是我们人类上万年文明的智慧结晶。"

"如果人类上万年的常识最后被证明是狗屎呢？"

"这不可能。就像您刚刚研究出来的这宇宙最高级别的能源，这就是人类智慧的结晶，是要载入史册的。"

少年瞪着无辜的眼睛，庄重地宣告：

"这根本不是什么智慧，我说这是凤凰的粪便，是无法处置的太空垃圾，它只会让人类的生活更加地复杂，让人类变成更大的傻瓜外，其实什么价值都没有。它是一场灾难！"

但是少年执拗不过成人们的坚持，他只好给他的能源起了名字：姆能。具体地说叫做姆牙吉能源。没有人了解为什么这个少年给他的能源起了这个名字。关于这个名字的来源，有很多火星人出了很多书，进行过各种猜测。最后人们得出了结论，因为姆牙吉跟火星语的母亲既母仓吉相似，从小就失去了母爱的少年，是恋母情结作祟所致。亚特听了趴在凤的背上快笑抽了。姆牙吉是凤的口头语，每当这只喜欢吃火星撒勒漠漠昆虫肉，讨厌任何种类和形式蔬菜的家鸟便秘到非常痛苦的时候，总会在口中喊着鸟语"姆牙吉，姆牙吉，姆牙吉……"，即排便吧，排便吧，给自己打气。每当它重复了无数次的"姆牙吉"之后，它总设法解决它的便秘问题。

全火星只有两个人、两只鸟知道这姆能名称的来源：亚特，亚特的父亲，凤与凰夫妻。亚特的父亲，一个好心肠又胆小慎微的外科医生，一生只对自己的儿子发过一次脾气，尤其是他在他的妻子离开他后，又增添了酗酒和忧郁症的好男人向儿子这样地发出了警告：永远不准告诉火星地球人这姆能名字的真相。亚特向父亲做了保证，但是外科医生还是不放心，直到亚特在他12岁的生日时用自己死去的叔叔，即亚特-查德-霍里那稀金的名字发誓，外科医生才放下了心。自从亚特向父亲发誓之后，不知道为什么，他一想到姆能，就有一种不自在的压力感和想笑的冲动。

（二）

因此，这不喜欢给万事万物按常规标上名字的亚特也不是很在意这暗物质世界的湖的名字。它叫什么一点都不重要。重要的是，它总让他思乡。因为思乡，他有些伤感。因为伤感，他又惯常性地想念他的父亲了。这种悲伤的习惯又加重了他的踏实。就像有的小孩子离不开多年用过的枕头，有的男人总是要随身携带同一个牌子的牙线，有的女人一早起来第一件事是画上眼线一样，亚特决定把这种思念的习惯带到下一个宇宙，这会让他在新宇宙里不会怕生而手足无措。因为他的父亲，就连带着想起他的母亲，他的凤凰鸟，它们的新生儿女们，甚至木达。他现在也觉得木达很是可怜。亚特觉得负载着无法释怀的情感的一切有情生物最可怜。像他的父亲，像他的母亲，像木达，像伊芙，像斯塔，像自己。人，为什么要有感情，要渴望和思念呢，真是苦啊。但此刻他的苦痛却在暗物质世界的黑暗里无边际地加剧着，真是抓也抓不住，挡也挡不了啊。他神经质般地开始思念伊芙，还有斯塔了。他觉得这两个女人现在几乎在他的思念里变成了连体婴儿，他想到一个，很自然地就会揪出另一个来。他忽然产生一种恐惧，他将被两个女人同时抛弃。

这已经是午夜，他面前湖水的中央突然起了一种吓人的黑色旋涡，像古印度千层饼那样从中央一圈一圈地重叠着、扩散着。他在这里找不到任何可以照明的星星，或者月亮，但是即使是夜晚，东下到法野库雪山底下的瑞仪星光还是可以隐约地透过凹凸镜般的云雾，折射到这里。所以，夜空也不是完全的黑，而是银灰色的大圆盘中纵横交错着几道惨淡黄光，与弥漫在其中的迷雾们纠缠在一起，神秘地舞动着。

亚特发现了更神秘与匪夷所思的事情。在湖的中央，在黑色旋涡的中心点，一只比丘鸟正在水面上翩翩起舞。他悄悄地走近湖边，抬起了脚后跟，以免他的声响惊扰了比丘鸟拍打水花的梦。他蹲下身体，一只手边打着节拍，边下意识地伸进湖水中，发现那水很凉，几乎刺痛了他每一根还没有被思念麻木的神经。他眯起了眼睛，借着已打着瞌睡并发出了鼾声的瑞仪神光，带着好奇，想好好地观赏一下那鸟儿孤独的舞姿。等他终于看清楚那鸟儿的真面目的时候，他一屁股坐在了湖边淡蓝色的华儿圣草地上，带着无比的罪恶感，紧紧地闭上了双眼。

那孤独的鸟儿正是全身赤裸的斯塔。

在这个午夜时刻，在这种神秘里，在瑞仪神也忽视了她的存在的地方，在异常骚动又纠结的水之旋涡里，她在用最赤裸的真诚和最纯洁的舞姿抚慰着她内心的欲望。一个在她"爱情寡妇"的丧服里死亡了无数次，又总会在午夜，在一种赤裸的思念中被莫名其妙地唤醒的欲望；一个被看不见的命运之线牵扯着，时松时紧的欲望；一个散发着古老的可柯叶子香气的欲望；一个在她永恒地无法与爱人的命运轨迹重叠的孤

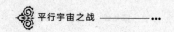

独里，唯一可支撑她生命呼吸的欲望。

这个午夜，她既是自己的新郎，也是自己的新娘。她的婚床既宽阔又柔软，她的伴娘是慵懒的瑞仪神光，她的鱼水之欢既刻骨铭心又无比地欢畅。春宵一刻值千金，她把自己的母亲重复了三十年的午夜故事又搬进了自己的青春幔帐。怎样不幸的轮回啊！

亚特久久地闭着眼睛，甚至把嘴唇咬得要出血了，也不敢睁开眼。他怕睁开眼睛后，不仅亵渎了他的精灵，更害怕让他已经混乱不堪的思绪更加地混乱。他想在盲目的黑暗里逃避一会，让自己的思维舒缓一下。但却事与愿违，他的耳边隐约响起了轰隆隆的飞艇声，他知道这是以列王朝他的死亡之旅启程的声音。亚特不知道是真的听见了，还是自己心灵感应的声音，他只庆幸斯塔什么都不知道。这样最好。他现在忽然有一种很清晰的想法：如果有一天，他无力到达新宇宙，必须死在火星上的话，那么他的怀抱，将永远为这两个女人敞开。

他很卑鄙地在活着的时候，在自己的内心中区分着两个女人的存在；那么死亡来临的时刻，他将终于获得机会不再区分死在他怀中的是哪一位。

也许这是他对自己爱的女人们所能够做的唯一补偿。

（三）

以列尽量不去想他这次旅程的后果。拉比那尔王室家族500年来一直有一句名言：做，然后再想。这是年轻的可布石元帅决定发动军事政变，要把那把拉比那尔家族的利剑插入他的好友亿凡思王的胸口前，对自己说的话。后来，作为新王室家族的遗训被刻录在可布石法老宫殿的石壁上，同《瑞仪心经》并列着。值得庆幸的是，这个靠军事政变掌权的拉比那尔王室有了500年的平静，因此这个法老神殿上的石谕只作为了装饰性的东西而存在，很少被实际地应用。以列在他的一生中只有两次想起过这句话。一次是他决定带着那个火星女人私奔到暗物质世界的时候。第二次，就是现在。第一次，做了之后，后悔了；第二次，他还不知道结局。

他这一生从来没有成功地做过任何一件事，虽然他获得过成功状态的婚姻。答离在他启程前很明白地告诉他，如果他成功了，他的伟绩将被告知天下；如果他死在了黑洞、白洞或平行宇宙里，为了避免国家恐慌，那他的这次秘密行动将跟即将毁灭的宇宙一起消亡。

以列在上飞艇之前，偷偷地去女儿的寝宫看了一次斯塔。那是晚餐过后的时刻，他原以为女儿会在湖边散步，却发现她正在弹着钢琴，穿着一身的丧服，一脸素颜。她弹的是他最熟悉的《华儿圣草》曲子，那是他妻子的作品。那是他们的婚姻最艰难的前五年中，斯塔诞生之前，他妻子创作的作品。同它的名字相悖的是，那是一首悠长、悲伤又充满了思乡情绪的曲子。他在那曲子里面能够闻到他妻子老家的湖水味道；能够听到嘈杂的火星人的谈话声音；能够看到他妻子的前夫跟儿子望眼欲穿的身影。这曲子让他产生罪恶感；这曲子让他泪眼婆娑。

现在，他觉得坐在钢琴前的不是他的女儿，而是他的妻子。一个拥有着不幸爱情的女人。这个女人是另一个女人的影子。命运啊！以列的眼圈红了。他没有进去跟女儿道别，他没有勇气，他怕不自觉地向女儿忏悔自己年轻时的愚蠢，更害怕向女儿泄露这次行动的秘密，让女儿觉察。

他只想在有生之年，作为父亲为女儿献上一件像样的礼物。他要献给她生存的机会，他想只要她活着，她才有机会获得她的爱情。女儿说过，她宁可承受得到的痛苦，也不愿享受失去的解脱。好吧，这样好的女孩子，不该重复她母亲的人生。即使她爱的是她的哥哥，那又怎样，她有资格获得她想要的一切。科技正在面对伦理的羁绊，不是吗？博士可以从黑洞中提取出人类，那么他总有办法绕开传统的基因问题。关键是爱的实质本身。关键是要不要这对兄妹知道真相。关键是只要瑞仪神原谅，一切都是可行的。关键是自己要成功，要活着回来见到女儿。

以列想着自己的女儿，想着他女儿的母亲给自己送别时，眼神中罕见的怜悯与关切，内心涌起了无比复杂的情绪。他祈祷着三件事：第一，希望博士说的都是实话；第二，希望这缺乏造物者符号即太极启动装置的飞艇能够在宇宙大黑洞里成功分解；第三，希望瑞仪神能够保佑他参透造物者的口诀。虽然他这些天跟答离一起试想过各种答案，甚至翻阅过所有瑞仪神经典和经文，但还是对这些重复不止的"无"们晕头转向，无可适从。以列一路上从来都没有停止过思考口诀，他已经下定决心，如果到最后还是无法参透，那么他只有想着瑞仪神和他的神光。退一万步讲，死在瑞仪神光的庇护里，是室女星系人最渴望不过的事情。拉比那尔家族的男人们从来都不惧怕死亡。死即是生；生即是死。

以列的飞艇穿越了LS胖小子黑洞后，就进入了明物质世界。进入明物质世界后，他小心翼翼地使用着火星地球人的时空隧道，免得在到达宇宙终极大黑洞前，与火星地球人或者其他暗物质星球的生物不期而遇，发生不必要的冲突。他知道，火星地球人的时空隧道最近常常被不知名星球的生物偷袭，有时候损害相当严重。因此，他不想发生任何意外，他要直奔目的地。他的时间不多了，造物者说不定已经关闭了平行宇宙的入口。火星地球人都不敢再进入宇宙大黑洞，说明那里太不乐观了。答离还嘱咐他，如果途中遭遇了不明身份的飞行物，绝对不要发生正面冲突，尽量绕行。如果被攻击，则尽可能找藏身之地，或者尽快逃离。如果这些都不奏效，则观测对方是明物质世界的飞行器，还是暗物质世界的飞行器。如果是暗物质世界的飞行器，一般会见机行事，不会主动攻击，除非担心会遭到对方攻击。即使有所攻击，也是象征性地想试探和吓唬一下对方，因此不要惊慌，一般可以找机会安全逃脱。如果是明物质世界的飞行器，则亮出自己的假火星人身份，十有八九，可以幸免。

由于大黑洞临界点的暗能量分布相当不稳定，也不均匀，他必须要选择一个黑暗能量相对稳定的点突破。否则，他的飞艇将无法正常穿越临界点，将被反射回茫茫太空。或者，在宇宙大黑洞里迷失轨道，横冲直撞，甚至在自动合成抗引力装置所需要的相应数量的姆能之前，已经被黑洞内强大的非正常引力毁灭。至于黑暗能量的稳定系数测定，要依靠博士所给的方法，即找到时空弯曲折射率相对稳定的点突破。

他知道，四年前，他女儿的心上人作为第一个人类进入宇宙大黑洞的时候，黑暗能量非常稳定，而且黑洞周围的时空弯曲折射率没有任何异常。从博士预言宇宙毁灭到现在已经有近一年的时间了，谁知道那里的暗能量已经变化到什么地步了呢。答离给他看了无数次四年前的太空信息记录，他暗记下了一切细节，包括飞艇进入临界点时，那种震耳欲聋的轰鸣声，飞艇在黑洞中急速旋转、失速的可怕性，以及奇异点门周围的那种怪异的浓黑。答离反复地嘱咐过他，一切数据必须在飞艇进入奇异点前的一瞬间启动，不能早，也不能晚。太早，飞艇分解后，全部基本粒子将飘散在黑洞里，无法完整地穿越奇异点；太晚，飞艇将被奇异点吞噬、溶解，来不及分解。时机最重要。而造物者的口诀，将在飞艇全部分解后，在通过虫洞前的瞬间被提及。能回答则回答；回答不了，就只想着瑞仪神，默念《瑞仪心经》。

以列的飞艇在进入宇宙大黑洞临界点前，进行了近两个月的时空隧道之旅。这中间，他一直跟答离保持着太空联系，直到他的飞艇进入黑洞临界点前，他跟答离做过一次长时间对话，详细地再度确认了今后要发生的一切事宜。一旦以列的飞艇进入宇宙大黑洞后，他们将无法再进行太空连线，直到36000秒后，以列的全部基本粒子们重新整合成原来模样，并被平行宇宙的白洞喷出洞口，进入平行宇宙的茫茫太空隧道后，以列也许有机会辗转地通过阴宇宙的白洞、虫洞及阳宇宙的黑洞，发给答离一些太空信息。但一切都是未知数。因为，还没有阳宇宙的人类真正进入过阴宇宙。也没有听说过阴宇宙的人类来到过这个宇宙的明暗物质世界。

答离最担心的倒不仅仅是以列王将在宇宙黑洞里分解时所遇到的事情。他更担心以列到达平行宇宙后，他能否成功地找到那里的暗物质世界的另一个自己，即另一个"以列王"，而且能够"狠心"地杀死他，自己成为那里的王。

答离无数次地嘱咐过以列：从阴阳对立又统一的理论上来讲，由于阳宇宙的路光国极度和平又强盛，相对的阴宇宙的路光国该是一个混乱的末法时代的国家，但是

（答离显得很不客气），对应阳宇宙里既无突出政绩又玩世不恭的以列王，那里的"以列王"该是一个非常剽悍又强势的王。所以，要杀死他，绝对不是一件容易的事情。而且那里也会有一个答离巫师，只是不会有太多的智慧，更多的是一个喜欢装神弄鬼的傀儡货色。

答离最后这样地重复着为即将进入宇宙大黑洞的以列王饯行：

"福祸相依，相辅相成。阴阳交替，周而复始；此消彼长，生生不息。"

（四）

以列在整个行程中意外地顺利。虽然他中间遭遇过几个暗物质世界的绝密飞行器，正如答离预计的那样，他们甚至比他还胆小。特别是他的飞行器被认为是明物质世界的产品，对方还没有等以列反应过来，就已经逃离。而偶然碰到的几个火星无人科学探测用飞行器，因为自动地识别了以列飞行器的太空密码身份，友好地绕行了。后来以列又碰到了几架载人飞艇，对方也只是友好地寒暄了一会。其中一个竟然是亚特的相识，因此把以列误作是霍里那稀金博士，竟通过太空信息传感器，彼此调侃了几句。

以列在突破宇宙大黑洞临界点前，相当意外地得到了一组数字，那里的周围时空弯曲折射率毫无异常！不但黑暗能量没有丝毫的不均匀分布，甚至比四年前的状态还稳定。当以列把这个消息传给答离的时候，答离沉吟了好一会，没有说话。他让以列等待一下，他必须同博士进行一个短暂的对话。

飞艇的太空信息传感器里终于传来了博士的声音。同答离一样，博士的语气里也充满了怀疑和不确定。他反复地询问了以列飞艇内的数据情况，以及飞艇所观测到的黑洞周围信息，他只简短地用了一句"太不可思议了"做了结束语。答离随即这样对以列说道：

"请陛下按照计划行动，不要想太多。"

以列显得非常不安，追问道：

"这是什么意思，是不祥之兆吗？"

答离冷酷地说道：

"不要去猜测造物者的旨意。"

以列还是不放心，追问道：

"这种平静是不是非常地不正常？"

答离依旧不改沉稳，几乎用命令的口吻说道：

"陛下什么都不要想，集中精力想下一步的行动。接下来才是关键。"

以列关闭了太空信息传感器。他把身体靠在了驾驶椅的背上，微微地闭上了眼睛，嘴中默念了一遍《瑞仪心经》后，才缓慢地睁开了眼睛。他看着飞艇窗外黑暗的太空，以及飞艇身下的宇宙最大怪物，宇宙大黑洞，和大黑洞周围浓密地旋转着的黑色气体，微微地笑着自言自语道：

"斯塔，我的宝贝女儿，爸爸一定会活着回来的。"

以列坐直了身体，拢了拢头发和胡须，揉揉眼睛，整了整驾驶服和安全带。他知道，几分钟后，他的飞艇，他自己的肉体，连同他周围的一切物什，都要被彻底地分解成基本粒子了。至于它们还能不能完好地组装成现在的模样，那几乎只有造物者知道了。而且，他到现在也无法参透口诀，谁知道瑞仪神到底能够帮助自己多少。这黑洞如此地黑，瑞仪神的光能不被吞噬吗？

以列甩了甩头，边念着斯塔的名字，边在驾驶椅上开始了倒计时。他从10开始数，当他数到1的时候，他按动了飞艇操控盘上的一个信息储存库按钮，一组太空数字飘到了他的面前。太空传感器里传来问讯：

"是否允许该飞艇突破宇宙大黑洞临界点，进入黑洞？"

以列手指微微地颤动着，按动了数字下面一绿一红两个按钮中的绿色按钮。接着，又一组复杂的公式飘到以列面前，传感器再度发声：

"突破临界点后，该飞艇是否可以按照原来设定的方程式启动自动姆能合成装置？"

以列盯着他面前的一组像小山丘一样堆积到一起的方程式，皱起了眉头，用力地眯着眼睛，一个又一个地检查着。但检查了半天，他还是无法把握所有的方程式是否跟博士设定的方程式没有任何差别。他摇了摇头，吐了一口气，伸出手指头，在方程式上一个数据一个数据地划着，等他读到12M～14M的数字时，由于不小心他的手指划到了同意启动的绿色按钮，突然飞艇内铃声大作，火星语的警示声音响起：

"飞艇马上突破黑洞临界点，请再度确认安全带已经系好。"

以列在警示铃声中手忙脚乱地确认着安全带，等他回过神来想再度检查眼前的那组复杂的方程式时，飞艇已经像一支离弦的箭一样，带着火光尾巴和呼啸的声音，向茫茫大黑洞里面一头扎去！！

以列不知道远在暗物质世界里的答离、亚特及也司正在可布石法老神殿里，通过太空信息传感器，从头到尾地目睹了这次手忙脚乱的启程，三个人的眼中不约而同地露出了忧虑。答离习惯性地瞟了一眼王后，他看见王后神经质般地咬着嘴唇。王后的担忧加大了答离的郁闷，他转过头，看着亚特，谦卑地问道：

"博士，为什么暗能量又恢复了？这是造物者的什么把戏？"

亚特并不看答离,而是依旧在沉思中,他的双眼盯着已经失去了太空信息的空中,自言自语地说道:

"造物者有意地在为陛下送行。"

答离更加地不安了,追问道:

"是吉是凶?"

亚特用沉默做了回答。

也司轻轻地走到亚特身边,用比答离还谦卑的语气,问道:

"博士,造物者沉默比发怒还可怕,是吗?"

亚特扭过头,与也司对视了一会,眼中带着深不见底的悲伤,对着王后说道:

"王后,陛下还有很长的路要走,请让我们祈祷吧。"

也司垂下了头,完全地听从了亚特的建议,走到雕刻有瑞仪神像的墙边,谦卑地跪下,虔诚地闭上了眼睛,在胸前合掌,念起了《瑞仪心经》。

在王后的祈祷声中,可布石法老头顶的天窗突然亮了,一道耀眼的瑞仪神光从上而下倾泻,顿时可布石法老丑陋发黑的面庞沐浴在温暖的光线中,而他头顶上悬浮于空中的十三个水晶头骨忽然开始了自转,一边发着白色雾气,一边唱起了歌:

"金色瑞仪神之子啊,你受着羽蛇之托,头顶瑞仪之光,脚踏黑色之魔,身陷白色旋涡,双眼喷火,生死由来,不生不灭,生死由来,不生不灭……"

答离在歌声中微微地闭上了眼睛,也开始在嘴中念着不知名的咒语。亚特则跟随着转动的水晶头骨,哼哼唧唧地唱了起来。

以列的飞艇突破了临界点后,开始在黑洞的巨大引力下像陀螺一样地旋转。以列两耳轰鸣,头痛欲裂,为了阻止快要炸裂的头颅和心脏,他用一只手死命地按住头,另一只手攥成了拳头,支撑着快要蹦出来的心脏。但这一切都无济于事,他感觉自己的身体随时就要炸开,他卷起了舌头,免得牙齿意外地将其咬断。就在这时,轰鸣的飞艇内传来了警示器的提示音:

"自动姆能合成装置启动。自动姆能合成装置启动。一秒钟后,抗引力装置启动。抗引力装置启动。"

以列还没有完全弄清楚到底抗引力装置是如何启动的,他只感觉到飞艇突然平稳了,轰鸣声也停止了,同时,所有的操控盘上的数据显示呈现了正常状态。一组太空图像在他的眼前出现,正是飞艇在黑洞内缓缓下坠的微型版影像。他意外地看到黑洞并不像他想象的那么黑,他完全可以清晰地看到飞艇在黑暗中的形状。这黑洞里甚至比暗物质世界的夜晚还亮些。他奇怪,这连光都无法逃脱的地方何以有照明的装置。仔细观察图像才发现,有一根根极其细弱的断裂光线组成的粗细不均的光束,不断地穿越飞艇，向洞外喷去。他终于明白了，这就是黑洞不黑的原因，它们正是正被黑洞吐出的霍金射线。而火星地球人的超巨大姆能正是从这微量的霍金射线中提取的。火星地球人的黑洞神木达，也来自这霍金射线中。以列这时更加感受到了霍里那稀金博士的伟大，但他无暇细想博士的问题。他必须尽早地恢复状态，应付接下来的一系列考验。

飞艇警示器的声音就响起来了：

"飞艇马上进入奇异点，是否自动记忆现在时空状态下一切物质的基本粒子状态？"

以列紧张地按动了绿色按钮，同时看了一眼眼前的太空图像。

警示器的声音再度响起：

"该时空状态下一切物质的基本粒子状态已经记忆。是否启动基本粒子分解程序？"

以列再次按动了绿色按钮。

接着提示声音再度响起：

"该时空内所有物质的基本粒子分解程序启动。是否自动搜寻连接所有基本粒子的中间粒子？"

以列按动了绿色按钮。

警示器的声音再度响起：

"请输入中间粒子质量值。"

以列输入了"0"。

提示器：

"请输入中间粒子自旋数值。"

以列输入了"2"。

"请输入再度自动激活中间粒子的时间值，以秒计算。"

以列输入了"36000"的数字。

"中间粒子被再度激活后，是否自动启动该时空内一切物质的S道T道轨迹？"

以列按动了绿色按钮。

"请输入白洞射线的辐射常数。"

以列在飘于空中的一组数字的空白处填上了2M-4M的数值。

飞艇似乎停止了下坠，呈现了不自然的静止状态。以列通过面前的微型太空图像确认了这一切，他的头开始流出冷汗。他知道，最关键又最激动人心的时刻来临了：飞艇马上进入奇异点，而造物者的口诀将在那个瞬间被提及。

他已经没有什么可害怕的了。他只有按照拉比那尔家族的遗训："做，然后再想"。现在，他在全宇宙人最害怕的大怪物心脏内，正进行着人类史上最伟大的科技探险。他只祈祷他做完这一切之后，还有想的机会和可能。

这黑洞只有来路，没有退路。他只能怀揣着他的瑞仪神光，望着眼前太空图像中不断穿越着飞艇的霍金射线束，继续下坠着。虽然科技已经无数次地证明了：黑洞吞噬一切，包括所有的光。他只希望瑞仪神光能够创造科技奇迹，在黑洞的黑暗里面幸存。

瑞仪神光不是普通的光，它是路光国七亿国民的生命与希望。

（五）

飞艇警示器终于传来了这样的提示：

"物质的基本粒子分解程序启动。"

以列的身体变得僵硬，他头上的头发全部竖了起来。他看到眼前的太空图像里的飞艇已经完全静止，飞艇前是一个足有一米见方的黑色浓点。它是完全的黑，没有一点亮度。同时它在顺时针缓慢地自转着，时不时地吐出黑色的烟雾。以列知道，它就是宇宙大黑洞的心脏，奇异点。他要在这里分解成基本粒子，通过它，进入虫洞隧道。

这是最关键的时刻了。飞艇的表面突然像结了一层冰一样，发出了一条又一条的裂纹。接着，裂纹开始扩散，并彼此连接，很快就成了细密的渔网形状，罩住了整个飞艇。以列发现飞艇的外围裂纹继续加剧，几秒钟后，飞艇的后半部已经渐渐地溶解，一点一点地变成了细微的粒子，慢慢地在空中飘散着。

以列忽然开始极度紧张，因为他发现自己的驾驶座位，自己的双腿、腰部开始分解，他下意识地想站起来，逃跑，但无济于事，因为很快分解就到达了他的胸部、双臂和头部。等以列的身体同他的飞艇一样完全地变成了一团旋转的粒子群，在奇异点门前徘徊的时候，从奇异点内传来了瓮声瓮气的声音：

"什么是无中生有？"

已经被分解成基本粒子团疯狂地旋转着的以列没有做任何回答。这时旋转粒子团的外围粒子忽然开始向黑洞四周扩散，同时基本粒子团的旋转速度被加快，以列痛苦的"啊"的声音从旋转的粒子团里传出。

奇异点门内再度响起了瓮声瓮气的声音：

"什么是有归于无？"

以列依旧无法回答。扩散的粒子更多了，以列几乎已经失去了一半的粒子。他非常地惶恐，他知道，即使他现在能够进入奇异点，那么最后他根本无法再原状恢复飞艇。搞不好，最后他是孤家寡人地站在平行宇宙的白洞之外，面对茫茫平行宇宙的太空，一个人无可奈何地哭泣了。

旋转的速度更加地快了，以列能够感受到造物者的怒气，他除了痛苦地发出"啊——啊——"的声音之外，没有任何办法。他现在只期望失去的粒子还不太多，他还有机会挽回局面。他在绝望中想起了答离的话，大声地念起了《瑞仪心经》。但是，遗憾的是，《瑞仪心经》一点也没有说服造物者，基本粒子团的旋转速度在加剧，同时造物者的怒气也在加剧：

"什么是无有亦无？"

以列已经无法再沉默了，他语无伦次地在疯狂的旋转中喊道：

"什么都没有，什么都没有。我，你，他，她，他们，答离，也司，斯塔，我的女人们，宇宙，宇宙毁灭，爱情，憎恨，瑞仪神，连你造物者，也都没……有，什么都没有……"

以列语无伦次地喊着，喊着，他猛然意识到旋转不知道什么时候停止了，而黑色的奇异点之门竟悄悄地开了一个缝隙，刚才飘散到不知哪里去了的粒子们又一点一点地恢复着，回到了以列的旋转气团里。

奇异点门里又响起了以列最害怕的声音：

"什么是无边无际？"

以列停顿，停顿，停顿，再停顿。突然他发现刚刚被打开的奇异点之门突然又一点一点地关闭，而他的粒子气团又开始了疯狂的旋转，这次超越了刚才的速度，同时，粒子气团在不断地消失，扩散，很快，在疯狂的旋转中，以列觉得除了自己的神识还完整之外，他可以肯定即使将来恢复了原状，自己也基本是一个缺胳膊少腿的残缺废人了。

造物者的声音更加地严厉，他似乎想给以列最后一个机会：

"什么是无边无际？无边无际？"

以列已经没有任何思想了。他知道，自己回答也得回答，不回答也得回答。反正也是死，那就死在瑞仪神的怀抱里吧。以列在那旋转的基本粒子团彻底消散前的瞬间，在自己的神识还清醒的最后时刻，虚弱地喊出了这样的话：

"光，光，只有光，无边无际的光……"

说完，以列陷入了完全的昏迷状态，他的神识开始脱离了基本粒子团，在黑洞这个死亡地狱里，横冲直撞，上蹿下跳、自由自在地游动着。

以列不知道，就在他昏迷的这段时间里，消散的粒子们竟渐渐全部聚集到了一起，恢复了刚才缓慢地旋转的状态。奇异点的黑色大门缓慢地全部敞开了，他的粒子团呈弯曲的长蛇状缓慢、曲折地穿越了奇异点之门，在一种无边无际的光里，飘进了足有36000秒之长的虫洞隧道。

不知道过了多久，以列的神识才在一种无边无际的光芒中苏醒。他以为自己一定到了安泰世界，但他随即感受到了周围粒子团的骚动，和那光之温暖与强大，他才明白，自己现在是在连接两个宇宙的虫洞里。他竟有幸通过了造物者的考验，死里逃生，顺利地进入了奇异点之门。现在，他才有能力思考，自己有幸进入这奇异点的大门，是造物者的特例慈悲还是误打误撞地说对了答案。他得不出结论。后来他干脆放弃了思考，一边祈祷着在这36000秒的虫洞之旅中，不要丢失一个基本粒子；同时，他竟有了一种愿望，希望这虫洞之旅永恒地不结束，因为，这种沐浴在无边无际的光芒之中的感觉太神奇了。这种感觉说不出是舒适，是自由，是温暖，是慈悲，是欣喜，是幸福……

不，是超越上面所说的一切感受。

他想用自己50年的生命中所掌握的一切词汇去描述自己现在的感受，但他终于发现了，他什么都说不出，任何一种词汇都太乏力了。

哦，这是怎样的幸福啊！因为这种感受是超越幸福的。

是的，如果他能够有幸回到路光国，他一定要把这感受告诉也司，告诉斯塔，告诉答离，但说什么呢？怎样表达呢？真相是无法被说出来的，就像真爱永远无法被表达一样。

以列觉得想哭，不，一定哭了，但已经是基本粒子的自己怎么可以哭呢？是神识在哭泣，永恒地幸福地哭泣着。这神识也在此刻融入了这无边无际的光中，消散了，连消散本身也消散了。一切都在空灵之中，都在光明之中。这就是无有亦无啊。如果造物者可以再问我一次，他觉得自己一定可以答得更好。其实，阳宇宙和阴宇宙有什么分别啊？都要消失在这光之中，只有这光才是真相啊。还有，自己更知道了，这无边无际的光与自己是一体的，这是赤纯的心的本来模样。天啊，这种感受为什么从来没有被挖掘出来呢？为什么被遗忘和忽视这么多年呢？

愚蠢啊！

以列在幸福地哭泣着的同时，却又产生了理性。他习惯性地念起了《瑞仪心经》。他奇怪在这个时刻，自己为什么还念念不忘这经文。其实，他知道，这经文已经跟这无边无际的光没有任何关系了。他该放下一切的，包括这瑞仪神，和这经文。虫洞里不需要任何阳宇宙的行李，连神与神的经文也要放弃。但是，没有办法，这是一种习惯性的思维在作祟。因为以列此刻还不自信，自己是否能够把所有的基本粒子带过这36000秒的虫洞之旅。他只有求助于瑞仪神。他奇怪，他一产生理性，感受光的力量就被削弱，他的幸福感就打了折扣。他似乎又回到了平常的自己。他忽然想起了自己在《瑞仪心经》里读过的一句自相矛盾的话：

世上所有的理性与逻辑都是为了让傻瓜变得更愚蠢而存在的。

瑞仪神信徒的最高目标就是在死亡时刻自由地放下《瑞仪心经》。

瑞仪神不是瑞仪神教信徒。

每一个瑞仪神教信徒都可以成为瑞仪神。

当不了瑞仪神，就做一个彻底的无用之人。

嬉皮士是最接近瑞仪神光辉的人。

拉比那尔家族的男人在"做"之后，在获得了大自在的自由与幸福之后，在感受了无边无际的自性之光之后，又产生了麻烦的思想，这成了他完美的虫洞之旅的不完美。他告诫自己必须小心翼翼地带走所有基本粒子，一个不能多，更是一个也不能少。这几乎成了他在昏迷之前，对虫洞之旅的全部记忆。

他知道，这来自阳宇宙的飞艇重新整合后，如果少了一个零件，或者自己多了一个身体部位，都是一件相当麻烦的事情。他更祈祷别让自己牙齿里的细菌或者飞艇里的一个秒针，甚至从黑洞里不小心带过来的一点多余的霍金射线粒子最后被错误地分派到大脑里面去，那样的话，他将是一个彻头彻尾的废人了。其实成为废人也没有什么大不了的，只是，时机不太妙。在一个父亲确信自己能够给女儿一条生路之前，他还想有点用处。

但他又胡思乱想，害怕又走了另一个极端。现在的极端境地，让他产生了极端的焦虑：祈祷瑞仪神千万别让自己最后变成了造物者本人。因为对于他来讲，成为高于人类的人，是一件极其乏味又愚蠢的事情。作为七亿人的国王，他已经受够了，如果再把整个宇宙的人放在自己的脚下，他就得疯了。

第十章

平行宇宙的新知们

"每一次呼吸都是无数次生死。"

第二十五幅壁画：

画面的正中央是一身便装的以列王。

他的右臂高举着，

上面停驻着一只白色比丘鸟。

他倚靠在一根柱子前，

正与一商贩模样的女人说话。

（一）

　　以列在巨大又刺眼的白光中苏醒，他才发现自己在36000秒的虫洞之旅中，竟不知不觉地陷入了昏睡状态。他苏醒的时候，发现自己的身体与飞艇正一点一点地在重新恢复、组合，这一切都是按照预定好的程序。他是在他胸部以上的部位出现形状的时候苏醒过来的。他神奇地看到自己的肉体一点一点地从黑色粒子堆中成形，显现，知觉，伸展，触摸，滑动，就像他在答离身上和4D影像书中看到的那样。他没有想到，某一年，某一月，某一天，这些会实实在在地发生在自己的身上。他有些能体会答离的感受了，觉得这变身运动真是一件烦琐又累人的事。不过，这种变身既不疼痛，也没有快感，只是觉得刚刚成形恢复了知觉的身体部位紧邦邦的，像被一个巨大的空气团压迫着，缠裹着，需要用极大的力气挣脱才能获得从前一样的自由。他不知道这是由于在平行宇宙的白洞里的缘故，还是因为他刚刚遭遇了粒子再组装事件的缘故，或许，只是自己神经过敏的缘故。他好奇地伸出右手，发现它跟从前没有什么两样，甚至他情人送给他的玉手镯还在那里（他本想还给她，忘了）。他放心地笑了。他能觉察到胡须还留驻在他的嘴角上方，观望着他的嘴唇。但他的微笑马上又在胡须下方凝固，因为他突然发现，他的右手背上忽然多了点老人似的皱褶，还有几根黑色汗毛。他怀疑是胸毛落错了地方，他庆幸没有落到他的脑子里。还有，颜色有些不自然的粉红，像他妻子的腮红颜色。

　　他下意识地瞟了一眼飞艇窗外，除了白光，什么都看不见。他眼前的微型空间导航太空图像终于显现了，他看到了飞艇正在以超越光速的速度被吐出白洞。谢天谢地，姆能装置又起了作用，这次是抗白洞排斥力。这要感谢他妻子的儿子，博士真了不起，否则他根本不可能如此悠闲地待在飞艇的驾驶舱内，像观景一样观察自己的变身行为了。他忽然有一种想喝一杯仙人掌酒的冲动，庆祝一下。庆祝什么呢？再生？也许吧。或者，庆祝博士没有撒谎。哦，还有，庆祝一下终于有第一个人类穿越了宇宙大黑洞到达平行宇宙的白洞。

　　以列觉得把自己的身份跟一个探险家连在一起有些滑稽，这是他一生始料不及的事情。他觉得命运跟自己开了一个大玩笑，就像有人把火放进了冰堆上，却让火在冰堆上旺起来一样。其实，他跟命运谁都说服不了谁，扭不过谁。他们从来没有很好地配合过一件事，就像他跟他的妻子。还有，他本不想对任何事情认真，却总是被事情认真。包括这一次，所谓的国家拯救行动。现在想起来，在他不得已而为的所有行为当中，唯有这一次，他相当地满意。他可以说，他的人生不只是处在成功状态，也许已经接近了成功。

他伸出右手，上面的玉手镯不自然地晃动了起来，也许这飞艇内的压力过大的缘故。他忽然有些想念他的情人，想念他们最后一次的床第之欢，以及她送给他这个定情之物时的那种暗示神情。暗示什么呢？长久的爱？越在爱的湖水中浸淫，他就越不知道爱是什么，更不知道长久该如何保持。他装作很受那个眼神感动，这种场面与礼节上的行为他信手拈来。几十年的国王兼情人做下来，他唯有收获了这个方面的成就。他装作很在意地收下了定情之物，只是对他的定情之物产生了一点怜悯，就像看他身下的情人一样。他觉得这怜悯的感情比激情还要珍贵和持久。他记得当时他急忙地思讨着如何应付那个手镯。他诚惶诚恐地把它戴在了右手上，与他胸口上的热吻一起，来不及褪掉，就跑去见他的妻子和军师了。

现在想起来，这已经是几百个光年前的事情了。这些，发生在另一个宇宙里，哈哈。另一个宇宙。这世界真是无常，自己做梦都不会想到会离开自己的宇宙，到达所谓的平行宇宙，去见另一个自己。这时他才记起来他仅以一个简短的额头吻别告别了他的情人。如果他不能够活着回来，她将是他的最后一个情人了。他后悔连一个像样的吻别都没有给她。他的心思没在她的身上，从来都没有，甚至在床上。他总是在骗她，就像他骗他从前的那些情人们一样。就像他的妻子在床上骗他时那样。他在重复着他妻子的小把戏，他觉得很受伤，但他无能为力。他找不到更好的对付人生的办法，他只能模仿她。

不知道为什么，自从认识他的妻子后，以列的神识总是无法安身，总要在床幔外面飘荡，好像它根本不属于这里，就像他根本不属于他的王冠一样。但是以列的神识在不同的床上飘荡了这么些年，也没有能力找到一个合适的归宿。总之，他的心不在焉使这个充满着挣扎与烦躁的眠床更加地虚无与滑稽。他像一个滴答运行的火星人类钟表一样，只是机械地重复着自己的行为，除了时间周而复始的重叠外，找不到它的任何实在意义。

因此，他从不对任何一个情人说他什么时候会再来，也从不说他还要不要再来。就像一个妓女不会给嫖客嘴唇之吻那样。妓女跟嫖客没有真正意义上的约定，因此就不需要告别。告别是一种烦琐的情感延续仪式，里面藏着很多期望、猜测与感伤。他不需要跟情人告别。他跟妻子也从来不做告别，因为他知道他们分不开，也不会在一起。但跟情人不一样。因为，他跟情人没有未来，没有过去，只有现在。这是一个境界，或许是最高级别的境界，只有身陷其中的人才会懂得。就像妓女跟嫖客一样，未来属于下一个轮回，由金钱说了算。他跟情人的未来也属于下一个轮回，由情绪说了算。是经验让他这样反思并做出如此结论的。他给她们身体，和一种周到的、礼貌又暧昧的情感暗示，但无法让她们抓住自己飘荡的神识，虽然她们每一个人都真心实意地想。虽然，他内心也暗自渴望她们中的一个能够牢牢地抓住神识这坏孩子，好好地替自己整治一下它。

　　没有告别的恋情是注定短命的，至少不可能长寿到超过自己的婚姻。甚至，都超不过自己的每一次情绪的变迁。

　　后来他悟到了，男人也是有生理周期的。至少，表面的理由是这样。

　　所以他对他过去的每一个情人都发自内心地充满了怜悯，在恋情玩完之后。即便偶尔还可以在记忆的死灰中迸出一些火花，让他心动一下，有时候甚至会情绪激荡，仿佛又回到了那些惊心动魄的时刻，但仅仅是情绪的暂时波动而已。就像他从一场梦中醒来，再美好与可怕的梦境都会在瑞仪神的光线中消失一样，人是无法重复同样的梦的，因此，死灰也是不能复燃的。出于补偿心理，他愿意为她们做任何事情，在他力所能及的范围。他是国王，基本上他无所不能，从世俗的意义上讲。但很奇怪，所有跟他分手的情人们鲜有提出补偿要求的。甚至，没有一个女人有替代王后的欲望。他觉得郁闷：不知道是她们太高尚了，还是自己彻底地把人家得罪了。总之，由于不确定，他很痛苦，因此觉得爱情更虚无。从这一点上来讲，他这个花花公子还具有一点瑞仪神样的仁慈。

　　如果他能够找到一个两全之法就好了。比如说没有告别也有不间断的牵挂；没有心神识能持续着恋情；或者，既不负自己的妻子，又不负自己的情人。见鬼吧，这怎么可能。他的神识跟肉体从来就没有合二为一过，而他的妻子跟情人就像是黑洞与白洞，如果重叠就只能是宇宙灾难。还有，他命中注定无法在任何一个洞穴里安身。他只有辛勤地在虫洞中间穿梭，保持运动状态，也许，这才是真正的生命状态。这30年，他够辛苦的。的确，也够混乱的。

　　以列突然很在意他的命根子是否得以完整保全。这是他确信自己的大脑完好无缺之后，其次担心的事情了。如果命根子没有了，或者上面长了怪物，他回到路光国后，不等宇宙毁灭，他就先痛苦地毁灭了。等他确信自己的下身已经变身了之后，他悄悄地把右手摸索到了自己的下体处，他发现自己的宇航服僵硬又粗糙，透过它，他什么都感觉不到。他有些急，他能感觉到后背有些冒虚汗了，他甚至替自己的命根子鸣冤：待在这样僵硬的环境里，它这小可怜怎么受得了啊！它会不会暴怒，或者发脾气啊！他想解开腰带，安慰它一下，于是他想把手完全地探到裤子里面一查究竟，但他忍住了。他想还是等到脱离白洞临界点，到达平行宇宙太空之后再说吧。是福不是祸，是祸躲不过。不管怎样，在平行宇宙的白洞里，如果人类做的第一件事情就是脱下裤子，查看命根子是否完好总是有失风雅。将来如果他被载入史册，这也算是不光彩的一笔了。即使没有人知道。哎。

　　以列忽然觉得自己又饿又渴，他想吃些东西。但就在这时，飞艇警示器发出了警告：

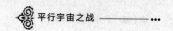

"飞艇将进入白洞临界点，请确认光安全带已经系好。"

以列这才发现自己还没有启动光安全带着用装置，赶紧启动按钮。就在这时，他的身体从胸部开始到腿部，连同他的命根子，被四道黄色光束缠绕着，牢牢地被固定在了驾驶舱的座位上，一动也动不了。飞艇开始了激烈的震动。舱内所有的仪表和指示灯都开始了闪烁。以列大口地吸了一口气，想缓解一下强烈的耳鸣。接下来他闭上了眼睛。他太累了，他不再想看飞艇如何穿越白洞临界点了。

（二）

答离所预测的没有一点错误。这阴宇宙里的一切都对应着阳宇宙，连时空隧道都一模一样，只不过呈反特质而已。在自己的阳宇宙，他要穿越暗物质世界，进入明物质世界，然后利用火星地球人的时空隧道进入宇宙大黑洞。这里，他首先要进入的是暗物质世界，通过暗物质世界火星地球人的时空隧道，进入明物质世界。他要在那里，到达处在明物质世界的路光国。还有，见到那里面的自己。

他很好奇，路光国国王的妻子会不会爱她的丈夫。从阴阳对立又统一的理论上来看，那里的以列王该有一个快乐又幸福的婚姻。哎，多让人羡慕啊。以列试着连通阳宇宙的时空连线，但他发现，信号模糊不清。他试了几次，都无法成功。直到他进入了阴宇宙的时空隧道，他才偶然收了一种莫名其妙的信号，这让他顿时欣喜若狂！从信号波动的频率来判断，这是发自阳宇宙的。他知道，他的妻子和答离已经知道他成功地突破了平行宇宙的临界点了。

他报了平安，这就够了。

以列在开始他的阴宇宙明物质世界的时空之旅前做了三件事情：

一、他断定了命根子的完整，这让他开心地大笑。

二、他吃了一点真空包装的甜玉米饼和仙人掌汁（谢天谢地，它们完整地恢复了状态）。

三、他重新检查了飞艇的运转及在时空隧道里的所有设定程序。他发现唯独太空信息连线装置受了损伤。然后，他小睡了一会。

以列从小睡中醒来后，决定再重新试一次与阳宇宙的时空连线，但很可惜，这次还是没有成功。他确定了整个基本粒子的变装之旅，唯独让通讯系统出现意外，这不知道是不是一个坏兆头。他想起他在突破宇宙大黑洞临界点时，太顺利了，因此他竟非常担心一切都是造物者设的圈套，似乎造物者故意想逗他走上一次毫无意义的失败之旅。还有，一定是在他回答造物者的前两个问题时，由于自己无法正确地回答造物者的提问，以至于丢失了部分基本粒子的缘故。是的，一定是那个时候丢失的。说起来，这是自己穿越虫洞之旅的唯一一点意外。算了，不想太多了，哪里有十全十美的事情。还算庆幸，丢失的不是自己的大脑粒子。

以列决定放弃时空连线，开始一个彻底的单人探险行动。他知道答离最担心的是他到达平行宇宙之后的情形。以列想到这一层，刚刚获得的一点欣喜之情马上就烟消云散了。

他边驾驶着飞艇，边思考着如何接近路光国国王，即另一个在平行宇宙里的自己。想到这里，他觉得兴奋、恐惧。虽然他这一生都没有把自己的存在当成一回事，但是，想到另一个世界里还存在着跟自己完全一样的自己，该是多么奇异的感觉啊。

在他的几十年生命中，他有过几次这样的经验，即当他走近妻子的眠床时，总是幻想着上面已经躺了一个男人，即另一个自己，那他该如何应对这种尴尬的场景？自己对另一个自己说什么？要对他说"请你滚开，我才是真正的我，你是冒牌货，谁也不是"？如果对方坚持他才是我，我是冒牌货，那又要怎么办呢？如果让妻子来裁决，让斯塔来裁决，让议会来裁决，让答离来裁决，让我的情人们来裁决，他们最后都判断他才是我，我是个赝品，我该被放逐到这个星球吗？我要在后半生永恒地哭泣吗？我要怎样存活和安身？没有了身份，没有了名字，没有了地位，没有了钱财，最重要的，没有了我自己，我要怎么活下去？

想到这里，以列忽然觉得自己如此的悲哀，其实自己这一生所牢牢地抓在手里的东西都是如此的脆弱，永远都是外在的物什。妻子也好，地位也好，自己也好，瞬间都可以成为别人的。那么自己还有必要牢牢地去抓住这些吗？

我到底是个什么东西呢？

答离曾经严厉地警告过自己：绝对不可以爱上平行宇宙中的另一个自己，否则自己将无法杀死他。因为人最爱的是自己，而人最大的敌人也正是最被爱的这个自己。一旦真正面对另一个自己，该是多么诡异的感觉啊。会像答离说的无法自拔地爱上对方？还是像自己从前幻想的跟对方争个你死我活？

不到那个时候，无法知道答案哪。

这比猜情人到底爱不爱自己还要棘手啊。

以列陷在关于自己的思考里，无法自拔。他多愁善感的毛病又发作了，他嘟哝着：

"哎，抱歉，另一个我。我们本无冤无仇，在两个宇宙里莫不相干，各过各的小日子，只因为这该死的宇宙末日。如果你知道了是被来自平行宇宙的另一个自己杀死的，该死不瞑目吧。"

嘟哝完了，他感觉有些孤独，因为这平行宇宙的时空隧道里找不到一个朋友去倾诉。他现在成了真正的独行侠，面对一个表面熟悉但又截然陌生的世界。什么都相似，几乎完全是另一个的翻版，却什么都不同。他觉得现在自己似乎陷入了一个梦境，他明知道是在梦中，就是无法醒来。他想起路光国有一首老情歌，叫做《仿制的华儿圣草》。歌的内容大概是这样的：

"今年的情人啊，跟去年的比，虽然脸蛋相似，动作不一样，笑容不一样，香味不一样，只是一株仿制的华儿圣草啊。啊，我还是怀念去年的她啊。"

以列想到这里，忽然有一种思乡的感觉。平行宇宙不管给自己有多么似曾相识的感觉，但永远是仿制的华儿圣草啊。

（三）

以列边驾驶着飞艇，通过他"熟悉"的时空隧道，边在大脑的一角盘算着，他如何找到与路光国的国王独处的时机。这首先得问自己：我什么时候最喜欢独处？

以列被自己的这个滑稽问题弄笑了。他这一生第一次认真地思考着自己的行为习惯。他知道问题的答案不能出现错误，这关系到七亿国民的性命。想到这里，以列忽然有点紧张，他很想找答离谈谈，或者跟妻子喝茶小憩，或者与女儿连弹上一首钢琴曲，然后套出这个问题的答案。

"您觉得我什么时候最喜欢独处？"

答离会这样回答：

"当陛下想逃离王室责任的时候。"

他的妻子会这样回答：

"当您被情人抛弃的时候。"

而可爱的斯塔会这样回答：

"当爸爸想做深刻思考的时候。"

想到这些答案，以列哈哈地笑了起来，他的笑声甚至盖住了机器的轰鸣声。他觉得他们都不真正地了解自己，还是靠自己解决这个难题最靠谱。关于自己什么时候最喜欢独处，他做出了如下的结论：

早饭后，如果自己不准备去看情人，或者跟情人刚分了手，或是处在闹别扭期，自己总会无所事事地到女儿喜欢的湖边小路散步，或者到"良心之屋"后面的葡萄园里小坐，在象征情欲的丰硕葡萄底下暗自唉声叹气，想着如何熬过今夜。许多年的生活习惯下来，他养成了不握女人的手就无法睡觉的习惯。虽然他在做爱的时候漫不经心，但睡觉的时候却相当地一本正经。这真滑稽和讽刺。只要是一个女人的手就可以，那是他荒芜的情感世界里唯一的幻觉绿洲。那是他没有妻子的爱也可以活下去的一点借口。

雨夜，是暗物质世界最难熬的时刻，因为那是瑞仪神发脾气的时刻。神不知道为什么也会不开心。每当这个时刻，瑞仪神都会把自己隐藏在神殿里，不肯把自己的光辉拿出来示人，只把阴冷又潮湿的雨作为惩罚抛给暗物质世界，让黑雾旋涡更加地浓稠与寒冷。这样的夜晚，再悲伤绝望的比丘鸟也不会再上神殿了。因为它们知道，今夜，它们是不会得到神的宠幸的，即便是它们在神的面前自杀，神也会无动于衷的。

每当这样的时刻，从小到大，以列都觉得自己完全地变成了一个人。他远离了王室责任与身份，只是一个少年，秘密地躲在有咖啡香气的变种金合欢树叶子底下，在一个又一个暗绿色雨伞的保护下，在混杂着咖啡香气的雨滴声中，兴致勃勃地观看黄蚂蚁兵团的搬家之旅。他幻想着，自己也变作了一只黄蚂蚁，加入了它们浩浩荡荡的队伍，正跟随着蚂蚁王冲向王宫金字塔，准备从内部来个大反击。他总是幻想着这个黄蚂蚁军团有一天可以把整个金字塔吃掉，他迫不及待地想看到这个场景：整个金字塔变成一片瓦砾，有500年辉煌史的拉比那尔家族变成遗迹，而那个尊贵无比的可布石法老的身上爬上密密麻麻的黄蚂蚁！让他那丑陋不堪的下巴和浑身包裹的黑色蛇皮都被黄蚂蚁吃掉，让他的鼻孔里塞满了黄蚂蚁粪便，让他身下的神秘飞行器支架都被黄蚂蚁咬断！

哈哈，多么激动人心的事啊！

从此，自己就身无任何牵挂，只跟随着前面的蚂蚁王爬呀，爬呀，随波逐流地混日子。多么惬意！自己终于可以当一个废物了！再没有责任，没有祖宗，没有历史，没有过去，没有未来，只有轻飘飘的现在。无所挂碍，无所念头。就像古地球时代某个东方角落的和尚们那样。

如果不被人发现，他可以这样地站上一夜，幻想一整夜，哭泣一整夜，直到傍晚来临。通常情况下，只要他想这样做，他都能如愿以偿。他真是一个怪种，无论是明物质世界的人，还是暗物质世界的比丘鸟，都哭泣着"得不到"。而这暗物质世界里的最高世俗权利者却只哭泣着"无法失去"。

更窝囊的，他哭泣着无法成为废物。

这一刻，在这陌生的宇宙里，他的记忆力突然变得出奇地好，像吞噬了时间兴奋剂一样，他一下子轻飘飘地回到了过去。他想起来了，在他少年寝宫的墙壁上，那座木制瑞仪神像的臀部凸起位置，该有他用指甲杂乱无章地刻划过的痕迹。那是许多雨夜，他既不想出去站在变种的合欢树下淋雨，也不想偷听比丘鸟失恋时的悲伤歌唱，或者茫茫然睡去时留下的一种俗称为"无所事事"的印记。从小到大，下雨的夜晚，尤其是冬雨夜晚，是他心情最不好的时候。他总是害怕睡着。他担心有一个傍晚，他会无法再睁开眼睛，因为他的肉体已经于昨夜融化了。每个傍晚，他醒来后的第一件事情就是感觉到焦虑，因为梦境。他曾经偷听过巫师答离与父母的谈话，他听巫师说如果人在梦境中不能很好地控制自己的言行，那么死亡的时刻将会陷入更大的混乱，因为死亡后人的神识遭遇的将是比梦境还复杂几倍的情形。所以巫师建议国民们该有一些危机感，要多做一些梦境修行。

以列从偷听了那次谈话之后，他决定每天晚上临睡前都把鞋头冲向自己的身体，而不是鞋跟。他担心第二天傍晚会无法醒来。甚至，他总是把他象征王室尊贵身份的神秘手绣腰带抛在离自己的床榻有几米远的位置。他总担心在醒来之后再无法戴上它。傍晚是仅次于他的雨夜而多愁善感的时刻。因为那是他会回忆起梦境的时刻。回味自己在梦中的言行，他失望、焦虑。因为正如巫师担心的那样，他根本无法控制梦中的自己。

他的父母亲给他人生最大的礼物就是忽视。偶尔的关怀是要么发发脾气，为王子的不作为；要么是命令，为他的未来王室责任。其他情况下，他们只有在重大的祭祀仪式上才会想起他，因为他们需要他这个人站在那个叫做王位继承人的位置上。每天的宫廷晚宴上，他父母看他的眼神几乎是看着一个透明人，他有时候觉得自己的存在还不如宫廷御厨的存在更重要。因为他的父母亲总会当他的面对每个御厨的手艺讨论来讨论去，甚至会争吵。

他读过地球时代一个王子的小说。少年王子终于等回了出国访问归来的女王母亲，他本奢想着一个吻，或者一个温暖的拥抱，但他的母亲只是抚摩了一下他的脸颊，整了整他的衣领而已，没有说上一句话。

以列知道，他要在熟悉的王宫里，找到另一个自己，首先要考虑好天气。他希望自己能碰上一个雨夜。那样的话，他可以设计出一个很好的"不期而遇"。最好不要在傍晚。因为每个傍晚，他一般都会缩在寝宫里，连餐点都是在床上吃的。他有很多年没在傍晚时离开自己的眠床了。他妻子早就不介意这点，他的情人们都深谙他的这个生活习惯。当他的情人们不再把餐点搬运到自己的床前时，就意味着他的新恋情再次玩完了。

在暗物质世界里，现在正是寒冷又多雨的冬季，也是比丘鸟最不活跃的季节，连恋爱都懒得谈，连自杀率都很低，而明物质世界里的以列王，又是怎样的情形呢？

（四）

以列这一生爱过无数女人，当然最爱的是妻子。但他从来没有杀过一个人，没有真正地杀死过一个人。他只在象征王室最高权力的死亡判决书上签过字，盖过拉比那尔王权的豹子头印章，那也仅仅是走个过场，一切都是议会商议好的结论。虽然他是武士家族的后裔，从小受的也是武士精神的教育，但他只在外壳上像一个武士。

他记得第一次在死亡判决书上签字的时候他才28岁。那是他退位后的母亲病亡后的第二年，他当上王的第三年。无所事事的王对于他的第一个国家死囚犯产生了好奇。那死囚犯的罪名是盗窃：他竟试图进入可布石法老石殿，盗取拉比那尔王权的开拓者可布石法老的木乃伊。这让年轻的王产生了好奇，因为一百二十年来的第一个国家死囚犯竟对自己的犯罪动机缄默其口，死也不肯吐露。议会长老们曾哀求罪犯透露其动机，但倔强的窃贼就是不肯说。最后长老们恼羞成怒，恐吓他如果再不吐露犯罪动机，他们将一致投票表决他获得极刑即死刑的惩罚，甚至他死后都不会进入木棉花国民墓地，也没有瑞仪神侍者给他超度。

即便如此，盗贼还是不肯说。

这个即将被送往瑞仪神殿，在午夜将要被活人祭祀的死刑犯被带到了以列王的面前。在死刑前一晚。以列清楚地记得了这个千古第一盗的名字：霍易易，太空行者。他还记得那个奇异盗贼由于刚刚被冲洗过了身体，为晚上的活人祭祀做准备，因此他头发在滴着水。他鼻骨架凸出，有一个弯曲的鹰钩鼻子，活活占了他的半张脸，上面也有水汽。他的右颊上有一处很明显的刀疤，经过开水一泡，让他黑黄的脸看起来更是狰狞。

他们对视了一会，年轻的王不合时宜地笑了。这笑竟让死刑犯很是恼怒，这不是他期待的那样。他一改沉默的习性，愤怒地吼道：

"请别侮辱我的尊严，我长得那么丑吗？"

以列的笑并没有停止。直到死刑犯的脸变成了可布石法老身上的蛇皮颜色，风流倜傥的国王才说道：

"如果我猜对了您的犯罪动机，答应我要为我办上一件事情。"

盗贼的脸上又恢复了无表情状。跟这个多情的王相反，大盗霍易易在任何场景下都鲜有表情流露。才智浅薄的人是无缘观察到自己的内心的。即使对方是一个王又怎样？他之所以看上了那个干瘪的木乃伊，是因为他所在的位置，即路光国最隐秘的权力核心。他听说那里守卫森严，无人能够潜入。好，那我就进去把那个干瘪的物什偷出来让众人看看。500年来这个可笑的武士家族都把那个干瘪的东西当作瑞仪神的真正化身一样来供养，太可笑了。他想把他拿到瑞仪神广场上，在瑞仪神光下给普通的路光国民展示，让他们看看他们王朝祖先的真正嘴脸。他还不如一只比丘鸟漂亮和实用，甚至比不上自己更好看（女人们都说他的嘴很像一只丑比丘鸟的又钝又短小的喙，象征着愚蠢。他因此刚刚失去了一次爱情，又一次）。

没有办法，他天衣无缝的盗窃计划出了点意外，他闯入可布石法老神殿的时机不太妙，因为他碰上了巫师答离。他不知道巫师跑到那个地方做什么，更糟糕的旁边还有漂亮的王后。他第一次如此近距离地观看王后，他被这个火星女人一下子给迷住了。于是他浑身酥软，智商低跌，加上他的盗术显然不及巫师的法术，几个回合下来，就被巫师的电磁波电到浑身麻木，后来他用了好几天才恢复了知觉。

被捕入狱后，他从前的女人竟然发了慈悲来看他，扔下了几滴猫哭老鼠似的眼泪，无非是想知道千古第一盗如此惊世骇俗地铤而走险，是否是出于对自己的迷恋。大盗矢口否认，他因此受到了前女人更冰冷的嘲弄。她口无遮拦，大放厥词，超越以往的惨烈，这给大盗的牢狱生活增添了意外的惆怅，也让他的内心更波澜壮阔。他的惊天盗窃计划不但对前女人没有丝毫的震慑力，竟走向了相反，如何不让他心碎呢。从那一刻起，他就不想活了，真不想活了。

接下来的漫长审判中，他又遭到了路光国议会那些干瘪老头们的无数嘲笑和捉弄，破罐子破摔的他决定带着自己的犯罪动机赴死，他想给路光国的国民留下一个千古谜团。他想用这个办法同那个干瘪木乃伊一起载入史册。

现在，年轻的花花公子国王不知道出于什么心思竟嘲笑着自己。霍易易觉得更加郁闷。死刑犯真是没有自由啊。

年轻的王看来有些睡眠不足。他像火星地球人神话中奥林匹司大地一样的黝黑色皮肤，现在竟有些发灰，这是纵欲后的明证。大盗的心里有点酸酸的感觉，哎，真是生就一副好皮囊，又有一个好家庭背景，这男人是可以过随心所欲的日子啊。

以列无法遏制自己打了一个小哈欠，意识到自己的失态，他有些不好意思地咧了一下嘴。看到对方根本无意接自己的话，他决定自己调解气氛：

"一个男人，如果失去了尊严，活着还不如死了啊。"

霍易易盯着王看，他讨厌王的眼睛，那双眼睛太含情，女人都喜欢。他本是紧闭着的嘴巴，这一刻却让妒忌撬开了缝隙：

"您懂得什么？"

以列王对对方的冷酷一点也不在意。他不改语气地说道：

"所有路光国的国民都把我当傻子，我妻子也一样，巫师也一样。你知道吗，他们的问题就是自以为是，都以为自己太聪明了，所以他们其实愚蠢至极。"

霍易易突然对王产生了一点兴趣，他问道：

"您到底想说什么？"

王离开了他的玉石椅子，缓慢地绕到了死刑犯的身后，尽情地闻着死刑犯身上的味道。其实霍易易的身上除了水滴和木棉花肥皂的气味之外，什么味道都没有。但国王饶有兴致地闻着，像一个闻到了鱼腥味的猫一样。他抽了抽漂亮无比的鼻子，像念诗歌一样地说道：

"哦，我闻到了一种受伤的灵魂的味道。我如果道出了你的心思，你可否为我去偷一件东西呢？如果你偷得来那件东西，我免你的死罪。"

霍易易的身体有些发热，他的心开始咚咚地跳。很显然他开始对这个王产生了兴趣。他抬高了声音，说道：

"这天下，没有我偷不来的东西。"

年轻的王并无示弱：

"可你在可布石神殿却失了手。"

"巫师使用了魔法，我输得不公平。"

王步步紧逼：

"如果不被使用魔法，你可以偷来任何东西吗？"

霍易易有了兴致：

"我没有偷不来的东西。"

王笑了，走到死刑犯的对面，盯了对方几秒钟，缓缓地说道：

"这么说你答应我的条件了？"

死刑犯并不示弱：

"您还没有揭示我的动机。"

以列把手放到了嘴唇上，示意对方不要再说下去。他小声地说道：

"我说过，所有路光国人都把我看成了傻子，就像所有的女人都把你看成了丑男人一样。可你的内心有谁在意呢？不要逼我揭露动机了，我们都有一颗敏感又容易受伤的心，只不过都比较善于伪装罢了。你是用的特立独行，我是用的玩世不恭。"

两个男人对视了一会儿，霍易易的眼中突然有泪光闪现，他低下了头，哽咽着说道：

"请问陛下想让我偷什么？我一定偷来给您。"

以列突然在眼中露出了严肃，问道：

"你答应我的理由是因为怕死，还是因为我说对了答案？"

霍易易想了一下，温柔地说道：

"两个都是吧。"

以列点了点头。他抬头看了看墙上的瑞仪神雕像，似乎自言自语道：

"真的这世界没有你偷不来的东西吗？"

霍易易坚定地回答：

"没有。"

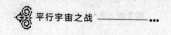

王穷追不舍：

"如果你偷不来怎么办？"

死刑犯斩钉截铁地说道：

"我用我千古第一盗的尊严发誓，如果我偷不来您想要的东西，我就自杀谢罪。"

以列点了点头。他也学着大盗的姿态沉默了一会，似乎在思考着该不该说出下面的话。最后，他用背影温柔又平静地对霍易易说道：

"去把我妻子的心偷来。"

沉默。

沉默。

沉默。

以列忽然听到他的身后有一声"咕咚"巨响，他赶紧回过头去，他发现死刑犯的头因为撞到了巨大的玉石豹子石像的脚趾上，一个拳头大小的窟窿里，鲜血汨汨直流。

千古第一盗就这样死了。

28岁的年轻国王成为王之后正式签署的第一号死亡令就这样草草地收场了。为了给这个太早收场的黑色人生舞台剧加上一个光明一点的结尾，年轻的国王在与议会元老们有过一个激烈的争论之后，为他的"知己"争取到了最后一点体面：他的遗体可以安葬在木棉花国家墓地。

据说他墓地前栽着的那棵连接灵魂与死亡的木棉树是由国王亲自种下的。有国民还看到这年轻帅气的国王偷偷地擦过眼泪。还有几次看墓人在冰冷黑暗的雨夜看到这个孤零零的大盗墓前，竟站着一位黑衣男子，由于他没有戴帽子，也没有穿任何防雨衣衫，开始看墓人还以为他是夜晚游荡的鬼魂。但看墓人否定了自己的想法，因为那"鬼魂"的身上无处不透着雨水，而且，他是哭着的，因为即使从他的背影，看墓人也能判断他在不停地擦脸上的泪水。

看墓人本想壮着胆子走近他，好心地想询问个究竟，甚至想给他一些好心的安慰。但几次都被那个神秘男子逃脱了。直到最后一次，在那个男子逃窜的侧影中，看墓人惊鸿一瞥地断定了这怪异的"鬼魂"就是他们尊敬的国王时，看墓人显然比他墓地里的鬼魂们还要惊恐。

他情不自禁地放出了这个传闻，马上坊间就把这个传闻渲染和夸大，比比丘鸟夜晚偷情的速度还要快，比可布石法老面庞的丑陋还要夸张。甚至后来流传的版本中王后、巫师的身影都加了在其中。这个传闻在路光国的民间闹腾了好一阵子，但人们想破脑袋也想不出这千古第一盗跟国王一家会扯上任何感情干系。不过倒是有一些人开始为大盗的死感觉到惋惜，尤其是抛弃他的那些女人们，她们也开始暗自琢磨着自己对这个好心肠的男人也许有失公道。现在想起来，也许这丑男人倒是一个少有的男子汉呢。

但女人的眼泪毕竟是吝啬的。人死了，就死了。再蠢的女人也务实地知道，活着的男人更有用。因为死人是不会给你钱的，因此死去的男人一点都不性感。

一点都不。

（五）

以列王觉得明物质世界的路光国与暗物质世界所唯一不同的就是气氛。以列知道，出了明物质世界的时光隧道，就进入了正常的时空状态，那将是路光国与无孙国的边界。那是一片黑色沙漠，警备非常松懈。两国边界卫兵一天只在早晚有象征性的两次巡护。

沙漠里唯一的绿洲就是发也布丛林，实际上是一块又一块沙漠中成长的十米多高仙人掌。以列惊讶地发现，相比于暗物质世界的仙人掌，这里的仙人掌不但个头大，而且肥硕，颜色接近褐色，一顺水地朝着西方，即瑞仪神光升起的方向歪着头长。那头顶上顶着飞艇操控盘大小的黄花，那花与其说像花，莫不如说像裂开的黄色瓜果。瓜果中央是五根鲜红的花蕊。但这里的仙人掌由于太高，以列无法看到它头顶花的全貌，他只看到了花瓣的下垂部分。剩下的是由暗物质世界的情形推断的。

以列把飞艇在一片仙人掌丛林中藏好。他了解那片丛林，那是没有进化好的原始森林沙漠化的结果。沙漠的另一端连着可时拉荒山。可时拉荒山寸草不生，滴水无有，只有光秃秃的铁石头，是死亡之山。它与路光国人的圣山法野库雪山一黑一白地对立着。它们中间隔着约两百米宽又深不见底的大峡谷，大峡谷的底部是无底深渊。让人惊奇的是，人们却可以听见谷底湍急的流水声，似近似远，时有时无，但谁也无法弄清那水流声的真面目。进去的人从来没有活着出来过。答离曾经警告过路光国民，不要轻易去进行所谓的无底大峡谷探险。路光国人几百年来一致认为那大峡谷的底部河水通往冥界，那河水注定是要流进桑国路神的宫殿的。还有传说500年前被拉比那尔家族杀死的前国王一家的头颅，都无一幸免地被扔到了这个大峡谷里，因此拉比那尔家族的人们都对这个无底深渊讳莫如深。

这几百年来，沙漠里开始莫名其妙地生长起一簇又一簇的巨人型仙人掌，以及仙人掌身上寄生的各种沙漠金蜘蛛、肉虫、白蟥、巴掌大小的八脚蛇、手指粗细的食人黑蚂蚁、人面鸣鸟等等。

以列曾经带着自己的情妇来过这里无数次。他的几任情妇喜欢在仙人掌下的沙漠里做爱。她们喜欢那种锋利与柔软的对比。以列却不置可否，因为为了不让仙人掌的刺刺到情妇跟自己的身上，以列实在用尽了心思。除此之外他还要时刻提防着那些从仙人掌顶端偷窥自己的蜘蛛、八脚蛇和食人肉的黑蚂蚁等等，这比做爱本身还辛苦。他不想让嫉妒的黑蚂蚁钻进自己的耳朵里，或者吃掉自己的尾骨。他的一个机器人宫廷卫士真的在野外偷情时被食人蚂蚁咬断了体内电路板而瘫痪了呢。还有，有几任情妇喜欢这片丛林中掩藏着的一个小湖泊，她们喜欢做完爱后到里面去游泳。虽然她们常常被不知道何时会从里面窜出的红青蛙和白水蛇吓得乱叫，但她们都喜欢用这些小意外惩罚她们的情夫，这个总是在梦游的国王。明物质世界的人叫这样的地方为绿洲，但暗物质世界的人则叫它为微他湖，即瑞仪神的泪水的意思。

一进入了时间顺时针正流的明物质时空状态，以列突然觉得自己非常地饿和渴。他奇怪答离在临行前教给他的快速辟谷术，即如何通过咒语和运气自动地从身体内部提取营养的办法，现在似乎不起作用了。答离曾说过，从他现存的身体营养状况看，不吃不喝不排泄半年都没有问题。但以列奇怪，自己只不过才离开家个把月时间，竟然饿了。这不是他刚穿越虫洞后由于紧张想喝水的感受，而是实实在在地饥渴。他饿得快想割下仙人掌肉来啃了。他还真的用刀子割下一块，小心地剔下黄干皮，把一小块白色柔嫩的肉放到嘴里。一放进去，他就忙不迭地把这又苦又涩又骚的怪物吐出了。这里的仙人掌别说榨成果汁或酒，就是远远地闻到，就觉得恶心。像男人精液的味道。还有，这恶心人的味道让他联想起了自己身上的臭味，他想洗澡。他想洗一个舒适的热水澡。他想让他受了无数委屈的"命根子"好好地吸取一下自由的空气。

他想念女人。也不全对，他心里想着妻子，身体却在怀念他的情人，而他的手却想握着一个女人的手。任何女人的都可以，只要温暖和安全，就可以。也许是瑞仪神光过于明亮与无私的缘故，这里的夏季可能太长了，而冬季又太短暂了，所以，即使现在是暗物质世界阴冷又潮湿的冬末，而这里，明物质世界里的路光国却是温暖无比，几乎让人错觉夏季已经踢走了冬季的尾巴，过早地光临了。以列走在边界的集市里，看着快乐地生活着的国民们，以及与自己故乡类似又稍微不同的各类小吃，他忽然感慨这里的一切如同这里的瑞仪神光一样，坦坦荡荡，让人一览到底。比如人们的笑脸啦，谈话啦，脾气啦，争吵啦，交易啦，懒散啦……都毫无遮拦。一瞬间，以列产生了一个念头：天啊，让我这样在人群中隐藏起来，永远不离开吧。这样我就可以彻底地丢掉一切，成为一个废物。只有成为了废物，我才可以彻底地自由。

他忽然感觉到冰冷，那是他右手臂上的玉石镯子在皮肤上滑动时的感觉。他突然注意到，一只两个成人巴掌大小的比丘鸟竟然在用粗短的喙拉扯着那个手镯。这是一只雌鸟的幼鸟。因为它矮胖，又有红色的眼睛。用路光国人的审美观来讲该不算漂亮，主要是它的喙不够尖长，看起来也不太锋利。而且它眼睛的红色有些发乌，不够鲜艳。这样的比丘鸟是注定要在将来激烈的爱情竞争中失败的。虽然它看来不超过六岁（比丘鸟的寿命大约有六十年），但现在就可以判断别指望它会变成一个美人。这里的人也同暗物质世界的人一样以成年比丘鸟为交通工具，看来这个小鸟或许跟自己真是有缘呢。

这是以列孤独的平行宇宙之旅后所遇到的第一个富有安全系数的朋友，他有些欣喜。他举着右手，怕惊动那只可爱的小鸟，随意找了一个卖手工绣品的摊子，倚着摊子的木柱子，微笑着看着那只鸟拉扯着自己的镯子玩。摊子的女主人停止了招揽客人，绕到了以列面前，开始用鼻子尽情地闻着他的身体。以列边举着胳膊，边看着这位放肆的中年女人笑道：

"抱歉，我一个月没有洗澡，身体味道很不好，是吧？"

（六）

那个女人还是绕着以列，上下地打量着他，时而伸出鼻子，在他的这个那个地方闻着。以列开始还笑着，后来他有些被打量得不自在了，就用眼神求那位中年妇女停下。以列这时发现那摊主风韵犹存，还颇有几分姿色，如果给她换上一身华丽的衣服，混在宫廷里，搞不好以列会对她多望上几眼，甚至有个一夜风流也备不住呢。

那女人突然伸手抓住了停在以列手臂上的比丘鸟，紧接着拽着它上半身的两只翅膀，示威似的把它高举到空中。那比丘鸟在摊主恶毒的手掌里，佝偻着身子，扑扇着身体下面还自由的另两只翅膀，摩擦着短粗的喙，嗒嗒地发出了哀鸣，看着以列。以列心中不忍，微笑着对女摊主说道：

"我遮挡了您的摊位，耽误了您的生意，我给您钱，求您放掉它吧。"

那女人把抓着鸟儿的手举得更高了，更用力了，冷酷地对以列说道：

"外乡人，我怎么听不出你的口音，我这边界的摊位有无数客人到访，唯独无法断定你的家乡。说实话，要不然，我就残了你的鸟。"

说着，在举着鸟的手上又加了几分力。鸟的叫声瞬间更惨烈了。

以列这才发现，这摊主的路光国语发音跟自己的相比，鼻音更重些，而且话语的尾部调子全部上扬，拉特音阶的音全部用蒙木音阶替代，因此乍一听起来，好像这里的人只会圆着舌头讲话，根本不会把舌头放平发声一样。还有，这里的女人也显得胖些，腰粗些，个性也更剽悍。

这是以列自从进入平行宇宙的明物质世界以来，第一次与人类对话，他一下子慌了，这是他始料不及的，也是军师始料不及的。这时他突然开始流鼻血，大概这里的空气与暗物质世界的相比，太干的缘故。他一面用袖子按住自己的鼻子，一面从袖子底下发出了可怜兮兮的声音，同时用手指着自己的耳朵，含糊地嘟哝道：

"我小时候听不见声音，好容易现在治好了些，所以说话学得晚，音调也奇怪。"

那女人似乎有些相信了以列的话，又开始仔细地打量起他。当她又开始闻他身上的味道时，突然问道：

"你在撒谎！你是宫廷里的人，我能够断定你身上的古柯可叶子香味是宫廷里的味道。我家邻居阿拉木曾经做过宫女，她有偷过这种香精给我。这是那个骚妇才会用的香水。听说她在宫中养了无数个男人，你该不是其中之一吧。"

以列听了此话虽然不完全明白对方的意思，但真有些哭笑不得。他不知道这女人口中的骚妇是谁，但他肯定，面前的这位摊主对宫廷根本没有什么好看法。

为了得到更多的信息，也为了让这可怜的鸟儿早点自由，以列故意讨好着面前的女人。他知道如何让女人喜欢，他这辈子最擅长的就是这个。他故意把手指放到了嘴唇下，示意面前的女人小声些。他似乎怕被别人听到一样：

"说来话长。那个骚妇真是太残忍了。我受不了了，就逃了出来，结果一路被追杀，差点掉进了无底深渊，又差点饿死渴死在可时拉荒山。我好不容易才逃到了边界。我现在又饿又渴，钱也剩得不多了，可否借贵府一用，让我吃上一顿饱饭，还有，洗个热水澡。"

女摊主一听这话，马上就紧张地朝自己的周围望着，一边把高举在空中的比丘鸟还给以列，一边开始急忙收摊，对着以列说道：

"不得了。宫廷的爪牙马上就会追到这里。答离的本事可不是一般的，他跟那个骚妇可是一对好搭档。人们都恨死他们了。"

以列把鸟放到一边肩上，然后开始帮着女摊主收拾东西。他试探地问道：

"那也司骚妇在民间的口碑这么坏吗？"

女摊主突然停下了手里的活计，不解地看着以列问道：

"你不是耳朵坏了，是脑子坏了吧，所以记忆力才会出现问题。也司亲王可是一个爱民如子的好亲王，只是他老婆，以列女王才是一个不折不扣的女魔头。残忍，恶毒，淫荡，霸道，根本不把国民的死活放在眼里。议院的长老们都碍于她的淫威，谁也不敢反抗。有反抗的，马上被革职。这国家贪污腐败成风，邪教盛行，人心不古，世风低下，都是那个荡妇的杰作！"

女摊主显然是太气愤了，以至于她把盛咖啡豆的金属罐子在脚下踢来踢去。她似乎还不解恨，后来干脆一脚把刚才以列倚过的木柱子也踢倒了。她把一个装满了手绣品的大布口袋扛在了肩上，继续骂道：

"我真想进宫把她杀了。我家男人被征到太空军队里去了，强制性的，去修整新开发的时空隧道。我男人说这里也马上就要有战争了，向暗物质世界里的人。听说是什么火星地球人。以列那个恶王扬言要铲平暗物质世界，成为宇宙霸主。我看她真是脑子出问题了。税越来越重，连喝口玉米汤都要付税。钱都拿去发展太空军事了。还有，国家的沙漠化越来越严重，都是灭绝森林，大兴土木，搞太空建设的结果。妈的，可时拉荒山就要吃人了……"

以列呆呆地跟在女摊主后面走着，刚才的乖巧比丘鸟一直停留在他的肩上，跟他一起走着。现在的以列根本就是一个行尸走肉，因为他的思想完全空了。答离根本没有告诉他这里的以列王是个女人！天啊，平行宇宙，阴阳相对，这样的阴阳相对。还有，他突然明白了为什么他说这里的王有能力，而国家却混乱的理由。原来，这里的国王是一个暴君啊！看来，自己故乡的国民真该庆幸他们拥有了我这样一个心肠太好却又平庸的国王啊。

以列试探着说道：

"也司亲王真是可怜啊。"

女摊主依旧是大嗓门，说道：

"路光国人都知道那骚妇用美色勾引了火星上的也司先生，当时他已经成婚，有妻子女儿。她勾引他抛妻弃女，来到明物质世界。以列王嫉妒亲王一直念念不忘留在火星上的妻子和女儿。听说他的妻子在女儿20岁的时候自杀了。从那以后，亲王就完全把自己封闭起来，不理国事，也不再搭理以列王。女王为了报复自己的丈夫，不断地找男人；同时，她要向火星地球人开战，因为听说也司亲王的女儿是什么科技天才，发明了该死的姆能，是最高级别的能源，所以都传说她是造物者的宠儿，一个有神秘使命的人。所以……"

女摊主转过了身体，放下了肩上扛着的行李，转动着眼珠，神秘兮兮地说道：

"以列王要杀掉亲王的女儿。答离，那个该死的巫师，都是他们一手策划的。你在宫里，怎么会不知道这些？"

以列张了张嘴唇，他觉得自己更加口渴了，结结巴巴地说道：

"我在宫里面都是被软禁状态，跟外面是消息隔绝的。还有，那个巫师答离，真是助纣为虐，你知道吗，他们可是一对呢！"

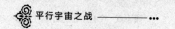

女摊主刚把大包裹重新扛好，突然停下脚步，转了过来，冲着以列吼道：

"什么，这荡妇还是个同性恋?！"

以列肩上的比丘鸟似乎被这消息震惊了，一头向地面栽了下去。但以列无暇顾及它了，只是呆傻地看着女摊主，脸上的表情似乎比对方还迷惑。

第十一章
阴与阳的相遇

"我比宇宙还古老。"

第二十六幅壁画：

这是可布石法老神殿内景。
地上躺着半个肥胖的尸体，
只有腰部以下部位。
木乃伊正在掉落在地上，
石像在坍塌，天窗在落下。
一对男女正在做爱。
一群蚂蚁大军正将赤身裸体的情侣们湮灭。

（一）

以列觉得自己跟热水澡和眠床恍如隔世。他本想洗完澡刮完胡须后好好地吃上点东西，谁知道他在女摊主去厨房为他准备仙人掌汁的空当里，竟一头栽到女摊主的大床上肆无忌惮地睡去了。如果这个女摊主的丈夫恰好此刻回家的话，这个眠床一定会被误解为战场，那里面该刚刚经历了一场惨烈的男女征服战斗。

不安与疲劳使他鼾声如雷。依旧形款有致的胡须下颤动着绵长又雄壮的节奏，他那曾让无数女人着迷的嘴唇一合一翕，这一下子就把女主人谩骂邻居的粗大嗓门声、硕大的双脚拖踏地板的摩擦声及粗壮的腰肢摆动衣裙的沙沙声压倒了。如雷的鼾声可谓波澜壮阔，但又像他家乡暗物质世界里比丘鸟们的鸣叫一样，富有韵味，无可名状。

一向以优雅与姿态宜人著称的国王，此刻已经把所有的教养和礼数都抛到了另一个平行的世界。在白洞与虫洞的另一边。某种意义上讲，他的确经历了一次重生，在一个月前的虫洞里，在虚空中，作为散乱的基本粒子与乱蹦乱跳的神识一起，被造物者之手重新组装了一次。与那些赴往阴间的鬼魂唯一待遇不同的是，没有人逼迫他喝下那碗忘却前世记忆的水。因此他从容地记得从前的一切，自然地，他也没有忘记现在开始的使命。

他身上还挂满着陌生世界里的水珠，与他的鼾声同步滚动着。那些水珠看起来比他充满活力，它们一点也不疲劳，似乎在迫不及待地等待着下一步人生行动的开始。那只笨重丑陋的比丘鸟一直在他的枕边，此刻正用干涩的粉红眼睛盯着床上的男人，同时用它短小又蠢笨的喙拉扯着他额头前的卷发，似乎想把他唤醒。但唤醒他有些太难了，因为他深深地沉浸于他的梦中，似乎还想再逃避一会儿。

在梦中他品味着这个新鲜世界里的一切。他在倒着"时差"，他的身体还不适应这时间顺时针流动的运行方式。他疲惫不堪。这两个月似乎已经把50年的人生来了一个总清算。他觉得这平行世界里的崭新一切都似曾相识，比如这再平凡不过的水，尘土，眠床，食物，怪异语调，人们的生活习性，甚至女人，瑞仪神光下的干玉米叶子味道，夹杂着橙汁与可可粉的烟草，变种金合欢树上发出的炒煳咖啡味……但却什么都与记忆中的完全不同，甚至相反，就像这里时间的运行方式一样。它们太明亮，太干燥，太张扬，太短视，太高调了。这里貌似故乡，但却处处充满了浮躁与爆发户的味道，像他们的女国王一样，放纵又残暴，毫无品位。所以，这里永远都不可能是故乡。至多，是故乡的一个异性伴侣。

要在这里开始新的生活还要一大段时间去磨合。真是不容易啊。

这一刻，他忽然很理解背井离乡的火星地球人了。流浪真不是一个让人愉快的感受。梦境中他觉得自己变成了一只巨大的金黄色工蚁，头顶着滑稽的拉比那尔家族王冠，沉重地在灰尘中爬行着。不知怎么的，他的面前横亘着一条深不见底的黑色大峡谷，他在梦中也非常清醒地知道，这就是无底深渊，大峡谷的另一头是可时拉荒山。他想停下，但是似乎什么力量在推动着他，自己就是无法停下。他最后终于掉了进去。

他一下子从梦中醒了。他赶紧伸手抓自己的蛇形短刀，发现女摊主已把它放到了枕边。

他身上的水珠已经变成了水汽，在他的后背下弥漫着，夹杂着他的冷汗。他发现他额头上停驻着那只胖胖的比丘鸟，那就是梦中的王冠重量。它正瞪着他，似乎责怪他为什么这么难被唤醒。

他摸摸自己的脸和身体，发现是人，不是蚂蚁，他放了点心。他看了看周围，又看了看窗外，虽然不知道具体时辰，但该过了午夜。他看到了在长木躺椅上打着鼾声的女摊主和她芥子油灯下的臃肿体态，突然有了尽快逃离的冲动。他于是悄悄地穿好了衣服。他想给女主人留下些钱，或者产自法野库雪山山顶湖中的格格贝壳。但他改了主意，临时决定褪下他的玉石手镯。比丘鸟在看着那只手镯，似乎有些不忍，刚发出了"咕"的一声抗议，以列把手指放到了嘴边，示意它别出声。

比丘鸟在以列的前面为他引路。以列发现外面下着雨。一个雨夜，太完美了！他不知道这明物质世界里是否经常下雨，不知道这雨的意义在这里是否相同，他现在想不了那么多了。他在小比丘鸟的引领下转出了几个巷子之后，开始迟疑下一步该如何走。边界地区他并不熟悉，只大概知道从这里到金字塔王宫靠比丘鸟的力量也要走五天五夜。

如何去租几只可以替换飞行的成年比丘鸟呢？

以列在雨中停下了。他对身旁的胖鸟说道：

"我身上的格格贝壳并不太多，我们不能租太贵的比丘鸟。盘缠花完了我就无法吃饭了，嘿，胖娃，你知道哪里去找便宜的比丘鸟吗？"

他的"胖娃"从他的左肩跳到了他的头顶，然后从他沾满了雨滴的湿漉漉头发上跳到了他的右肩，接着飞到了他的面前，在雨中抖擞着翅膀，又发出了胸有成竹的"咕咕"声。以列咧嘴笑了：

"胖娃，你为什么要帮我？你失恋了吗？看来不奇怪，你的确不够漂亮，那些雌鸟能把你吃了。我还是劝你，不管失恋多少次也别上瑞仪神殿自杀，好死不如赖活着。我觉得瑞仪神也有闹脾气的时候，赶巧你自杀的那天正是他心情不好的时候，他让你下一世托生得比现在还丑，还是没有老公，那可怎么办？"

"胖娃"扑扇了几下翅膀，似乎对以列的话表示了赞同，接着它朝一个非常黑暗的巷子里飞去。

（二）

以列走在石子路上，不停地趟过雨水溪流，一跌一滑地跟在了胖娃身后。不知道在黑暗中走了多久，胖娃在一个似乎是院落的大门前停了下来，开始用身体撞击大门。"咚咚"的几声闷响过后，大门被"吱"的一声开了一条缝隙。似乎里面的主人看清了胖娃的身份，就把门开得大了一点。胖娃回头看了一眼以列，先飞进去了。

门在以列的面前开着，缝隙的大小刚好够一个成人身体挤进去的宽度。以列下意识地摸了摸怀里的蛇形短刀，一步跨进了大门里面。

以列听见"咣当"一声，身后的大门被关上了。接着，他发现雨停了，整个院落一下子灯火通明。他赫然看见他的周围满是浑身金属味道的机器人士兵，他知道他们是什么人，宫廷侍卫，他路光国的宫廷里有很多这样的侍卫，他们都喜欢跟宫女们鬼混。但他仔细看后才发现，这些机器人侍卫都是女的。还有，他的双臂被反转着扣在了身后，一动也不能动。他怀中唯一的防身武器，那把蛇形短刀迅速地被侍卫搜走了。

强烈的光照使他无法睁开眼睛。几秒钟后他终于看清了自己的面前赫然出现了一个无比艳丽的九头鸟座驾。在路光国，只有他的妻子也司才用九头鸟做座驾，那是路光国最豪华最昂贵的出行工具。这里的九头鸟约同一个成年男子身高相等。凤的外形。羽毛飘逸、柔顺、细密，颜色呈橙红色与金色，波浪似的交替着。到了尾部，羽毛则一点一点地变白，到根部则全部成了纯白色。根部有九根大型羽毛，呈扇子形开张，透着红光，像一个开屏了的异种孔雀。而她的头部则是由赤橙黄绿青蓝紫金银九种颜色组成。即使在强烈的光束中，以列也能分辨出它的身体里也透着光。总之，它的每一个头都不大，只有成人拳头大小，每个头上都有两只眼睛，可观看四方。它有一对拇指大小的耳朵，非常娇嫩。但这里的九头鸟也跟暗物质世界的有所不同：它眼睛的周围有很深的皱纹。还有，干巴巴的，似乎还有些沙眼，同时还在流着泪，可能跟这里干燥的气候与不良的生态环境有关。

以列最吃惊的不仅仅是他面前座驾的华丽，而是那九只头颅的颈部在不停地渗透着血液。血液一旦渗透出来，立即就流向腹部，不知怎的一到肚子那就消失，好像那肚子底下有什么神秘吸收装置一般。

以列惊恐地闻着那血腥味道，思考着这些血液代表的含义，他有一种强烈的不祥之感。他能闻到暴政的味道。他在恐惧的时候总会联想起500年前的拉比那尔家族血腥的夜晚。他从小不喜欢王子身份的原因就是刻骨铭心地讨厌王冠上沾满的血腥味道。

他出生的前一夜，据说他的母亲曾经做了一个梦，梦到500年前被可布石元帅杀死的美男子亿凡思王在瑞仪神像前向她招手微笑。第二天一早，以列诞生了。以列与那位被扔下无底深渊，身首异处的亡国之君有着惊人的相似：风流倜傥，热爱艺术，热爱女人，挥金如土，不理国政，心地善良，多愁善感。总之一句话，杰出的生活艺术家，糟糕的国家元首。王宫上下都说这是亿凡思王的亡魂转世以向拉比那尔王权来讨债来了。真是善有善报，恶有恶报。不是不报，隔了500年才报。

以列没有想到，在这个平行宇宙的世界里，他再一次闻到了他梦魇中的味道。哦，权力，总是臭味相投。突然，刚才的"胖娃"出现了，它飞到了九头鸟座驾的背上。以列刚要向它喊话，只见它一下子变成了一个矮胖的女人。她足足比以列矮了一个头，但身体可以装下两个他。她的肉几乎涨到了华丽的黑色缎子巫师服的外面，似乎每一寸肉身都在向她抗议着。她的跛扈。她肥胖出奇的双手上满是各色宝石戒指。那些宝石反衬了她的臃肿与滑稽。这个瑞仪神的媒介有些不称职，因为她总是处处要显得比瑞仪神还瞩目，喧宾夺主的结果的确让她很疲惫。她似乎不确定挑战瑞仪神威后的结局。

她的头上顶着比丘鸟蛋型的黑色帽子，她还够矜持，没有戴瑞仪神冠。帽子中央是一个夸张的乳白色心形格格贝壳，变幻着各色奇光，一看就知道是稀世之宝。以列数着格格贝壳上的花纹暗自想着，即使在自己妻子的首饰箱里，恐怕也难以找到匹敌的宝贝。

这些特征显示了她作为女人巫师特有的小家子气，对比之下，平行宇宙中的男性答离顿时显得高大起来。她活像雌比丘鸟短小蠢笨的喙进化来的嘴唇上涂着夸张的紫色唇膏，那一定是提炼自圣华儿草芯的化妆品，因为只有那圣草才有那种纯粹的紫色。她的身体散发着雌比丘鸟在发情期才会有的又酸又骚的味道。

以列如果不是看到她的胸前转动着的黑白水晶球项链，他真不愿意断定她就是路光国的巫师。但是，以列犯了个错误，巨大的错误，轻敌。他还来不及仔细考虑自己如何一步一步地步入了她的圈套，他就被巫师的力量催促着"飘"上了九头鸟座驾。他觉得他的身体刚一坐下，就有无数道光束绕到了自己的身上，他知道自己现在可能是陷入了巫师的光之监狱。

他感觉九头鸟在渐渐地离开了地面飞到了天空中。他身旁的女答离在伴随着自己，飞翔着。

"我们要去哪里？胖娃？"

以列的声音里虽然还是充满了调侃的味道，但是也并非没有怨恨和蔑视。女答离看了一眼身旁的以列，霸气地说道：

"闭上眼睛，倒数五个数字，你就会到达你想要去的地方。"

以列闭上了眼睛，倒数了五个数字。等数到一的时候，他睁开了眼睛，惊讶地发现九头鸟已经落地，而且消失不见了。他自己则站在了一个华丽的花园中央。他的面前站着一个女人，以列知道她是谁。

虽然以列做了无数次的准备，但一真正见到她，他所有的汗毛都倒立起来了。

他凭直觉断定自己讨厌她。

她如果真是另一个自己，一定是变了种的自己。她跟自己没有一点类似。她一定是自己的人性中隐藏起来的另一面恶魔一样的自己：残暴、贪婪、易怒、果断。

他怕她。

虽然他还没有完全看清她，但他这一生第一次无比地清醒，他绝对不可能爱上她。答离的担心完全多余了。他已经有一点了解自我了，因为他认清了它。

他知道他现在在哪里。他的双脚正踏在软绵绵湿漉漉的华儿圣草上，他的周围满是高大的变种金合欢树，他被包围在炒煳的咖啡味道里，他还听到了时断时续的雌比丘鸟的哀鸣，以及尖锐的水晶头骨歌唱。哦，奇怪，现在不是亚金时，黑夜笼罩着王宫，为什么水晶头骨要在这个时候歌唱？而且这里的水晶头骨歌明显声音太尖，又太高昂，跟暗物质世界真不同啊。他判断女儿的"良心之屋"就该在他的左手方向，不，该是女王儿子的"良心之屋"。而他的蚂蚁生态王国可能就在自己脚下的某一块土地里。或者，在他身旁的变种金合欢树的树干里。更巧合的是，天空中飘着绵绵细雨。这样的夜晚是属于他的，看来也同样属于女以列王。

另一个他。他自己。

（三）

两个以列在彼此打量着对方。他不该给自己时间去打量对方的，但他忍不住。他又犯了轻敌的错误。他在女答离身上犯了一次，他在另一个自己身上犯了第二次。启程之前，答离无数次地嘱咐过他，不要离对方太近，因为那样的话很容易陷入迷乱的错觉，渐渐地分不清自己跟对方的界限。

答离语重心长地说过：

"一旦你被对方的神识场摄入，你就会产生怜悯，更糟糕的，爱情，因为我们每一个人爱自己是天经地义的。不管对方是多么丑陋和残暴的自己，我们总是找理由给自己开脱。这是人类千百亿劫的愚蠢根气所致。所以，远离他，杀掉他，越快越好。否则，你的想法对方马上就会查知，因为他就是你。这样的话，你的一切判断力和行动力都会消失。所以，拉比那尔家族最著名的格言是什么？"

以列嘟哝着回答了答离，他几乎忘记了这句话有几十年了：

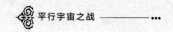

"做，然后想。"

答离满意地点头说道：

"对，就是这样。"

答离给了他咒语，还有如何激发身体内的三条主脉络能量的秘诀，无数次地训练他如何让身体内的能量与宇宙总能量场吻合并获取能量，然后通过咒语的辅助，用眼神杀死对方。

"你要经过一次基本粒子的分解，所以，你不方便带任何武器。记得，没有任何武器可以超越你身体能量场的威力。外星博士的姆能依靠的还是外力，在火星上人们对他顶礼膜拜，那是因为他们不知道我们人类自身的能量场有多巨大的缘故。你只要意志坚定，用眼神杀死对方完全是小菜一碟。但是，一切要快，不给对方查知你想法的机会。一秒钟决定宇宙的未来，知道了吗？"

以列被答离训练了三天三夜。这些是背着他妻子和亚特进行的。以列刚刚开始只能用眼神飘起一片小树叶，但由于力量控制不稳，竟意外地击碎了一个水晶人头骨，撞翻了两个石像，还烧着了可布石法老身上裹着的蛇皮。有几次他甚至把答离掀翻到了地上，还把金属机器人的手脚折断了。后来他的"法力"越来越稳定，眼神也越来越灼热和犀利，以至于答离看他的时候都带着一种尊重。为了这个，以列还激动了有几天呢。

以列现在就站在了女王的面前。他想起了答离的话，还来不及仔细地考虑对方的面貌，他就恶毒地念动了咒语，向对方射出了两道锋利的眼神气剑！

两道眼神气剑带着微弱的红色火光向对方射去！但是，以列失望地发现他的气剑只射中了对方身后的树干。树被拦腰锯断，并闪着火星，吱呀着倒了下来。以列慌忙地转身寻找对手，发现她竟然到了自己的左手位置。以列连忙又射出眼神气剑，可惜，这次他击碎的是女答离胸前的项链。女答离大声地骂着，急忙躲开。以列转身再去寻找女王，只听到自己身后响起了咯咯笑声：

"你这外星人真不厚道，巫师早就在太极水晶球里预知你的到来了。她本建议我一出白洞就在时空隧道里杀死你，但我想跟你好好谈一次话再杀死你。好歹也是外星客人，再说还是另一个我自己。我看到你一出白洞就查看自己的命根子觉得好玩，我对你太喜欢了。巫师鼻涕一把眼泪一把，说太危险，我们只要见面，我就会爱上你，那样的话我们都会死，但我逼她化成比丘鸟把你接来。看来，你真要杀死我，是吗？"

以列在转圈地找着女王，但是就是无法与对方面对面，因此他的眼神气剑一而再再而三地失手。过不了一会儿，他的周围已经是树干横地，枝叶乱飞，百花零落。他自己、女王及女答离的身上都是火焰。但以列依旧没有收手的架势。以列越来越急了，他的身体开始湿润，那是冷汗的缘故。

女王被以列的急迫给逗乐了，干脆与以列玩起了猫捉老鼠的游戏。她一边躲猫猫一边笑着说道：

"你知道为什么水晶头骨会在非亚金时唱歌吗？因为水晶头骨一歌唱，人头就会落地。我现在给你一个礼物，算是我的见面礼。"

以列突然觉得一个东西骨碌碌地从天而降，滚到了他的脚下。他不由自主地朝脚下望去，顿时浑身冰冷。那头颅的主人不是别人，正是他在这平行宇宙里第一个认识的朋友——女摊主。

以列呆住了。

他背后的声音这样说道：

"顺我者昌，逆我者亡。这明暗物质世界的战争是一定要打下去的，我已经向火星地球人出兵了。国家如此重大时刻，她散布谬论，诋毁她伟大的王，蛊惑人心，有失一个路光国贤良国民的资格，该死。不过，没有拿她的身体做活人鲜血祭祀是她的不幸。要不然，做了神的祭品，她会抵消生前的一切罪过，往生瑞仪神的侍从的。"

以列的身体因为愤怒而发抖，他冷酷地斥责道：

"一个王如此残暴，国民深受涂炭，真不幸。我要杀死你，为了两个路光国的国民。"

以列说完更加地拼命地转圈去寻找女王了。但他无论怎样转圈，对方似乎都比他先一步逃离现场，以列感觉到沮丧。只听对方笑道：

"你最好什么都别想。因为你一动脑筋，我就知道你的想法。别忘了，我就是你啊！"

以列听到女答离在他的身旁哀求着自己的女王：

"陛下，别再玩了，太危险。"

女以列有点累了，就对女答离命令道：

"给这位尊贵的外星客人上上光之枷锁，别让他再运气活动体内的三条大经脉。我要带他到法老神殿，跟我一起去审问那个千古大盗。说实在的，我还有点弄不懂他们两个，所以，舍不得杀他们。"

以列觉得体内那三条刚刚被激活了能量场的大经脉此时完全被封住了。他浑身僵硬，动作迟钝。以列再次领教了女答离的魔法。他没好气地对女王说道：

"是霍易易吗？"

女王走到了以列的面前，轻浮地抚摩着他的面颊，温柔地说道：

"你怎么知道？"

一旦与女王有了真正的肢体接触，以列的眼神就不再锋利了，而是瞬间变得温柔，无比的温柔。像一个初恋的男子，或者说就像在火星上第一次躺在也司床上时的自己。那时的心也是这样跳的，里面像盛着一只骚动不安的小麋鹿。不过现在那只小麋鹿已经长大了，那四肢更加地壮实，因此心脏踩踏显得更为有力，甚至深沉到浑然不觉的境界。他似乎瞥见了解开神识流浪之谜的金钥匙，他无限欣喜。他寻找了50年，不，千万劫轮回，只为了这个时刻。

他要知道：自己到底是什么东西？是物质？是精神？

不把这个谜底揭开，他还要流浪：孤单的、痛苦的、绝望的。这一世、下一世……永生永世。千百个也司的爱情也无法回答他这个问题。这三十年的婚姻，他都在用一个不存在的爱情幻象骗着自己：只有自己的妻子才可以给自己关于"自己"的答案。

但是，现在，他忽然转变了想法。也许，他的另一个自己，另一个魔鬼般丑陋的自己，曾经被自己恐惧与痛恨的自己，才可以真正地破除幻象，给自己的神识一个完整的家。虽然她丑陋、残暴，但她是自己的另一面，被良善的自己隐藏起来的另一面。他怎么可以恨她啊。她就是自己的化身啊。是在千百万劫的轮回中暂时走失的亲姐弟。不，恋人，真正的恋人。而自己对妻子的爱情不过是她的替代品啊。

河水是注定要归入大海的。神识是注定要回家的。宇宙是注定要毁灭和再生的。而自己，是注定只能爱自己的。他明白了，他爱的不是妻子，爱的是可以肯定自己存在的那个也司。也司不过是自己的另一半在现实中的虚幻投影。那现在，另一半的本体找到了，他突然可以放下对妻子的纠缠了。他可以专注于自己真正的爱，真惬意和舒适啊。为了这个，牺牲生命有什么不值得的呢？

使命怎么办？使命与内心的真相哪个更重要？

他又一次陷入了迷茫，就像他通过虫洞隧道时，在无边无际的光之抱拥中，产生了种种疑虑时同样的不合时宜。还有，他在糟蹋一去不复返的时机。

他在忧虑与骚动中与她对视着，彼此说不出任何话。他知道，对方也产生了同样的心灵震动，因为他们彼此时刻都能感受到彼此。刚才他想杀人的行动很迅速，虽然没有成效，但动机不错。现在，他的动机彻底消亡了。这一瞬间，他产生了一种强烈的性冲动，想跟她成为永恒的连体婴儿。

以列终于决定了：

"做，然后想。"

他第四次想起了自己古老家族的遗训。

他向对方伸出了胳膊，同时看到对方极度美丽又极度残忍的面庞上显示出了神样光辉。她也醉心于他的光环里。她坠入了爱河，也许是等待了一生的初恋。

由于身体的三根大动脉被束缚在女答离的光之枷锁里，以列的胳膊只动了几寸，就在空中停住了。突然一种排山倒海的力量冲进了他们中间，将他们活生生地震分开了。以列摔了一个狗啃泥，狼狈地抓着一个树干，才稳住了身体。他的身体又热又痛，像在瑞仪神殿祭坛的火堆上被烘烤着一般。

他的耳畔响起了女答离带着哭腔的声音：

"陛下，您怎么可以爱上他啊？"

女答离的哭声让他有了一点清醒：他想起了女儿。这短暂的清醒让他有了一种强烈的正义感：我怎么可以为了自私的爱情而辜负使命？

（四）

以列被带入可布石法老神殿的时候，还没有完全地从宿命的爱恋混乱中清醒。他在拼命地琢磨着她，甚至，思念着她。有好多次，他的心脏好像被女答离的光之枷锁穿透了一般，窒息般地痛，并泛滥着柔情。他刻骨铭心地感受到了她的激动，这让他泪流满面：她也在同样地思念着自己。他整个夜晚都在回应着她的呼唤，他觉得他们早就在肉体上合二为一了。他有了战栗般的兽性兴奋。他的眼前不断地浮现着女摊主的头颅，甚至，九头鸟身上流淌的血流。这残暴的血腥味道竟加大了他的心理快感。他在去往神殿的路上一直幻想着她被亵渎的样子。他渴望着用女答离的光之枷锁把她牢牢地捆住，然后杀死她。

他爱血腥的味道。

一进神殿内部，他就发现躺在金属飞行器架子上的法老，是个女的。即使她的身体被掏空了，里面塞满了又酸又甜的凡士林香料，以列还是能从她高耸的胸部，矮短的双腿和高挺秀气的鼻子上判断出她的性别。他彻底明白了，平行宇宙里的路光国，是一彻底的母系社会。

他突然产生了一种冲动，想见到也司亲王。他刚刚想到这里，突然听到神殿西北角落，豹子石像后面，响起了一个声音：

"你要见他干吗呢？好奇，还是爱恋？"

以列的心像瑞仪神殿里的祭祀大鼓般地被敲响了。他兴奋到几乎无法呼吸。身着红色长袍，头顶着黄金王冠的女以列王笑意嫣嫣地从石像后面走了出来。她似乎有所顾虑，或是想增加前戏的乐趣，所以故意不正眼看以列。还有，刻意地保持了一段与他的身体距离。她说道：

"别这么激动，你让我无所适从。军师反复提醒我绝对不可以爱上你。我现在回答你刚才想到的问题：是的，不能，你不能见到亲王，即使是好奇。"

以列这个风月老手终于笑了，他决定把这个高危险的做爱前戏接力棒顺畅地接下去。他要让她看到他调情的本领。还有这50年与她分别的人生中，自己究竟积累了多少本事：

"正如你所想的，我比你睡过的任何一个男人都威武和性感。谢谢夸奖。不过，我没有意愿跟你共享春宵，这会搭上我的性命。"

女王哈哈地大笑起来。她的开朗传给了以列，他也控制不住地大笑起来。笑声落地的时候，女答离颤抖的声音从以列的身后响起，她不知道什么时候已溜进了神殿：

"陛下，不可以对这个男人这样随便，您会没命的。"

女以列王产生了不快，像是被大人打断了游戏的孩子。她的不快以列全部感受到了。只见她有意抬高了胸脯，向空中响亮地拍了两声巴掌。秘密石头隧道的门被打开了，一个肤色黝黑，脸上横亘着一个刀疤，头发滴水的丑陋女囚犯被几个机器人卫士带了进来。以列嘟哝道：

"霍易易。"

女王突然感到无比的惊奇，她想着以列的话。女答离的声音又响起了：

"陛下，您为什么一定要让这个外星人来到这里啊？"

女王走到了巫师的面前，伸出手抚弄着她面前的黑白太极球水晶项链，温柔地说道：

"答离，换了新项链了？别这么紧张，也别太怕这个外星人，你的光之枷锁很厉害的。我知道自己在干什么。看你最近的体重又增加了，脸太胖了，所以你的唇膏怎么老是盖不上你的嘴唇啊。"

女答离尴尬地伸手摸自己的嘴唇。以列在这个时候听到了女王的心音：

"她怎么这么烦人和滑稽啊。要不是她对我有用，我怎么能忍受每天看到这么丑的老女人啊。"

女王走到了一身灰色长袍囚服的霍易易面前，带着好奇，转着圈审视着她。对方无动于衷地站立着。还有点高傲。女王做思考的样子，对女囚犯说道：

"我杀人如麻。血给我一种无上的快感。生理上的。但是，我第一次对死囚犯产生了好奇。我想知道，你的动机。议会长老们为了你的盗窃动机快吵翻天了。我实在想不通，这个躺在金属架子上又丑又干瘪的木乃伊对你会有什么帮助。你为什么要偷她？为了钱？还是是为了名？"

女囚犯头发上的水滴越来越多了，几乎把她的肩膀都打湿了。但她沉默着。这时女王冲着以列的方向扬了扬脸，问道：

"为什么你说她可怜？难道你知道她的动机？"

女王没有从以列那里得到答案，就继续踱着步，露出她平素生活中少有的深沉和让步的姿态，说道：

"如果你能告诉我犯罪动机，我可以免你的死。不，如果你执意要死去千古留名的话，我可以特批你死后进入国家墓地，还有，会有瑞仪神侍者为你的亡魂做超度。怎么样？"

女犯的目光中有一种难以察觉的亮光闪过，以列抓到了它。他决心再冒一次险。他想把自己家乡公墓里的亡魂复活一次。他想利用这个机会，弥补一次自己的过错。

他走到了女犯面前，女王没有阻拦他。女答离想阻拦，但看到了女王的眼神，不敢造次了。

以列叹息道：

"爱情与尊严，谁知道哪一个更要命……"

女死刑犯抬头看着以列。她为这个怪异男人的出现感到诧异，特别是他奇特的口音，增添了这神殿的诡秘氛围。这女犯一瞬间还以为是法老木乃伊复活了，附身于这个怪异的男子身上。她在等待着他打出下一张牌。

以列小心翼翼地步步紧逼：

"天下没有任何您偷不来的东西，是吗？"

"是的。"

女犯沙哑着嗓子，冷酷地答道。

"那为什么这次会失手？"

女犯沉默。她用沉默道着委屈与不满：她在这个神殿遭遇了会使用巫术的巫师。还有，她不该迷上她身边的也司亲王。自己的大盗术显然不及巫师的巫术。但她不会说，沉默是她的抗争方式。

以列稍稍瞟了一眼女王，对方正全神贯注地看着他。于是他踌躇满志地继续问道：

"如果我再给你一次机会，比如第三个亚金时到来之前，你如果能够在女王的眼皮底下偷走这个木乃伊的话，你可以自由。"

女犯的眼中露出了兴奋之光，她似乎不相信地看着女王，想从她那里得到认可。女王在微笑着，很显然，她对这个男人的提案很赞同。女犯突然燃起了重新活下去的勇气，她兴奋地看着以列答道：

"成交！"

话音还没有落下，女犯的身体突然从中央裂成了齐刷刷的两个部分，缓缓地向两边倒下来。很快，从分裂开的尸体脚下，有一股鲜艳的血之溪流向以列涌了过来。以列完全呆住了。

女犯的身后是一条绿色的电磁波巨蛇。它正扭动着身体，发着耀眼的光芒，瓮声

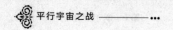

瓮气地说道：

"这里还轮不到你这个外星人发号施令。"

（五）

以列感觉自己的身后冒起一股强烈的冷风，他的心突然开始悸动，他知道，这是女王的心声。只听到女王冷酷地说道：

"答离，你敢动他一根毫毛，我就用这弯刀剁下自己的左手。你如果杀了他，我就自杀。没有了我，这场明暗物质世界的战争将以我们的失败而告终。"

绿色巨蛇愤怒又迷乱地扭曲着身体，卷起了冬季可时拉荒山才会出现的飓风，在神殿上空呼啸着。羽蛇飓风几乎把殿内的所有陈设品，包括那空中停滞的十三个水晶头骨都吹落到了地上。女巫师的怒气并没有止住，她几乎到了完全失去理性的边缘，平生第一次向尊贵的女王发出了动物似的吼叫：

"陛下，您到底怎么了？您不可以爱上这个外星人，你必须杀死他，要不然他就要杀死您的。"

木乃伊身上缠裹的黑色蛇皮在风声中发出了"呼呼"的鸣叫，似乎已经不胜其力，时刻可能爆裂。以列感觉到身体里缠绕的光之枷锁越来越紧，自己的五脏六腑都快被勒出来了。他知道再这样下去，不到比丘时，自己的肉体将会被巨大的光力切割成几大块。他知道，巫师开始用法力了。他剧烈地咳嗽，最后瘫软到了地上。

他不知道身后在发生什么，只是感觉到身体的压力有所缓解。他看到巨蛇突然消失了，风停了，巫师重新恢复了人形，惊恐地跑向他的身后，女王陛下的位置。他忍着痛，扭转过身，愕然地看到女王陛下掉在地上的左手。

巫师抱着女王无手的左臂，像一条被可时拉荒山里的冰雪彻底冻僵了的蛇，直挺挺地立着。女王却缓慢地露出了微笑。她在看着以列，却对巫师平静地说着话：

"答离，把他的枷锁解除了，给他自由。要不然，下一步我就剁下自己的左胳膊。然后是左足，左腿。最后是心脏，或者头颅。我把自己分解给你看。你想不想看？"

女巫师终于哭了，她完全失控了：

"不，陛下，为什么呀？您只对亲王殿下动心的……"

女王还在看着以列，继续微笑着说道：

"哦，不，答离。见到了他，我才明白了，亲王只是他的影子。我等待了他太久，大概有千万亿个劫。我只能爱他。我没有想到，他可以穿越平行宇宙来找到我，这是不能错过的奇迹！为了这个等待，在混乱与无明中我已经造孽太多，这一世的孽就在这里了结吧。我的灵与肉必须跟他合二为一，只有这样，我的心才可以不流浪。"

答离哭着继续撼动着女王的身体，说道：

"你们一阴一阳，两个相反的自己，互为彼此的反物质，只能生活在两个宇宙。如果合二为一，就只有毁灭。陛下，我给您看一下真相，以消除您的迷乱。"

答离说着半闭上眼睛，念动着咒语。突然天窗中有一束耀眼的瑞仪神光旋转着倾泻而下，以列还来不及躲藏，就已经被完全笼罩在光之绚影中。光影中的以列渐渐地变成了一个骷髅架子，接着架子坍塌，消融，最后只剩下一摊血水，泛着红光。

答离回头看着女王，说道：

"陛下，这就是您爱的真相。不要自己骗自己。"

女王惨笑着，摇了摇头，把脸扭向了女巫师，叹息了一声：

"哦，答离，我的答离。你不懂，你真的不懂哦。"

说时迟，那时快，谁也没有看清楚之前，女王右手上的弯刀已被插进了她自己的心脏上。答离惊呼，以列也奔着女王这边跑来，但被愤怒的答离用法力震到了几米远外的地方，摔到了刚才碎掉的水晶头骨们的碎片上。

巫师抱紧了女王，大喊道：

"为什么？"

女王的眼角流下了眼泪，微弱地求着答离，说道：

"给他解除枷锁……"

女答离擦了擦眼泪，恶狠狠地扭过头，朝着以列待着的墙角方向念动咒语。在女王的低沉喘息及女答离的咒语声中，以列感觉身体里的光之枷锁一条一条地被解开了。他觉得身体一下子无比地轻松，就试着运气，发现中央大气脉已经畅通，但两条旁边的大气脉还有略微的阻塞。但他已经来不及想太多了。他起身就朝女王的方向跑去，突然答离的法力又到了，他再一次被摔到了地上。怒不可遏的以列在爬起的同时，发出了豹子一样的叫声，想都不想地就用眼睛朝女答离的身上射出了两道凛冽的气剑！

也许是爱的力量，以列气剑的威力在一夜内大长，已经不是昨夜花园里小试牛刀时的情形了。这惊呆了女王与巫师。但两个女人还没有来得及多想，这位平生从未杀过人的武士家族后裔，竟再度朝女巫师的身上连着发出了极度致命的第二道、第三道气剑，先把对方的衣服烧着，巫师开始试着逃命，并匆忙地变身，想边打边退出神殿。可惜，就在巫师的变身行为刚刚完成到一半之时，以列一股脑地从眼中发出的十道凛冽气剑，全部射到了巫师身上。在女王"不"的微弱喊声中，巫师肥胖的身体被硬生生地斜劈成了两个部分：从腰向上已经变身完成的部分，在气剑的攻击下，随着电磁波的消失而消亡。而腰部以下尚未完成变身的臃肿肉体部分，流出黑紫色的血液，祭品似的摔倒在了法老木乃伊身前，发出了被烤焦的味道。

那完好的紫色巫师长袍飘带还在风中飘荡着，像一个战场上已经溃败的敌军旗杆，在彻底倒下前于晚风中做着最后一次挣扎与挺立。

以列冲了过去，将女王抱在了怀里，吻着她的唇，哭着。

女王微弱地问道：

"你杀了她？"

以列气鼓鼓地答道：

"你心疼吗？"

女王微笑着：

"不，只要你喜欢的，我就喜欢。"

以列把一只手放到了女王胸前的弯刀上，灼热地看着她，颤声说道：

"爱能让人彻底地改变，我平生第一次杀人，却杀得很从容，甚至，有了快感。还有，疼吗？"

女王只看他，诡秘地笑着。以列盯着女王看了一会，下定了决心似的命令道：

"闭上眼睛。"

女王微笑着，乖乖地闭上了眼睛。

以列伸手利落地拔出了女王胸前的弯刀，女王"啊"的一声发出了痛苦的呻吟。血液汩汩地从女王的胸前流出。以列用一只手压住了伤口，然后闭上眼睛，暗念动着《瑞仪心经》，朝半躺在自己怀里的女王身体里不断地输入生命之气。这本是为了杀掉对方而练就的一身本领，现在却用来拯救对方的生命了。

当窗外的雌比丘鸟又开始鸣唱情歌，金合欢树的变种又发出浓郁的咖啡香气之时，女王心脏的伤口竟已经愈合了。更神奇的，她的左手又重新长出来了。

女王转动着自己的左手，微笑道：

"你这个外星人好神奇。"

以列深情地看着她，纠正着对方的话：

"不，我不是外星人。我是你。"

女王想着以列的话，甜蜜地点了点头，用她刚刚获得新生的左手勾着以列的脖子，缠绵地吻他。

以列在女王灼热之吻的空隙，说道：

"我要你。"

女王直勾勾地看着以列，叹息道：

"我等了你太久了，都忘记了时间了。"

以列哭了：

"我也一样。我想要你，可以吗？"

女王的泪也流了出来，环顾一下四周，微笑着说道：

"这里没有床。只有木乃伊、死尸和残骸。"

以列吻着女王的唇，说道：

"整个金字塔宫殿就是我们的婚床。法老是我们的伴郎，巫师是我们的伴娘。洋溢着死亡香气的喜悦才最匹配魔鬼夫妻的床笫之欢。"

女王幸福地笑了：

"你现在是魔鬼的丈夫，不后悔吗？"

以列又吻了一下女王的唇，说道：

"我后悔这么晚才见到我的女妖。"

女王又问：

"我们会死吗？"

以列笑了：

"会的。不过会快乐地死去。"

女王失魂落魄般地看着以列，终于不再犹豫，决绝又痴缠地吻着对方。

神殿的墙壁和地突然开始了摇动，并发出了"嗡嗡"的声音，但他们无暇顾及太多，他们根本无法控制自己不去索取对方。

比丘鸟不叫了。

落到法野库雪山下的瑞仪神光的影子在夜空中全部消失了。

雪山开始了雪崩。

可时拉荒山吹起了罕见的飓风，飞沙走石。

无底深渊开始冒出了硫黄味道的黄色毒气。曾经的亿凡思家族的冤魂们开始从无底深渊的底部升起，发出了恐怖的叫声，浩浩荡荡地冲向了女王的金字塔宫殿。

金合欢树下的黄蚂蚁王国叛军开始启动了。它们按照刻在可布石法老神殿墙壁上的神秘预言指示，正河流般地涌向金字塔神殿。它们将吞噬这里的一切人与物，然后按照神谕，在路光国经过与暗物质世界的火星地球人十九年的星际战争后，在把火星地球人的人质，即也司亲王的女儿，发明了姆能的科技天才米亚小姐送还给火星地球人之后，它们将归顺于他们英武的一代名君，拉比那尔家族第十三代国王：斯塔-拉比那尔国王陛下以及他神一样的父亲，火星地球人出身的也司亲王殿下。

以列与他的命中女人终于合二为一了。他们在肢体的剧烈抖动中，在疯狂的呻吟中，在黄蚂蚁叛军吞噬他们之前，他们终于攀上了生命之最高峰。他们的灵与肉就这样相拥着、占有着，吟叫着，快乐地升腾成一团基本粒子，向金字塔宫殿上方的永恒黑暗缓慢地飘去。在一声震天动地的响声后，在一片耀眼的金黄色光芒里，那粒子团干干净净地消散了。

最伟大的爱情也许都是最荒唐的。因此女王与以列在自我认知之旅的过程中所自然而然生起的宿命爱情，最后只有在喧嚣的俗世里彻底消散，不被找到一丝痕迹，才恰恰合乎了一切情事都如梦如幻的根本逻辑。

如果爱情能被表达，就不是真爱；

如果真相能被找到，就不是真相。

也许，真是这样。

第十二章

木达的神威

"进攻、进攻再进攻。"

第二十七幅壁画：

一金字塔建筑周围前后
左右四个均等空间里，
围绕着四个小金字塔，
并有一道明亮的光圈
将它们围在了一个圆内，
形成了古地球人藏地唐卡中
常常出现的圆形曼陀罗形象。

（一）

　　木达坚持窝瑞尔将军驻扎火星，有两个理由：一、他觉得这个有些口吃，又重情讲义的将军不会跟自己始终在一条战线上，有些难以对付；二、他不放心黑暗洞穴里的火星土著部落。他知道螳螂捕蝉，黄雀在后的道理。他不知道这些土著人用了什么办法封锁了所有的太空信息途径，以至于他错误性地向火星人宣告过：地球人是火星上的唯一高等智能生物。为了这个错误的预告，他差点动摇了金属大教堂在开普勒城里诚信的根基。还有，在特伊女王与阿勒金陛下飞到了联合国总部的落成典礼会场的时候，黑洞神比任何火星地球人都显得尴尬，他觉得整个火星地球人类都在笑骂着自己。那之后，木达一次又一次地试图穿越造物者为土著部落人所设的信息保护层，可惜，这些古怪的土著人种如同躲在LS胖小子黑洞另一端的暗物质世界的生物们一样，都是他"可操控之外"的生物种，都是造物者为他设计的迷局。

　　木达向黑暗投去了思索的目光。就如同这场抢夺人质的星际战争一样，结局都躲在了黑暗里，躲在被扭曲了无数次、葫芦一样的多维度时空里。结局在他哥哥的怀里抱着。而哥哥的怀抱比命运本身还让人不可捉摸，比暗物质世界还让人不安。

　　无论他这只小虫子怎样攀爬，都永远找不到葫芦时空的谜样出口。

　　木达除了在研究如何携带微型姆能工厂的问题上，出席过几次联合国秘密军事会议之外，出发前，这位黑洞神一直显得异常的神秘，甚至连窝瑞尔将军都很难与他再交心。因此好心肠的将军不知道为什么为即将到来的战争忧心忡忡。就像他从前的三次婚姻一样，每一次结婚前，他都有类似的焦虑和坏的预感。事实证明，他的噩梦都成真了。要知道，火星地球人已经远离战争有350年的历史了。除了那场人鲨战争之外。如果追溯到大规模的人类间的战争史，则还要再加上一百年。火星地球人是否会生于忧患而死于安乐，一切都要等到进入胖小子黑洞后再说。

　　木达也很清楚，一旦进入暗物质世界，他必须随机应变，时刻准备着对付另一个时空纬度里出现的生物种群。他所唯一能够依靠的就是自己与哥哥的心灵感应。他希望哥哥一切平安。如果哥哥出了事，木达将无法再在这个宇宙里存活下去。如果他就这样自杀了，他连哥哥的梦境都回不去了。

　　他把这个抢救人质的军事行动命名为"凤凰行动"。他怀念这对对自己并不太友好的鸟夫妻，他知道它们已经是父母了，这让他平添了一丝惆怅：这对鸟夫妻是他与哥哥曾经有过的美好家庭生活的见证，希望它们还有机会继续见证他与哥哥的未来生活。

　　他随军携带的微型姆能加工工厂设在了大白鲨形飞艇里的一个角落，只占据了不到几百平方米的空间，由20名全火星最杰出的科学家组成。在这个家庭游泳池大小的空间里，一条百米长的超光速裹里合金粒子加速管道，一条50米长的L形黑洞能量吸收管道，就是这个姆能加工工厂的最基本构造。在粒子加速管道中自动合成的人工黑洞，将被引到这条L字形管道里。这里，从人造黑洞中喷发出的霍金射线将会源源不断地被提炼，自动合成出姆能，合成好的姆能再被输送到管道底部的圆球形能量储藏器里。在储藏器内部，分散的姆能将被制成形状不均的姆能电池及微型炸弹。而用来改变暗物质世界时空纬度的超姆能电池，是最大型号的姆能电池。与一般指甲大小的姆能电池相比，这个呈正方体形，足有一个成人拳头大的裹里合金能量储备器却是一个十足的魔鬼。一旦它被安装在姆能时空导弹的枢纽部位，导弹被启动、爆炸时，预定到达区域内的目标遭受的不是物质性的破坏，而是时空纬度的丧失。它自己的时空场将被火星地球人设定好的新时空场所代替。同时，原有的武器配备将因时空场的改变而完全失效。

两个月来木达一直与窝瑞尔将军致力于姆能时空导弹的秘密研制。同时火星联合国太空舰队也在忙着搭建秘密姆能加工工厂，组织人员，并向112艘太空飞船荷载各式战略武器。包括已经不太被使用了的反物质湮灭导弹及微型反物质炸弹。这种微型反物质炸弹被安装在一个貌似传统手枪形状的裹里合金发射器中。目标一旦被命中，将会自动在其内部产生对抗对方"反物质"的"反物质"，两个"反物质"湮灭的结果是目标将在不到0.1秒的时间内急速升温至岩浆状态，紧接下来3秒钟内，目标将会自动分解，爆炸，消失。由于这种反物质武器有着它致命的弱点，即破坏性的不可操控性（如果一旦误伤到了自己人，后果不堪设想），所以，近20年来，随着姆能能源的广泛运用，已经逐渐被淘汰。这次木达之所以坚持着重新带上这些被丢在姆能太空基地军用仓库里的老古董，原因就是害怕最先进的姆能武器一旦在暗物质世界的时空场里失效，作为替补队员，希望这些老古董们能发挥些作用。毕竟，宇宙中没有一个生物不惧怕自己的反物质的。反物质炸弹具有"以不变应万变"的实用性能，因此，它还是有诱惑力的。

问题的关键还是要控制时空场。

木达还有一个不成熟的偷袭方案。即依靠姆能的力量，在暗物质世界随机快速地搭建秘密时空隧道，出其不意地袭击对方。最好在战争的开始时使用，最有效。这也需要一个大前提做保障：自己要知道对方的城堡在哪里才行，否则自己挖的都是盲人战道。而暗物质世界如此广大又神秘，星系浩瀚无边，这茫茫的时空隧道究竟要搭建到哪里，同时又不被对方发现呢？

窝瑞尔将军几次找过黑洞神，与他探讨如何很好地消化掉粒子加速管道内，人工黑洞被合成的瞬间，伽马射线能量的爆炸问题。同时，姆能加工完成后，黑洞残余垃圾的处理问题。木达坚持在姆能合成管道内引爆黑洞残骸，并因势利导地将伽马射线能量场转换成热能炸弹储备。窝瑞尔将军则担心这会增加姆能合成管道的压力风险承受系数，所以他建议试着将黑洞垃圾引到太空里去处理。最后将军听从了黑洞神的所有建议，并不再反对携带白洞生产预备管道以备可能遭遇的最坏战争状况：在营救人质行动完成后，必须靠人造白洞与黑洞的交替投放与使用，彻底毁灭暗物质世界的某些星球与物种。

"这是明暗物质世界生死存亡的星际战争啊！"

将军是被黑洞神一本正经地注视着，说了上述的话的。将军听出了话外音：不要太心慈手软。将军涨红了脸，本想说些外交辞令回敬黑洞神，但他不合时宜地开始了口吃，他于是放弃了反驳，向黑洞神微微点头，就大步地走出了金属教堂。他将直奔火星最高军事委员会，把黑洞神的最后方案拿给众位将军们参考。同时，最后敲定出兵人选。想到空置了许久的帅印将由黑洞神来亲自接管，而自己这个火星最高军事长官竟被黑洞神架空，他很不是滋味。

窝瑞尔将军看着川流不息地拥进金属大教堂的信者们，想到这些不知道将要发生什么的火星和平呆子们，想到他们正期待觉元素诞生以增加性爱快感的狂热，他的心里涌起了复杂的情绪。还有，他有些想念他成为人质的小朋友，不知道有生之年是否还能够见到他。一想到这里，他忽然觉得自己的尾骨及腹部开始发痒，仿佛有一条过去断掉的尾巴现在又来寻觅自己，要追着自己把它重新安上一样。于是他有一种冲动，想钻进一个阴翳、潮湿的树丛里，像一只蜥蜴一样，高高地竖起自己的尾巴旗杆，把那足有三米长的舌头快速地伸缩，粘住和碾碎几只过往的肥昆虫，如是好好地饱餐一顿美食。吃饱后再把自己的肚皮贴在地上好好地蹭一蹭。如果再有幸能找到一个匹配的异性做爱，该多么舒服啊。那样的话，自己将不再介意，谁当了火星地球人的最高军事长官。其实，宇宙都将毁灭了，还有什么好计较的呢。

（二）

木达从火星联合国太空舰队精挑细选了1000名年轻的士兵，把他们分配到112艘星际战用飞船里。他向他的士兵们隐瞒了姆能加工工厂的事实，以及这次出兵的真正目的：去抢夺人质，到火星地球人只是听说但却从没有真正见到的暗物质世界。

1000名身强力壮的士兵们临出发前只是被告知去外星系执行代号为"凤凰行动"的异常特殊星际战斗任务。士兵们大多猜测是扫除流氓太空黑洞；要么是修建特殊战略时空隧道；或者开发新星球资源；再神秘一点，绕路去征服土著部落。或者，去消除某种不同寻常的外星系战争威胁，比如一直对火星地球人虎视眈眈的中子星系物种等等。总之，士兵们兴奋又惶恐，毕竟他们中三分之二的人都是些没有什么实战经验的纸上谈兵高手，真实的"战斗生涯"都是在姆能卫星基地的虚拟演习舱内度过的，很少有机会把脚踏实实在在地踩在地面上，除了约会生化女人的周末。他们当中只有为数不多的"老兵"曾经与黑洞神出击过扫除R-5彗星袭击火星的星际战斗任务。还有几位十多年前跟随过窝瑞尔将军实战发射过一颗人造白洞：那是只有20岁的霍里那稀金博士成功地计算出即将袭击火星的流氓黑洞的运行轨道，在最恰当的时间、最恰当的距离成功地发射了一颗反黑洞的人造白洞，从而免除了流氓黑洞袭击火星的陈年老事。

出兵的那一天天气非常好，真是一个好兆头。黑洞神背靠着火星朝阳在9名黑衣侍者的簇拥下，从容地检阅完士兵，直接登上了秘密地荷载着微型姆能工厂的大白鲨指挥船，108名火星最出色的科学家们早就在那里准备就绪了。连同被扣留在暗物质世界的亚特本人，可以说，现在的火星上最顶尖的科技人才都几乎飘浮向外太空了。士兵们不知道他们身后的老家已经成为了一个智能空壳，只是毫不知情地迷信着与黑洞神一起执行星际战斗任务的好运。真是百年一遇的好机会啊！他们可以透过黑洞神猩红色的斗篷看见那溢满着生命力的粉红色姆能心脏，与火星太阳的淡黄色晨晖相映成趣。还有他深邃又忧伤的眼神，以及他不知道是在笑还是欲言又止的性感嘴唇，真是充满了无穷尽的个人魅力啊！有多少火星女人渴望那嘴唇的亲吻啊，连男人都爱那嘴唇啊。谁会不迷恋只会诉说爱的嘴唇呢？遗憾的是这是一次秘密的外太空军事行动，否则，这些火星年轻人们会因为跟随黑洞神的御驾亲征而收到多少姑娘们的鲜花和亲吻啊。

当木达踌躇满志地踏上旋梯的时候，他在所有士兵的眼中都洋溢着无上的神样光辉。哦，他的哥哥，疯狂又失落的霍里那稀金博士现在都有些相形见绌了。甚至，连造物者本人都要害羞得躲在黄金大教堂里面不敢出来了。在大白鲨指挥船的舱门被关闭前的那个瞬间，黑洞神如士兵们所愿转过了身，稍稍眺望了一下远方，牵挂似的看了一眼开普勒城一角不断喷烟的可苏尔娜火山，或者，他的金属大教堂后，用他一贯优雅又阴柔的语调，对士兵们问道：

"我的孩子们，准备好了吗？"

黑洞神轻声的一声问候，就给这些风华正茂的年轻人点燃了无比的斗志，响彻火星云霄的声音顿时传了起来：

"为了火星，为了黑洞神，战斗！战斗！"

112艘火星星际飞船到达LS胖小子黑洞临界点附近的时候，木达满意地得到了姆能微型加工工厂运行正常的报告。各飞船抗黑洞引力装置的姆能量也完全正常，只等待着穿越黑洞的指令下达。木达在穿越胖小子黑洞临界点的前一晚，才在大白鲨指挥舱内，对士兵们传达了此次"凤凰行动"的真正目的地：穿越这明暗物质世界的界线，到达暗物质世界的路光星球，去拯救被绑架的霍里那稀金博士。士兵们震惊于两件事情：

一、这从没去过的暗物质世界要如何到达？

二、博士为何会被绑架？

不安开始在士兵们中间弥漫，像黑色瘟疫一样。木达感受到了，但他并不介意。他知道这是人类最正常的反应，当他们遇到生活经验之外的事件的时候，总会不安。他并不怜悯他们，但是，他需要他们，于是，他进行了第二次战前动员。他声情并茂地再次让士兵们相信了他，就像他让7亿火星地球人都拜倒在他脚下时一样。他有着魔鬼般的煽动力与天才的演说能力。一个温柔的极富个人魅力的新型独裁者。

他并没有低估战争的残酷性与多变性。为此，他无数次地命令各个飞船的指挥官们：一旦进入胖小子黑洞，一切必须听从自己的指挥。如果胖小子黑洞只是一个普通黑洞的话，即便不能穿越，凭借姆能的力量，也可以安全返航，至少不至于被其引力吞噬或在突破临界点一开始就被引力无限地拉长，船断人亡。问题是，一旦这里被确认为连接明暗物质世界的界点，那么暗物质世界究竟存在于扭曲的葫芦时空的哪一维之中？何时启动姆能加工工厂以搭建新时空隧道，或者创造自己纬度的时空？

木达边审视着太空信息台上的胖小子黑洞内的图像，边给各飞船的指挥官们详细地讲解着作战计划。他告诉指挥官们，根据他与哥哥心灵感应的途径判断，他断定暗物质世界的入口将在第九维空间。如是飞船到达奇异点前，将暂自动设定进入第九维空间，而时空隧道将在突破奇异点，进入第九维空间后同步搭建，否则，飞船们将会迷失在新纬度的时空里无法返航。还有，他蜻蜓点水般泄露了一些内心的忧虑：暗物质世界里一定有着不同寻常的重力引力场，因为他与哥哥的心灵感应电波传达得非常不顺利，时断时续。最后，为了不让他的军官们感觉到自己完全是在打一场没有胜算的战争，他又一再地强调了姆能能源的伟大，以及自己神的身份及各种超能力。

第二天，穿越胖小子黑洞的"凤凰行动"正式开始了。木达的大白鲨飞船第一个率先进入胖小子黑洞，112艘火星地球人的星际飞船跟着鱼贯而入，这个荒芜的星际黑洞第一次因为战争的到来而显得拥挤不堪。

在奇异点处，木达突然接到了哥哥的模糊信息：

"路光——活着——伊芙——九维——黑雾——压力——"

木达立即命令突破奇异点的行动暂缓，因为他对自己预先的判断产生了怀疑。他觉得这第九维空间似乎并不是暗物质世界的入口，但是，入口又离它不远，甚至，被隐藏在这一层空间之后的什么地方。为什么哥哥与自己的心灵感应电波在通过第九维空间时，总是要被扭曲好多次，断续好多次？

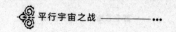

第九维空间内还存在负空间？

一想到负空间，木达头上的汗流了下来：这是个什么东西？从来没有想过，空间的后面还有负空间，这要怎么办才好？这负空间要穿越九维空间后到达？那怎样找到正负空间连接的接线？或者直接绕过九维空间，寻找藏在其对立面的负空间？

木达焦虑地在指挥舱里踱着步，在想着每一种可能性，以及他一旦下达了错误指令所要带来的致命后果。木达极力命令自己冷静，但他的命根子心脏却开始不合时宜地疼痛起来以至于他的九名黑衣侍者都窥探出了端倪，眼中露出担忧。

木达决定下决心之前，再试一次运气。他希望哥哥能给自己答案。

他把所有的意念都集中于一点上，缓缓地闭上了眼睛。虚空中，他陷入寂静与冥想。他感受到了，哥哥已经听到了他的呼唤，但是，不知道为什么，哥哥非常地不安，还有焦虑。

木达没有时间去体谅哥哥的处境，他需要从他那里获得直接的答案：怎样突破九维空间到达负空间？直接穿越，寻找接线，还是绕到背后去？

木达的心突然陷入了黑暗，甚至有了一丝宁静，就像闷热的夏夜突然吹起来的凉风。木达仿佛回到了自己久违的故乡——哥哥的永恒梦境。一条清澈的小河。河水底部一面巴掌大小的圆形镜子。他毫不犹豫地把手伸进河水中，拿起了那面镜子，发现那镜子里映的不是自己的面庞，而是一个简单的数字：9。他把镜子翻个个，发现那镜子的背面依旧是一面镜子，那里面的数字也是一个9，不过是反写着的。木达浑身一冷。镜子"啪"的一声掉进了河水里。眼前一片漆黑，图像没有了，哥哥的心灵信息断了。

木达一下子从冥想中醒了过来，问着自己：

哥哥到底在指示我什么？

也许他根本没有明白我的困境。

不，哥哥一定明白。

9与反写的9。

阳与阴。

正与负。

木达决心已下。

他不再犹豫了，命令所有的飞船跟随自己突破奇异点，先进入第九维时空。进入第九维后，见机行事，最终的目的还是要等待自己的指挥船搭建突破负空间的虫洞隧道。一切都要听从自己的指挥，不得擅自行动。

否则，军法处理。

（三）

木达的大白鲨飞船在进入奇异点后，完全陷入了黑暗，比奇异点外面的黑洞还要黑。因为在黑洞里，还有隐约地喷射出的霍金射线，黑洞并没有想象中的黑。但是奇异点这里则不同了，完全是死亡般的黑色。过了奇异点，大白鲨就像一只失重的鸟儿一样，开始在无尽的黑暗中飘荡起来。这是一个好兆头，因为这说明了，胖小子黑洞的奇异点的确是明暗物质世界的接点，特别是当木达看到蜂窝形复数异空间入口的时候。

通往暗物质世界的第一步已经成功了。

但是，接下来的问题是？要选择哪一个入口？

木达眼睁睁地看着飞船在黑暗中起伏不定地飘荡过一个又一个入口，他都做了过路客。他不敢轻易下达进入迷宫入口的指令。

每一个地方都如此的相像，每一个入口好像刚刚通过，又转了回来。木达想起了哥哥的梦境中经常出现的身陷沙漠，总是踩着自己走过的脚步原地绕圈的可怜旅人。他害怕了。如果这样绕下去，自己的飞船总会有能量耗尽、携带的食物与水被吃光的时候，那这场战争将以自己的全面失败而告终。没有死在暗物质世界人的枪口下，而是死在了人家的大门口，的确够丢人的。

木达情急之下，再度向哥哥发出了求救信息。他等了很久，直到他的飞船爬过一个怪异的瓶颈形空间高地的时候，在飞船正对面的黑色虚空里，木达强烈地感受到了心弦被拨动的快感。他急忙捂住了狂跳的粉红色姆能心脏，兴奋地大喊：

"进入这个入口，这里就是第九维空间的入口。进入后立即启动时空隧道搭建装置，准备通过接线进入负时空。记住：

第一，命令112艘飞船时刻准备做好进入负九维空间的战斗准备；

第二，把姆能运行装置启动到最大值。一旦进入负空间，飞船将要以超越光速的速度行驶，否则，将在负时空中船毁人亡！"

最高九人指挥组齐声表示反对，因为黑洞神所指的空间里，什么入口的迹象都没有，只有黑暗。但是木达却斩钉截铁地坚持着：

"突破这道黑色的虚空。你们什么都看不见，但是我却什么都能感受得到！我相信哥哥！"

大白鲨飞船找到负九维度空间入口并没有像木达想象的那样困难，因为在它硬挤入了九维空间的虚空后，木达感受到的心灵震动也随之越来越强烈，这使他相对轻松地找到了两个正负时空的接线点。大白鲨一到连接点的空间位置时，木达更真切地感

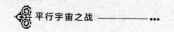

受到了哥哥充满喜悦的粗重呼吸声。他离别这种感受有十多年之久了。

木达的身体因为兴奋而发冷、又灼热。发疼的粉红色心脏重复地传递着哥哥的心音：

"对，木达，就是这里，这里……"

从大白鲨飞船的腹部推出的强烈姆能能量场正搅动着九维空间，发出了"轰隆隆"的轰鸣。一个约十米见方用肉眼可以清晰地看见的乳白色空气隧道在一点一点地向黑暗的空中延伸着。只见那巨型怪物的头部慢慢地从低垂到高昂，从柔软到坚挺，不乏霸气与力量，向目标直接地扑了过去。而它的身子却软绵绵地跟随着头部蠕动着。等它的头部终于咬住了时空接线点的另一端的时候，它"啪"的一声钉在了负空间的入口处，死也不动了。它的身体也随着一下子僵死。

木达目睹了这场太空壮举，满意地点了点头。从出征以来他第一次露出微笑，回头对他的军官们笑道：

"晚餐在暗物质世界路光星球的王宫里吃吧。那个星球就躲在了瑞仪星的光辉之后。真可惜，我们忽视瑞仪星太久了。原来，它不仅仅是一颗平常的恒星，更是他们的守护神瑞仪神的老家。我很想会会这个神。"

木达的周围响起了热烈的掌声，那是火星军官们对黑洞神的杰出军事指挥能力发出的由衷赞赏。木达沉浸在这喜悦的时间太短了，他暗自皱起了眉头，因为他的命根子心脏此刻竟开始脆弱地抽搐起来。疼痛使木达举起了手，他在示意军官们停止鼓掌，但却没有一个人领略了黑洞神的真正意图。鼓掌声与欢呼声似乎更加地强烈了。

木达感到严重的耳鸣，身体发虚，头重脚轻，眼前的景象出现了模糊，而心脏却越来越热，似乎要炸开。他产生了错觉，以为自己已经飘到了飞船之外，正以赤裸的肉身进入暗物质世界。否则，如何身体如此的冷，心脏如此的沉重，而眼前又如此的黑呢？

他在晕倒前这样在心底喊道：

"天啊，我不要倒下。这个关键的时候，不吉利。拿破仑在滑铁卢战役之前也这样病倒过。哦，不，不能晕倒，我称霸宇宙的第一场战役，不要成为我的滑铁卢。我到底怎么了呀?!"

（四）

黑洞神病倒的事实只停留在了火星最高九人军事指挥小组内部。虽然木达失去神识的时间按照火星时间的计算方式才半个小时，甚至在对面那个以超光速速度运转的负时空里根本不算什么，但震撼力太大了。

不安与焦虑开始在火星九人小组中蔓延。进入负时空的战斗任务因此被拖延了一夜。整个士兵层都一如既往地被蒙在了鼓里。

木达是自动苏醒的。他的九名侍者所做的就是在这期间不断地按摩他的姆能心脏，似乎他们早就对此事司空见惯了一样。最高层指挥官们有一种被欺骗了的感觉，看来黑洞神并没有想象的那样战无不胜，他还藏着不可告人的秘密。但是，没有一个军人想更多地探讨黑洞神的私人秘密，在这个时刻，任何可以动摇军心的想法与行为都是不可饶恕的。军人的本性让他们只愿相信胜利，就像他们相信黑洞神一定会苏醒一样。

木达缓慢地睁开了眼睛。他感觉到了沮丧与悲伤，但他极力地掩饰了。他挣扎着从指挥椅改建的临时病床上起来，整理一下散乱的发髻和红色斗篷，向分散在他周围，正用焦虑与狐疑的眼神观察着自己的九名军官微微地点了点头。他没有解释任何东西，下床，缓慢地走向指挥舱的窗边，看着窗外刚刚被架设好的时空隧道，对着黑暗，说道：

"等112艘飞船全部通过之后，命令最后一艘护卫船把它毁掉。我不要给暗物质世界的人留下任何可勘测的蛛丝马迹，一切要绝密地进行。还有，一进入负时空，要时刻提高警惕。因为我相信，暗物质世界的人不会对我们一点察觉都没有，尤其那个羽蛇巫师。他们现在还保持着沉默，不知道他们是有意地在请君入瓮呢，还是另有计谋，总之，小心。"

明物质世界112艘飞船，连同木达的大白鲨指挥船通过时空隧道浩浩荡荡地驶往路光星球的中途，没有遇到任何拦截，时空隧道也没有遭受任何的破坏，甚至，当木达的大队人马出了时空隧道，彻底地进入路光国的王宫金字塔上空的时候，也没有出现一个暗物质世界的士兵，这让木达大为惊异。他本以为会遭遇暗物质世界人的殊死抵抗，没有想到，他竟一枪不发地到达了他们的王宫，但却得到了一个死城。他得到的反馈太空信息表明，火星地球人脚下的王宫里没有一丝一毫的生命信息存在。

木达命令大白鲨飞艇在金字塔王宫的顶楼平台处停泊下来。当他决定打开舱门，走下旋梯的时候，他遭到了最高军事指挥小组所有成员们的反对。他们认为作为"凤凰行动"最高军事长官的黑洞神不可轻易冒险进入敌方领地。还有，不知道火星地球人的"血肉之躯"是否适应这陌生星球。他们不知道这凹凸镜般重叠的黑雾里面到底藏着什么。这里的一切好像都被这神秘的黑色物质给扭曲了。这里是负空间，时间该是在倒流着。现在，也不知道是白天还是晚上，因为层层云雾中透出的光不像光，使金字塔更像是魔鬼笼子。那被雕刻在每一个台阶上的怪异象形文字和图案更增加了它的诡异色彩。

木达什么都没有想。甚至这金字塔，这石雕，这黑雾，这惨淡的光，这空气压力，这倒流的时间。他想的只有一件事情：为什么哥哥引我来到了这里，却断了联系，这真让人不安。玛雅人真是善于玩失踪游戏啊。1700年前他们就是这样走的，甚至还没有吹灭灶上的火，留下一个布满着谜团的森林和预言经给地球人。现在，他们又走了，悄无声息地，却不该带走了我的哥哥。

"玛雅人！"

木达的嘴角露出了冷笑。他原先把问题想得太复杂了，他还以为他们会是一摊蓝色海藻，黑色的煤炭，巨型金属、人造怪兽，或者风状、雾状、水状、电状的物体……现在清楚了，是的，羽蛇、金字塔、象形文字、比丘鸟、神秘的黑雾、空气压力……都无非是些障眼法，他们的真实面目是一群胆小鬼。

哦，他们怕了。

木达执拗着让侍卫打开舱门。当舱门缓慢地张开，暗物质世界的黑雾铺面而来的时候，木达首先感觉到的是尖锐的耳鸣，接着，他的心脏开始发闷。木达告诉自己，要挺住，这次，不能再晕倒。

他用左手拼命地按住心脏，缓步地走下旋梯。

他要走下来，亲自走下来，给他的士兵们做一个身先士卒的榜样。是的，敌人害怕了，逃遁了，留下一座空城。即便如此，他还是要作为占领者，从逃遁的敌人手中接下这个王宫，完成权力交接仪式。还有，他想踩着哥哥曾经的足迹，把这人质之旅亲自体验一次。他想感受哥哥的感受。

当他的双脚踏上暗物质世界的土地的时候，他感觉自己踩在了虚空里，他的脚下什么都没有。木达慌忙地低下头察看，双脚的确是踩在石块上，可为什么全无感觉呢？他伸出右臂，发现他的胳膊仿佛被延伸到了无限长，他产生了一种幻觉，以为自己的胳膊被黑暗中的什么怪物给拉长了。他赶紧收回了胳膊，转动着拳头，确定着自己的肉体完整。他轻飘飘地走到了金字塔正门比丘鸟石雕下面，与比丘鸟的双眼对视了一会。那鸟仿佛是死的。不，它的确是死的，这整个暗物质世界似乎都死了。

木达再次向哥哥发出了心灵感应信息，但是，他还是什么都没有得到。

木达决定了。他快速地返回了指挥舱，冷酷地下达了如下的命令：

"全部战船马上撤回时空隧道。安全隐蔽后，听我的命令，准备发射反物质湮灭弹。我要整个王城从暗物质世界永远地消失。我要让他们尝尝捉弄黑洞神的后果。"

窝瑞尔将军的副手，来自金国的军事参赞格路容上校表示了反对：

"尊贵的黑洞神，炸掉空城是否会激怒暗物质世界的人，进而伤到人质。战争不是我们的目的，救出人质才是目的。"

木达并不看军事参赞，而是盯着窗外的金字塔：

"不，参赞阁下。战争才是我们来到暗物质世界的目的。我们要征服这里的生物，要不然有一天，我们要被他们征服。不，这一天不远了，宇宙大判决日来临的时候，他们会跟我们争夺生存权。所以，毁灭他们与抢救人质同等重要。还有一点，激怒他们才可以引蛇出洞。如果他们永远躲在黑暗里，我的时空隧道就要不停地架设下去。总有一天，我们会弹尽粮绝的。知道拿破仑和希特勒怎么在远东吃的亏吗？"

木达回头看着格路容，参赞显得有点紧张，但他别无选择，只有回答着黑洞神的问题：

"战线拉得太长了。战期也拖得太久了。"

木达点了点头，把视线从军事参赞那里挪开，散落他周围的众军官身上，优雅地说道：

"谁知道暗物质世界的冬天有多冷呢！"

当来自明物质世界的第一发反物质湮灭弹命中暗物质世界的金字塔的时候，112艘太空战船里的千余名官兵竟没有一个人感觉到欢欣鼓舞。官兵们蜷缩在时空隧道的安全角落里，看着中了自身反物质湮灭弹的金字塔在眨眼工夫就喷发出剧烈的火焰，随即爆炸，消散于黑暗中，竟不留一丝残骸与瓦砾的时候，大多第一次经历战争的年轻士兵们都张大了嘴，不知道如何去评价眼前的景象。有的年轻人竟轻声地饮泣起来。

但是，故事的发展马上就峰回路转了。在了无痕迹的原地上，黑暗的虚空中，瞬间又完好无缺地冒出了新金字塔！

与毁灭前的金字塔相比，无丝毫差别！

所有明物质世界的人，包括木达本人都呆住了。

尴尬了一小会之后，木达的额头开始有汗珠冒出。他苍白着脸，用从未有过的冷酷语调命令道：

"再发反物质湮灭弹。"

反物质湮灭弹前后发了5枚，共毁灭了5次金字塔，暗物质世界中也诞生了5次王宫。当最后一座金字塔在虚空中冒出的时候，一个更加匪夷所思的景象出现了：

它的周围前后左右四个均等空间里，同时出现了围绕着它的四个小金字塔，并有一道火星地球人用肉眼也可以清清楚楚地看得见的光圈将它们围在了一个圆内，形成了古地球人藏地唐卡中常常出现的圆形曼陀罗形象。

"这是坛城。"

有人在木达的周围感叹。

　　格路容上校走到木达面前，颤声说道：

　　"这暗物质世界的神秘力量太强大了，似乎有神护。我们对这里的一切都一无所知，这场战争不要打下去了。"

　　木达恶毒地说道：

　　"发射姆能炸弹，连发十发。如果再不能摧毁它，我就发射人造黑洞。没有什么东西能够逃脱黑洞，没有！连他们的瑞仪神也不能够！"

第十三章

魔高一尺　法高一丈

“有所虚空，
无所不能。”

第二十八幅壁画：

两个即将拥抱到一起的人：
木达与亚特。
空中撞下一头比丘鸟来，
将两个人的拥抱隔开。
比丘鸟不偏不倚地撞到了木达的心脏上。
木达表情痛苦又凝重。

（一）

木达的十枚姆能炸弹有了与反物质湮灭弹同等的命运。第一枚拳头大小的人造黑洞终于飘向了暗物质世界的金字塔坛城，整个坛城眼见着被飘飘而至的黑洞一点一点地吞噬，火星地球人吃一顿午饭的工夫，如梦如幻的坛城就彻底地消失了！

黑洞在暗物质世界的浓雾中怪物似的逡巡着，似乎在寻觅着新的猎物。这一刻，所有的地球人都产生了一种错觉，这人造黑洞真是一个可怕的恶魔，它该属于这里的黑暗，而不属于明物质世界。

问题马上出现了，如何处置这离火星地球人如此之近的人造黑洞？112艘飞船会不会是它下一个猎物？

"需要发射白洞吗？时空隧道不保准能躲开它的临界点。现在，它成了最有威胁的敌人。"

格路容上校面露无限忧虑地说道。

"不。"

黑洞神冷酷的声音给九人组的心吹进了一股冷风。他不改阴沉又优雅的语调，这样问道：

"博士不在这里。请问姆能工厂里的108位科学家中有谁可以准确无误地计算出黑洞白洞湮灭的轨道、时间，像博士在15年前所做的那样？"

木达等了一下，见无人回答他的问题，于是，他故意加重了语气，说道：

"理论上黑洞白洞可以互相湮灭，但如果碰撞轨迹出一点瑕疵，我们将又多了一个敌人。尘埃还没落定，我们先要往自己的大门里踢上两个乌龙球，真是不爽。所以……"

木达突然转过了身体，洒脱地脱下了他的猩红色斗篷，露出了他黑色长袍里闪烁着的粉红色心脏，挽起了袖子，整了整黄金束发卡，用漂亮的双手拍拍面颊，看着上校说道：

"参赞，您不要忘记了，我是从哪里来的？"

军事参赞尴尬地张张嘴巴，回头看了看他的同僚，人群里响起了一个不大的声音：

"黑洞。"

木达听见了这个声音，罕见地笑出了声。他看着那位回答了他问题的军官，说道：

"可塔色将军，我们一起出兵C-M II行动时，您亲眼目睹了我是如何用赤裸的双手捏碎了那颗偏入火星轨道的彗星的。今天，你可以有眼福再见证一下我是如何吃掉

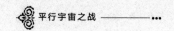

自己的孩子的。我知道，您来的时候，跟窝瑞尔将军为这场战争的结果打了赌吧。我很有兴趣，将军用了什么做了赌注？"

年轻的军官显得又佩服又尴尬，似乎感染上了窝瑞尔将军口吃的毛病，说道：

"巴拿马……雨林中的蜥……蜴尾巴……"

"不。"

木达看着年轻的将军，微微地上扬了一下他性感的嘴唇，伸手从自己的前额发际处揪下一根头发，递给了可塔色将军，优雅地说道：

"您跟将军都很想知道我的头发是不是空心的，对吧？无论您赢还是输，你们的赌注，即我的一根头发谁都永远无法得到，因为我不会把头发给你们中的任何一个。实际上，你们两个，都赌了我输，是吧？"

木达看着可塔色将军正在观察着自己的头发，就笑着问道：

"是空心的吗？"

将军红着脸，摇了摇头。

木达低声说道：

"收好它，回火星拿给将军看。还有，我们一定会赢，请有信心。"

木达说完，转身命令再度打开大白鲨舱门。

在112艘飞船所有官兵的注视下，黑洞神木达走下旋梯，奔向了时空隧道的入口处。

木达缓缓地向黑色虚空中伸出了双手，微微地闭上了眼睛，嘴中轻声地念动着什么。随即，他的粉红色姆能心脏中发出了一个耀眼的光束，徐徐地向黑暗中延伸，扩大，旋转，很快，就形成了一个光之旋涡，涌向无目的飘荡着的人造黑洞。只见黑洞也似乎被这光束吸引，缓慢地向其靠近。终于，拳头大小的黑魔悄无声息地卷入了光之旋涡，瞬间，黑洞内部蹿出了一条又一条的红色射线，不均匀地舞动着，欢快地向粉红色心脏涌来。这是人造黑洞内部的霍金射线被吸引而出现的炫目景像。所有火星地球人都知道，一旦黑洞内部的霍金射线被外力全部吸光的时候，黑洞将变成一个没有了血与精气神的行尸走肉，它的出路只有一条，作为黑洞残骸，在太空中爆炸，消失。

黑洞神的粉红色心脏由于吸收了人造黑洞的能量，变得越来越艳丽。看来，黑洞神已经将人造黑洞的引力能量自动转换为姆能滋养自身了。

这是黑洞神的超大手笔啊！

木达缓慢地睁开了眼睛，嘴里的咒语停止了。他在进行着征服人造黑洞的最后一道程序。他把游移到自己心脏前的人造黑洞残骸从光涡中一下子抓住，双手用力地揉搓了几下，随即果断地向黑暗中抛出一个火球。

火球"嗖"的一声冲向了茫茫太空。随着一声剧烈的爆炸，一点一点地在黑暗中消散了。

如雷般的欢呼声从112艘飞船及大白鲨飞船的指挥舱中传出：

"为了火星，为了黑洞神，战斗！战斗！"

（二）

木达与暗物质世界的人所遭遇的第一场真正战役，竟是同无底深渊里的鬼魂们打起来的。那之前，木达通过架设一个又一个隐形的时空隧道，已经将路光国三分之二的国土"占领"了。他大致地了解了路光国的地貌国情，也一直在寻找着羽蛇巫师的踪影。他试着同哥哥多次进行心灵感应对话，均无太大的收获，他开始极度地焦虑。他现在希望能够尽快地找到路光国的巫师，否则，自己的军队将会被暗物质世界的人拖死。

他零星地遭遇过比丘鸟部队，九头鸟部队，机器人部队，甚至路光国民兵的反击，但都不成对手。他得出了一个结论，这个国家的人根本没有任何战争意识，他们没有像样的军队、武器，甚至，战术原则。他们只懂得今朝有酒今朝醉的生活，甚至把这个生活原则用到了打仗上：

只要一碰到火星地球人的军队，打几下，就跑；跑不了，就投降，投降之后，就等死，或者等待逃跑的时机。木达无奈一抓到俘虏，只能放掉，因为他没有能力把他们带回火星。而这些被放掉的俘虏，晚上又会来骚扰他的军队、飞船，甚至时空隧道，这让他非常恼火。后来，他决定把俘虏们都扔进可时拉荒山——他终于发现了这座暗物质世界人人恐惧的死亡之山。他更惊奇地发现了一个事实：路光国民不害怕死亡，或者，明物质世界的外星人，却都害怕这个破荒山。经过俘虏审讯他才从他们生涩的火星语中明白了，一旦被困在了可时拉荒山，意味着死时不会有瑞仪神的侍者来超度自己；而且，死后，也将没有人在自己墓前种上连接再生与死亡的木棉树。这样，自己的灵魂将孤苦伶仃地游荡在这荒山里，无法转生。

木达觉得他们可爱、可怜又愚昧。他们没有人知道什么亚特，造物者，甚至明物质世界，他们只知道比丘鸟、公主、王后、巫师、瑞仪神，当然，还有桑国路神，他是在路光国民的心中仅次于瑞仪神的存在。他们快乐，因为路光国的黑夜与冬天太漫长了。只有快乐，并且把死亡与生一起来过，生活才有滋味。

木达是在通往法野库雪山的途中遭遇了无底深渊里的鬼魂的。他从路光国俘虏的审讯中得出了结论，羽蛇神巫师与国王一家一定都躲在了法野库雪山的瑞仪神殿里，那哥哥也一定就在那里。木达兴奋地命令架设通往法野库雪山的时空隧道，他想把这隧道直接架设到山底下，甚至，瑞仪神殿的门槛那里。木达因为兴奋而犯了罕见的低级错误：在黑夜中匆忙地架设时空隧道时，竟错误地计算了空气凹凸不均的折射率，以至于隧道竟穿越了无底深渊的领地，从而触怒了亿凡思家族的亡魂们。当穿着500年前的武士服装，失去了头颅，浑身是血的先亿凡思王，引领着他12个同样没有头颅，浑身鲜血淋漓的儿子们，用他们的滴血头颅作为武器，率领着暗物质世界1700年的时间里组成的游魂大军们冲向火星地球人飞船的时候，一生中都没有见过鬼魂，更没有见过拥有如此黑暗能量场的恶鬼的士兵们，吓破了胆。时空隧道在无底深渊里被鬼魂的气场断开，十几艘飞船掉进了深渊里，再也没有办法出来。滞留在断裂时空隧道里的士兵们则慌乱地不知如何行动，有9艘飞船竟发生了自相碰撞的惨剧。

大白鲨飞船幸运地躲过了这一劫，因为它行进在了队伍的后半截。木达下令所有飞船停止前行，向蜂拥而来的鬼魂们发射发反物质湮灭弹。

一发又一发的反物质湮灭弹被发射了出去，但收效甚微。因为黑雾的凹凸折射率总是使炸弹方向与实际目标发生偏离，甚至两次误伤到了自己的飞船。更为恐怖的是，反物质湮灭弹对鬼魂们根本不起任何作用。炸弹穿越了他们的身体，毫无声响地落入了无底深渊之中。火星地球人的莽行却激怒了鬼魂们，他们更加有恃无恐地从上下左右四维虚空中，一波又一波地冲入火星地球人的时空隧道。各类奇形怪状的新恶鬼鬼魂如鸟类、爬行动物类、哺乳动物类、花类、树木类、微生物菌类、岩浆类、土类、火类、水类、风类……不停地从无底深渊里升起。一进入时空隧道，他们就开始用一种无形的诅咒气场攻击火星地球人的飞船，不停地掀翻飞船，捣毁飞船操控装置，进入活人躯体，撕扯四肢，吸干血液，甚至咬断血管、折断骨头、吃掉大脑、弄瞎眼球……时空隧道的空气墙壁已经千疮百孔。裸露的墙壁窟窿一吸一吹着空气，在黑暗的虚空中摇曳、搅动着空气流。

火星地球人士兵们与冲进飞船内部的鬼魂们的贴身肉搏，明显是处在了下风：明物质世界的人对鬼魂们真是无可奈何，只看得见，却打不着，抓不住。而鬼魂们却可以随心所欲地穿越火星地球人的肉体，随意地杀死他们。

士兵们几乎都是活着被撕碎与肢解的。身体碎片飘散到空中，在时空隧道内失控的空气场的搅动下，呈失重状态四处飞扬着，有的通过了破损的空气墙壁，掉进了无底深渊。

火星地球人1000人的军队转眼工夫已经损失过半。

木达还来不及仔细考虑局面如何变成了如此，他只知道现在唯有"走"才是上策。他把钻进自己心脏里的一个蜘蛛鬼魂用姆能光杀死，又发出姆能光束解救了可塔色将军、格路容上校后，亲自跑到大白鲨飞船底部的姆能微型加工工厂那里，他庆幸那里还没有遭到鬼魂们的袭击。他冲进姆能微型加工厂内，走上太空信息操控台，冷静地命令道：

"破掉时空隧道，快！"

千疮百孔的时空隧道在能量场被解除的状态下，瞬间消失了。幸存的81余艘飞船一下子赤裸于敌人世界的黑雾中。

木达随即命令：

"绕开无底深渊，朝法野库雪山方向架设新隧道，命令所有飞船都在新时空隧道内集合，准备发射人造黑洞。快！快！"

木达为了掩护官兵们撤退，亲自断后。他用自己身体发出的无敌姆能光场护佑着飞船们免于鬼魂的追击，同时在新时空隧道的入口处，设置了一道顶天立地的姆能光场屏障。等最后一艘飞船撤入到了安全地带后，他亲自举起便携式裹里合金粒子加速器，向被隔在了光场屏障外，正"嗷嗷"号叫着的鬼魂们潇洒地射出了一颗有鸡蛋大小的人造黑洞。

鬼魂们并不知道这快速地旋转着，发着白光，比暗物质世界的黑雾还黑，有成人比丘鸟蛋大小的球体究竟是个什么东西。他们不躲避，只是直勾勾地看着它朝自己所在的位置飞来。等鬼魂们发现它们的伙伴们一个又一个地被拉长着身体，均被"吸"进这个黑色球体后，它们开始恐慌地朝它们的"家"——无底深渊处逃避。但是，太晚了，已经逃进无底深渊的鬼魂们，都被黑魔之口给"吸"了出来。当无头颅的亿凡思王及他第二个儿子掉进了黑洞后，木达第一次松了一口气。他本想朝黑洞方向发射姆能光束，用老办法把它消掉，突然他的笑容冻结了：

无底深渊的底处突然发出异常强烈的白光。紧接着，白光中徐徐地升起了一朵足足有十米多高的巨型木棉花。木棉花是以清澈的水面作为底座的，水面上有一圈神奇的火焰，环绕在木棉花的四周。在白光与火焰的映衬下，木棉花猩红色的巨型花瓣显得异常的鲜艳和诡异。那木棉花与黑洞对峙着，奇怪的是，它一点也不怕黑洞，而且黑洞也丝毫撼动它不得。

木达看到这一场景，同所有火星地球人官兵一样，感觉到了恐惧。

木达这一生有三次真正地尝到了恐怖的滋味。

第一次，是他确定哥哥不会以他希望的形式爱自己的时候；

第二次，就是他决定出卖哥哥以换取自己的灵魂的时候；

第三次，就是现在。

那巨型木棉花并没有沉默太久。它竟当着黑洞的面，肆无忌惮地舒展开了自己的红色花瓣，露出了里面九根如天柱般高耸的金黄色花蕊。在金黄色的花蕊中，冉冉地升起了一个黑色的人形影子：飘逸至身下的长发、黑色长袍、没有五官的脸、无数只胳膊。只见无数只胳膊中的一只突然被延伸，朝那黑洞就抓了过去。那黑洞竟非常听话地钻进了那只巨手，随着渐渐缩短的手臂，乖乖地被那只影子揽入了怀中，随即完全地消失了痕迹。在鬼魂们的簇拥下，那黑色影子再一次无声地隐身于花蕊中。花瓣重新闭合，在白光与火焰中缓缓下落。当整个无底深渊又陷入死亡般的黑暗与平静的时候，木达才意识到，刚才那个黑色影子，甚至都没有朝自己看上一眼。

他情不自禁地自语着：

"桑国路神……地狱入口。"

（三）

当木达的时空隧道真正通达到法野库雪山底下的时候，他可以感受到仅存的三分之一官兵中，有三分之二的人产生了厌战情绪。这真不是一个好兆头。因为暗物质世界的时间是倒流的，所以，现在该是傍晚的亚金时，即黑夜被午后的白昼所取代的时候。西升东落的瑞仪神光开始从法野库雪山的一角展露出了容颜，神光似乎也感受到了来自明物质世界人的淫威，所以只草率地释放了平素一半不到的热量与温度。现在的瑞仪神光非常像火星上病恹恹的太阳，由于非常地不满人类的所为，显得苍白、冷漠，甚至自闭。

现在是暗物质世界的冬末。这本是一个多雾、多雨的季节，也是瑞仪神多愁善感的时候。因此，所有路光国的国民都知道：

"从法野库雪山走下容易，桑国路的黑色之门日夜敞开，但要原路返回光之家园，将困难重重……"

为了熬过这瑞仪神心情不佳的季节，在葬礼上都有说有笑的路光国民们，以及躲进了法野库雪山里准备孵化幼蛋的雌比丘鸟们，还有被搁置在山下因为没有妻子们陪伴而无所事事的雄比丘鸟们，都比平素收敛了很多。整个国家静悄悄的。

路光国的国民是没有时间观念的，他们把生与死同时在过。他们只害怕两件事情：

一、瑞仪神的多愁善感；

二、死亡的时候无法进入木棉花国家墓地，墓前不被种上连接死亡与再生的木棉树，因此亡魂得不到瑞仪神侍者的超度。

得不到超度的亡魂只能被抛进可时拉荒山，与飓风、寒冷、狂沙、猛兽为伍；而坠入无底深渊的亡魂则更是恐怖，不但会遭受各种可怕的惩罚，而且出离地狱的日子更是遥遥无期，除非一向不甚和睦的瑞仪神与桑国路神通过不定期会晤，决定出离地狱的人员名单后，才有重新转世投胎的希望。最近被桑国路神送还给瑞仪神的亡魂中包括自杀身亡的千古大盗霍易易、亿凡思王的长子以及不识时务地跑到瑞仪神殿自杀，末了还打翻了光之侍者宝瓶的呆比丘鸟。据说瑞仪神与桑国路神的摩擦起于前王太后即斯塔祖母的公案。桑国路神坚持王太后死于自杀，亡魂该归自己所管；而瑞仪神坚持王太后的亡魂必须直接进入自己的神殿，由自己决定如何投胎转世。争执的结果是瑞仪神获胜，他使路光国诞生了一位美丽的公主，却埋下了桑国路神日后报复的祸根：当成年的斯塔公主为情所困闯入桑国路神领地的时候，即使她的父亲，以列王用自己尊贵的血液做交换都无法换来死神的开恩，直到造物者的宠儿，即那个外星人博士放了血，并亲躬神殿求情，桑国路神才不得不给了造物者一个面子。

木达对这个暗物质世界里藏着的种种秘密并不是很感兴趣。直到他被死神缴了人造黑洞这个秘密武器，他才不得不重新审视这个神秘的暗物质世界。但是，他没有时间去思考了。通往法野库雪山的时空隧道已经架设完毕，趁着黑夜，他的残兵败将们完成了急行军转移，现在，雪山的地平线上由西升起的瑞仪神光已经暴露了这时空隧道的行踪。

就在士兵们架设时空隧道的时候，木达在思考着攻破神殿的办法。

一、神殿周围的光场屏障已经备好，说明对方已经察觉了自己的军事意图。如何穿越神殿周围强大的瑞仪神光场？姆能炸弹或许可以穿越，但会伤害到人质；

二、用姆能炸弹直接攻击瑞仪神光场。目的并不是解除对方光场，但可以破解出个把通道。士兵们可驾驶微型战斗飞艇，通过这个把通道直接攻入神殿解救人质；

三、突破瑞仪光场后，从火星携带过来的姆能微型加工工厂将第一次真正发挥作用，即创立神殿内外的新时空场。一旦新时空场建立，敌方的武器均无力发挥作用，如是可把解救人质的伤亡降到最低；

四、人质被救出后，立即用反物质湮灭弹准确无误地毁掉神殿；

五、考虑到暗物质世界凹凸不定的空气折射率，反物质湮灭弹的射程必须调整到最低。相比于姆能炸弹，反物质湮灭弹体积小，便携带与易调整射程，打击神殿这样的小范围目标准确度高。

六、确保全部战斗力与人质均撤离到安全的时空隧道内后，神殿内外的时空场才可恢复，因此姆能场力及时间值的计算不能出现任何瑕疵。

七、"凤凰行动"将以路光国彻底消失于黑洞中作为结束。这是他们绑架火星地球人类最杰出的科技天才所要支付的代价。

木达知道，他由于昨夜的地狱入口决战，损失了他三分之二的战斗力及战斗士气，更可怕的，趁着黑夜攻进瑞仪神殿的最佳战斗时机。但是没有办法，他不能再拖延总攻时间了。谁知道这暗物质世界的冬天不比俄罗斯的冬天更寒冷呢？恰巧现在真的是暗物质世界的冬末，历史怎么如此惊人的相似呢？

就在木达准备下达总攻命令的时候，他的脆弱心脏忽然开始不合时宜地疼痛起来。木达开始皱起了眉头。他不知道是昨夜的惨败造成的心理压力，还是自己的心脏能量衰竭的缘故，他真害怕再次昏厥。

木达缓慢地躬下了身，蹲下，右手捂着心脏。姆能心脏的粉红色之光却意外地没有衰弱，相反，更加明亮了。突然，木达兴奋地站了起来，消失了病态，向离他最近的格路容上校命令道：

"命令所有官兵原地待命。没有我的命令，任何人不准发起攻击。"

说着，木达像什么都没有发生过一样，箭步地朝着指挥舱的门口走去。

"您要去哪里？"

格路容上校代表着众人问出了问题。

木达停下了脚步，缓慢地转过了身子，脸上出现了漂亮的红晕。那红晕中透着羞涩，是正在享受着秘密恋爱的人才会有的幸福表情。他轻微地"咳嗽"了一下，迟疑着说道：

"我刚刚接到了哥哥的心灵感应，他让我上山……一个人。"

木达的"一个人"说得非常低，甚至有点听不清了。

沉默。

有人喊出了这样的话：

"这太荒唐，太危险了。怎么可以？"

众人异口同声地反对。

木达露出了笑容，自信地说道：

"他们的巫师要与我谈释放人质的条件。还有，哥哥准确地告诉我，他们的巫师已经知晓了我们的作战意图，知道他们根本无法阻止我们改变时空场。一旦时空场被我们改变，巫师连同国王一家将全部是我的俘虏。同时，为了不让路光国消失在火星地球人的黑洞里，他们答应无条件释放人质。"

来自火星中部涡尔塔盆地，有着憨厚的性格、土得掉渣的土国口音与红色头发的可塔色将军走了上前。他的左口袋里盛着黑洞神的实心头发，他已经准备好了回到火星后要好好地敲一笔窝瑞尔将军的竹杠。由于昨夜在无底深渊的作战中他损失了表弟，同时，自己的左腿大动脉也被鬼蝙蝠吸了血，右臂在与蛇精殴打时骨折，此刻的他胳膊上吊着绷带，脸色苍白，一瘸一拐。如果有人说他现在更像一个火星传说中的吸血鬼，谁也不会表示反对。

他盯着黑洞神，低声说道：

"既然承认是败兵，他们就无条件提谈判条件。谈判要选择一个中立地带，由我们来决定。还有，主帅怎可以单独上山谈判？这是兵家大忌。”

木达走到了可塔色将军的面前，慈爱地拍了拍将军的肩，没有想到这引发了将军的伤痛。木达笑着说道：

“你们不用担心。等我一突破瑞仪光场进入雪山，你们就立即为我搭建一个新时空场，这样我可以永远处于安全地带。上山后，我会在新时空场的边界与他们谈。还有，我想单独上山也有个私人心愿：我跟哥哥已经分别了太久了，我非常想念他，所以我想单独见他。可以吗？”

木达语气的坚决让九人最高指挥小组再也无法反对他。木达在大白鲨飞船舱门口转身兴奋地朝着众人挥了挥手，就踌躇满志地登上了一人驾驶的战斗飞艇。木达的飞艇并没有费多少周章，就用姆能炸弹迅速地突破了雪山脚下的光场屏障。出乎众人预料的是，他没有继续驾驶战斗飞艇飞行，而是把飞艇在山下停泊好，走下了飞艇。虽然他现在处在了火星地球人自己设置的时空场里，但他竟然用肉身去接近敌人，实在是一个轻敌又鲁莽之极的举动。大白鲨飞船内部的所有人，连同81艘战斗飞船的官兵们，均面露忧色。

黑洞神的猩红色斗篷，粉红色跳跃的心脏，龙形束发金冠以及他黝黑的肤色在暗物质世界的白雪映衬下显得更加艳丽。这个时刻，暗物质世界已经完全放亮，西升的瑞仪星光芒已经照到了雪山的半山腰了。随着木达的上行，瑞仪神光也似乎在向上攀移，好像是这黑洞神的忠实又虔诚的侍者。木达自从来到这时间倒流的暗物质世界，第一次觉得心头的阴霾，连同总是让他耳鸣又不安的黑色浓雾一起被彻底地吹散了。

“玛雅人，1700年，逃到了海角天涯，也不过是为了接受最后要臣服于我的命运。啊，这就是历史的答案啊！”

想到这里，木达微笑了。他稍微停了一下脚步，抿抿嘴唇，因为他的心脏再一次强烈地感受到了哥哥的信息：

“木达，我的兄弟，我想你，爱你。亲爱的，我的爱，来吧，知道我有多么想念你吗？思念让我要疯掉了……”

木达赶紧捂住了心脏，以平息骚动。哦，哥哥是爱自己的，自己的欲望就要满足了。天啊，我等了多久啊！我思念了一辈子啊。

想到这里，木达用拳头用力地捶击着心脏，让它再争争气，不要过早地沉湎于儿女情长，因为谈判还没有完成，战争就还没有结束。木达一面加紧了脚步，一面突然产生了闲情逸致去观看雪山周围的景色。他发现在他左手方的陡峭山坡上，正在发生着小规模雪崩。雪流带着轰隆声朝山下泻去。有几只比丘鸟惊得飞了起来。瑞仪神光下，比丘鸟在雪山上留下了不规则的黑色投影，好像木达梦中的一个场景。这一刻，

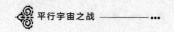

木达忽然有些走神，他在问自己：

"这暗物质世界的雪崩怎么会发生在冬季？还有，我现在不是在梦里吧？"

梦从来都不是一个好的地方。木达来自那里，了解那里，所以他不喜欢梦境。

（四）

木达的时空场在瑞仪神殿的门口就中断了。不知道为什么，火星地球人的时空场无法穿越这神殿的大门。当木达站在暗物质世界至高无上的瑞仪神殿门口的时候，他忽然感到无比失望：这神殿平常无奇，一点都没有想象中的壮观。跟自己的金属大教堂的繁荣，黄金大教堂的奢侈相比，简直就是一个平庸的乡下建筑物：那石柱上的豹子、比丘鸟、羽蛇雕刻也还算过得去，但不知是被黑雾还是风雪侵蚀的缘故，已经斑驳、破损了；除了说不清何种金属元素构成的古铜色大门正上方的那个由一条长着翅膀的巨蛇托起的瑞仪星外，真看不出来这是一个神圣的地方。

木达在神殿门口，给哥哥发出了心灵感应信息，希望能够在门口进行谈判，因为作为火星地球人至高无上的黑洞神，他不能屈尊进入暗物质世界人的神殿里去。还有，他希望哥哥能够以某种方式让自己先见上一见。

不久，木达的面前就显现了一组清晰的太空图像：亚特、伊芙、国王夫妇以及巫师五人正在一起轻松地享用着下午茶。木达仔细地看着哥哥，发现，他身着暗物质世界男人的怪异灰色长袍，笑容从容，状况良好，全无人质的憔悴与生死焦虑。木达问着哥哥：

"这是现在的你吗？"

只见太空信息中的亚特离开了座位，似乎向门口的位置走去。太空信息断了。正当木达狐疑的时候，神殿金属大门忽然"吱哑哑"地被敞开了。微暗的殿内缓缓地走出了一个身影，木达的心脏开始狂跳：那走近自己的人正是自己朝思暮想的哥哥！他现在穿的是与刚才同样的装束，只不过笑容更灿烂，更生动而已。他看见木达已经看见了自己，就朝他摆摆手，示意他跟随自己进来。

木达想都不想就跨进了瑞仪神殿。他的双腿一跨过瑞仪神殿的门槛，金属大门就"咣当"一声合上了。木达赶紧回头看，突然，本是昏暗的大殿内部忽然被刺眼的光充满了。木达几乎睁不开眼睛。他觉得情形不对，试图向金属大门外冲去。他先用手试图推动金属大门，但根本无法撼动它。于是木达伸出双手发出了姆能光束，希望能够在大门上打开一个逃生的通道。木达的姆能光束一接触到大门，马上就打开了一个一人高的通道。木达刚迈动脚步，忽见从前后左右四方空中射下了无数道更明亮的光束，瞬间形成一个光涡，把木达的身体牢牢地罩在了里面。木达自身的姆能光束与敌方的光束产生了碰撞，发出了激烈的火焰。但很快由于木达的身体失去了自由，姆能光束也随即消亡了。

木达在光涡中一动也不能动。接着，他觉得自己的身体被一种超然的力量推动着，飘向了神殿内部。在飘移的过程中，木达发现了一个无比恐怖的事实：自己的肉体正被一种无可抗拒的力量分解着，疼、热，同时，随着灼烧感的加剧，他自己的意识也在渐行渐远。

木达大叫了一声，再次昏厥了过去。

木达醒来的时候，不知道过去了多久的时光。他知道，现在的自己已经永远不再是从前的自己了。他的黑洞神斗篷没有了，粉红色姆能心脏不跳了，龙形束发金冠也不见了。现在的他，只是一堆单纯地颤动在一起的黑色基本粒子团。这是哥哥把他从黑洞射线中刚提取出来的本初样子。虽然这个粒子团的形状还保持着从前的人形痕迹，但是，他的灵魂已经没有了。因为，他自从出卖了哥哥，缔结了条约，获得了灵魂后，他第一次因为不再有灵魂的负荷而无比轻松。

现在的他连从前最看不起的下等生化人都不如了。天啊，一个废物。

他觉得自己一定是哭了，感慨万千。但他感觉不到眼泪，粒子团是没有眼泪的。眼泪是拥有肉体的人类或者生化人类才有的奢侈品。甚至，他现在的说话声都飘飘忽忽的，自己都不清楚那嘶哑又悠长的声音还是不是自己的：

"您将怎样处置我的灵魂，尊贵的瑞仪神阁下？"

木达看到的只是弥漫在他周围的光。他清清楚楚地听得见对方的声音，让他意想不到的是，那是一个温柔的母亲似的声音。那声音有些像伊芙的，但比伊芙的要老成一些。对方边说着边从空中撒下一件白色长袍，披在了木达赤裸的粒子团身上：

"你为什么一定要那个灵魂呢？为了它，你做了多少孽啊！你自己也很清楚，总有一天它会要了你的命的。现在，我把它从你的身体里卸下来，还给它的主人，然后要回你的条约。这样，你可以轻松地过下半生，在我的神殿里。宇宙毁灭了，我保证我们会一同到另一个世界，一个真正的幸福世界，一个所有的人都想去的地方。"

愤怒从木达飘荡的粒子团内部涌起。即使现在的心脏不再像从前那样无所不能了，但他还是能够感受到它愤怒的力量。这黑色力量太强大了，甚至超越了生死局限：

"您用不光彩的手段骗了我。如果我们实打实地对峙，暗物质世界的人是没有办法赢得我的姆能时空场的。你们，一定会臣服于我的！"

木达的上方扬起了朗朗的笑声。瑞仪神笑了很久，才勉强收住了笑声，调侃道：

"黑洞神，火星地球人是这样称呼你的吧。你们明物质世界的人永远都相信一句话：眼见为实。所以你们盲从科技，迷信科技力量的万能，因为科技似乎可以创造一切可看得见的东西，或者通过科学仪器可检验的东西。这满足了人类多疑又不自信的轻浮天性。他们崇拜你，因为你代表着宇宙最高级别的科技。但你们永远不知道，你们所创造出来的一切都是一种幻象，是自己骗自己的玩具。而真正的真相是不可说的，也是你们用眼睛根本看不见的，因为你们既无慧眼，也无法眼。你们只有充满了细菌与污染的肉眼。不是有这样一句话，叫做有所虚空，无所不能么。所以，你看到的雪崩，梦中的比丘鸟，哥哥的太空信息，你所谓的爱，心灵感应，你的欲望，都是一种虚空中产生的心灵幻象，是你自己心的造作所致。黑洞神阁下，做我的右光明侍者，不要再回火星了。"

木达冷酷地问道：

"如果我的回答是不呢？"

瑞仪神迟疑了片刻，叹息道：

"你只是一个来自黑洞的基本粒子团，为什么不趁这个机会认清自己的真相，彻底解脱呢？"

木达的愤怒比刚才更甚了，因为他受到了无法承受的屈辱：

"是你们，好端端地绑架了我的哥哥，为了你们的私欲。我所做的一切都是为了火星地球人，我要保护他们，所以我需要灵魂，需要欲望，需要力量！"

瑞仪神似乎沉思了一下，说道：

"我并没有想侮辱阁下的意思。你说的有道理。在室女星系，我常常对我的巫师们说，每一个国民都有他的尊严，因此，他们都是我的化身。每一秒钟都是无常，充满了千万个毁灭与生死。谁说宇宙不可以毁灭？但是路光国的巫师乱了阵脚，他与国王夫妇的国民拯救行动虽然情有可原，但的确有些不像话。所以，我该立即释放你的哥哥。但是，请把姆能工厂留下，这是为了免于阁下去伤害室女星系的其他星球。还有，我会暂时保管你的灵魂，在进入负九维空间的时候，你将得到两件礼物：

一、你完好的灵魂；

二、你的哥哥。"

木达抬起了头，他的愤怒不见了，取而代之的是一种无奈与沮丧。他颤抖着声音，哀求道：

"我还有一个请求。请阁下把这条约的内容向外绝对地保密。"

（五）

木达在进入负九维空间的时空隧道入口处，终于见到了早就候在了那里的哥哥，及他的未婚妻伊芙。哥哥身后是巫师答离，以及王后陛下。路光国的国王不知道为何没有现身。木达匆匆地走下大白鲨飞船，踩着结实的空气隧道，向哥哥快跑过去。亚特也向弟弟跑来。他穿的是木达在瑞仪神殿太空图像中所见到的灰色长袍。他在微笑着。他消瘦，憔悴，还有，有一种几乎用肉眼难以察觉的忧伤弥漫在他的身上。木达感受到了，但他无法表达。

就在木达的脚步越来越接近哥哥的时候，突然从空中无缘由地扎下一头比丘鸟来。木达还没有反应过来，比丘鸟已经不偏不倚地撞到了他心脏上，又若无其事地飞走了。木达突然觉得身体一下子变得好沉重，他一下子找到了拥有灵魂时的感觉。他知道，刚才的比丘鸟是瑞仪神的侍者，自己刚刚被兑现了条约内容，重新获得了这让他既爱又恨的灵魂。一下子，他觉得自己又重新唤起了斗志、力量与欲望；另一方面，一种俗称为"痛苦"的感觉又席卷了他。他产生了嫉妒，因为他的心告诉他，哥哥对他的爱只是一种单纯的兄弟之爱。他所需要的那种感情链接是永远得不到的。他用余光瞥了瞥在哥哥身后，正与王后陛下亲吻告别的伊芙，一个恶毒的念头从他的心脏深处升起：

"回到火星后，我一定要想办法除掉她！"

哥哥的拥抱永远都是那么温暖，就像他刚刚从实验室的试管里诞生时那样。"达吉"，我的兄弟，这次哥哥微笑着这样叫着他。这句话顿时让木达眼泪涟涟。这是他们初次在人间相逢时的问候语，而为了这个初次相逢，彼此吃了多少苦啊！真是意味深长的称谓啊！虽然现在木达的身体不再赤裸，也不是沾满了试管里的白色营养溶液，但他还是害羞，因为他赤裸的欲望，在哥哥的呼唤声里变得更加地赤裸：

"我爱你，哥哥，永远爱你。灵与肉。"

哥哥在听到兄弟如此深情的表白后，显得十分地动情，比木达记忆中的第一次有过之而无不及：

"哦，我的兄弟，谢谢你为我所做的一切！我也永远地爱你。霍里那稀金家族墓地里，在我的墓旁将新增一个名字，木达-霍里那稀金，你觉得怎样？"

木达的眼泪终于流淌了出来。他道了声"谢谢"，吻了吻哥哥的面颊后，就哽咽着无语了。他再度热烈地抱紧了哥哥，偷偷地咽下了淹没到嘴边的泪水。没有人知道那眼泪的真正内涵，就像没有任何一个火星地球人知道，为什么黑洞神木达执意把姆能微型加工工厂留在暗物质世界，还有为什么在他见到哥哥之前的几天内，好像没了魂一样言行举止完全失控的真正理由。

亚特与木达更不会想到，在他们的家乡，火星两个土著部落已经由五池将军率领着，攻占了姆能卫星基地。而穿越LS胖小子黑洞后进入明物质世界的入口处，已驻满

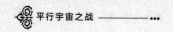

了胡桑亲王与他妻子罗琳女王的"卡诺"军队。

也司目送着儿子及他的未婚妻安全地走上了他们的真正归乡之旅，更是感慨万千。她知道了儿子不是返乡的奥德修斯，她没有能够给儿子的头上戴上拉比那尔家族的王冠，因为这顶王冠相对于儿子高贵的头颅来说，太平庸了一些。她所有野心勃勃的计划全部流产了。望着儿子憔悴的背影，她突然觉得释然，至少，她可以不再伤害儿子了。还有，女儿。她想着没有来送行的女儿，想着她已经悄悄地进住了瑞仪神殿，今后将以那里为家，不禁泪眼婆娑。她不知道女儿成为瑞仪神侍者的归宿与自己活寡妇的身份哪个更好，但她还有一点庆幸，至少女儿不知道爱的是自己的哥哥。

她扭头看着巫师答离，目光中充满了崇拜与信任。现在，她只能依靠他了，就像这三十年来一样。而答离却沉浸在自己的思绪里。也司无法知道，他盯着的是亚特头上那无形的造物者符号：黑白太极光环。他现在越来越清晰地看得见它。他想着几个月前将博士绑架到这暗物质世界时的情形，只感慨一句话：

"真是来得凄凉，走得辉煌啊！"

答离想着久没有信息的以列王，不知道他在平行宇宙那里是否凶多吉少。还有，瑞仪神此刻对自己有着强烈的不满，该如何化解。他想起了路光国的那句老话：

"人的恶，如果不虔诚地忏悔，只能继续。"

他决定送走博士后，也驻扎进瑞仪神殿，开始他的忏悔生涯。他希望早日获得神的宽恕。他迟疑着要不要带上王后。他要等回到路光国后再做决定。于是，看着外星博士渐行渐远的背影，看着泪眼婆娑的母亲，答离无限深情地说道：

"今天，真是有历史意义的一天啊！"

（第二部完）

（敬请关注《太极方舟》之第三部《末日狂欢》）